U0126028

◇千本櫻文庫◇

文库，原本是指收纳书物的仓库和书库，也指收纳书与记事簿以及不常用物品的小箱子。以前者为例，京滨急行线的"金泽文库站"就是以前镰仓时代北条氏用来收藏汉书的，"金泽文库"名字的由来便是如此。东京都的世田谷区也存在收集着珍贵汉书的"静嘉堂文库"。后者则更多地被称为"手文库"。

江户时代以来，可以放入袖袂的小开本书籍逐渐流行起来，被称为"袖珍本"。明治三十六年（1903年），富山房发行了小开本的丛书，起名"袖珍名著文库"。随后，明治四十四年（1911年），讲述日本战国时代猿飞佐助和雾隐才藏系列故事的讲谈社"立川文库"发行出版。讲谈是日本民间艺术，以口语化的方式讲述历史故事。而"立川文库"则是将讲谈收录成册集中出版的丛书，据统计，当时刊行量为200册左右。从那时起，文库就脱离了原本的释意，逐渐演变成了现在的类书集丛。

文库说法借鉴了日本出版业界的传统说法。而千本樱源自日本奈良县吉野山樱花盛开的奇景，世人皆以"一目千本樱"来形容樱花美景。千本樱文库纳入的作品皆为日系作品，题材包括推理、悬疑、幻想、青春、文化等类型，正如千本樱满山盛开的绝景。

现代日本，以"文库"命名刊行的丛书系列有200种以上，所谓"文库本"只不过是统称而已。日本传统的"文库本"常用的是A6尺寸的148mm×105mm，也叫"A6判"。千本樱文库的所有书籍将在"文库本"的基础上提升，达到148mm×210mm的开本标准。追求还原的前提下，力图带给读者更清晰的阅读体验。

1997年，第八届鲇川哲也奖的评委收到了一部作品。作者是一位年近四十岁的配管工，他从高中起就开始投稿，坚持了二十年之久。虽然这部投稿作品《3000年的密室》最终没能获奖，却也进入了最后的选拔阶段，并得到评委有栖川有栖的推荐，获得了出版的机会。自此，三十九岁的柄刀一正式出道，走上了职业作家的道路。接下来，柄刀一进入高产期，从1997至2007年的十年间，他出版了二十余部推理小说，逐步确立了在本格推理小说中的地位，如"奇迹审问官系列""三月宇佐见茶会系列""天地龙之介系列""绘画修复士御仓瞬介系列"以及"南美希风系列"等。

2007年，出道十年的推理作家柄刀一，将自己高中时期创作的第一部长篇小说大幅修订改稿后，取名为《密室王国》并出版，900多页的巨篇在推理小说之中也是屈指可数。本作作为柄刀一最具代表性的佳作，不仅入围了四大推理榜单，还获得了当年"本格推理BEST10"的第三名。

"密室"被称为诡计之王，也是柄刀一的创作本源。他在本作中布置了五个密室，类型皆不相同，可谓本格推理爱好者的盛宴，密室狂热者的狂欢。为了能让读者更加身临其境地感受作品氛围与魅力，千本樱文库邀请 jyari 老师为本作特别绘制了封面插画，通过独特的色彩与极具冲击力的画面，希望能够在您阅读之前泛起心情激荡前夕的涟漪。

千本樱文库编辑部

MULTI-NEW ROUTES OF MYSTERIES

推理的多元新航路

如今，推理已经成为全世界都非常热衷的娱乐元素，冠以推理概念的动漫作品、影视作品、游戏作品更是层出不穷。

随着这些娱乐形式深入生活的方方面面，作为原生土壤的推理小说却日益被边缘化。为了适应不同时代读者的需求，推理小说也会进行相应调整，因此世界各国的推理小说都在探索新的内容与形式。

不同的时代会涌现不同风格的文学作品，推理小说也无法脱离时代背景。在经济全球化愈演愈烈的现在，推理也在多元化的大航海中不断开辟着新的航路。所以，我们不仅要挖掘深埋于历史中的名作，也要竭力推广优秀的新作品。

从某种程度来说，奖项和销量是衡量一部作品的重要参考指标，获奖作品与畅销作品代表着所处时代的文化趋势。但是，任何时代都有很多充满创作热情的作者，他们的作品或许没能满足当时市场的需求，却同样富有个性与魅力。

"推理的多元新航路"旨在敢为人先，在发现、传播新人佳作，为推理文化注入活力的同时，我们也想将埋藏于历史的杰出作品传递给热爱推理文化的读者。宛如大航海时代一样，联结古今文化，共享推理盛宴。

 千本樱文库

密

室

王

国

目录
CONTENTS

第九章

镜子很多的房间

1

两天前，吝家发生了一起杀人事件，案发现场的玻璃几乎全部被拿走。

一天前，吝家的图书室又发生了一起纵火杀人事件。

今天，八月九日，星期二。时间已经快到下午两点。

吝家宅邸的娱乐室已经被当作专案组的总部征用了。当然，并没有禁止或不让吝家宅邸的人使用。只有得到了家人的理解，警察才会使用，双方是一种合作关系。

南美贵子坐在南美希风的旁边，隔着玻璃凝视着吝家的车库。在热浪中摇曳的空气使车库看起来就像泛起了波纹。就连石头造的坚固小屋也不那么稳定，仿佛要熔化了。她不安地想着再不快点调查的话，证据会不会都被这股炎热熔化了呢？

据玉世说昨天晚上听到过什么声音，南美希风打算在车库里做个小实验。

在图书室的杀人事件中，最奇怪的证词就属那个声音了，不过目前还不能确定是否跟案件有关。

南美贵子和弟弟从玉世口中听说了当时的情况。

就在发现图书室起火的三十分钟前，大概八点三十分左右，玉世听到了两三秒的汽车引擎的发动声。声音要是持续下去的话，就是有车子被开出车库，实属正常。但是，两三秒后却是一片寂静，就很不正常了。

还有一个奇怪之处。玉世在这里住了很长的时间，曾经多次在夜间听到过车库周围发动引擎的声音。但是，昨天的那个声音，跟平时听到的声音有着微妙的不同。这也是玉世在意那个声音的理由之一。

那不是引擎的声音吗？还是引擎的声音发生了什么变化呢？

为了确认这一点，南美希风打算做个实验。

不过从刚刚开始，他利用等车的间隙在看一本像图鉴一样厚的书。

等待车子回来，是为了提高实验的精度。事发当晚，车库里有两辆车，一辆是用来搬运魔术道具的平板货车，另一辆是轿车。现在车库里只有一辆平板货车。所以要等那辆轿车或者女性们经常使用的那辆家用旅行车回来，在相同的条件下进行实验。

轿车是细田开出去的，去送前来吊唁的一郎的朋友们。

驾驶家用旅行车出去的是紫乃，她纯粹是为了兜风散心。

南美贵子要采访紫乃，只能等着她回来。每月发行的都市杂志中，有一个栏目专门介绍夜间工作的女性的生活方式。因此，她就向艳丽夺目，又特立独行的紫乃投去了橄榄枝。没有比在爵士音乐俱乐部演奏钢琴的紫乃更合适的采访对象了。

其实，这是南美贵子一手安排的，这样她就能频繁地往返于咨家，不仅可以掌握案件相关人员的内部消息，还能拉近与警察的关系。虽说编辑部让她专心负责此事，但南美贵子并不打算长时间就做这一件事。

因此，采访完紫乃之后，她就会回到编辑部，完成其他的工作。下周是杂志发刊前的校对时间，忙碌的她就没时间来吝家了。

她什么时候回来呢？南美贵子再次看向车库的时候，耳朵里传来了青田经纪人的声音。

"托您的福，收拾工作已经完成了，请代我向警官们问好。"

他正在跟刚进门的土肥刑警说话。虽然土肥刑警想用粗眉和眼神来提升威严，但稚嫩的脸庞和单薄的体型很难让他如愿。

他刚刚向室内的另一个人——远野宫传达了简短的口信。

远野宫站在稍远的墙边，忙碌地下达着指示，只是在听取口信的时候捂住了壁挂电话的听筒。

"我跟其他人也说过了，以防万一还请……"青田继续说道。土肥刑警则落落大方地点了点头。

青田、吝二郎、早坂等人，与工人一起撤去了舞台房间"观众席"座椅。一字排开的几十把椅子都是借来的。因为不能随意破坏杀人现场，所以一直在延长椅子的租期。

但是今天情况不同，警方拿到了探测空洞的声波探测器，图书室和舞台房间都成了调查对象。这样一来，占地面积很大的椅子就显得碍事了。再加上吝家人也来抱怨说延迟费都快交不起了，所以警方便允许撤去椅子。

青田兴致勃勃地向南美贵子打招呼。

"我也帮上忙了，要是能奖励我参观密道搜查就好了。"

"你是想看那个才改了工作计划吗？"南美贵子如实地追问道。

"对方碰巧取消了安排，到四点半之前都有时间。二郎好像已经请好假了。"

"毕竟他是受害者的家属啊……"

南美贵子的视野里出现了远野宫的身影。从刚才开始，他好像一直在打电话处理工作。

南美贵子轻声地说道："远野宫先生这么忙还在这里，果然是关心后续的情况啊……"

"因为他是会长，只要下达指示，就有手下帮他办事。他亲自过来应该是特别关心这次事件，不过，还有一个理由，他想成为像骑士那样的人。"

"骑士？"

马上要离开的土肥刑警，悄悄地瞥了远野宫一眼，靠近南美贵子轻声答道："是啊，作为守护的骑士，那是他的一点心意吧。"留下含糊的解释，土肥就向出口走去。

青田将脸凑近南美贵子和南美希风，悄悄地说："远野宫先生是想保护你们，特别是南美希风先生。"

正在看书的南美希风突然抬起头，发出了跟南美贵子同样的惊讶声。

"我无意中听到了远野宫先生和大海警官的谈话。他说是他将跟事件无关的你们拉进了调查队伍，所以要对你们负责。尤其是南美希风先生，心脏又不好，因此很关心你。知道你们会来，远野宫先生就来了。他还嘱咐细田先生，如果你们到了，一定要告诉他。"

"要是凶手胆敢做出伤害你们的暴行，那人就会不顾一切，挺身保护你们两个。"青田挺直了上半身继续说道，"虽然他的行动不够敏捷，但是体形倒像是一个坚固的护盾。"青田说完后便离开了。

房间里只剩下三个人，分别是感慨万千的南美贵子和南美希风，以及刚打完电话，慢悠悠地走到两人面前的远野宫。

"嗯？你们怎么了，怎么一副奇怪的表情？"

远野宫一屁股坐了下来，没等两人回答，就激动地说了起来。

"根据土肥刑警的汇报，间垣巡警的死因果然是那根针，没有使用过药物的痕迹。另外，根据调查，图书室及其周围没有额外的空间。"

南美贵子也看到了那台探测用的机器，机器的外形像是一台吸尘器，在长长的支柱前端装有圆盘状的声音传感器。据说原来是用来勘探地下资源的，也就是说，比起有石块或土质不均匀的地下探测，探测用统一材料建造的建筑物要简单得多，也更准确。

地下探测队的两名技术人员和刑警队的鉴定科人员组成联合小组，从今天早上就一直忙于这项工作。

"也就是说，没有隐藏的通道，也没有秘密的藏身之处，对吧？"南美希风回应道。

"是的。那个地下坑道里什么都没有，可以断定是一个死胡同，没有逃跑的空间。图书室的地板、墙壁、天花板，也都没有异常，是真正的密室。"

"图书室外面的走廊也一样吗？"

"是的。也就是说，目击者们破门而入以后，凶手就不可能逃走了。"

其他手段也被否定了，比如利用磁铁。这是南美希风通过远野宫委托鉴定人员调查的。首先是图书室的滑动锁，为了慎重起见，又调查了舞台房间的滑动锁，证实了滑动锁的螺栓是合金制成的，根本不受磁铁的影响。总之，想要透过厚厚的门板用磁力锁上滑动锁，需要具有极大磁力的特殊磁石才能做到，现实中并不可行。窗户上的月牙锁和天窗锁也都是一样的。

据说没有发现有助于找到凶手的物证，也没有发现可疑的指纹。锁上的指纹都被擦掉了，包括腰高窗的锁，门锁，以及采集比较困难的天窗锁。

"火灾调查人员说过，现场没有留下任何痕迹，可以表明凶手没有使用定时点火装置吧。"南美贵子突然抛出了这个话题。

"即便如此，也不能说一定没有定时点火的行为，说不定还有什么巧妙的方法，我们没能发现。目前，只能断定是凶手亲自动手放的火。"

"但是这样一来，凶手不是长岛先生的话，那么真正的凶手就必须在短时间内从密室里逃出去。倘若不是这样的话，就像雾冈刑警说的那样，还存在另一个嫌疑人……"

听见开门的声音，看到有人进来，南美贵子便停止了发言。

进来的人是吝二郎。

南美贵子在心里暗暗思忖，真是说曹操曹操到。

昨天事件之后，雾冈刑警和大海警官都认为他是第二嫌疑人。

为什么吝二郎是嫌疑人？只是因为案发时他刚巧就在图书室的外面。虽然二郎解释说他在车库的周围进行调查，但是那非常像刚从案发现场溜出来的样子。搜查官们似乎早就有这样的怀疑。所以，寻找暗门时，南美希风提议让对声音敏感的二郎来协助的时候，刑警们都面带犹豫。他们认为二郎非常可疑，当然不想拜托他协助调查。雾冈刑警他们认为二郎就是留在犯罪现场的长岛的同伙。但如果长岛是无辜的，那么二郎就会成为第一嫌疑人。

南美贵子理解警察们的推断。首先，根据鉴定、火灾调查人员的调查，以及全体人员的目击证词，火灾发生在大家冲进图书室的几分钟前，也就是土肥刑警在后门透过窗户发现着火之前。且不说密室的问题，如果凶手在这个时候离开的图书室，时间上是吻合的。但是，就在几分钟前，二郎本人就在车库附近，并且作证说院子里没人。这下事态就变得复杂了，因为目击者刚好挡住了凶手的逃脱路径。

不仅警察，认为凶手是从天窗逃脱的南美希风，也觉得是非常棘手的难题。纵火后从天窗逃出的凶手，接下来会做什么呢？二郎就在旁边的车库里……

难道凶手没有进院子，而是爬上了屋顶吗？还是说他避开了盲眼的二郎，无声无息地逃走了呢？

警察不会刻意给自己增加难题，如果斉二郎是嫌疑人，那么疑问就得到了解决，朝着这个方向调查也是理所当然的。

不过，实际上也没有严格地追查，因为二郎有不在场证明。在前往车库的几分钟前，他就在玉世的房间里，听玉世和春香说在车库附近有不寻常的动静。

二郎是被派出去调查的，他到院子之后的一举一动，都被站在二楼窗前的春香看在眼里，不可能做出什么可疑的行动。另外，二郎说没有人从图书室出来过的证词，也得到了春香的证实。

然而，警察深入思考后认为，如果二郎和春香是同伙就有可能做到。春香在窗前装着跟二郎说话，蒙骗玉世，同时，二郎在图书室进行犯罪。他从天窗进入图书室纵火，原路逃脱后又对窗户做了手脚。刚到院子里想要离开的时候，警察们的车赶到了。

这个推论可以说是相当优秀。虽说回到玉世房间的诹访也在途中跟春香一起眺望窗外，倘若在此之前，二郎和春香就串通好了，便有办法掩饰一切。

警方自然也对二郎和春香进行了调查，但是，并没有将两人是同伙的假设作为调查依据，目前为止仍然在进行客观的调查。

话虽如此，斉二郎的嫌疑还是比其他人更大。

那个被警方视为仅次于长岛要的嫌疑人就站在眼前，穿着淡蓝色的衬衫，戴着墨镜。

"南家姐弟在吗？"他接着问，"我听青田先生说你们在这里。"

"是的，在的。"南美贵子转过脸来回答道，"两人都在。"

"还有其他人？"

"还有远野宫先生，就我们三个人。"

"我和青田先生他们刚刚还了舞台房间的椅子，想在房间休息一下，你们要不要一起来？或许可以聊一聊魔术，但是我的本意是想知道一些调查和推理的事情……我感觉自己在被怀疑，完全没有办法平静下来。"

南家姐弟和远野宫交流后，决定可以适当透露一些，但不能把怀疑长岛要的事说出来。如果凶手的目标是让警方怀疑长岛，若是让他知道进展顺利，就有可能提前行动，制造更多的事件，加深警察对长岛的怀疑。

不过，齐家人和相关人员都认为长岛要就是罪魁祸首。

在医院治疗的长岛，五个小时前已经恢复了意识。但是，据说他仍处于无法接受问讯的状态。幸运的是保住了性命，但如果他是被凶手袭击的，那可真是无妄之灾啊。

大家都知道西上基努的死是一场意外，部分新闻媒体也报道了这一点。

不过对于齐家事件的报道还处于白热化状态。著名魔术师的宅邸接连发生惨案，这次被杀害的还是一名警察。加上西上基努，已经是三起死亡事件了。而且，每个事件都笼罩着不同寻常的谜团，特别是第一起耸人听闻的案件，在媒体和社会上引起强烈热议，成为轰动全国的大事件也就不足为奇了。难怪从东京集结而来的记者们一个个干劲十足，不管不顾地投入大量采访费用，就像饥饿的群鸟一般。

"那么，二郎先生，我们一起去吧。"南美希风说着，合上了那本厚厚的书。

南美贵子能够猜到，南美希风是想直接询问当事人，掌握昨天众人的动向。

看到南美希风把书放到装着《南美希风笔记》的薄皮包里，远野宫顺便问道："话说，你刚才在看什么书？"

"《魔术要览》。"

南美希风再次拿出那本书展示给他。红木色的皮革封面，铂金的书名，装订很是华丽。

"《魔术要览》……是跟学业有关吗？有必要现在阅读吗？"

"跟这次案件有关，不过我也不知道有没有用。这本书就是图书室里被烧掉的那一本。"

"你说什么？"远野宫突然站起身来瞪大了眼睛。

"为了搭建'焚化炉'，不是用了很多书吗，我就在想都用了什么书呢？《魔术要览》是一九八四年在美国出版后被译成日文的，全书五卷。这五本书全部都被烧掉了。"

"你调查过了吗？"

"我是听雾冈刑警说的，图书室的书架上有一个很大的空，与其他地方相比，只有那里的书全都不见了。请细田先生和冬季子夫人回忆了一下，原本在那里的是……"

"《魔术要览》全五卷？"

"通过烧剩的残渣可以确认到一部分内容，确实是这本书。"

"那你手上的那本书是怎么回事呢？而且，你为什么要读这本书呢？"

"我给图书馆打过电话，他们那里有这本书，便让姐姐帮我借一本带来，这是第一卷。理由嘛，纯属个人喜好。凶手搭建'焚化炉'的其中一个理由，可能是想借助'焚化炉'，烧毁一些想要摧毁的东西。"

"什么？"

"可以这样假设吧。除了警察的制服和旧黑宫宅邸的施工图，还有凶手必须要烧掉的东西。"

"你是指那些书吗？"远野宫有些震惊，"你真的是这样想的吗？"

"或许这五卷书中，有对凶手不利的内容。比如魔术手法、作案动机什么的。"南美希风自嘲般地苦笑道，"我有些太神经质了吧。但是，面对这个凶手，不得不谨慎思考。看来我也是深受他的毒害啊。"

可别毒害到心脏啊，南美贵子在心中暗自说道。

"有些内容还挺有趣的，我才能读下去的。有写恶魔、女巫、魔法相关的用语和解说，涵盖了很多内容。"

"那真不错！"远野宫露出宽慰的表情，接着继续说道，"要是有什么发现就告诉我。"

"好了，走吧。"南美贵子忙不迭地催促着二人，"二郎先生还在等着呢，远野宫先生也一起去吧？"

"不了，我要去舞台房间。"远野宫倏地迈开了脚步，"我去试试看能不能让我参与下密道的调查。"

在探索密道的过程中，警察甚至拒绝了远野宫的介入，毫不通融，大概是为了保密。

调查本部下令除了凶手之外，只允许警察内部掌握具体情报。为了防止泄密，禁止报道任何只有凶手才知道的事实，只有凶手才有可能说出的内容。如果有人知晓了，就可以把那个人锁定为凶手。

调查本部想留下一个撒手锏，所以调查完全保密。

"我认为不太可能。"南美希风继续说道。

远野宫和南美贵子他们在走廊上兵分两路了。

2

"你换了房间的布置吧？"

早坂环顾了房间一圈坐了下来。

"都快一个月了。"

"上次来这间屋子，是一郎刚回国不久的时候吧？"

坐在宽大的扶手椅上，显得杰克早坂更加娇小，双脚都触不到地面。

青田经纪人坐在窗边的座位上。窗外的阳光，照在他那茶色边框的眼镜和宽大的额头上。

南美贵子对着挂在墙上的镜子，轻轻地捋了下头发，然后把化妆包放在了桌子上，与弟弟一起坐在了房间主人的对面。南美希风也放下了背包，四处仔细地观察着室内。

戴着墨镜，露出一抹微笑的男人似乎察觉到了这一点。

"南美希风，是不是想问我为什么房间里会有镜子，而且还装了很多的镜子？"

南美贵子大吃一惊，随即环顾四周。

原来不只是刚才看到的那面镜子，矮柜上也放着一面台式镜子。壁柜正面是横贴的镜面设计，还有细长的大镜面作为隔断。

青田和早坂也都一脸疑惑的表情，再次打量着房间。

"盲人的房间里有镜子，是不是非常愚蠢？南美贵子小姐。"

"怎……怎么会呢？"

"不觉得怪异吗？"

南美希风接下话茬答道："二郎先生，我有一位盲人朋友，她的房间里就有三面镜子。"

"这个布置并没有什么特殊含义。"说着，二郎的表情中浮现出几分沮丧，"只是这样的设计，能够给人留下深刻印象和回忆。是不是非常别致？"

"非常漂亮！"南美贵子坦率地说出了感想，"有种金属质感，非常别致。"

"很酷。"南美希风紧接着说道。

"谢谢。而且它们非常实用。南美贵子小姐不是已经用上了吗？"

面对他自信的微笑，南美贵子点了点头，略微迟疑一下体贴地说："是的，我刚刚用过。"

"对客人有用就行啦。对了，我给你们弄些饮料吧。"

南美希风对站起身的主人说："啊，我来帮忙。"

南美贵子也跟着进了茶水间。

茶水间虽然很小，但有水槽、炉灶，还有一个小碗柜。

"啊，不用了，不用了。"

南家姐弟没有理会主人的客套话，开始帮忙。

并不是因为对方是盲人，才给予特别关照，只是出于对长辈的尊重。

"二郎先生，可不可以给我冲杯咖啡？"青田经纪人说道。

"好的，您喜欢加点什么？"

"请倒一点酒，白兰地就行，很想来上一口啊。"

"知道了。"

"青田先生。"早坂连忙问道，"那些椅子都是搬运工搬的，你也没干什么体力活吧？"

"但是，也不知道为什么，总有一种工作结束的疲惫……就像舞台谢幕之后的那种心情。"

"彻底放松的感觉吧。"好像能感同身受似的，早坂的声音有些落寞，"空荡荡的大厅……岙一郎的落幕……"

就在这个时候，一郎的魔术伙伴像是突然转换了心情，一下子提高了声音。

"那个舞台大厅，有一条秘密通道啊。岙一郎曾在那里表演过大变活人的魔术，他是利用了那条密道吗？"

"他们是从宽阔的地板上发现的密道入口吗？"

"入口不在地板上吧，青田先生。地面上铺着地毯，不可能一块块翻起来看。"

"还有……"南美贵子把杯子放在托盘上说道："施工图纸上，不是在北侧墙壁附近画着出入口吗？"

"啊，没错。"

南美贵子拿起托盘，从茶水间往外观察，才发现隔断用的是透明的魔术玻璃，十分讲究。

分发咖啡时，大家以魔术为话题聊得非常起劲。作为"梅菲斯特"的弟子，南美希风也要加入其中。那身为魔术师的弟弟，二郎先生对魔术到底了解多少呢？南美贵子喝着咖啡，观察着他。但是，他对这个话题似乎并不感兴趣，还不如青田经纪人更加了解，青田对魔术的了解甚至远远超出他工作所需的知识储备。

青田接着说道："我记得啊，一郎先生说过，魔术师是给人们展示最不可能发生的童话故事的人。"

南美希风流露出怀念的眼神，认真倾听着。

"一郎先生还说，能引导观众进入童话里，给他们展示新奇的证据，让他们相信真的有这样的故事，不断吸引他们的注意力，这就是一流的魔术师。"

"这是引用的一位著名的英国魔术师的名言。"早坂连忙补充道。

"原来如此。这句话对于舞台上的工作人员是很重要的，包括艺人、演员、摄像。我有的时候也会用这些话来指导新人。"

"我作为魔术师的座右铭是英国风景画家的一句话。"

"画家的？"

"不欺骗观众，而是让观众察觉到这一点来获得满足。"

"是约翰·康斯特布尔？还是康斯库布尔？"

"是康斯特布尔，二郎先生。"早坂马上纠正道。

"让观众察觉……"南美希风像是在品味着这句话，轻声细语地嘀咕着。

"让观众察觉到什么，可以用各种方式来解读吧？"杰克早坂把视线转移到了远处，"让观众察觉到即使是利用道具进行表演的，还是会让他们沉醉在幻想中，回味激动。或者让他们察觉到仅仅只是欣赏着舞台上的表演，就能进入如梦如幻的世界。或是故意让他们察觉到一点技巧，从而对魔术的世界产生兴趣……"

南美希风接着说道："当然，魔术的目的不是欺骗。"

"没错。魔术是体验模拟出来的奇迹，让人享受到不可思议的幻想世界。"

现役魔术师的眼睛放着光，但是二郎却没有表示赞同。

"但是，实际上还是在欺骗观众吧？"

"所谓欺骗，是指怀着恶意进行不正当的欺瞒行为。而魔术是在双方达成同意的前提下，欺骗心理和眼睛的打动人的艺术。"

南美希风又接着补充道："也许可以说是双方的公平竞赛，一方势必要看穿对方，另一方则让对方大吃一惊，进行的激烈的竞争。竞赛时的紧张感，会在决出胜负的瞬间让人感到解脱和兴奋。"

"南美希风先生，你有信奉的魔术宗旨吗？"青田接着追问道，"类似座右铭之类的。"

"我只是一个喜欢魔术的普通人，没有什么座右铭。"

"我听哥哥说过你很喜欢魔术。你喜欢充满戏剧性的梦幻幻象和幽默的演出，就像瑟斯顿的《少年、少女和鸡蛋》。"

南美贵子向有些害羞的弟弟问道："那是什么魔术啊？"

"就是从礼帽中取出鸡蛋的魔术。这本身并不怎么稀奇，但是表演起来却特别可爱。它是在二十一世纪初上演的。让一个小女孩和一个小男孩站在舞台上，瑟斯顿从帽子中陆续取出鸡蛋递给小女孩，再由小女孩递给小男孩。但是，这个鸡蛋会源源不断地从帽子中取出来。小女孩用天真无邪的眼神吃惊地盯着不可思议的帽子和鸡蛋，而小男孩怀里抱着像山一样的鸡蛋，有点惊慌失措。小男孩和小女孩的可爱之处，使剧场的气氛逐渐升温。尽管魔术的手法和效果都很常见，能被这样运用，也可以说是一种经典。让人觉得魔术也不一定非得往过激的方向发展。"

"嗯……"

早坂补充道："将这个表演命名为《少年、少女和鸡蛋》的人是德文。"

南美希风一边点了点头，一边继续解说道："他是瑟斯顿的魔术同伴，有时还会分享魔术手法。哈瓦德·瑟斯顿曾表演过这样一个魔术。拿出一只活的兔子，作为礼物送给一个站到舞台上的小女孩。他把兔子放入包装纸里，不过，再次打开时，兔子就变成了一个糖果盒。虽然糖果盒也不错，但是没能得到兔子的小女孩还是有点失望地回到了原来的座位上。然而，这个时候瑟斯顿跟在了她的后面，竟然从女孩父亲的衣襟里拿出了一只活兔子。"

"哦？"

"作为手法来说，还是比较简单的。只不过是一个变出活物的魔术而已，但是小女孩心里产生的感动却是非同一般的。体验了一次失望，接下来得到的满足和感激就会加倍。瑟斯顿分毫不差地揣摩了对方的心理活动和起伏，按照顺序一步一步地实施了这个魔术。在惊讶和欢喜中，让小女孩切实地感受到了魔法的世界。而且，爸爸也间接地参与了这个奇迹的诞生。爸爸的衣服里突然跑出来一只兔子，小女孩会一直骄傲地讲述这个故事吧。最后她带着糖果盒和兔子，以及超越现实的兴奋感回到了家中。"

"如果有这样的体验，一定会当作一生的回忆吧，说不定再也离不开魔术了。"甚是满足的南美希风还是加了一句嘲讽的话，"直到否定梦想的年龄之前。"

"对小女孩的父母来说，可是天大的麻烦，因为他们要负责抚养那只小白兔。"青田说话时的语气让人看不出他是不是在开玩笑，"说不好还会当食物给吃了。"

他用稍显浮躁的动作抚摸着宽大的额头。

"瑟斯顿以前本打算成为一个骑手，听说他的身材非常矮小。这一点倒是跟早坂先生很像呢。"

杰克早坂摸着手背，沉默了两三秒，露出一抹苦笑，接着说道："其实没有。瑟斯顿后来长成了一个高大魁梧的男人。我既没有想要成为杰克那样的人，也没有想过与瑟斯顿那样伟大的前辈相提并论。"早坂拍了一下肚皮。

"唉，瑟斯顿式的魔术，现在很难受到欢迎吧。缺少华丽感，没有办法吸引客人。这一点跟我倒是很像。魔术商业的重心，无论如何都会向大型的幻术魔术发展。美国正在这条路线上发展壮大。一郎先生也是这条路线，但是他有自己独特的风格。尤其是在日本，是史无前例的娱乐先锋。"一股惋惜之情油然而生，南美贵子趁机开口说道。她无意改变话题，想说的话却自然而然地脱口而出。

"昨晚也有人被杀害了。"男人们都心领神会地点了点头。

"长岛保住了性命，但一定是被凶手袭击的吧？"青田皱着眉头说道，"虽然身处现场，但他一定不是凶手吧？南美希风先生。"

"警察应该正在调查这件事。"

"就算有嫌疑也就一半啦，我好像也被怀疑了。"

"二郎先生？"青田转过脸来叹息道。

"警察好像是这样想的。我和长岛各有一半的嫌疑。"

"为什么？"

青田的眼里充满了同情和不可思议，随后便以眼神向南美希风询问。

"因为碰巧出现在现场附近吧。"南美希风接着回答道。

"是吧。"嫌疑人苦笑着，挠了挠头继续说道，"那会儿正好临近火灾发生的时间。"

"能够请你详细说说前往车库时发生的事吗？"

"可以。"

二郎一五一十地描述了自己昨晚的行动。

晚饭后，二郎为了应对基努遇害后，针对斉家人的调查和问话，老实地待在自己的房间里，借此保持充沛的体力和精力。后来会去玉世的房间，是因为上厕所的时候遇到了上条利夫。利夫当时刚听说基努被杀事件，由于恐惧和打击，他的肚子又出现了不适。从利夫那里知道玉世听到了奇怪声音后，二郎有点好奇地去了玉世的房间。

那时，差五分钟就到九点了。

春香也在房里，她简单介绍了事情的经过。

在短短的两三秒时间里，听到了引擎发出的声音，还跟往常不太一样。这会是另一种声音吗？如果是那样的话，又是什么声音呢？再加上又出现了犯罪事件，玉世就更加在意了。

诹访和细田都说没有注意到，上条夫妇也不例外。

春香提议不如去确认一下汽车的情况，大家就可以放心了，因为车库和院子好像都没异常。

于是，这个任务就落在了二郎身上。

他从车库附近的便门走到院子里的时候，差不多是九点钟。

二郎一边跟二楼窗户前的春香说话，一边小心翼翼地查看。他打开了车库的卷帘门，摸了摸引擎盖的温度，又用盲杖搜查了下周围，没有感觉到任何异常。

关上卷帘门后，更是全神贯注地听着四周的动静。

给水壶换水的诹访也在中途回到了房间，跟春香一起从窗户处看着院子里的二郎。

二郎听觉再敏锐，也听不到图书室里小火苗发出的声音。

但是，他却听到了从墙外传来的引擎声。正是土肥刑警驾驶的车，南美希风他们也在车里。

土肥刑警发现着火是在九点零五分。

"那为什么二郎先生会被怀疑呢？"

青田经纪人愤慨至极，再加上刚刚喝完咖啡，他猛地站起来朝窗户走去。

"怀疑你纵火吗？"早坂一脸困惑的表情，"就因为起火没多久。不过，那是别人让你去的，你怎么可能去放火呢？"

"是啊。"青田对着玻璃窗点头回应道。

"对于警察来说，要是二郎先生没有站在车库附近会比较方便，所以才会怀疑他的证供吧。"南美贵子斟酌许久，用尽量不透露搜查情报的方式说道。

"对警察来说比较方便？什么意思？"十指交叉的早坂向前探出身。

"方便扩大凶手逃跑的路线。警察认为起火之前，凶手一定会在图书室的里面或是附近徘徊，因为没有线索表明是凶手离开后才起的火。"

"原来如此，可能是用了什么伎俩。"

"但是，我们没有物证，早坂先生。所以，亲自放火的凶手应该就在现场。那凶手到底是从哪里逃出去的呢？由于窗户外边是被封住的，所以他可能是从天窗逃出去的？"

从窗户边回过头的青田说道："听说是把椅子放在桌子上了。站在椅子上就可以从天窗逃出去吧？"

"是的。但是，在发现着火的几分钟前，二郎先生就一直在院子里。"

"而且，还不止这些呢。"早坂补充道，"春香小姐从二楼的窗户向下看，但是如果她将注意力放在车库那边，会不会有死角呢？那是建筑物主屋的墙角，不从窗户探出头，有意识地往下看，可能就看不到呢。"

南美贵子在脑海中描绘着位置关系。

玉世房间的正下方是小客厅，位于图书室的西侧。这里是存放道具的地方，昨晚并没有人。车库在这个房间前方的院子里，而图书馆的天窗则在玉世房间的东侧。因为距离相近，方向相反，所以当注意力在车库的时候，是很有可能形成死角的。

"不。"

青田经纪人慌张地来回踱步。

"只要是天窗的方向，就应该不会是死角。"

他像名侦探一样，一只手背在身后，另一只手竖起食指。

"我听春香小姐说过，她在等二郎先生从便门出来。所以应该是伸出头，歪着脖子，看着便门的方向，天窗的前方也会在她的视野里。"

"嗯……"早坂在努力思考着，"这样说起来的话，六七分钟前，天窗周围是有目击者的。首先是春香小姐，接着是院子里的二郎先生。"

春香的目光会追随二郎来到车库附近，因为会往左看，所以天窗前的墙边应该是死角，但是那个时候二郎就在附近，虽说眼盲，但不会注意不到逃跑的凶手吧？

"应该能从天窗逃到屋顶吧。"青田依然没有放慢脚步，"只要不从屋顶跳到院子里，也许就不会被二郎先生发现。"

"我觉得不可能。"南美希风表示反对，"那个墙壁不是徒手就可以攀上去的。即使两个人叠罗汉也够不到屋顶，所以必须使用辅助工具。比如折梯，或者从屋顶放下绳索之类的。而问题是凶手应该不会预料到二郎先生会到院子里来，那他自然也不会准备折梯和绳索。再说光是从屋顶放下绳索就是大工程，因为必须先爬到那个高高的屋顶上。这是一栋甚至没有安装检查用的梯子的建筑物，就算是从只有一层高的建筑物屋顶爬上去也很难。那么计划从天窗逃跑的凶手，首先会选择跳到院子里逃走。"

"嗯。"青田也立马开口表示认同，"这是常识啊……啊，等一等。"

他似乎想到了非常重要的事，停下脚步，转向众人，两眼闪闪发亮。

"折梯是有可能的。凶手在进入房间时，也利用了天窗。那么他是怎么爬上天窗的呢？他不可能从院子跳上屋顶，只有可能是准备了折梯，那折返的时候……"

他的鼻孔开始扩张。

"凶手从天窗出来俯瞰院子，发现了在附近走动的二郎先生。看他的样子可能没那么快回去，所以凶手就决定逃到二楼的屋顶，而折梯就在地面上。"

青田的语气越来越坚定。

"凶手把梯子拉上来，然后用它爬上了屋顶，再把梯子从上面拉起来带走。这个逃跑方法怎么样？"

"我不敢苟同。"

"啊，为什么啊，早坂先生？哪里有漏洞啊？"

"首先是声音的问题。把梯子拉上屋顶的过程，不可能悄无声息……至少听觉敏锐的二郎先生会注意到。梯子就更不用说了，因为是金属制品，所以肯定会发出响声。而且，即使从天窗上探出上半身，也够不到折梯，屋顶上必须有用来拉起的绳子，但南美希风先生也说过没有发现绳子。退一步说，就算是用木头做的梯子，从院子里拉上来，再竖起来，也会发出相当大的声音。"

"这样在屋顶架起梯子，我是不可能听不到的。"听觉敏锐的证人相当自负地说道。

"凶手既不想做，也不会做。"

"嗯……不可能。"

"还有一个决定性的证据，青田先生。"早坂斩钉截铁地说，"二郎先生出来之前，春香可盯着便门呢。如果有梯子的话，应该早就被发现了，不可能看漏的。"

"是啊，是啊。我自己也觉得……这个方案不行。"

青田毫不气馁，摆出沉思的表情和姿势，继续来回踱步。

"从天窗出来，无法逃到更上面的屋顶，所以只能逃到下面的院子里。但是，那里有二郎先生在，天窗就可以排除了……这样的话，凶手只能从图书室的走廊逃走了。凶手是从门口出去的。这个逻辑没有错吧，早坂先生？"

"可是，青田先生，门上有两道锁，上面还插着钥匙，滑动锁也被锁上了。"

"还有……"南美贵子紧接着继续补充，"警察的尸体还在门外，凶手会冒着这么大的危险站在门外给门上两道锁吗？"

"这也不太可能吧。话说回来，天窗上也是两道锁，正常来说，也不能成为逃脱的路线。这样一想，密室之谜还是挺重要的。如果解不开谜团，推论也没有办法进行。"

青田说着挥动着自己的食指。

"这样的话，我就能理解警察的判断了。留在室内的长岛先生就是凶手。警察是这么认为的吧？大家也能深切地感受到吧？"

南美贵子和南美希风没有做出表示同意的动作，但其他人都默认了。

然而，这位推论者的脚步停了下来，他好像又有了新的想法。

"咦？二郎先生，你觉得自己被怀疑了。但是，这不是明摆着是冤枉的吗？考虑到纵火的时机，因为你刚好在车库，也可以说是图书室附近，所以才被怀疑吧？但是，春香一直从二楼的窗户观察着他，不可能犯下罪行，更何况诹访小姐也在中途加入了。"

二郎听他这么说，似乎安心了一点。遗憾的是，南美贵子认为弟弟一定会提出对他不利的观点。不出所料，南美希风委婉地说道："不过，这个案子似乎不是单人作案，如果是多人共犯，那么咅二郎先生就有嫌疑了。"

"为什么？"青田觉得不可思议，其他人也是如此。

"警察可能会认为二郎先生与春香小姐是共犯啊。二郎先生实施犯罪的最后阶段，春香小姐装着跟在车库附近检查的二郎先生对话。这样就能让玉世夫人给他们作证摆脱嫌疑。那么直到诹访小姐回来之前，就都是二郎先生的自由时间。"四周一片沉默，南美希风一副胸有成竹的样子，接着说道，"不过，为了不让大家互相猜忌，警察也不会往这个方向追查。那么，我想再问一下二郎先生，你在院子里的时候，有没有听到图书室周围有什么异样的声响呢？"

"没有。"也许是为了调整心情，二郎用手指托了一下墨镜，"虽然那个晚上风很大，但是从天窗下方的屋檐跳到地面上的声音，我没有理由听不到。"

"那么如果是在检查车库的时候呢？墙壁会隔音，可能听不到落地的声音。"

"车库的卷帘门正对着房屋，那边的动静我都能听到，不可能漏听凶手落地后逃走的声音。况且当时，我正集中注意力听着周围的情况。”

“我们跑进屋内后，你也一直待在院子里吧？”

“是的。突然有人说着火了。我有点难以置信，就一直站在那里没动。我也问过春香小姐图书室着火了是真的吗。春香小姐也回答不上。因为她也看不到一楼房间的情况。后来她好像慌张地跟觇访小姐说了什么，就往图书室跑去了。”

“二郎先生，有没有试着靠近图书室的窗户呢？”

“我走近了一点，想听听是不是真的着火了。但是，听不出来火焰的声音。”

“有其他声音吗？比如有什么东西移动过的声音？”

“嗯……”仿佛在搜索记忆一般，墨镜后面的眼睛突然眯成了一条线，“没有，静悄悄的，什么声音都没有。”

“那假设这样的场景：当我们和刑警们从车中看到火焰的时候，从天窗逃出来的凶手还潜伏在那个屋顶上。当然，我们从便门跑进去的时候也不例外，只要把身体往后缩一点，从院子里是看不到的。藏好的凶手在等待时机逃走。”

“总之，我没有感觉周围有类似的声响。不，是没有听到任何声响，就连屋内也听不到任何声音。等你们开始用身体撞门的时候，才陆陆续续听到各种声音。门被撞开之后，也能够听到火势变大的声音。”

“外面一直没有发生什么异常，是吧？”

"那是肯定的。过了一会儿，图书室里就传来了用灭火器灭火的巨大响声，把我吓了一跳，就离窗户远了一点。这个时候，从便门出来的青田先生叫住了我。我告诉他好像发生了火灾，他就过来看看情况。我们等了一会儿，决定到里面看看，就一起走向了便门，这个时候听到了警察打开了图书室窗户的声音。"

"青田先生是在茶室吧？"

客厅旁边有一间小小的西式茶室。

"嗯，从哪里说起才好呢……"

终于坐回椅子上的经纪人，迷茫地摸了摸宽大的额头。

"就从山崎兄弟到这个宅邸说起吧。"

收拾完堆积在平板车上的魔术道具后，早坂和山崎兄弟因为工作，就各自离开了齐家。

"刑警和南美贵子小姐等人接到西上基努婆婆死亡的消息，就立刻赶了过去。那是六点二十分左右吧。大约三十分钟后，山崎兄弟过来问我调查的进展情况，顺便给蝙蝠喂食。之所以那个时间过来，好像是因为哥哥的打工安排。"

"这个时候，两人得知了基努婆婆的死讯……"南美贵子的声音里透着一股悲凉。

"是的。他们几乎不认识基努婆婆，但因为与齐家相关的人接连被害，他们也感到不安。接下来的事你们可能已经听说了，他们两人稍微冷静下来，就去看蝙蝠的情况，却发现全都不见了。"

放置蝙蝠笼的小客厅里，还放有用来杀害警察的凶器——缝纫机针和在地下通道中使用过的油漆。

"山崎兄弟打算回自己家吃晚饭，但在玉世夫人的热情挽留下，就在这里吃的饭。当然，也通知了他们的父母。我和长岛先生认为只要待在这里，就能获得基努婆婆事件的消息，便也决定留在这里吃饭。"

南美希风插嘴追问了一句。

"上条夫妇是什么时候来的？"

"好像是过了七点吧，在那之前，夫妻一直都在家里。大约六点四十分或四十五分，细田跟玉世夫人商量后，打电话告知他们基努婆婆被害的事，所以他们就赶了过来。"

从上条家到吝家宅邸，开车只需二十多分钟。

"到达时间是在七点十分左右。据说是在吃饭的途中跑过来的。细田先生提议让他们和二郎先生、我，还有山崎兄弟一起用餐。春香吃了几口，但她的丈夫利夫没有胃口，因为连续杀人事件让他的肠胃神经又开始紊乱了。"

南美贵子清点了当时在吝家的人。有吝玉世、二郎、上条春香、利夫、青田高广、长岛要、细田寿重、诹访凉子、山崎忠治还有良春，共十个人，除了被害者间垣巡警。

"后来一直没有收到从西上宅邸传过来的消息。"青田继续说道。

"八点十分左右，山崎兄弟要回家了，他们打算步行到公交站坐车。但是因为接二连三地发生令人惶惶不安的事件，而且又是晚上，我就想着不能让他们就这么回去，所以给他们叫了出租车。将近八点二十分的时候，细田先生将他们二人送到门口，目送他们坐上了出租车。好像长岛先生也跟着去了。据细田先生说，长岛先生特别在意旧黑宫邸的资料，从玄关返回的途中，还跟看守的巡警打了招呼。"

"都说了什么呢？"早坂连忙追问道。

"没什么特别的，就是'如果要把资料拿出去或者再一次查看的时候，请一定要马上跟我说一声'之类的吧。具体什么情况，还是去问问当事人或者细田先生吧。"

那是八点二十分左右的事。巡警的死亡时间是八点半，或者更早一点。

"巡警说了什么话吗？"南美希风继续追问道。

"不知道……不过，应该是说了吧。长岛先生好像还跟他聊了一会儿。而细田先生没有停下脚步，直接回到了餐厅，所以不太清楚后面的事了。"

"只有长岛先生留在那里……"

"不过，他很快也回了餐厅，并没有比细田先生晚多少，差不多也就一分钟吧。然后，我们就去了可以吸烟的茶室。从二楼下来的诹访小姐，帮细田先生一起收拾的餐厅。"

"细田先生最后一次见到巡警是从玄关回来的时候吧？"南美希风赶紧确认了这一点。至于细田的动向，昨晚已经从本人那里打听出来了。

"好像是这样的。在那之前，他们好像也交谈过。给我们准备饭菜的时候，他也跟巡警打过招呼，问要不要给他拿饭团或饮料。巡警说不用太在意他。送走山崎兄弟之后，细田先生主要是在宅邸东侧的茶室和厨房做事，没有去过图书室。他时而还会跑去二楼玉世夫人的房间，问她有没有什么事情吩咐。"

楼梯比图书室更靠东侧。

"长岛先生离开过茶室吧？"

"嗯，是的。刚到茶室几分钟，他就有点坐立难安。过了一会儿，他说了句'那么贵重的资料就交给别人保管吗'，然后就离开了房间。"

"他离开时的时间呢？"

"那就不清楚了，大概也就八点半前后吧。"

长岛可能是去院子里了，想从图书室的窗户看看情况。南美贵子在脑海里想象着当时的情景。凶手觉得长岛碍事就袭击了他……

"在长岛先生离开房间的同一时间，上条利夫先生也离开了房间，去了二楼的厕所。所以春香也借机起身去看望玉世夫人的情况。"

所以，茶室里就只剩下青田经纪人一个人了。

南美希风自言自语地嘀咕道："如果是走楼梯的话，就不会经过图书室。那么青田先生，接下来回到房间的是谁呢？"

"是利夫先生，他从厕所回来了，但我记不清过了几分钟了。我告诉他春香在玉世夫人的房间，他便想往那边去。正好细田先生也来了，两人就一起去探望玉世夫人了。八点五十分左右，诹访小姐也来到了茶室。我问她有什么事吗？她好像只是想休息一下，就点了一支烟。"

南美贵子觉得这很符合她的风格。诹访凉子一向不把来客当作客人，从来不在意毫不相关的人的评价。

"她其实也非常忐忑不安。"青田用体谅的语气说着，"她想平静下来，想找有人的地方……即使是她，也因那晚的事件胆怯了，一直心神不宁。打破盘子还不算什么，之后的举动才惊人呢。她吵闹着要防狼喷雾之类的东西，结果拿出了杀虫剂，没想到杀虫剂破了，喷了出来，搞得乱七八糟，最后只能拿给她哨子了。"

发生了连环杀人案，不安也是正常的。她觉得凶手可能会犯下第三次罪行……

过了两三秒，南美希风又继续追问道："九点五分左右，茶室周围有什么动静吗？就是刑警和我们发现图书室起火的时候。"

"在九点的时候，我看了下手表，没有注意到什么，也没有听到任何骚动。茶室里只有我一个人在喝威士忌。过了不久细田先生开门的时候，我才注意到可能有事发生。他推开茶室的门本想进来，但走廊那边的动静让他很在意。当我看向他时，他向我点头致意后便关上了门。他的表情和往常一样，几乎没有什么变化，只是有点神思恍惚。"

细田自述说因为听到了匆忙且杂乱的脚步声，他担心发生了什么不可预料的事情，便向声音传来的方向走去。当时的脚步声，应该是刑警和南家姐弟等人往图书室跑去时的脚步声。细田还说在打开茶室的门之前，他去过玉世的房间。不过夫人没有吩咐他做什么，只是被玉世和春香问过是不是有人发动了车子的引擎。他回答什么也没听到，就返回了厨房，一直在厨房收拾。

"细田先生打开门的时候，我也听到了走廊里忙乱的声音。因此，越来越在意的我也到了走廊里，发现烟气熏人。看到便门开着，就走到了院子里。环视四周，看到了二郎先生，于是就问他发生了什么。"

"然后呢？"早坂好奇地继续追问道。

"听说好像发生了火灾，我吓了一跳，就赶紧跑了过去。正好图书室里亮着灯，所以从院子里也看得非常清楚。"

在火快要熄灭的时候，南美贵子打开了灯，所以青田的证词没有矛盾。

"我靠近窗户看时，火刚刚被扑灭，没有看到火焰。不过，屋内烟雾很大，桌子也变得焦黑，上面还有一些破破烂烂的东西。我惊慌失措想着打开窗户看个究竟，问问情况。但是，二郎先生制止了我，说还是不要碰比较好。迟疑一阵后，我们决定回屋子里去。"

"我想确认一下……"南美希风开始提问道，"你靠近图书室窗户的时候，没有触摸到窗户的格栅吧？你有没有看到或听到什么比较让你在意的？"

"如果有的话，早就告诉警察了，但什么都没有。"

南美希风像是在确认有没有漏洞，沉默了些许后说道："接下来轮到早坂先生了，六点四十分左右，细田先生给在家的上条夫妇打电话，告知他们西上基努婆婆的死讯。细田先生当时也想通知你吧？”

“是的，但没能联系上。因为那个时候事务所已经关门了。他好像也给我家里打了电话，可我因为还在外面工作，回到家的时候已经将近晚上十点钟了。”

自那以后，即使发生了巡警被杀事件，齐家人也都尽量不去联系早坂君也。毕竟早坂和基努并不熟悉，跟齐家也没亲密到有事就必须通知他的程度。另外，因为齐家人都要接受警方的调查审讯，也没工夫去通知他。警方昨晚似乎也没打算对早坂进行问讯，因为他不在现场。

“直到第二天……今天早上看了电视报道，我才知道又发生了案件，我感到十分震惊。”

报道上说，警方正在调查西上基努之死与此次案件的关联性。虽然没有提及巡警被杀一事和密室问题，但是警方已经发表声明，认为长岛要是重要嫌疑人。媒体猜测警察的被害手段和纵火事件，还有很多没解开的谜团。

青田长叹了一大口气说道：“我起初以为基努婆婆是他杀的，接着又发生了巡警被害事件，而且听说现场还是个森严的密室，因此让我十分震惊。”

南美贵子突然想起了一件事，便向青田追问道：“昨天晚上，长岛先生从茶室出去之后，就一直没有回来，你没怀疑他在做什么吗？”

“是啊，这样说起来的话，我倒也没在意，只是觉得他在哪里晃悠，根本没想过他会碰上什么事情。”

总结一下他们各自的行动，南美贵子发现关于巡警被杀一事，有明确不在场证明的人很少。警察预估的死亡时间是八点半或更早。不过，这只是推测区间，即使死亡时间是八点四十分也没有问题。八点半左右，长岛要走出茶室。此时，上条夫妇也离开了房间，各自朝不同的方向走去。细田和诹访因为工作在宅邸四处走动，吝二郎则待在自己的房间里。上条春香和诹访的不在场证明，有玉世的证实，可能会更可信。

询问结束之时，响起了敲门声。在得到房间主人的应允后，一脸从容的细田走了进来。

"我回来了，听说南美希风先生在这里。"

因为跟细田提出等车回来后，想在车库里做实验。

"时间刚刚好。"南美希风起身说道。

南家姐弟向几位男士道谢之后，就离开了房间。

3

阳光直晒头顶，让人忍不住皱起眉头。即使院子里铺满草皮，还是能感受到蒸腾的暑气。

南美希风绕到车库的阴凉处，抬头看向二楼，南美贵子和上条春香都站在玉世房间的窗前。

车库附近还有两个人，分别是远野宫和颇有兴趣的早坂。

吝二郎和青田似乎对密道更感兴趣，但是他们无法参与警察的行动。远野宫也没能得到大海警官们的许可，只好无奈地离开了。

警方没有将车库视为调查对象，也就没反对这次的实验。只要不去案发现场的图书室，基本就不会干涉。而且刑警们也对探索密道更感兴趣，就像找到了猎物的猎犬一样。既然眼前有直接目标，那就扑过去调查清楚，这样更符合他们行动派的作风，况且调查对象，还是千载难逢的密道。通过声波调查，冲进黑暗之中的刑警们，一个个目光如炬、慷慨激昂，完全不在意其他的事。像是不明声音，根本没有追查的必要，即使是密室谜题，他们更是不用考虑，只要让凶手自己招供就好，或是交给南美希风推理。

南美希风背对车库，看向房屋。一楼的右端是图书室。图书室上方的左侧屋顶，有一个凹陷的正方体的部分，那便是天窗的所在地。从平坦的屋顶到最高处的屋顶，存在一定的高度差。

早坂追着南美希风的视线说道："我说使用不了梯子，看来是说对了，南美希风先生。"

"什么？"

南美希风向远野宫大致说明了一下之前的讨论后回道："谁都会认可的，早坂先生。"

"而且，凶手没使用踏板的原因，除了春香女士的证词之外，还有一个。"

"哦，是什么？"

"从地面跳不到天窗部分的屋顶，要想从天窗进入屋内，凶手就得准备踏板。但是实际上，就算不考虑锁的问题，凶手也不太可能从天窗进入图书室。"

"为什么？"

"因为有巡警啊，不避开巡警的话，凶手就没办法在图书室内行动。所以首先要解决的还是巡警。但是，从天窗进入屋内接近巡警是不现实的，因为只要打开门就会发出声音，无论如何都会被注意到。对于凭空出现在室内的人，就算不是警察，也不会掉以轻心。所以凶手还是会选择在走廊上接近警察。既然已经杀害了警察，自然是抢过钥匙进入室内。因此，只能认为凶手是逃脱时才用了天窗。而从天窗跳到院子，女性也能做到。"

"原来如此，你的意思是提前准备踏板和绳索，也根本用不上。"

"而且，很难想象发现二郎先生的凶手会迅速搭起踏板爬上二楼的屋顶。"

"搭起踏板吗？"

"例如，从图书室中拿走几本书，垫在脚下当踏板。但是，这是非常愚蠢的想法。作为紧急应对的方法，太花时间，还会发出声音。另外，凶手往上逃走后，垫脚的东西就会留在那里。在短时间内做出垫脚的工具，还不留下任何痕迹，我无论如何也想象不出来，也不可能存在。而且图书室里也没发现丢失了什么物品。"

"也就是说……"早坂像在看仇敌一样瞪着天窗说道，"即使从天窗逃出来，凶手也绝对没法逃到二楼的屋顶去。"

"是的。"南美希风的声音中夹杂着叹息，"我认为从天窗逃走的可能性比较大，除了锁的问题以外，还有一个难题。凶手有可能在不被二郎先生发现的情况下，跳到院子里逃走吗？"

远野宫接着说道："南美希风，不可能的。春香小姐的证词相当可靠。"

"是吗？"

"她非常笃定地说她不仅一直盯着二郎，也在观察周围有没有可疑的事物。就连车库对面的主屋也没放过。因为是她让二郎去查看的，所以要做好辅助的工作。"

"听你这么一说，春香小姐会观察车库和图书室周围，也是合乎情理的。"

"诹访小姐回来之后，又多了一人观察。两个人在一起，春香小姐也会轻松一点，能够更频繁地四处张望，诹访小姐也是如此。要想避开她们的视线，从天窗跳到草坪上逃走，没有人能够做到。"

南美希风轻声地说着："四个人的听觉和视觉，在院子里布下了天罗地网。二郎先生和春香小姐，再加上诹访小姐，还有最后的青田先生……凶手根本没法逃走吧。"

"除非春香和二郎是同伙，否则绝不可能。或者，二郎和青田先生是同伙，故意放走了凶手……哎呀，如果不强行制造嫌疑人，还真是一筹莫展。为了让推理更加准确，才需要做这个实验吧？南美希风。"

"也可以这么说。"

"那么，该开始了。姐姐快等得不耐烦了。"

"在没被骂之前赶紧开始吧。"

车库是一个呈南北向的长方形，相当宽敞，可以停放三辆车。北侧的卷帘门正对着主屋。现在卷帘门开着，里面停着两辆车。后面是存放工具和庭院用具的地方。中间停放着平板车，左侧停放着轿车。与案发当晚停放的位置一致。早坂和青田的车，以及警车，都停在玄关的前面。

在阴凉的车库里，多少舒服一些。可能是因为用石头建造的缘故吧，没有闷热的感觉。

"南美希风，你想做什么实验呢？"

"也没什么，只是想试一下能否再现玉世夫人听到的声音。根据再现时的情况，或许可以推断当时车库和车辆发生了什么。要是无法重现的话，也许那就不是引擎发出的声音。"

"巡警死亡时间前后的奇怪声音，你认为跟密室诡计有关吗？"

"现在还不好说，只是摸索着一步步向前走。"

"那么，发动引擎就可以了吧？"早坂紧接着说道。

"是的。首先确认一下，在卷帘门开着的情况下发动引擎，玉世夫人会听到什么样的声音。"

南美希风走到外面，大声对着二楼的窗户喊道："玉世夫人听到的不是平板车的引擎声吧？"

再次向当事人确认后，南美贵子接着答道："没错，不是平板车的，引擎的声音完全不一样，那应该是轿车踩下油门时的声音。"

给出可以的信号后，南美希风又转向轿车。

"好像是这辆车的。"

远野宫挪动庞大的身躯，光是坐上驾驶座就很吃力了，早坂就提议道："还是我来启动吧。"

远野宫也没有客气，直接把细田交给他的钥匙递给了对方。

南美希风和远野宫离开车库，站在旁边，早坂坐上了轿车。

南美贵子不认为能通过如此简单的实验就发现有用的线索，她想弟弟也是抱着试试看的想法吧，大家都在拼命寻找能够找到凶手的线索。为了帮老师伸张正义，将夺去人命的凶手关进牢房，驱散恐怖的阴影，南美希风也在尽力想办法。为此，他会去尝试也许没什么用的实验，甚至阅读《魔术要览》。

春香看向庭院的表情非常认真，她觉得不管能不能找到线索，至少玉世担心的事终于能有个说法了。昨晚也是想让玉世安心，才让咨二郎去车库查看。

坐在床边的玉世，正用瘦骨嶙峋的手按着女式睡袍的衣襟，身体状况看上去还行。

南美希风发出信号。

接着，引擎发动了。是非常微弱的声音，绝对不会吵的那种。

玉世说道："这是普通的引擎声，不是昨晚的声音。"

南美贵子回过头来说道："白天和晚上的声音会不会不一样呢？"

"不，无论白天还是晚上，我都听过车子发动的声音。即使是在夜间，声音也没有什么变化。那个时候的声音和以前听过的声音都不一样，比现在的声音还要小……"

南美贵子将同样的内容转达给了下面的男士们。

南美希风放下了卷帘门。在完全放下之前，他与司机交谈了几句，随后卷帘门才关上了。

原来如此，通过卷帘门的开合来改变声音的强弱。

几秒钟后，传来了沉闷的引擎声。过了一会儿，又响起一次。

南美贵子回过头来，观察着玉世的表情。

"这次怎么样呢？"

老婆婆闭着眼睛提高着专注度，满脸严肃的表情。

"不是。"她摇了摇头否认道，"不是这个。"

"好像不是。"南美贵子告诉下面的人。

还有其他的方式吗？

"接下来还有什么要做的吗？南美希风。"远野宫对着拉起卷帘门的南美希风说道。

南美希风对早坂说了句"不对"，然后答道："咱们再试一下窗户吧。"

"窗户？"

远野宫环顾四周，发现车库只有一扇窗，在东侧墙上，是仓库里常见的那种小窗。

远野宫往那边走去，看向主屋的方向说道："他们现在该下密道了吧？"

"你说警察他们吗？"

"看来你也很想去看看地下密道吧？"

"如果有机会的话。"

窗户是没有锁的拉式窗。在南美希风打开时，远野宫望着眼前的广阔草坪说道："从施工图上看，这个地方也有一条通向外面的密道。外敌入侵时便于逃脱，也是理所当然的。但是讽刺的是，这条密道反而引起了当时户主的过激反应。"

"过激反应？"

将窗户全部打开的南美希风，回到了卷帘门那边。

"就是所谓的屋上架屋。每个房间装了锁还不够，还要另外安装插锁，这可不一般。"

"原因是有向外延伸的地下密道吗？原来如此。"

"向外逃跑的路，也可能是入侵的路。这条密道就像是双刃剑。一旦被人发现，就有可能偷偷地潜入。既然有通往外面的途径，那屋内就不再是隔绝的空间，走廊会变成共用通道。所以，每个房间都需要像独立建筑的玄关那样装上锁具。本来是逃生用的隐蔽房间，反倒不能睡安稳觉了。"

"听起来可真够讽刺的。过于战战兢兢，最后竟把自己封闭在过度防御的密室里。然后，神经质的防御机制，又酿成了一起密室犯罪。"

"日本变得动荡不安，导致个人的防备也升级了。如果邻里之间都缺乏信任的话，那接下来就会进入密室化的时代。因为相互监视的环境日趋严峻，所以视线密室也就随之增加了。虽说最初的三重密室并不能作为这种现象的前兆，但是我预感视线与此相关的监视，也许会决定新一代的犯罪形态。不过也可以期望人们的相互监视有助于防范意识的加强。"

远野宫停下脚步，站在不停发出声响的卷帘门旁边。

"在我出生的乡下，直到现在家家户户都还不用锁门。他们从心底信任对方。我最近深切地觉得这样才是最好、最强的防御。"

南美希风咀嚼着这句话，向驾驶席发出信号。

打开窗户，回到卷帘门前的这段时间，南美希风和远野宫好像说了什么，但是从二楼的窗户前是听不见的，院子里一片寂静。

收到弟弟的信号，南美贵子赶紧回过头，用手势告诉玉世，开始进入下一个实验。

坐在床上的玉世闭上眼睛集中注意力。

引擎发出微弱的声音。

在南美贵子听来，只不过是跟前面听到的声音有一点点微妙的变化。

玉世似乎也有同感，焦急地摇了摇头。

春香也做出了咬指甲的动作。

"受其他因素影响的吗？或者，根本就不是引擎的声音？"

还有其他的方案吗？南美贵子一边思索着，一边看向了左下方天窗前面的地面。像这样盯着便门，那块空间就会进入视野里。春香已经证实过了案发时间，并没有见过任何异常的东西，人影和踏板都没有。虽说是阴沉沉的夜间，但是这一点还是可以保证的。

围绕着视线的问题，南美贵子回想起了三重密室。那正是因为凶手害怕舞台房间的现场被外面的视线所包围而构思的计划吧。从受视线影响的第三密室构建了内侧的密室。那这个图书室的密室又是怎么回事呢？如果事先设想到了出现在院子里的"目击者"卺二郎，那么这次的事件也将变成以最外面的"视线"为基点，向内侧进行构筑的双重密室事件。不会有……这样的巧合吧？

人类能够制订出这样的计划吗？事先洞察一切，不动声色地骗过院子里的人，凭空消失。南美贵子深信无论如何都做不到。至于图书室的密室里，被害者与凶手所在之处是颠倒的，事实上是对三重密室的呼应，凶手是有意为之的吗？应该只是巧合，二郎去院子里属于突发状况。玉世觉察到了动静，春香临时起意，二郎又刚好在房间里，这才有了接下来的发展。这绝对是不可预知的事态。正常来说，也不会在设想院子里有目击者的前提下行动，自己也是刚好在那个时间返回。要说凶手预见到了院子里会有目击者，才花费时间和精力策划案件，怎么想都不可能。

而且，凶手的时间并不充裕。杀害巡警，夸张地焚毁资料，袭击长岛要，嫁祸罪行等事情花费了大量时间。所以凶手只能从天窗逃脱，再跳到院子里。于是，屋顶上的凶手发现了院子里的二郎。然后，没有办法逃脱的凶手就这样毫无声息地凭空消失了。

南美贵子觉得自己有个疏漏。如果有人知道二郎会成为目击者呢？是上条春香让二郎到院子里去的。玉世当时并没有让人巡视庭院，是春香指派二郎去调查车库附近的。如果她的计划只是在院子里安排一个目击者，无论是谁都行。那么，眼盲的卺二郎无疑是最佳选择。为了能够顺理成章地派人去院子里，就制造了奇妙的声音。这样说来，春香是想通过在院子里安排"目击者"，营造对同伴有利的条件。通过这种手段完成不可能的犯罪……

想到这里，南美贵子猛地回过神，驱散了之前愚蠢的想法。她责备自己有点疑神疑鬼。随即再次看向了车库，南美希风正准备放下卷帘门。

移动的卷帘门几乎没有发出任何声音，等它完全关上后，南美希风敲了敲门，向车库里发出了信号。

卷帘门关着，窗户开着。

然后第四次响起了引擎的声音。

啊？

南美贵子的耳朵听到了不同以往的新声音，虽然有点沉闷，却是振动非常强烈的引擎声。

"就是这个声音。"

听到玉世大声地回应，南美贵子和春香都回过头看向这边。

"我当时听到的就是这个声音……"

果然，南美贵子的听觉没有出错，玉世也听了出来。

她露出愉快的表情，但同时也有一丝惊讶。大概是没想到会再次听到那个声音吧。

虽然玉世非常吃惊，但是证明自己的听力没有问题，着实让她松了一口气。

"美贵子小姐，为什么会有这样的声音？"她追问道。

"卷帘门关着，窗户开着。可能与回音有关。"

南美贵子对下面的男士们高声喊道："就是那个！就是那个

声音！"

南美希风和远野宫的脸上绽放出了光彩。

"太好了，弄清楚了。"放松下来的春香还是觉得不可思议，"但是，车库里的窗户怎么会是开着的……"

两个男人相互拍着肩膀。

"做到了，远野宫先生，没想到这么快就能出结果。"

"我也没想到会这么顺利。"

南美希风打开卷帘门以后，远野宫向二楼的南美贵子追问："声音和之前有什么不同？"

南美贵子回应说因为卷帘门关着，声音显得非常低沉，但是随着震动的加强，声音也越来越大。

早坂注意到了南美希风他们脸上的喜色，打开车门探出了上半身。

"搞清楚什么了吗？"

"实验成功了！"

"真的？"

早坂走下了车。他从远野宫那里听说了声音的变化，走出车库，抬头看向了二楼。

"有那么大的不同吗？怎么形成的呢？"

"南美希风，你是怎么想的？"

"回音的问题吧。打开卷帘门，车库内的声音就传向广阔的空间。但是关闭时，就会在内部产生回声。然后，因为建筑物的构造，当回声重叠变得更强烈，就会集中从窗户传了出去。类似扩音器和扬声器的原理。"

南美希风的视线集中到了车库右手边的天窗构造部分。

"或许，跟这栋建筑的巨大凹陷结构有关。从车库窗户传出去的声音在那里受到振动，转而传到了玉世夫人的房间。如果诹访小姐在隔壁，也会听到同样的声音吧。"

"只是碰巧被玉世夫人听到了吗？"早坂露出了理解的神色，似乎还有更在意的问题，"可是，发生骚乱的时候，车库的窗户是关着的吧？"

"是关着的。"

"是啊。车库的窗户很少打开，更何况是晚上。尽管如此，还是被打开了一段时间，这是怎么回事？"

"现在还不清楚原因。唯一可以断定的是案发前后，不知是谁在只开着窗户的车库里，踩了两三秒的油门。"

"什么人……是凶手吧？"远野宫用理所当然的口吻说道。

"是凶手，还是尚未录口供的长岛先生……"

"长岛就是凶手的可能性也不低。"

"先不说这个……"早坂说道，"至少发现了一个新的情报，真是太好了。"

接着几人又进行了另一个实验。虽然还是同样的情况，但是关上了玉世房间的窗户，于是前天晚上的场景被完全再现。虽然传到玉世耳朵里的声音稍微小了一点，但她满意地称这次的音质跟那个时候一模一样。

实验结束不久，紫乃的车也回来了。

南家姐弟便去拜托齐家的女性，希望她们能够协助自己调查案件。

4

紫乃的房间位于宅邸的二楼。

房间内宽敞优雅。因为没有空调，阳台上的窗户通常都会敞开着，任由阵阵暖风吹起白色的蕾丝窗帘。

南家姐弟坐在长椅上，玉世坐在窗边的轮椅上，遗孀冬季子陪立在她的身后，春香则坐在三角钢琴的旁边。

房间的阴凉处放着一个鸟笼。金色的圆筒形鸟笼，用金色的杆子吊在与视线平齐的位置。笼里有一只白色的大鸟，紫乃此刻就站在它的前面。

"这只鸟很独特吧？"她微笑着说道，"叫玄凤鹦鹉，既漂亮又可爱。"

"可爱吗？"南美贵子反问道。

"从那个方向可能看不到，它的脸颊上有一块圆形红斑。娇憨的玄凤鹦鹉，全身洁白，非常漂亮。"

似懂非懂的南美贵子陷入了沉默。

"那边盒子里的是蜥蜴吗？"

看到南美希风对那边有兴趣，紫乃的眼睛闪烁出了光芒，目光也移向了那个玻璃盒子。

"非常漂亮吧?"

南美贵子还没有看到蜥蜴,就也看向了玻璃盒子。其实,她并不是很想看⋯⋯

东侧的墙壁上,陈列着紫乃接近专业水平的剪纸收藏。其中一个角落前,放着一个像水槽一样的大玻璃盒子。里面摆放的土和横着的树枝,略显潮湿,在叶子的阴影下就是那只黄色有毒的蜥蜴。

紫乃轻轻地敲了敲盒子,蜥蜴蠕动了一下,整个身体变得清晰可见,体长不到二十厘米,身上有黄色和黑色的条纹。

"一共有两只哦。"

看起来极具危险性,滑溜溜的黄色蜥蜴竟有两只⋯⋯

"火蝾螈,别名火蜥蜴。因为也有红色的,就像火焰一样,由此得名,很酷吧?我养的是黄色的,直率清爽,让人欲罢不能。而且这棵树上还有只变色龙,现在已经伪装起来,看不出来的。"

"非常另类的爱好吧?"冬季子苦笑着说道。

就连轮椅上的老婆婆也难为情地说:"伤脑筋啊。"

紫乃还养了乌龟,南美贵子尊重她的另类爱好,但是自己却很难接受。

像石头一样的乌龟在水槽里慢吞吞地移动着,南美贵子把视线停留在了水槽旁边的小盒子上,盒子里面装满了土,上面有树枝和石头,但却看不见任何生物。

"那个塑料盒子里养了什么吗?"

"啊，这个啊。藏在土下面了，是独角仙的幼虫。"

南美希风佩服地发出惊叹，南美贵子则又吓了一跳。

"那种又粗又壮的大白虫吗？"

"也可以这么说。我养了三只，有两只已经快要羽化了，另一只还没长成蛹，不过胖乎乎的，应该能够健康地长大。"

"你会用手摸吗？"

"当然了，那种软软的手感非常好。但其实它们很脆弱，最好不要去触碰。多亏了春香开的宠物店，帮了很大的忙。"

春香对着紫乃咧嘴一笑。

"你可是大客户。"

今天轮到丈夫利夫和店员打理宠物店。

此时，玉世沙哑而又温柔的声音响起，"利夫没闹肚子了吧，春香？"

"是啊，完全好了。只是遭遇了新的压力，很快就没事了，今天早上就恢复了。"

就算对压力格外敏感，但像这几天的遭遇也不常见吧。南美贵子对此深表同情。又是连续杀人事件，又要被刑警问话……

"警察在这里转来转去，你丈夫想来也来不了吧？"紫乃的冷酷声音里，带着一丝揶揄，"只要一害怕，肚子就会不舒服。"

"作为店长，他有时间就得去店里。最近两三天，总是被计划外的事耽误，明天还要给基努婆婆守灵。"

"基努婆婆……"玉世开口说道，仿佛是触碰到了痛点，"连她都死了……"

"一郎刚刚离开，她就走了。"紫乃低声说道，"像是追随着主人一样。她一直竭尽全力地服务家里，事到如今，要到那个世界去照顾一郎。"

"不要说成是殉死。"玉世满面愁云地说道，"虽然基努婆婆帮了我们很多，但她绝不是蔑视生命的人。亥司郎去世时，她非常平静地留在了这个世界。而这次一郎的离世，如果命运安排她以这种形式来追随我们家族，我会诅咒这样的命运。太可怜了……"

"一郎先生也不会高兴吧。"冬季子连忙说道。

"但是……"南美希风平静地说道，"要是两个人能再次相见，也算是小小的安慰了。"

看着他忧郁苍白的侧脸，南美贵子非常清楚，对于那个夺去别人生命的凶手，弟弟的心中充满了愤怒。

"基努婆婆是我们深爱的家人。"玉世湿润的瞳孔中，像在回忆着过往。

"女儿节的时候，她把自己的和服改了送给紫乃。一郎、二郎的入学仪式，她还会特意了准备鲤鱼旗……对了，十一岁的一郎、二郎同时患上麻痹症时，她才回了一趟老家岛根县，很快就赶了回来，一边流泪一边四处奔走，责怪自己没在身边照顾好他们……"

"说到流泪……"紫乃接着说道，"虽然意义不同，但是一郎结婚的时候……她比任何人都要高兴，一直哭个不停。"

冬季子也一脸温柔地加入了追忆队伍。

"她就是养育一郎姐弟的另一位母亲。"

"她是一个可以放心把孩子们交给她的女人。"玉世也斩钉截铁地说道，"那么纯朴的人，怎么可能有人想要杀她。"

"不，母亲，已经不存在动机的问题了。"

"为什么，紫乃？怎么回事？"

"基努婆婆的死，起初以为是凶手打算杀人灭口，因为她知道对凶手不利的事。不过后来发现，基努婆婆的死是一场意外，所以推断的动机也就没有意义了。"

"说到动机的话……"春香犹豫地低下了头，"一郎先生也不可能招致杀意。那么好的一个人……总是为别人着想……"

冬季子和玉世都露出了赞同的表情。

紫乃却不这么认为。

"这种情况，首要动机就是钱财。一郎没有感情纠葛，所以还是钱的问题。不过，我们家也没有可能需要争夺的财产啊。"

让南家姐弟听到自家丑事，玉世有点不好意思地解释道："在英国期间，收入只能勉强糊口，甚至用光了家里的积蓄。目前光是维持这个大家庭就已经筋疲力尽了。"

南美贵子也从远野宫那里听说过齐家的经济状况，目前唯一有价值的财产就只有不动产。

"只要齐家不卖房子，就不会产生巨大的金钱收益。"紫乃也说了同样的话，"就算如此，也没多少钱吧。"

一郎的遗孀轻咬着嘴唇说："刑警先生说他有人寿保险。"

"人寿保险算不得什么。一郎以'梅菲斯特'的身份活跃在魔术界的话，就不愁赚不到钱，保险金那点小钱不可能成为动机。"

"说到财产……"紫乃戳了一下鸟笼。

玄凤鹦鹉就跳到了栖木的另一侧。

"负责处理西上基努婆婆财产的委托管理人已经安排好了，安川夫妇也被告知了。"

"确实很有必要。"春香佩服地说道。

"财产倒是不多，但那个住宅的转让是一个大问题。基努婆婆或许留下过转让给安川夫妇的遗嘱。不管怎么说，他们也住在那里好长时间了，应该能顺利转让吧。"

"南美希风先生。"玉世郑重地叫了一声南美希风，并把轮椅转过来正面朝向他，"如果不是因为财产纠纷或仇恨，那么一郎为什么会被杀害呢？你是怎么看的？"

南美希风调整了一下坐姿回道："我赞成远野宫先生的看法，凶手并没有打算获取现实利益。这次事件，恐怕是凶手长期积压的怨恨导致的。警方也持相同的看法。"

"怨恨……"玉世反复念叨着，试图理解这个动机。

"根据远野宫先生的猜想，根源来自凶手的自卑。'梅菲斯特'华丽复出，刺激到了凶手，凶手便借着老师的舞台来完成自己的暗黑表演。紫乃小姐也知道，我们把这个凶手叫作'梅菲斯特的反对者'。因此可以认为，疯狂的自我陶醉和自我实现才是凶手的犯罪动机。"

　　"就像激发了隐藏的暴虐倾向。"紫乃又加以描述，"像小孩子一样，感到不满，就想让世界按照自己想法发展的焦躁。"

　　"残忍的表现欲望，冲破了成人的理性……是那种感觉吗？"半信半疑的冬季子，将弯弯的柳眉皱在了一起。

　　"明明是大人，却像个小孩子？"这似乎远远超出了玉世所能理解的范畴。

　　"他的知识和智商已经相当高了。"紫乃补充说道。

　　春香一边怔怔地凝视着自己的指甲一边说道："能想象出来。"

　　"推理小说里也有类似的情节。范达因所著的《主教杀人事件》中，利用童谣让社会陷入恐慌的凶手是社会地位和智商都非常高的人，但是他的性格中却带着孩子气……"

　　"说到推理小说，我想起来了。"南美希风紧随其后补充道。

　　"小栗虫太郎的大作《黑死馆杀人事件》中，也有这样的描述。不知是引用了犯罪研究学者还是精神分析学家的理论，说最具残虐性和独创性的就是孩子。好像还有戏耍的冲动这种描述。应该是最适合形容'梅菲斯特的反对者'的词汇了。"

　　戏耍的冲动……犯罪方面，没有比这更加残酷的冲动了吧，南美贵子想到这里，不禁脊背发凉。

　　"在世界文学作品中，经常会有将沉溺于自我意识的天才与孩子联系在一起的描写。精神分析专家也会这么做吧？"南美希风转移了话题，"不过，我想最容易表现出孩子残虐性的，应该都是男性吧。"

"嗯，这一点能够感觉得出来。"紫乃说完后离开鸟笼，朝蜥蜴所在的盒子走去。

"那么，我可以问问大家在事件发生前后的情况吗？"南美希风将话题转向了问讯。

大家也都没有异议。

"首先简单概括一下。"南美希风开门见山地说道，"昨夜，从西上家离开后，紫乃小姐乘坐的车中途在商店停留了吧？"

"是的，在西区行政大厅附近的便利店。"

"流生哭闹着说肚子饿了，渴了。"冬季子有些不好意思地解释道。

"因为购物，所以比我们晚到了十分钟。"

"那时，图书室的火都已经熄灭了。"紫乃继续说道。

"与我们汇合后，有没有发现什么可疑的事情？"

"我什么都没有发现。"紫乃说得非常干脆，"跟警察也是这么说的。"

紫乃弯下身体，用指尖轻轻敲打着养龟的盒子。

南美希风站了起来向旁边走去，但是他关注的不是宠物，而是挂在墙上的剪纸。把黑色的纸剪下来贴在白色的背景纸上，颇有和式风格，能让人联想到剪影。用彩色纸创作的作品，就像是在强调主题形式的绘画。

在一幅浮世绘风格的梳头少女剪纸前，南美希风"哇"地惊呼出声。

"这头发根根分明，了不起。连头发的光泽都被刻画了出来。"

"如果还能表现出凌厉感，这部作品就成功了。"

"色彩鲜艳的作品，触感会稍微不一样。"

"我是想表现出抽象画的风格。"

"还有点心象风景的感觉。"

"也许吧。"

南美希风一边感叹着，一边转向其他人，开始了下一个问题："我想问问昨晚留在这所宅子里的人。首先是玉世夫人，昨天吃过晚饭后，诹访小姐没有回家，一直留在这里吧？"

"基努婆婆的事件还没有弄清楚，她也没有办法平静下来。她开始有点混乱，但沉浸在准备晚饭的工作以后，差不多就恢复了平静。因为我很不安，神经一直高度紧张……所以她就决定陪着不走了。"

"八点半左右，诹访小姐在您的房间吗？"

"我几乎不看表，所以不知道准确的时间。诹访对警察说她在八点二十分左右离开了我的房间，去了餐厅看看大家的情况。"

正好是大家从餐厅转移到茶室的时候。她应该是在给收拾餐厅的细田帮忙。

南美希风看着饲养宠物的盒子。乌龟想要爬上笼子的一角，不停地挥动着大爪子，就像是正在划水的桨。

"下一个来到这个房间的是谁呢？"南美希风转过头询问玉世。

"是诹访。她回来了。在我独处的时候，听到了那个奇怪的引擎声，所以就问了诹访。她说她不清楚。正说着的时候，春香来了。"

"那是什么时间？"南美希风朝着刚刚被提及的春香问道。

"我只能说个大概，是八点三十五分左右。"

南美希风一边走向蜥蜴的饲养箱，一边看向玉世和春香。

"那之后，你们都做了什么呢？"

由于提问的人东看西看，走来走去的，所以气氛不像录口供那样拘谨。

"四十五分左右，诹访小姐要给水壶里换水，离开了房间。随后我丈夫和细田先生就来了。"

"我也跟他们说了院子里有奇怪的声音。"

"可是，两个人都不清楚。"

"嗯。而且我丈夫他……"春香有些说不出口，"刚上完厕所，好像还没彻底解决，马上又回去了。"

好像他在二楼的厕所前与斋二郎聊了几句。

"因为没有事要吩咐细田先生，所以他也离开了。"春香说完，南美贵子开口问道："之后二郎先生进来，你就跟他说了有关声音的事吧？春香。"南美贵子半开玩笑地笑着说道，"然后，你展示了果敢的一面，指示他出去查看。"

"我可没有指示他。"春香露出一脸苦笑。

"那就是耐心嘱咐了他。"

"好了，那是二郎先生为我们着想，就同意了。"

南美希风把脸凑到一张剪纸面前，向紫乃询问道："这是用布剪的吧？"

“是的，用了木棉的剪布画。”

被剪下来的布块下面，能够看到其他五颜六色的布，形成了彩色的背景。

“画的触感改变了。”

“布料独有的花纹和颜色非常有趣。不过剪的时候就要下一点功夫了。”南美希风带着放松的表情点了点头，又回头问起春香。

“二郎先生离开房间后，你过了多久才看向窗外的？”

“跟玉世夫人稍微说了几句话，三十秒左右吧，应该不到一分钟。然后拉开窗帘，打开了窗户。”

“你看向了便门吗？”

“是的，主要就是看着那里。”

南美希风又来到鸟笼前站在那里，面对着春香问道：“是一直在看吗？”

“不，也不是。有的时候会转过身，跟玉世夫人说几句话，心想他怎么还没出来。”

“我知道你已经被问过很多次了。我再确认一下，车库、主屋、院子里都没有什么异样吧？没有什么奇怪的东西吧？”

“是的，什么也没有。虽然非常暗，但是庭院里有灯。在视线所及的范围内，没有看到任何奇怪的东西。天窗前也没有梯子之类的东西。”

“好的。”南美希风附和了一声后，便转向鸟，将手指伸到鸟嘴前。

"二郎先生来到院子之后，你一直看向外面吧？"

鹦鹉虽然表现出了对手指的兴趣，但并没有去咬他，反而很是平静。

"是的，我一直都在看着。可能只有那么几秒钟，回头看向屋内。当二郎先生进入车库的时候，诹访小姐回到了房间，我们就一起盯着院子。因此，大家乘坐的车从门口进来的时候，我们也都看到了。"

"然后……"南美贵子接过了这个话题继续问道，"你也看到了我们惊慌失措的样子吧？"

"嗯，看到你们朝着便门跑过去了。"

南美希风离开鸟笼，准备坐回到长椅上。

"透过图书室的窗户，没有看到火苗的光亮吗？"

"没有。当时二郎先生问我'听说图书室着火了，真的吗？'我才吃惊地往下看，直到火烧起来才知道。"

"二郎先生愣了一会儿，不久，青田经纪人就到了院子里，是吧？"

"我和诹访小姐倒是没注意，当时慌忙跑向了楼下的图书室。"

南美希风坐回长椅，双手交叉，向春香道了谢。

"连细微之处都要问，真是不好意思。"

接着南美希风再次向轮椅上的女士提问："在春香小姐和诹访小姐跑出去之后，有听到院子里传来什么让你在意的声音吗？"

"没有，就连图书室窗户打开时的声音都没听到，因为声响不大吧。"

"这样啊……还有，我要向大家确认一下，昨天没有人打开过车库的窗户吧？"

"这个好像是刚才实验的结论吧？"

冬季子反问了一句，站在三角钢琴旁的紫乃开口说道："我听说了。车库的卷帘门关着，窗户开着的话，就能发出母亲听到的那种特殊的引擎声。真是有趣。不过，这有什么意义呢？"

"还不知道是不是跟案件有关。"

"不会没有关系吧？"

冬季子把身体靠在窗户边，用坚定的语气说道。

"以前没有发生过的事情，偏偏在那个时候发生了。我不认为这种关联没有意义。"

她的站姿散发出了一种不可思议的魅惑。

虽然充满哀伤，但是坦荡美丽……这就是所谓的天生丽质吧。屋外炽热的阳光照耀着白色的蕾丝窗帘，使冬季子的身姿更加耀眼夺目了。

虽然还不至于让南美贵子产生错觉，以为冬季子站在舞台上，但她还是脱口而出："冬季子夫人和流生，会让'梅菲斯特'复活吗？"

"啊？"冬季子一脸惊诧地扭过头去失声叫道。

"冬季子夫人也当过魔术师，而且流生也继承了吝一郎先生的血脉。只要好好培养，一郎先生的魔术之心和高超技艺，说不定能够再次复活。"

"我……"她耀眼的身姿就如同幻象一样消失了，露出了一抹柔弱的苦笑。

"我是不成器的魔术师,很难……"

"但是……"南美希风接着说道,"母子魔术师组合,确实非常值得期待。"

"嗯,那……"笑意从冬季子的脸上消失了,她就像下定了决心一样,郑重其事地说道,"我希望用某种形式将一郎的魔术延续下去,在大家的帮助下,也许迟早有一天会实现,这样我就满足了。"

一直盯着冬季子的紫乃坐在钢琴前,掀起了键盘盖。像是要把话题转回正题,手指在琴键上划过。

"就像冬季子说的那样,车库的窗户和引擎的声音应该与案件有关。很辛苦吧,南美贵子小姐?"

"我可不敢居功。实验只是打开卷帘门,打开窗户这样简单的工作……不过南美希风他们要在烈日下工作,应该并不轻松。"

"啊,今天也好热啊。"

像是想起了外面的暑气,紫乃紧皱眉头,开始弹起了钢琴。

她一边滑动着自己的手指,一边继续说道:"街道上铺装的地面,就像一块热铁板一样,要把人给烤焦了。冒出的热气就像烟雾一样,让楼房都看上去歪歪扭扭的。"

"感觉柏油路都快融化了。"南美贵子也趁机说出了自己的感受。

"我好几次看到摩托车的边撑都要陷进去了,觉得整条街都陷到沥青里面也不奇怪……"

"不只是街道,时代都在下陷。这个高温,是昭和时代终结的余温。"

说出这句话的紫乃演奏的曲子，南美贵子并不熟悉。

春香似乎察觉到了这一点告诉她说："埃里克·萨蒂的《玫瑰十字会最初的思想》。"

南美贵子第一次听说这首曲子。

《玫瑰十字会最初的思想》……

"昭和时代的终结？"南美希风反问紫乃道。

"总有一天会结束的，而且我已经感受到征兆了。因终结而瑟瑟发抖的这个时代，正在受到高温的侵袭。"

昭和时代要结束了，总是要结束的……话虽如此，但南美贵子从没想过这一点。她一直活在昭和的年号中，希望昭和能够一直持续下去。改变年号？完全没有实感。

"昭和，已经结束了汗流浃背的成长期，进入了浮躁、傲慢的烂熟期。即便如此，它仍然是一个幼稚的时代。你不这样认为吗？南美希风先生。"

"嗯，可能是失去了一些重要的东西。我们曾经认为人与社会最重要的基石，已经被视为过气的东西。未来或许值得期盼，但是总会让人忐忑不安。很多人都有这样的感觉吧。"

"过气的东西。"

紫乃重复着这句话，像是问自己是否赞成。

"发展至今的昭和时代，就像方桌失去的四角，虽然圆形也不是不行，但是四角的象征非常重要。"

这是南美贵子难以理解的形容方式。

紫乃一边用指尖弹奏出匪夷所思的曲调，一边随着音乐摇晃身体。

"家庭也需要四方形座位的上座。比如，顽固的老爹，就是典型。丈夫，妻子，孩子们，形成了由直角组成的稳固结构。家人承认的权威，如果不能在上座，就算是有血缘关系，也会各自分散。所以，社会作为家庭的集合体，也是同样的道理。"

"太意外了。"春香的声音里似乎充满了批判，"顺从父权，就能够得到安定吗？"

"我不是拥护那些父亲们。多数时候，男人担任一家之主，就会变得堕落无能，失去了自身的权威。我的意思是需要有一家之主的结构形式，一家之主，也可以是女性，但是一山不容二虎，一家之主不能同时存在两个人，这样只会造成分裂。"

萨蒂的这首曲子，或许多少有些阴郁，但是在熟悉爵士俱乐部曲调的钢琴家手中，却增添了几许流畅的光彩。

"你的意思是说，即使女人自立了，也要以家庭为中心？"春香小心翼翼地问道。

这位才华横溢，精神上也非常自立的女人继续说道："不过，我不会争夺家里的主导权。我这个人，在该逃的地方还是会逃避的。"

南美贵子有点不可置信。

"当然，男人也应该支持女人独立。最理想的状态是双方能够相敬如宾，并非一定要决出高低。这不是两个山顶，而是一条山脊。但是，很多时候就会演变成生活方式和自我主张的斗争，男性会强调立场，女性会提出要求。"

确实如此，南美贵子长叹了一口气。

"就是这样，原本谦逊而强大的智慧，以及作为一家之主的权威，全都荡然无存了。"

紫乃的发言充满了哀叹和失望，但是心情似乎不错，随着音乐摇晃着身体。从键盘流淌出的音乐稳健流畅，旋律悦耳动听。

"像朋友一样的亲子关系非常不错，不过也许会使得双方认不清身份的界限，演变成混沌的状态。简洁的方桌是质朴谦逊的表现，棱角代表着对事物的分辨能力，而大家围绕方桌而坐则是温柔。现在全部一去不复返了。"

玉世像是想起了些什么，叹了口气。

"家里用的桌子，变得越来越漂亮，非常时尚，样式也丰富了……"

"但是，家庭观念却变得越来越淡薄，不停言及的只是购买桌椅的得失，或者在日常生活中特别重视的自我喜好。社会的边界也变得模糊不清，失去了明辨是非的品格。"

紫乃坚定地敲下了白键，继续说道："犯罪也褪去了昭和的色彩。"

"犯罪？"

"是的，南美贵子小姐。犯罪也有昭和的色彩，你不这么认为吗？具有昭和这个时代特征的犯罪案件，其中比较极端的有津山三十人惨案，但还有文学家的自杀，被三岛写进小说的金阁寺纵火事件，安保斗争，公害事件，三亿日元事件……这些极具昭和色彩的事件也逐渐从犯罪史中消失了。"

这么一说……南美贵子开始回忆过往。去年，帝银事件中被判有罪的服刑人员，还没来得及二审，就死在了狱中。今年十二月十日，三亿日元事件也到了追诉时效。宛如一个时代结束……

"下个时代，像固力果森永事件这样的类型应该会越来越多。"

紫乃的声音和身体的摇晃都很有节奏。真是一曲奇妙的表演。

"金阁寺的纵火事件，有一半下个时代的味道，强烈地体现出个人中'个'的感性，但在情感方面则截然不同。像三亿日元那样的抢劫案件，在下个时代也会发生吧，但是动机和内容会发生改变，会更加脆弱、幼稚和自私。"

"这就是未来的颜色吗？"

"犯罪性质的改变是理所当然的。时代孕育犯罪，案件也由此而生。"接着，紫乃又突然补充了一句，"而魔术的世界，也将在下个时代改变色调，南美希风先生，冬季子。"

冬季子扬起了眉毛，南美希风则发出了"咦"的一声。

"我记得在美国引领了一个时代的大魔术师曾经说过，一个魔术师支撑了一个时代。每个时代都有代表时代特征的魔术师。"

紫乃所弹奏的曲子，似乎迎来了高潮。

"一郎在舞台上展现出来的正是昭和时代的魔术。在昭和这个时代大放异彩的魔术师，已经随着时代远去了。这也同样适用于'梅菲斯特的反对者'。"

演奏着钢琴的预言家又开口说道："这个凶手身上也散发着浓郁的昭和时代气息，背负着这个时代的色彩。"

南美贵子用自己的方式总结着紫乃的言中之意。

自负心理、审美意识、装饰性……

"'梅菲斯特的反对者'可能也会随着昭和一起覆灭吧。"

紫乃的手指停了下来，演奏结束……

在各种余韵的交织中，她盖上了键盘盖。

南美贵子仿若叹气般说道："希望这个连续杀人犯就此覆灭，不要再出现了……"

但是，那不过是一个天真的渴求。

代表着不同时代色彩的连环杀人案，正在发生……

就像在为演奏鼓掌一样，那只巨大的白色鹦鹉欢快地扇动着翅膀。

"好啦好啦。"主人走了过去，安抚着自己的宠物。

南美希风站起身，从开着的窗户向外望去，南美贵子也跟着走了过去。

北面的院子看起来非常宽敞。

最引人注目的是那座"宫殿"吧。窗户对面稍稍偏向右方的位置，伫立着那栋木制的白色建筑，距离这边二三十米。屋外放置了可供休息的长椅，圆形的屋顶被立柱支撑起来，这栋建筑令生长着繁茂树木的庭院看起来更有韵味。

但是，南美希风所注视的是其右侧的一楼阳台。

那是吝一郎复出之夜，山崎良春表演魔术的舞台。阳台侧面有一个像柱子一样的粗大建筑，那里会形成一个死角。

再往前一点是矮树和灌木丛，就在那里发现了大量的玻璃碎片。

"紫乃小姐，"转向屋内的南美希风朝在鸟笼旁的吝家长女问道："你也喜欢蝙蝠吗？"

"那玩意儿，不太想当宠物来养，不过确实挺可爱的，独特无辜。"

以这个话题为契机，南美希风又问了几个小客厅附近的目击证词，以及作为凶器的针的事情，但是没有得到有用的信息，也没有人见过在图书室前的巡警。

已经说完的玉世向众人告别："那么，我也该告辞了。我想南美贵子小姐也该采访紫乃了。"

5

告别了喝着雪莉酒接受采访的紫乃，南美贵子走下了楼梯，正巧看到几位男士抱着夸张的机器在走廊上走来走去。那就是地下声波探测器。勘探似乎颇有成效，技术人员和警察们都干劲十足，散发着兴奋的气息。

或许热气最盛的地方就在这栋房屋的地下。虽说刑警们都进入了地下工作，几乎看不到他们的身影，但是仍然能够感受到调查工作的紧张感和高涨的工作热情。

在一队人的最后，南美贵子找到了远野宫的身影，急忙上前搭话。

"已经找到暗门，进入地下密道了吧？"

"那是一定的，好像有了什么重大发现。"

"发现了什么？"

"这次禁止外泄，没有透露出半点风声。"

远野宫紧紧地跟在那队人的后面。

南美贵子为了寻找弟弟，推开了娱乐室的门。

果然不出所料。南美希风独自坐在窗边的游戏桌旁，摊开了《南美希风笔记》和《魔术要览》。看到他抬头望着自己，南美贵子告诉他说："密道里好像有了重大发现。"

"嗯……是什么发现呢？训练室吗？除此以外，没有其他消息了吗？"

"就连远野宫先生也没能问出来。"

"可惜，不过也没办法。"

"但也许会有线索。"

"是啊……不过，要是我们能做出指定凶手的推理，没准就会告诉我们关于密道的线索。"

南美贵子站在南美希风的旁边，扶住桌子。

"不过，去地下还是有点危险，就算凶手不会突然出来袭击我们……"

"你担心可能会有陷阱？"

"是的。凶手在我们的面前毁了密道图纸，结果调查组直接动用机器来探测。凶手大概没想到警察的行动会这么快。警察肯定是要进入密道的，凶手费了半天劲儿就是为了隐藏密道。为了妨碍搜查，他没准会故意设下陷阱。不过，倒还不至于会毁掉密道吧……"

"这一点警察们也清楚，姐姐，他们都是专业人士，一定会谨慎对待的。"

"是啊，希望我只是杞人忧天。"

"虽然是犯罪调查时发现的，但仍是历史性的发现。齐家宅邸是一座拥有密道，非常罕见的、现存的明治时代建筑。"

"从建筑角度来看，的确珍贵。"

南美希风将双手抱在脑后。

"是啊，所以我才想……"

"什么？"

"据说齐家的资产只有这栋房屋。不过，根据小道消息，这座宅邸可能会因为本次事件而增值。"

"小道消息？"

"一群好事的人，也可以说是有特殊偏好的人。在数百年前的地下密道，发生了悲惨的血腥杀人案，可能会吸引投资者，炒高房产的价格。"

"能赚大钱的宅邸会成为杀人的动机？"

"我也这么想过。不过，这只是一时的突发奇想。相比之下，我注意到了一件更重要的事。"

"哦？是什么？"

"玉世夫人说过这样的话。得知一郎先生和二郎先生出现麻痹症状，基努婆婆马上便从老家赶了回来。你们不觉得奇怪吗？"

"哪里奇怪？你是说基努婆婆马上赶回来吗？"

"不是吗？考虑到基努婆婆的性格，以及对咨家孩子们的关心，也算合乎情理吧。"

"但她也许会碰上难以脱身的事，还有可能遭遇交通不便。"

"嗯，可能没管那么多吧。"

窗外传来了钢琴的声音。

"是紫乃小姐。"

"那个人的房间挺奇怪的。"

"呵呵，个性，个性。整个房间都充满了她的风格。"

"嗯……就个性而言，我对二郎先生的房间也很感兴趣。没想到屋里有那么多的镜子……虽然镜子和玻璃不一样，但是，我还是想到了舞台房间的谜团。"

"啊？"

"没有玻璃的舞台房间，有很多镜子的房间。尽管两者之间没有直接关系，却像是对称的两面。"

"对称，从哪里看出来的？你是认真的吗？根本不可能有什么关系。"

"但是，舞台房间的阳台窗户和二郎先生房间的隔断都用的魔术玻璃。"

"所以呢？你是想说魔术玻璃和很多镜子的房间，与舞台房间的布置是一致的吗？"

南美希风放松着肩膀，接着说道。

"可能也没有直接关系。"

"是你想太多了，有的事不用想得那么深入。"

"是啊。"

虽然嘴上是这么对弟弟说的，但听着窗外飘进来的钢琴声，南美贵子也将舞台房间和吝二郎的房间联系在了一起，好像有着什么象征和暗示。

"哦，这首曲子我知道。虽然是作为管弦乐创作的交响曲，但被改编成钢琴奏鸣曲的杜卡斯作曲的《魔法师的学徒》。"

"如果主犯是魔法师，那么他的从犯学徒又是谁呢？"

南美希风一边听着，一边喃喃自语道。

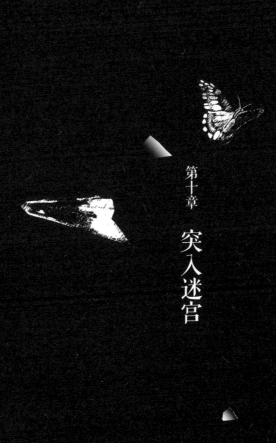

第十章

突入迷宮

1

今天仍是酷暑，即便进了屋内，被阳光直射过的头发，似乎还是会发出阵阵灼热。

南美贵子刚刚结束了位于高冈住宅区的意面店的采访工作，接下来是自由活动的时间。这里距离吝家不远，走着就能过去。已经过了下午四点，南美希风应该早就到了那里。

刚推开娱乐室的门，她就听见了远野宫公鸭嗓般的声音。

"喔！你来得正好！令弟就要揭开这密室的诡计了！"

"啊？什么？揭开密室的诡计？"

南美贵子结结巴巴地重复道。

"密室诡计，是哪个？"

"图书室的。"

房间里的三个人环坐在大桌子周围。坐在南美希风和远野宫对面的，正是负责现场搜查的大海警官。

南美贵子随便找了把椅子坐下。她身上的汗还没褪下，被带进来的热气似乎会在室内游荡。看这情况，没准待会还得出一身冷汗。

"南美希风，你已经破除那个诡计了吗？"

"还在构思阶段。"

他的表情没有因为忐忑不安变得拘谨。虽说比预期来得更早让他有点为难，但平静的表情下没有慌乱。

"能否识破那些诡计，还得看实验的结果怎么样。如果进展顺利，就可以成为破解凶手诡计的有力证据。"

"天窗的锁？"

"是的，正是那里。"

南美贵子的心头再次涌起不安。

天窗有两种不同的锁，其中一个还是拧着上锁的，与滑动的插锁那种截然不同。那样的锁上能做手脚吗？

"你是说窗户上被安装了机械装置，自动锁住的吧？"

"是的。"

"那种扭式的锁，也能自动上锁吗？"

"我想到了一个方法。"

"南美希风，你什么时候想到的啊？"

只见他嘴角微微扬起。

"在梦里吧。早上起来的时候，迷迷糊糊就想出来了。"

白天也好，睡前也好，如果整天都在思考问题，那么即使在睡觉的时候，大脑也还是会不停地思考，最终找到了真相。

"我打算要试一下看看。但必须要把锁还原到上锁前的状态，否则就验证不了我的想法。"

"如果……"远野宫粗声粗气地说道，"如果能做到从天窗逃走之后再上锁，问题可就大了啊。那就说明凶手很有可能另有其人。"

南美贵子倏地看向了大海警官。

"长岛先生恢复得怎么样了？"

"似乎还行。运动功能恢复正常了，幸运的是大脑没有受到损伤。医生也说这是不幸中的万幸，几乎没有留下后遗症。头部受到重创，进入无意识的休克状态反而救了他，因为身体不像正常状态那样需要大量的氧气，与在低体温下人体机能下降是同样的道理。"

"太好了，真是太好了。"

不幸中的万幸，避免了一场悲剧。

远野宫拍了拍水桶一样的肚子，继续问道："录口供了吧？"

大海警官皱着眉头答道："长岛要陈述说他被袭击了，但不记得准确的时间，好像是从餐厅去往茶室以后，就又去了图书室。据相关人士说，这个时间是在八点半左右。当他走到图书室前的走廊时，并没有见到巡警的身影，而且图书室的门还是开着的。"

"门是开着的？"

"他也非常奇怪，但以为是巡警在屋内执行任务。他抱着试试看能不能被同意进入的态度，走了过去。他在门外喊了几声，里面没有应答，又喊了几声后，就小心翼翼地看向屋内，结果看到桌子上放着一本薄薄的册子。他认为那是旧黑宫宅邸的施工图，便不顾一切地进入了屋内。随后，后脑就遭到了袭击，再次醒来时就已经在医院了。"

"倒是没有什么可疑的。"南美贵子直白地说了出来，"说得通。"

"医生根据缺氧的时间证实了长岛的陈述。"

远野宫说完后，南美希风补充道："姐姐，长岛先生的情况不像是在缺氧的环境里待了两三分钟。他是长时间处于缺氧状态。"

"二三十分钟？"

"是的。"

"那么，长岛先生的供述，就越来越可信了。"

对此，大海警官连忙反驳道："如果无法破解室内的上锁状态，他仍然无法摆脱嫌疑。"

"可是，大海警官，"远野宫精致的衣服发出"唰"的一声，其臃肿的上半身转向了大海警官，动作犹如一只野生的海豹，"他不是正要解开密室之谜吗？如果攻破了上锁的诡计，搜查的方针就会改变吧？"

"那就要开始研究下一步了。"

"凶手是一郎的反对者，就算用了密室诡计也不稀奇。如果已经找到了头绪，就让南美希风试试也无妨吧。"

"嗯，我不反对。我们不能总是跟在凶手后边，不过真的有解决方法吗？"

"那么，大海警官，"看来远野宫还有别的意图，"如果南美希风有能够揭穿凶手诡计的能力，那么也可以将他视为特殊市民对待吧？"

一脸警戒的大海警官，不知道他要说什么，便含糊地回答道："嗯，是的。"

"既然我们相信他的能力。那么透露下密道的事给他也可以吧？"

"你说什么？"

"毫无疑问他会严守秘密，绝不外泄。不仅如此，通过密道信息，南美希风很有可能找到关键线索。"

"你是说向他公开地下密道的情况？"

"没错。这样下去，无异于放弃了有战斗力的人。我知道要保守秘密，但还是要以人为本，着眼于大局。警察中有能破解密室诡计的人吗？"

南美贵子觉得远野宫对南美希风的评价又提升了。

远野宫知道自己没有能力破解密室，他也说过自己无力抗衡充满想象力和创作力的难题，南美希风却有这个能力，这让远野宫有了期待。而且，南美希风不仅具备识破密室诡计的能力，还有着敏锐的心理洞察力。远野宫就更信任他了。

远野宫在识人方面颇有自信。通过寻找人才，发挥其力量，能够获得心理满足，同时还能让周围的人认可自己的能力。远野宫龙造能够建立人脉，步步登高，凭的就是自己的眼力，让人才能在适当的地方发挥最大能力，才能使组织更好地运转。

他一直以来都非常相信自己的眼光，固执地擅自将人才安置在擅长的领域。现在向大海警官提出这样个要求，也是基于他的常规做法，纵然在外人眼里有点喧宾夺主的意思。当然，远野宫的目的是解决犯罪案件。

"如果他能解开密室之谜，就以此作为交换。"

大海警官思量了一下说：“嗯，好吧。要是他能够解开密室之谜，局里的人也会睁一只眼闭一只眼的。”

“好的。”

远野宫心满意足地抖动着下巴。

“此外，我把地下通道出口的位置都告诉给了各家人，南美希风应该也知道了。”

南美贵子插话问道：“所有的出入口都找到了吗？”

“嗯，今天上午就完成探测了。”

“一共有四个出入口，南美贵子小姐。”

“除了舞台房间以外，还有三处吗？”

南美希风回道：“是的。首先是小客厅，就是放着魔术道具的那个房间。地板上好像有一扇暗门，但是上面堆着各种东西，要打开的话非常费劲。另一处是位于西北角的房间，在玄关大厅的北侧。以前会先领客人到这个房间，让客人掸去外套上的露水，因此被称为露水室，现在已经空置了。最后一个则是……”

说到这里，南美希风停了下来，对着南美贵子的身后，用食指指了两三下。

“什么？”

“那里的地板上有一扇暗门。”

“啊？”南美贵子急忙转向后面说道，“在这里吗？”

南美希风指向的是这个娱乐室的中央，几根粗大的柱子中的一根。

“太讽刺了。”大海警官搓了搓脸说道，“这房间是我们警察用来做临时指挥所的，没想到也有密道的出口，就在柱子右侧的地板上。"

"那里有一个柜子……"

矮小的柜子里面放着游戏用品。

"可以移动压住暗门，让门不被轻易打开。虽说这个柜子并没有看起来那么重，但是也无法推动。我们在密道里找到了这个门的位置，竖起耳朵仔细听了一会儿，结果听不到屋里的说话声，所以不用担心被偷听。"

"密道的出入口在哪个房间，已经通知吝家人了吧？"

大海警官回答道："吝家人要求我们告知出入口所在的位置，以确保自身的安全。他们担心入口要是在自己的房间，会提心吊胆地睡不着觉。我们认为这个要求很合理，便告知了是在哪些房间，但没有说具体的位置和打开的方法。"

"作为确保安全的前提，他们应该很想知道地下通道是否通往外面吧，那到底是什么情况呢？大海警官。"

"有通往外面的通道，但是在中途被堵住了。"

"被堵住了……"

"由坍塌造成的，看样子已经有好几年了。"

"原来如此。"

那凶手就不可能通过地下通道进出吝家犯罪。

"密室谜团能解开吗？南美希风。"远野宫询问道，"一旦破解了，或许就能够看到地下世界的全貌。"

南美希风的脸上露出认真的神情。

"希望一切顺利，除此之外别无他法。"

"那我们还是去图书室吧。"

"也行，不过在演示之前还需要测试。因为这是非常精妙的装置，请给我点时间。"

"没有问题。"大海警官连忙回答道。

2

南美希风他们三人去了图书室，打算做好准备之后再向众人展示。

在此之前，南美贵子决定到茶室消磨时间。

茶室里有三个人，分别是吝二郎、上条利夫，还有两兄弟中的哥哥山崎忠治。

利夫说他是拜访完客户后顺路来的。他和南美贵子一样，工作场所都离这里不远。他今天要跟吝家人一起去给西上基努守夜。

"弟弟呢？"南美贵子向忠治问道。

"从冬季子夫人那里继承了老师的纪念品，现在到处给细田先生他们看呢。"仅大一岁的哥哥伸了个懒腰苦笑道，"还像个小孩子一样。"

"收到了什么东西呢？"

"日本魔术协会送给老师的一块板，上面有我们和老师的照片，以及一个用来将小物件变没的魔术盒子。"仿佛是触到了伤心处，少年的鼻息里透出一股酸涩，"还有老师在舞台上表演的技巧……"

"这是值得回忆的珍贵纪念品。"

利夫眯着眼睛向旁边的吝二郎询问道："二郎先生曾经说过，为了庆祝一郎先生复出，想要制作纪念品。请问是什么样的纪念品呢？"

"啊，那个取消了，本打算送给兄嫂当纪念的，没想到发生了这样的事情……"

"啊……"

利夫露出了肉眼可见的沮丧。他是喜怒易形于色的类型。脸型方正、五官温和、眼睛狭长，看起来很纯真的样子。悲伤的时候，眼角就会无精打采地垂下来，微笑时眼睛又会像弯弯的月牙，特别引人注目。

南美贵子的目光转向了旁边厚厚的书，它被摊开在男士们的面前。

"啊，那是列车时刻表吗？你们在做什么呢？"

戴着墨镜的二郎交叉双臂，一脸凝重地说道："我偷听到刑警们要调查长岛先生的不在场证明，打算看看列车时刻表，一起研究一下……"

"是一郎先生被害时的不在场证明吧？那天晚上，他说是在仙台，第二天早上，他在仙台车站买的报纸，在新干线上看了报纸的报道才知道的案件。然后从盛冈车站打电话过来。"

"警察在研究他做案后，能否从这里返回仙台。远野宫先生向我们提供了允许披露的信息。案发时间是六日下午九点半左右，长岛先生没有确切的不在场证明。午餐后他把自己关在酒店房间里，晚饭也没有吃，好像是在埋头阅读刚拿到手的资料。"

"连晚饭都没吃……太不巧了。"

"在图书室的案件中，更不巧的是密室里只有他一个人，对他非常不利。"利夫用同情的语气说道，"对于有嫌疑的人来说，这可能是决定性的证据。"

南美贵子没有告诉他们南美希风的推理，因为密室之谜还未破解，没有最终定论。就算密室之谜解决了，也应该由警方决定是否公开。

"听说没有密道通往图书室。"

既然利夫说到了这一点，南美贵子就趁机追问道："听说除了舞台房间以外，小客厅、露水室还有娱乐室都有出入口？"

"是的。"忠治兴奋地说道，"老师就是用的这个密道表演的魔术吧。"

"娱乐室有出入口的话，那就意味着能够自由出入其他房间吧？"

"出口所在的房间都锁上了。"二郎干脆地说道，"跟警察也说过了，需要进去的时候，随时可以开锁进去。"

利夫看向二郎问道："要求警察公布密道出入口的是二郎先生吧？"

"这是理所当然的。母亲和大嫂也表示赞同。怎么能瞒着身为主人的我们这么重要的事呢？要是都不知道密道通向哪里，怎么能放心呢。"

"正是，正是。"利夫深表赞同。

"因为通不到外边，可以暂且放心。自那以后，母亲的卧室也没再安排看守。至于夜间用不用警察站岗，还在商量。希望凶手不要再继续犯案。"

"大家……"南美贵子试着问道，"有没有想过找下那些暗门呢？难道就一点儿都不好奇，不想去调查一下吗？"

"南美贵子小姐的好奇心似乎非常强啊。"戴着墨镜的二郎，笑嘻嘻地说着，"你是想让我们去调查吗？"

"不不不，不是这样的。"南美贵子忙不迭地摆手否认道，"我的意思是大家都挺淡定的。"

"没错。"利夫狭长的眼睛又弯了起来，"警方特别叮嘱过我们，不要偷偷调查暗门的位置和打开方式。目前除了警方，只有凶手知道，所以只要知道了暗门的详细情况，就会怀疑那个人是凶手而进行逮捕。"

"是这样啊。非常严厉的警告啊。"

这样一来就不会有人好奇了吧。

"但是……"利夫的眼睛里透露着不安，"凶，凶手还在这所宅邸里四处游荡吗？简直不敢相信。杀害了一郎先生，连警察都不放过的凶手，会是咨家人，或者是我们的熟人吗……"

脸色铁青的利夫用手摸着腹部，就像在念咒语一样，祈求自己别再腹泻了。

"凶手也有可能从外部进入宅邸，再通过密道穿梭于房间之中……"

南美贵子也有同感。这个胆大妄为的连环杀人犯是不是就在身边？或许现在交谈的某人就是那个凶神恶煞的杀人犯，不过总感觉不像是真的。也可以说，正因没有真实感，才能够一直保持冷静。虽然人们不愿意相信，但往往事与愿违，可是事实没有摆在眼前，不愿相信的想法就会化为心灵支柱，以此来获得平静。人类很难跳出日常，也可以说大家非常珍视日常的生活。越是这种时候，越需要理性的判断。要相信客观的合理性，而不能一味地固守自欺欺人般的惰性与感性。

南美贵子又向几个人问了两三个问题。

案发当晚，山崎兄弟曾经跟细田、长岛一起去过图书室前的走廊。她想知道那个时候，山崎忠治见没见过巡警。忠治回答说兄弟二人都没往图书室门那边看。

至于上条利夫，他在那晚八点半左右，离开茶室，跑到了二楼的厕所。不久回到房间，听说妻子去了玉世那里，也就跟了过去。然后，只是聊了几句，就又跑去了二楼的厕所。关于图书室的事件，利夫应该是最后一个知道的。他一直都在厕所里，等到春香和诹访跑下楼，约九点十五分左右，他才回到玉世的房间，从她那里听说了着火的事。

无论是在一楼，还是二楼，他都没有看到或者听到任何事情。不过在二楼的厕所前，他和斉二郎有过交谈。

"我听说了车库的实验。"在说完昨晚的事情后，利夫对南美贵子说道，"打开窗户时发动的引擎声，才是玉世夫人听到的声音。"

"打开窗户这件事非常奇怪。"

各家人是不会打开车库窗户的。毫无疑问，这是凶手偷偷摸摸做的。

据说车库的实验结果已经报告给了警方。他们也在考虑，如果不是玉世的错觉，而是实际发生的情况，说不定就跟这次的案件有什么联系。

问清楚想知道的事情后，南美贵子探身看向了桌上的时刻表。

"长岛先生的不在场证明能成立吗？"

"我们还在研究呢。"

给出回答的是两眼灼灼放光的忠治。

"据远野宫先生说，长岛先生下榻的酒店，距JR仙台站只有十五分钟的路程，长岛先生住了两晚才退房。"二郎又继续补充说道，"这是一家比较大的酒店，可以随时进出。案发当天，要是长岛先生避开酒店员工离开，有充足的时间赶到札幌。问题在于他在案发时间周六晚上九点三十五分左右离开宅邸的话，能否在次日早晨回到仙台。据本人说上午八点左右，他在酒店吃了自助早餐后，就坐上了九点三十六分发车的'山彦号'。"

忠治仿佛要扑在列车时刻表上一样，兴致十足地说道："我们假设他是九点三十五分离开宅邸的，据列车时刻表显示，只要在札幌站搭乘晚上十点的快车，就能抵达函馆市。"

"从这里到札幌站只需要二十五分钟。"二郎再次确认了一下说道，"也不是不可能，时间上勉勉强强。"

"到达函馆市的时间是午夜两点三十九分。"

忠治那气势汹汹的语调，犹如疾驰的列车一般。

"啊，航班信息也确认过了，南美贵子小姐。从札幌的千岁机场到羽田机场的最后一班飞机的时间是晚上八点二十五分，到仙台机场最后一班的时间是下午六点，其他飞往东北方向的航班，如秋田机场和岩手的花卷机场等，最后一班飞机都是在中午或者傍晚。"

与其说忠治是时刻表狂热粉，不如说他更喜欢根据时刻表推理。他就像小说中那些推翻不在场证明的侦探一样，两眼放光。

"札幌到函馆市沿途，有占小牧或者室兰的客运码头。因为比列车更花时间，所以只有列车换乘不顺，无法及时到达仙台时，才会去考虑吧。"

"是啊。如果乘坐列车能到达的话，不在场证明就不成立了。"

"嗯，那……"

忠治用指尖在时刻表上滑动，凝神看着。

"刚才说的那趟快车到青森的时间是早上五点十七分。"

他翻过了这页时刻表。似乎刚才正讨论到这里。

"青森发车的'初雁号'是五点二十一分，'初雁2号'是五点二十五分，都可以抵达盛冈。"

利夫用柔弱的声音说道："五点二十一分有点紧张。假设搭乘五点二十五分那一趟怎么样？"

"如果是五点二十五分的话，到达盛冈的时间是七点五十分，之后再坐新干线。"

时刻表又被翻了一页。

"怎么样?"仰头看向天花板的二郎催促道。

"能赶得上八点发车的'山彦号'。"

"那到仙台呢?"

"八点四十九分。"

利夫笑着说道:"这样的话,八点钟在酒店吃早餐是不可能的,长岛先生的不在场证明是成立的。"

"是啊。"忠治一边点了点头表示赞同,一边又翻看了一页列车时刻表,似乎在查询什么。

"就算赶上五点二十一分青森发车的'初雁号',也还得要乘坐八点发车的'山彦号',没有区别,而且也无法搭乘渡轮。"

"仅凭这样不在场证明就能成立吗?"

听二郎这么一说,三个人吃惊地看着他。

"回想一下远野宫先生说的话。大酒店的早餐时间都会非常忙,酒店员工并不记得是否见过长岛先生。只有办理退房的员工对他有印象。"

"二郎先生,你是说长岛先生没在那里吃早餐?"利夫一脸愕然。

"只能证明他赶上了退房时间,退房时间是九点十分左右吧?"

"是啊。"

"八点四十九分到达仙台站,急忙赶去酒店的话,九点十分之前就能抵达酒店大厅。这时只要装成吃完早饭从房间里出来的样子就可以了。"

"可是……"利夫眯起锐利的眼睛，露出疑惑的表情，"远野宫先生说过，带有长岛先生房间号码的餐券被回收了。该不会是仙台的同伙用的餐券吧？"

二郎沉默不语。

忠治代替二郎接过话茬。"有没有可能是这样啊？"声音中似乎缺乏自信，"提前把餐券送给了别人。在酒店大厅之类的地方，发现了正打算自费吃早餐的人，然后他谎称自己不要了，就将餐券送给了别人。如果是这样的话……"

原来如此，这的确是个好办法。没有酒店会检查餐券和房间号是否一致，所以拿着餐券的人都能吃到早餐。

"分析得太好了。"二郎称赞了忠治的推理。

忠治的表情有些复杂，还是露出了害羞的神色，利夫则还有些不解。

"退房的长岛先生折回仙台站，九点多少分来着？三十六分？坐上九点三十六分的新干线，到达盛冈的时间是？"

"十点二十四分。"

"在那里，他用车站的电话打了过来……虽说有可能是时刻表诡计，但长岛先生的证词相当合理。"

"但是，上条先生，经过我们刚才的推断，就算犯罪以后再换乘列车离开，也能赶上退房的时间。长岛先生要想完全洗清嫌疑，可能还需要警方更加深入的调查。"

"看来并没有完全摆脱嫌疑。"

倒不如说还留有嫌疑。将长岛要视作嫌疑人的刑警们，可能会认为他伪造了不在场证明。长岛的嫌疑似乎没那么容易洗清。

过了一会儿，南美贵子走出茶室，恰好碰到雾冈刑警。他的表情一如既往的严肃，像是在冥思苦想，又像是犹豫不定。

他好像是在找南美贵子，在她面前停下了脚步。

"听说令弟在图书室要开始实验了。"

"那我也去看看。如果你是来通知我的，那就谢谢了。"

南美贵子和大个子刑警并肩而行时，突然想到……

那个隐藏在身边的凶手，是不是正一脸冷笑地蔑视着努力保持理智的所有人……

3

如同那天夜里一样，桌子上放着一把椅子。

南美希风此刻就站在上面。

除了他和南美贵子，图书室里还有五个人。

分别是远野宫、大海警官、雾冈，以及辖区警署的两名刑警。他们会对这个诡计是否可行做出判断。

南美贵子的心里非常忐忑，既担心实验不能成功，又担心弟弟失败后会遭到讥讽。远野宫的眼神里却充满了期待，但是有的刑警却是幸灾乐祸的表情。

南美贵子想要缓解气氛，她指着一个树脂制的方形盒子问道："桌子上的东西是什么？"

"那是冷藏箱，姐姐。从小客厅里借过来的。"

"冷藏……"

"为了这个。"

南美希风挪开了身体，方便大家看清天窗的锁。

南美贵子仔细地盯着那个特殊的东西。

扭锁的左右好像吊着什么东西。像是正度三十二开书本状的扁平物体。左右颜色不同，右边是褐色的，左边是透明的……

"是冰吗？"

"没错，是用制冰盘做的冰板。"

南美希风转过身看向刑警们说道。

"那时细田先生说的话，让我有了这个灵感。"

大海警官追问道："他当时说了什么呢？"

"初步调查之后，我们和大海警官他们在娱乐室里讨论，细田先生准备了冷饮。当时他解释说冰比预想中要少得多，可能不够凉。"

南美贵子也想起来了。管家细田一边分发带点冰的饮料，一边这么解释的。

"冰少了……"远野宫轻声地嘀咕了一句。

"比预想中要少得多，原因可能有这么几种。第一种是细田先生自身的失误，比如说看错或记错了。但是，通常只要发现快用完了，就会加水自动结冰。那么有经验的人，会犯这种低级错误吗？第二种就是有人擅自用了这些冰，但不太可能是齐家的人。因为自家人想要冰的话，直接找细田先生就好，没有必要亲自动手，而且细田先生整夜都在宅邸，没有外出。"南美希风似乎预感到有人会反驳，接着说道，"今天我问了细田先生一些细节方面的事。制冰盘有三个是骰子状的容器。每个容器里有十六块，总共四十八块。那天晚上，两个容器里的水，没能完全冻住。细田先生在跟我交谈中，也开始怀疑了，他不记得自己用过那两盘冰，他认为是有人偷偷用了。另外，他还想起一件事。以前也发生过两次这样的事，那时所有的水都没有结冰，他还以为是冰箱出了问题。"

"刑警先生。"南美希风叫道，"就算他问了家里的所有人，也不会有人承认擅自使用过冰块吧。从事态的发展来看，我们得出的结论就是偷偷使用过冰块的人很有可能就是凶手。因此，我认为消失的冰块是非常重要的线索。"

被凶手用过的冰块……

"于是，我就想出了一个用大量冰块的手段。"

南美贵子向前走了几步，认真观察天窗。

窗户以蔚蓝色的天空为背景，用配备的杆子固定，底部向外敞开。两把锁都在窗户的左侧。牢牢地固定在墙壁和窗框上的那把执手锁，其外螺纹伸在半空中。淡蓝色的握把，形状像是一个水龙头，但是凹凸较少，接近圆盘状。

"我用风筝线试了试。"南美希风一边解说，一边将自己的目光投向了锁，"长五十厘米的风筝线的两端，分别绑着冰板和木板。冰板是在冰块里加入水和盐二次冻成的，短时间内就能搞出来。将两张各有八块冰块的冰板叠在一起就可以了，形状并不重要。不管凶手当时用的是什么形状，关键在于重量。"

"重量……"

南美贵子的轻声嘀咕得到了南美希风的回应。

"只要能让风筝线的两端重量保持平衡就好了。"

水滴从冰板上滴落下来。

"风筝线像这样在执手锁的把手上缠绕两三次。左边是冰板，右边是木板。现在两边是平衡的状态。这块木板是细田先生从车库里找出来的废料，凶手当时用的应该是书。"

"书？"几个刑警异口同声地说道。

"如果是书，上完锁后掉下去的话，就会和'焚化炉'混在一起。"

大海警官等人表示赞同后，纷纷上前认真地观察天窗。

最认真的远野宫说道："'焚化炉'中烧毁了好几本书，其中有本被用在了上锁装置中，证据也被销毁了吗？"

南美贵子回想起弟弟上次说过的话。这个"焚化炉"也许不止一个用处……

"那本书大概也是正度三十二开的吧。"南美希风推测说道，"万一没有被完全烧毁，也只会以不显眼的方式和风筝线绑在一起。我这次只是用胶带把风筝线粘在木板上。凶手是把风筝线夹在冰块的接缝里。"

水滴有规律地从冰块上滴落……

南美贵子发现了跟说明不同的情况，直接提出了疑问。

"刚才不是说一块冰板上有八个冰块，现在上面是不是多了两块？"

"因为在预备测试阶段，冰融化了，导致重量减轻了就补了两块。"

"原来如此。"

"凶手就是用了这个方法，从天窗逃出去的。"南美希风说完后拿开杆子，关上天窗。

执手锁的外螺纹与窗框上的内螺纹嵌在一起。下方的插销也是一样，装在窗框前面的插芯，对准了窗框上的锁孔。

南美贵子有些担心，那个插销的问题也能解决吗？

"接下来火焰会启动装置。"

那时桌子上燃烧的火焰……

"我让细田先生帮我准备了。"

南美希风说完，拿起挂在腰带上类似喷雾一样的东西。那是厨房用的喷火器。

"热量会使冰融化。"

从喷火器的尖端喷出的火焰，喷在了冰板上，发出滴答滴答的声音，大量的水滴开始掉落。

原本平衡地悬挂在两边的重量发生了变化。

围观者中出现骚动，且混杂着感叹的声音。

从之前的情况来看，虽然在预料之中，但实际目睹之后，还是会感到吃惊。

就连雾冈刑警都发出了"喔"的声音。

当然，南美贵子也在出神地观望着。

锁转动了。

执手锁的握把在一点点地旋转，因为木板在下沉。随着左侧重量减少，右侧也失去了平衡。因为风筝线是从左往右缠在把手上的，所以会按顺时针旋转。

"嗯……"远野宫用力收紧了下巴上的肥肉。

不用动手，锁却会自动锁住，事实正摆在眼前。

"这个握把，如果是金属或塑料制成的话，大概就不行了。"在喷火器的火焰声中，传来了南美希风的解释。

"因为没有摩擦力，风筝线会打滑，必须借助其他增加黏度的物质。但是，这个把手的材质类似于旧的硬橡胶，有适当的摩擦力，会将风筝线的变动传送给把手。"

随着冰板的变小，木板也逐渐下落，锁被自动锁上了……花了一些时间……

"我还想补充一点，以前经常见到的普通执手锁也不行。在细小的握把缠上重物，也不会使其旋转。向下拉拽的力只会使螺栓增加向上压的力量。只有这把锁的构造才会产生这样的动作。"

螺栓的长短、把手的平衡、锁本身的支撑点，以及意外顺畅的旋转结构，将这些条件作为一体加以利用，就形成了自动上锁的装置。

把现场染成绯红的火焰，其另一个作用，就是作为无形的手，完成上锁把戏，隐藏真相……

在南美贵子想象的画面中，浮现出了令人毛骨悚然的奇妙场景。在熊熊燃烧的火焰正上方的黑暗中若隐若现，无人触碰的锁在慢慢地、不停地转动着……

此时，喷火器的火焰染红了南美希风的半张脸，他的眼里也闪烁着同样的颜色。

"我在事前做实验的时候注意到了风筝线的缠绕方法。缠绕不能重叠，但如果冰板朝后，木板朝前，再加上把手的形状，风筝线就会滑出去，更容易失败。要是木板的线朝里，缠在把手前面的风筝线就能起到制动作用。"南美希风看了一眼窗锁，继续说道，"螺栓已经扭进去了。"

虽然花了一些时间，但也能证明凶手从密室内消失是用了机械诡计。

面对眼前的结果，在场的人们哑口无言，南美希风却对冰块更猛烈地喷射火焰。过了十秒、二十秒，平衡结构发生了很大的变化，变小的冰块没有办法支撑木板的重量。等超过了摩擦力的极限，就会像打滑一样，一下子被右边的木板拉起来。这一瞬间，松弛的风筝线就从握把脱落了，也就是说木板会掉落，冰块也是同理。但是，这还不是全部……

"啊！"

"啊！"

吃惊不已的人们发出一声声的惊呼。

本以为只是掉落下去的木板，却"砰"的一声撞到了下面的东西。

那是插销！

木板把插销的插芯也敲了进去。瞬间，插销也被锁上了。

木板是用来锁上两道锁的道具。

绑着风筝线掉落的木板，重重地砸在了桌子上。

事先调整好风筝线的长度，那么在锁好执手锁的时候，木板的底部会正好落到插销插芯的正上方。即使事先看到这样的装置，也没有人知道是做什么用的。

只用一个装置，居然锁上了两把锁。

被认为是没有办法攻克的密室之谜，就这样一刀两断、干净利落地被解决了。

南美希风停下了喷火器的喷射，说道："掉落到火中的书和风筝线都被烧毁了。即使书没有被完全烧尽，至少表面也被烧成了灰，还会沾满灭火剂。冰融化成水蒸发掉了，不会留下证据。怎么样？凶手的诡计大致已经被重现出来了。"

"这……确实……"远野宫像是如鲠在喉一样感叹道，"太厉害了！"

冰、火与书，以最简单的结构组合在一起，使其作用于两道锁上。

凶手能制造出这样的诡计，不愧是"梅菲斯特的反对者"。

南美希风从椅子上下到桌子上，又从桌子上跳回地板。

"我认为凶手并不是像我一样，有需要时才会研究各种各样的装置。这些不是短时间就能想到的。拿冰举例，他只用了最少的量。在没有试验的情况下，能完成这样的装置吗？"

南美希风下来后，大海警官也踩上了桌子，似乎想亲眼确认一下锁的周围。

站到椅子上的大海警官问道："南美希风，你说并非有需要时才研究各种装置，是什么意思？"

"我觉得凶手针对这栋建筑的锁，已经预先构思了好几种诡计。"

"已经，有……"

"嗯。'梅菲斯特'吝一郎先生，将整座宅邸作为魔术的舞台，活用密道，建筑物的结构和家具，甚至会根据实际情况设下装置，给家人带来新奇的体验。他把整个建筑作为魔术的素材，发明新魔术，并加以实践练习。'梅菲斯特的反对者'不也是一样吗？"

"以这座宅邸为舞台，构思了各种各样的犯罪，是这个意思吗？"远野宫低声说道，像是要将恐惧压下去。

"这让我想起了'舞台房间'的密室诡计。凶手用了蜡烛的火焰，沾满油的绳子和手推车，让我们以为他在舞台后面的门上做了手脚。那些诱饵很好地发挥了作用，因为这个诡计的确能够实现。没准凶手就是以制造诡计为乐。像是那里的门，这里的窗……"

南美希风抬头看向大海警官正在观察的天窗。

"因为天窗的锁非常特殊，所以对凶手来说也是一个很有挑战性的对象。于是凶手想出了动手脚的方法，而且应该也在暗地里进行过实验。就像灵光一闪的魔术师，会将灵感变为作品，不断尝试，增加熟练度……细田先生说过，过去曾发生过两起冰块消失的异常事件，难道不是因为凶手在进行实验吗？"

原来这个凶手在杀人之前就是"梅菲斯特的反对者"了……

"可以肯定的是凶手利用这栋建筑特有的结构，准备了不止一个密室和不在场证明的诡计。没准从他的口袋里，随时都会掏出各种犯罪的花样，而且这个口袋会随身携带。"

南美贵子想到了"潘多拉的魔盒"。

"难道……"南美希风有些忧虑地感叹道，"这也是凶手不从外部，而从舞台房间开始行凶的原因之一吧。因为切实可行的诡计就是在这个馆内诞生的，所以在实施犯罪时才能游刃有余。即使遇到突发事件，也能轻松应对，就像是发生在保管着施工图的图书室里的案件一样。可以说'梅菲斯特的反对者'是将受害者和警察困在了自家院子，为所欲为。"

如同怪物般的凶手身影仿佛在大家的头上蔓延开来，所有人都默不作声。

率先打破沉默的是从椅子上跳下来的大海警官。

"天窗上的两把锁都被锁上了。执手锁的把手上，也没有留下线摩擦过的痕迹。就现场的状况来看，诡计是成立的……"

"大概就是这么回事吧。"正在深思的雾冈刑警突然开口，表情异常凝重，"不过，我还有个疑问，关于南美希风说的诡计。"

"你是指哪个方面呢？"远野宫追问道。

"冰块融化的时间，有点……用喷火器开始喷射冰块到执手锁完全锁上为止，花了两到三分钟吧。那现场的实际情况呢？我们进入现场的几分钟前，在距离天花板两米左右的地方，火苗还很微弱。这种程度的热量足以使那些冰块融化吗？"

"我觉得这种程度的火焰还不足以迅速融化天窗上的冰，但是，后来火势就逐渐变大了。"远野宫说道。

"是的。但是变大到足以烧到天花板的程度，是在什么时候呢？最多也就是在我们见到着火的前一分钟吧？我不相信在我们发现着火的两三分钟之前，火焰的热量就达到了喷火器直接喷射的程度。"

远野宫也陷入了沉思。

"确实。要说这种说法有什么疑点的话，也许就是这里了。"南美希风这样说道。

南美贵子也发表着自己的观点："会不会是因为冰块本来就非常小，稍微融化了一点，也会产生那样的效果？"

"不，悬挂的重量不能再小了。如果太轻，就没有足够的力量使把手转动，相反，如果两边的重量超过的话，向下的力量就会过大，螺栓也没有办法转动。两边悬挂的重量和大小，只能是这样的情况。"

"嗯……冰块的大小和火焰的热量都不能改变。那就只能是时间或距离有什么不同。如果对此进行调整，就能得出更加完善的论证。"

"更完善的……"雾冈刑警低着头，摸了摸下巴说，"凶手可能还有另一手……或者是条件和状况略有不同，总之距离胜利还有一步之遥。"

　　看到雾冈把视线投向了南美希风，南美贵子趁机说道："那就齐心协力朝着目标前进吧。"

　　"除了天窗的问题，还有谜团尚未解开，也是不得不提到的。"辖区警署的年长刑警也加入了讨论。

　　"即使凶手用这种方法逃出去了，但从天窗逃出之后，还有一道难关挡在我们面前。上条春香从二楼盯着图书室前的院子，吝二郎也在车库周围走动。就算凶手运气再好，也不可能在数名目击者的眼皮底下溜走吧？"

　　"这方面，还需要深入调查。"大海警官一脸严肃地说道。

　　南美贵子感慨道，解开谜团并不像解开绳索那般容易啊。"梅菲斯特的反对者"的犯罪都不简单，不是有了突破口就能轻松攻破的。果然是个棘手的对手。

　　"但是，我还是被这个结果震惊到了。"大海警官皱起眉头，环视着其他刑警，"亲眼见到了如此有说服力的演示，我想在所有人都不会否认吧。既然是个难缠的凶手，做出了这种事也不足为奇。如此一来，就不能否定凶手逃往室外的可能性了。"

　　远野宫向大海警官使了个眼色。

　　"南美希风的能力，这次得到证明了吧。能允许他去地下密道调查吗？要不要问问总部那边。"

　　"我先通告总部这个结果吧。"大海警官轻轻拍了拍自己的侧腹，然后点了点头，"不过，他们应该会同意的。是吧，雾冈？"

4

案发时摆放的观众椅已经被搬走了，此刻的舞台房间显得非常宽敞。

这是惨剧开始的地方。

南美贵子情不自禁地深吸了一口气。

破门而入时的场景依然历历在目，被关在棺椁中流血的尸体、坐着的骷髅骨架、玻璃骷髅里摇曳的烛光、人们惊愕的表情，本来不想回忆起来，如今却不断涌现出来。

跟图书室的门前一样，大厅也无法摆脱惨剧的印象。当然，场所不会留存记忆，关键还是在于人们，但场所会触发人们的记忆。古人认为这是邪恶力量作祟，称为"自缚灵"。另外，人们还会自发地在事故发生地供奉鲜花，人们相信通过吊唁的行为能够驱散现实或是人们心里的厄运。

为了慰藉被无端夺走生命的魔术师，一定要尽快解开谜题，献上宽慰亡灵的花朵……

可能是室内以蓝紫色等冷色系为基调，南美贵子又感受到了那种冰冷的空气……

像是要祛除这冷气一般，耀眼的日光从半开的遮光窗帘射了进来。走过那束光倾洒的地方时，南美贵子的注意力被拉回了现实。

南美希风大概也经历了同样的想法，貌似刚回过神来。

"这样说起来的话……"透过宽大的阳台向外眺望的远野宫边走边说，"那些被扔在院子里的碎玻璃能修复吗？大海警官。"

"可能性不大，就放弃了，因为很多碎片只都只是玻璃粒。不过我们调查过有没有血液反应，结果显示没有。"

五人在阳台窗户右侧的粗大柱子前停下脚步，两名刑警手里拿着手电筒。

眼前的柱子很粗，张开双臂也抱不住。顶上可以看到脱落的石材，下部是木质材质。木质表面，有像镜框一样粗的外框，外框内是整块的木板。

柱子的右手边立着一个落地钟，指针盘和钟摆前的玻璃都不见了，但是时间依然准确。再往右边，靠室内的一侧，贴着塑料幕布的三扇大屏风依次排开。屏风的对面就是舞台。

"这根柱子是出入口吗？"

对于南美希风的提问，雾冈刑警只简短地应了一声。

大海警官进一步解释道："用声波探测过了，地板上什么都没有。墙壁在梯子和传感器的帮助下，也充分调查过了，显示没有异常。"

南美贵子饶有兴致地问道："打开暗门的方法，和那里的落地钟有关系吗？"

"没有关系。"大海警官摇了摇头继续说，"它原本放置在靠近走廊的大门那边，后来才被移到这里。"

"啊，这样啊。是凶手移动的吧？"

"其实……"大海警官面带愁容地说道。

"怎么了？"远野宫焦急地追问道。

"地下的发现有点出人意料。"

"出人意料？"远野宫皱起了眉头。

"我们发现了一个房间，但里面不太寻常。简直是一郎遇害的舞台房间的翻版，充满谜团。"

雾冈也掩饰不住愤恨的神色，说道："这个凶手绝不是一般人。"

"嗯，因此……"大海警官似乎有意缓和了语气，"我们决定邀请能够帮我们破除诅咒的有能之士一起……"

"原来你早有这个意思啊。"远野宫的嘴角露出一丝笑意，"把南美希风带到地下去了。"

"没问题吧？南美希风。"

南美贵子不安地看向弟弟，南美希风却毫不犹豫地点头答应了。

"我可以保证没有危险。"

严肃的大海警官将身体靠在了柱子上做出许诺。

"不过，绝对不要外泄。"

当忧虑转化为好奇之后，南美贵子也激动起来。她和远野宫也被允许同行，便一起进入了秘密坑道。

柱子的底部不是木板，而是石头。大海警官右手拿着没有打开开关的手电筒，弯下身体，左手摸索着相邻两块石头的接缝，找到了可以抓住的地方后，他的手指就开始发力。接下来，接缝滑了出来。

滑出时以上方为支点，底部被颠了出来。整体的纵深约十厘米，从柱子向外探出的部分，长度为三四厘米，形状是顶部尖锐的细长三角形。

毫无疑问，这是伪装成接缝，便于在石缝之间移动的一部分开关。

这个机关被启动的瞬间，响起了咔嗒一声。

柱子也发生了变化。正前方宽大的板面下缘，微微地向内凹陷进去。

大海警官按了一下外框里的木板，这块木板就毫无声息地打开了。一人高的木板，以上方的边缘为轴向里摆动。底下是一个四方形的洞口。垂直而下的洞穴像井一样深邃黑暗。

从洞穴深处喷涌而出的气流，让人感受到了两种矛盾的物质，以令人不舒服的方式混合在一起，既冰冷又温暖，即干燥又泥泞潮湿。

"垂直向下，有台阶。"

大海警官打开手电筒，照亮了下面。

眼前的垂直洞穴，嵌进去了U形铁条，形成了通往下面的梯子。底部到底有多深呢？

"洞口比想象中要小。"

为了缓解紧张，南美贵子率先说出感想。

"过去的人身材矮小，够用了。"

听远野宫这样解释，雾冈刑警又补充道："当时建造这里的户主，也就是集治监政策的监督官黑宫，可能就是一个身材矮小的男人。只有一个出入口稍微大点。"

南美贵子仔细看向脚踩的铁条时，发现它已经锈迹斑斑，再次激起了她的不安。

"真的不要紧吗？不会坏掉吧？"

"嗯，包括技术人员在内，我们已经来来回回好几次了。"大海警官自信地说道，"不过，里面有一两处的墙壁和天花板需要修补。但是也不要紧，没到马上就会坍塌的程度。只要不发生大地震，就没关系。"

南美贵子完全没被这番话安慰到。

南美希风微笑着说："姐姐，你也不用勉强自己。"

"我想帮你多收集一些信息。"

大海警官单手按着暗门的门板，在洞口的边缘弯下身去。

"我来给你们打头阵，也就只有七八米深。"

"那么，我第二个吧。"远野宫举起紧握的拳头说，"对了，这梯子能承受我的体重吗？"

"我的身材都可以，你应该也没问题。"身材高大的大海警官说道，"不过，还是请小心一点。"

"啊，我的肚子可能会卡在洞里。要像葡萄酒瓶的软木塞一样卡住了，你们就用肥皂帮我脱困吧。"

远野宫调整好庞大的身躯踏进了洞里。

南美希风、南美贵子、雾冈刑警也依次进入坑道。

从梯子往下爬时，南美贵子发现手几乎没有弄脏，铁条也不会晃动。

或许是因为梯子经常被使用，所以保养得很好。

到达底部的南美贵子大吃一惊，坑道里竟然亮着灯。密道的天花板上布了电线，每隔一段距离就有一个灯泡。

灯是大海警官打开的。在他身后的墙壁上，装有布丁状的黑色底座，中间有个白色按钮，像是老式的开关。

"这个灯是警察安装的吗？"南美希风追问道。

大海警官回答道："不是，从一开始就有，我们进来的时候还亮着灯呢。"

大海警官关掉了手电筒，最后下来的雾冈刑警也是如此。

带手电筒下来，主要是考虑到电源有可能会被切断，或者有需要照亮的昏暗地方。

南美贵子听弟弟说图书室的坑道尚未完工，还保持着挖开的状态。但这里的地面、墙壁、天花板都是修好的。宽度有两米左右，高度差不多有两米半。

只往一个方向延伸的方形隧道，被灰色岩石包围，非常粗犷。浑浊的空气中飘荡着一股淡淡的霉味。墙壁底部和地板上到处都是潮湿发黑的地方。

"那就出发吧。"

南美希风向打头阵的大海警官问道："这条密道是向西的吧。舞台房间东侧没有出入口吗？"

声音在狭窄的空间里，多少有些回声，听起来闷闷的。

"你是想到第一个案件中的不在场证明才这样问吧？"雾冈刑警一副早有预料的样子，嘴角上扬地说道，"青田经纪人所在的记者休息室'沙龙'就在东侧，有很多人进出的后门也在东侧。如果那边有隐蔽的通道，就能神不知鬼不觉地出入舞台房间了。"

"是的。不过，通道没有延伸到那边吧？"

"没有。"大海警官进行了详细说明，"地下通道本身有没有暗门，我们也考虑过这个问题。就用声波探测装置进行了地毯式搜查，结果发现地下密道里没有任何机关，只是一条这样的通道。而且，这个通道也无法通向舞台房间的东侧，不过拐弯后可以通到宅邸南侧娱乐室。"

"明白了。"

南美希风点头致谢后，感慨着再次看向地下密道。

"这就是一郎老师珍藏的秘密。他曾在这里走过无数次……"

"咨一郎死后，凶手也在这里走过吧。"

在灯光昏暗的地下密道中，一行人默默前行。

不一会儿，他们来到了岔道。

"岔路口……"南美贵子刚一开口，旁边的通道里突然飞出了黑色的物体，吓得她不由得惊叫起来。

那个物体非常小，但是速度很快。从天花板附近飞速掠过，猛地急转弯，最后在众人面前消失。

"是蝙蝠。"

雾冈刑警淡淡地说着，嘴角却忍不住浮出笑意。

"莫非是……"南美希风的声音变得尖锐起来，"魔术用的蝙蝠吗？从笼子里消失的那五只蝙蝠。"

"可能性非常高。"大海警官应声回答。

"但数量还没有确定。如果追着蝙蝠一直往前走，就是露水室。不过，现在还是向左拐吧，最大的发现还在那里等着呢。"

满是谜团的房间，的确更值得期待。

为了平复心情，南美贵子又开始提问。

"这条路只能去一楼的房间吧？我想确认一下，可以通到二楼吗？"

"不行，除了一楼的房间，其他房间都不通。"

"大海警官，这些带出入口的房间……是所有人都能用钥匙进去吧？为了不让凶手再次踏入这个地下空间，有没有什么更保险的方法？"远野宫问道。

"远野宫先生，我们也考虑过从坑道的一侧直接封死。然后只保留舞台房间或娱乐室当出入口，安排警员看守。目前还在讨论要不要采取这样的手段。但是，这种做法很难得到吝家的理解。'虽说是被凶手利用的地下密道，但毕竟是我们家的一部分，如果被警方给封死，或是继续受到监视，实在非常麻烦。'吝家人是这么说的。也有人说这么做会破坏有价值的历史建筑。"

"可以理解。"

"因此，我们也在寻找最佳的解决办法。"

第二个"T"字形岔路出现在大家眼前。

"往右拐，就是小客厅的下面。"

大海警官一边解释，一边向左，朝着东侧走去。

没走多久，除刑警以外的三个人就发出了"啊"的一声。

"门……"美贵子连忙喊道,"这里有一扇门!"

前方几米远的左侧墙壁上有一扇相当气派的木门。在昏暗的地道里,突然出现了制作精良的木门,怎么看都不协调。越是安静的氛围下,反而越发容易紧张,地上和地下的景象都重叠在一起了。

这让南美贵子联想到,童话中经常出现的通往异世界的大门。它可能在阁楼上,也可能在壁炉里。

虽然怪异,但这样才更有吸引力。

南美贵子有一种想要小跑过去的冲动,不过人家打头阵的大海警官还没有动作,她也就只好跟在后面。

"这就是最大的发现吧,大海警官。"南美希风极力压制着兴奋之情说道。

"与宅邸上边使用的样式相同,要不要亲手打开试试?南美希风。"

南美希风转动门把手,推开了门。

眼前是一片黑暗。大海警官按下电灯开关后,房间立刻被照亮了。

宅邸下方居然有这么宽敞的空间。房间里放置着大量的家具,而且好像在哪里见过……

"这是……"

南美贵子观察着房间,远野宫也睁大了眼睛。

这里竟然是舞台房间。

"舞台房间……"南美希风低声说道,"那这扇门就是……"

打开的这扇门，刚好与面向南侧走廊的那扇门完全相同。宛如从那里进入了舞台房间。室内空间没有楼上那么宽敞，纵深和宽度都在十米左右。只是仿造了舞台周边的布置，天花板也没有楼上的舞台房间那么高，跟普通房间差不多。

但是，无论谁都能看出这里是仿造舞台房间建的。比地板高出一层的舞台上同样铺着蓝紫色花纹地毯，两侧挂着幕布，充当后台。家具也跟舞台房间一模一样。有餐具柜、接待处，门口右侧还放着落地钟。舞台前，还有方便观众观赏的几把椅子……

但是……

"这是怎么一回事啊？"

由于过于震惊，南美贵子已经不知道该从何问起。

另外两个男人也是一样。

"那是什么？"远野宫用近乎恐惧的眼神看着地面。

"这个家具……"南美希风一边讶异地喃喃自语，一边环视着四周。

在这间巧妙的房间里，最引人注目的就是位于地板中央的那个物体。

"熔化的玻璃……吗？"南美贵子用战战兢兢的语气确认道。

"是的。"雾冈刑警回答。

地毯上铺着一块胶合板，上面放着一个半透明的块状物，像是巨大的玻璃块被熔化后流淌下来，然后又凝固而成的东西。

"这个房间也没有完整的玻璃。"

听刑警这么一说，南美贵子突然脊背发凉。

"这个房间也是吗？"远野宫惊诧地大声叫道。

南美希风屏住呼吸看向地板。

"你是说室内的玻璃都被集中在这里，然后熔化掉了？"

"只能这么考虑。房间里除了照明器具无一幸免。应该是凶手收集了玻璃，加以粉碎熔化的吧。"

被熔化的玻璃块周围，还有一些尖锐的玻璃碎片。

"用便携式喷火器熔化的，是相当实用的二手货，被放在那边的角落里。目前正在调查出售地点，但估计很难查到。而且也可能不是凶手买的，而是一郎之前就准备好的。"

仅凭这些是无法锁定凶手的。

熔化的玻璃堆呈半透明状，是因为有很大一部分是黑色的。南美希风仔细观察后说道："这是烧焦后造成的吧。喷火器的火焰调节得不对，产生了煤烟……"

"没错。"

"也可能是掺了什么杂质，还有深棕色的。玻璃的数量好像还挺多的。"

被熔化的玻璃相当多，块状物的厚度最高可达几十厘米。

"比舞台房间的多。都有哪些玻璃制品呢？"

"可是，这是怎么回事？"远野宫不解地叹息道，"凶手把舞台房间的玻璃全部打碎，再集中到这里熔化。为什么？有什么意义？"

"我们也很疑惑。"大海警官也吐露了内心的困惑，"怎么也想不明白。"

雾冈瞪着眼前的神秘物体。

"凶手憎恨玻璃吗？"他直言不讳地说道。

"是不是没办法搬到室外才选择熔化的呢？"南美希风立刻表达了自己的意见，"本来凶手打算把玻璃运到远离房间的地方处理。但是，从地下搬走大量的玻璃碎片并不容易，需要多次进出暗门，很容易被发现。所以，他选择了熔化，让所有玻璃无法再还原。不过，这仅仅只是猜测，还得想想有什么其他的理由。"

"难以理解。"远野宫摇了摇头叹息道，"对于玻璃这么执着，本就不合常理，再加上这些家具……"

就算是远野宫这种历经沧桑的男人，也被惊讶得瞠目结舌。

这个房间的家具都是颠倒的。

接待处的椅子和桌子，全部腿朝上，几把椅子也不例外。餐具柜和落地钟则是前后颠倒，背朝室内……

南美贵子紧张地吞了吞口水。

"在舞台房间中，家具的位置是被移动过的，属于对称的颠倒……而地下的舞台房间，家具本身就是颠倒的……南美希风，这是怎么回事？"

"不清楚……也许将家具颠倒，是吝老师故意搞出来的，他需要用这样的方式练习魔术……而凶手又加入了独创性，再现了地上的舞台房间。不，不对。"南美希风迅速地撩了下头发，低着头说，"完全搞不懂……"

过了一会儿，他抬起头来环顾四周。

"这里是训练室吧？警方是这么判断的吗？"

两名刑警沉默地点了点头。

位于亥家宅邸地下的空间，有舞台，魔术道具也非常齐全，毫无疑问这就是"梅菲斯特"丹乔·一郎的秘密训练场所。

南美希风感慨地看着老师曾经的训练室，但很快就又开始敏锐地观察四周。他首先选择了旁边的落地钟，没有靠在墙上，而是有四十五度角的倾斜。

大海刑警补充道："发现时是背靠着墙的。我们为了调查才挪动的，还没复原。"

观察了背面和侧面之后，南美希风又看向正面。

无论是表盘还是钟摆的活动区域都没玻璃。

"机械部分好像比舞台房间的要新，警官。"南美希风说道。

"上面是亥司郎买的古董，这个是它的仿制品。"

南美希风离开红木制的大钟，又去仔细观察了上下颠倒的接待台，随后迈上了舞台。

"魔术道具也颠倒着呢。"他对跟在身后的南美贵子说道。

大工具箱锁头部分朝向墙壁，礼帽和桌上的小道具、空着的手推车，全部都是颠倒的。

"这是从舞台房间拿走的礼帽和斗篷吗？"远野宫敏锐地发现了证物。

这是设置心理陷阱的小道具，让人以为凶手通过变装走出的第三密室……

"好像是这样的。"雾冈刑警回答道，"没有发现凶手的遗留痕迹。"

"指纹呢？在这个训练室中，有没有查出除了一郎以外的指纹？"

"关键部位都有被擦拭过的痕迹。能采集到的指纹都是属于一郎的。"

"你看，这个。"南美贵子在各种魔术道具中，发现了一件被塞在颠倒的中式屏风后的东西，"我以为是普通的木板，没想到上面带着锁。"

"这个挂锁……"南美希风反应过来，"就是那具棺椁上的。也就是说，这不是普通的木板，而是那具棺椁的简易仿制品。"

这也被颠倒了。

"为了练习反手打开挂锁吗？还能试试从狭小的空间中逃脱……"

"那具骸骨，好像不在这里。"

看了几处魔术师台下的训练痕迹后，南美贵子与南美希风一起观察起餐具柜。虽然背对室内，但它的正面和墙壁之间有一米以上的距离，所以很容易就能看到里面。

餐具和摆件一应俱全。当然，这里也没有玻璃……没有玻璃门，连相框上的玻璃也不见了。

"比起舞台房间，这里相框的数量更多。"

"还有亥司郎的照片。"

另外还有一郎、冬季子和流生三人的照片，以及一郎与有名的外国魔术师的合影等。

座钟的表盘玻璃也被摘除了，除此之外没有损伤。与舞台房间的钟不同的是它能正常地转动。

远野宫抬头望着朴素的天花板连忙说道："对于建造了密道的户主黑宫来说，这是用来避难的场所吗？还是一个秘密集会的地方？"

他看着门对面的墙壁又询问道："那个窗帘是怎么回事，雾冈刑警？上边正好是阳台窗户吧？"

"从某种意义上说这里也是阳台。"

被这个回答勾起兴趣的南美希风，快步走了过去。

地下的阳台？南美贵子也好奇地跟了过去。

覆盖着整面墙的桔梗色遮光大窗帘，被南美希风拉开了。

正如雾冈刑警所说，那里有一扇阳台窗。不过，看不见外面有什么，三十厘米外便是石墙。

"尽可能地再现了场景，虽然玻璃不见了……"

"与舞台房间不同的是，这个窗户被凶手毁了。"雾冈刑警紧接着说道，"因此，被熔化的玻璃碎片很多。从窗框上留下的玻璃碎片判断，这边用的不是魔术玻璃，而是普通的玻璃。"

阳台窗户上有一把和楼上一样的锁，窗户也可以打开关闭。

"无论是锁还是窗，都是魔术的道具。"

南美希风自言自语般地说道："看来的确是训练用的房间。"

"那扇门也是同样的构造。"雾冈刑警指着舞台后面的门说。

"能打得开，但外面是石墙，没有暗门。滑动锁和插销都跟楼上的一模一样，估计是一郎先生做的吧，还发现了备用钥匙。"

南美贵子直勾勾地盯着舞台后面的那道门。

"不光是一郎先生，凶手也在这里练习过吧。虽说是仿制的，但在一郎先生长期不在的时候，凶手就可以过来研发门上的诡计，也不用担心被人发现。"

"确实如此。"远野宫重重地点了点头。

"那边的窗帘呢？"

南美贵子看了过去。

距离舞台约有八米远的另一侧墙壁上，挂着垂到地面的淡紫色窗帘，宽度是普通窗户的一倍半。楼上的这个位置正是闯入舞台房间时，破门而入的地方。

"打开看看吧，南美贵子小姐。"雾冈少有地指名催促着。

南美贵子从中间的缝隙伸手拉开了窗帘，当场被吓得腿软。

一双眼睛正看着她，那是一双满怀恶意的眼睛。

窗帘被拉得更开一点，壁画全部显现了出来。那是一幅奇怪的画，画上有好几个人物，笔触清晰可见。瞪着南美贵子的那双眼睛，是属于一个头发蓬乱、倒立着的男人的，他的瞳孔被涂成了红色。这绝不是一幅让人看了会心情舒畅的画。

雾冈似乎对南美贵子的反应感到有些愉快，但很快又恢复了严肃的表情。

"这是用速干的油漆画的，跟喷火器一样，油漆桶还留在那里。"

房间的角落被淡紫色的窗帘遮住了一半，可以看见三种颜色的油漆桶和刷子。

"是市场上流通的商品，无法追查。"

"为什么会这样呢？"

南美希风走了过去，拉开整个窗帘。

被窗帘遮住的部分都是这幅异样的壁画。笔触粗糙，刷毛的痕迹就像使用过油彩一样清晰可见，能够看出绘画的速度相当之快。不，也可以说是乱画。

以两倍大小描绘的人物形象是主体。与其说是人物，不如说是怪异的人形。共有七人，采用的是中央低、左右逐渐增高的构图方式。有大声叫喊的人，露出牙齿的人，额头喷血的人……

最令人毛骨悚然的是占据中心位置的黑影。一个扭曲的，像巨大火焰一样的影子。虽然也有光亮的地方，但只会让人觉得这是一个非人生物的扭曲魂魄。

从这幅画中可以直接感受到疯狂，南美贵子起了一身鸡皮疙瘩。她想起了曾经的一次采访。绘画在那里被用于精神治疗。面对内心黑暗狂躁的人的画，会生出一种身临其境的恐惧感，本能地让人想要逃避。

眼前的壁画正是如此。

"直击本性啊。"就连远野宫那样的男人，声音里也夹杂着厌恶。

"警察怎么看呢？"

"我什么想法都没有。"雾冈刑警表示自己也束手无策。

"这是凶手异常的证明吧。"远野宫若有所思地把视线投向了舞台，继续说道，"或许是想展现给一郎的，让即将复出的他惶恐不安，导致演出失败……"

"不管怎么说，都是丧心病狂的表现。"雾冈恶狠狠地说道，"家具的颠倒也好，对玻璃的厌恶也好，都是常人无法理解的行为。"

远野宫似乎也有些赞同，但他无法断定，连忙喊了一下南美希风。

"根据你的推论，一郎在被袭击之前，以为自己被带到了训练室。与这个房间的异常情况有关吗？"

"嗯……假设是吝老师在练习魔术的时候，将这里的家具颠倒的。凶手也知道这一点。为了让从棺椁出来的老师产生误解，凶手移动了现场的家具位置。"

"但是……"南美贵子不得不开口反驳道，"不合理吧，南美希风。舞台房间的餐具柜等家具只是被左右调换，不是这样完全颠倒的情况，吝老师不至于看错吧？"

"嗯……"

"让他误以为是在训练室，有意义吗？"大海警官一脸疑惑。

雾冈重复说道："凶手就是个疯子，没有必要多想。"

"一切都是疯狂的产物吗……"南美希风喃喃自语道。

此时远野宫皱着眉头说道："差不多该出去了吧？在这里待久了好像会陷入迷雾之中。"

没人反对。

离开这个异常空间之前，南美希风停下了脚步，环顾屋内。

"说不定这个房间就是凶手的起点。"

"你这话是什么意思？"远野宫反问道。

"留在图书室地下密道墙上的十字架，笔触与这幅壁画一样，是同一人的手笔。因为在这里的时间比较充足能够大肆作画，而在图书室的密道，因为时间紧张，就只是即兴画了一个十字架……"

"嗯。"

"挪动家具，是不是也是先在这里发生的，然后再被复制到舞台房间的……现在还搞不明白？"

南美希风点了点头，若有所思地走向走廊。

等全员离开后，大海警官关掉了照明，关上了训练室的门。

从"训练室"往东，有一条通往"娱乐室"的更加宽敞的地下通道。据雾冈刑警所说，"娱乐室"的暗门比较大，大概是为方便搬运家具。

图纸显示娱乐室和训练室的通道中间，有一条向南侧室外延伸的通道。

那里非常狭窄，虽然还没到需要弯腰的程度，但无法容下两人并排行走。不像地道，更像是从监狱逃脱用的地窖，也没有安装电灯。

走出十米左右的地方，天花板发生了塌陷，通道被掩埋在沙土里。沙土上面堆积的灰尘，就像薄薄的地层一样凝固在一起。很明显，已经是相当久远的事情了。

南美贵子觉得有些窒息，在往回走的时候才稍微松了口气。

一行人沿着天花板上不时出现蝙蝠的地下通道往回走。

直到退回舞台房间，南美贵子才放下心来。

虽然地上也残留着令人窒息的谜团，但人类这种生物还是适合活在太阳底下。

第十一章

第四间密室

1

南美贵子再次造访吝家，是三天后的星期六。他结束了手头上的工作，抵达吝家时已经是下午两点，没能赶上庆祝长岛先生出院的午餐聚会。长岛要是昨天出院的，闲不住的他便跑来吝家想打听一下案件的进展。

接连遭遇噩耗的吝家，自然不可能大肆庆祝，但也一起吃了顿饭。

尽管如此，经纪人青田高广还是穿上了久违的华丽服饰。他身着带银色条纹的黑色斜纹裤子，配上衣襟同样绣着银丝边的艳丽蓝色夹克。不知是不是心理作用，他的眼镜也格外闪亮。

坐在南美贵子对面的他幽默地说："你得向凶手索赔医药费啊。"

就像长岛的经纪人一样。

长岛戴着一顶鸭舌帽，大概是为了遮住头上的绷带。毕竟受了重伤，脸色还是有些虚弱。

他也很有幽默感地回复道："精神损失费也得算一算。"

然后，轻轻地摸了摸头。

"如果影响了我的脑力工作，还要再加钱。"

"没有生命危险，真是万幸。"南美贵子开口说道。

"是啊。"他的语气也变得严肃起来。

除了南美希风，远野宫龙造也在场。

也许是受到了长岛的启发，青田对南美希风说："《魔术要览》这本书，你还在看吗？"

这事好像已经人尽皆知了。

"全五卷，我都看完了。"

南美希风苦笑着，远野宫哼了一声问道："有什么值得参考的吗？"

"没有。只是说明了魔术也是从魔法衍生而来的词语，详细解释了其语源的共同点。再者就是，杀害巡警的凶器和女巫有关，扎针其实是搜索女巫的方式。"

"搜索……"

"女巫身上有象征着其与恶魔签订过契约的印记，即便用针扎此处，她们也不会感到疼痛或是流血，所以可借此找出女巫。但是，这只是巧合，跟杀害巡警的凶器没有关系。另外还有两三项与案件相关的内容，但硬要凑在一起会有点牵强附会。"

南美希风表示这几本书让他增加了不少知识。

"比起这个，我觉得大家的证词更有可能成为线索。"他切换了话题继续说，"今天难得碰面，大家有没有想到什么？什么都行，看到或听到的事情，比较在意的事情，跟案件无关的事也可以。"

话虽如此，但大家也不会想起什么。果不其然，青田和长岛都在冥思苦想。

过了一会，青田开口道："要说我在意的就是图书室案件的隔天，刑警向佥家人问话。像是什么时候打扫过图书室啊，什么时候打开过天窗啊，这有什么意义呢？"

"这是我提议的。"

"欸？是吗？你提议的？那有什么意义吗？"

"长岛先生找到的重要资料被烧掉了，我怀疑那些火焰和浓烟另有用处。让室内烟雾弥漫，也许是为了掩盖什么。"

"要掩盖什么？"

"不容易抹掉的指纹之类的。不过，现在有结论了。根据调查，天窗曾在去年被打开过。毕竟就算是细田先生，也不会经常打扫高处。"

南美贵子回家以后才听南美希风说了天窗的事。触摸窗户会抹去长年积攒的污垢，所以他推测凶手是想借用煤灰覆盖那些痕迹。

"提到细田先生，对了对了。"青田像在回忆很久以前的事情，眯起眼睛望向天花板，"他说浇水用的软管好像有点奇怪。"

"奇怪？"南美希风追问道。

"院子里浇水用的软管，大概有二十米长，但他说好像短了十五厘米。"

"十五厘米？测量过吗？"南美贵子追问道。

"不，就是目测感觉短了一些。"

南美贵子惊讶地说："但是，二十米短了十五厘米，那么细微的差别是怎么目测的？”

“院子很大。”青田一会儿指着窗外，一会儿摆出拿着水管的姿势，“细田先生平时会把管子拉到最长，所以非常熟悉管子的长度。管子稍短一些，他也能够感觉出来。”

“可不要小看长年养成的习惯。”远野宫对南美贵子说道。

“听说之前巨人队的王牌选手，连公开赛的击球区短了十厘米都能发现，最后让工作人员把场地改了。”

精明能干的细田寿重，发现软管短了十五厘米也不稀奇……

“那个软管是放在哪里的？”南美希风连忙追问青田。

“应该是一直放在外面，连着车库附近的水龙头。不过，好像跟案件没什么关系。”

“车库……”

南美希风若有所思地想着什么，青田毫不在意地转向下一个话题。

“警察最近的举动有点奇怪。他们好像盯上了诹访小姐，他们在暗处监视她，而且诹访小姐也被调查过好几次……是提供了什么重要的证词吗？”

南美贵子观察着远野宫的表情，不过从他那肥胖的扑克脸上，很难摸透他的真实想法。

“只是人身保护吧。”长岛提供了另一种看法，“警察对每个人都很关注。你可能只看到了他们盯着诹访小姐的眼神，便下意识地想多了。”

“是吗？”虽然还是不太能接受，但青田马上变换了表情。

"嗯，这个嘛。"他笑着对刚刚出院的研究员说，"长岛先生，跟踪你的警察少了吧？"

长岛的供述与密室诡计并不矛盾，所以他的嫌疑相对减少了，即便还没锁定凶手的身份……

"还是能感受到怀疑的目光。不过如你所说，监视有些松动，没有那么让人窒息。挨了一棍还得被怀疑，真是祸不单行。再不快点抓到凶手……"说着，他站了起来，"我要去外面走走，享受一下短暂的自由。去上个厕所。"

"我也去。"

青田和长岛离开后，房间里只剩下三个人，远野宫便压低声音说道："管家细田很能干，在搜查行动中也帮了不少忙。不过，关于他的过去，我发现了一些疑点。"

"过去？"

南美希风说完后，南美贵子也探出身体问："怎么回事？"

"提到家庭关系和出身，细田总是闪烁其词。首先是户籍的问题。他出生在东京的浅草，但是他所有的亲人都在东京大空袭中遇难，只有他一个人活了下来，无依无靠，也没有婚姻经历。至少，户籍上是这么写的。"

"啊？"南美希风发出了一声惊呼。

"他的户籍也在战乱中被焚毁了，现在的户籍是他二十几岁时申报后发的。那个时候登记的地址与原出生地相同，但是刑警从玉世夫人和冬季子夫人那里打听到，细田总是谈论在冈山县的回忆。因此对户籍进行确认后，一名刑警不经意地问了细田。'你的籍贯不是在冈山县吧'，细田的反应就不太正常了。"

"对方闪烁其词吗？"

"是的，很少见地没能对答如流。户籍上显示他的父母和姐姐都已去世，但不一定就是事实，也不能排除他有其他的亲人。总之，刑警若无其事地问了关于父母、亲人、朋友的事，他的反应有点可疑。虽说也回答了，说父母去世得比较早，没有亲朋好友，但显然与平时判若两人。"

"你说他可能隐瞒了什么？"

"这种感觉非常强烈。他表面上装得非常平静，但回答却会含糊其词。尽管他原本就是沉默寡言的人，但这次的警惕性异于往常，问一句才回一句。"

"如果西上基努知道的过去跟案件有关，那么相关人员的过去也不能忽视。细田有所保留的态度，让人不得不在意啊。"

远野宫说到这里，轻轻地靠在了椅子上。

"话虽如此……"他的表情也缓和了下来，接着说，"也可能跟案件没有关系。毕竟谁都有一两段难以启齿的过往。"

说到这里，远野宫又站了起来。

"问题更大的是刚才青田说的诹访凉子……"话音未落，门就被打开了。

三人齐刷刷地看向刚进门的雾冈刑警。

他直接往南家姐弟的方向走去，这个时候远野宫抢先开口了。

"你是打算问诹访小姐的事吗？"

"是啊，远野宫先生，你已经问了吗？"

"要问什么事呢？"南美贵子盯着雾冈刑警的眼睛说道。

"你们是否严格保守了秘密。"

"你是说地道吗？我没跟任何人说过。"南美希风说完，南美贵子也紧随其后做出保证。

"我也是，就连去过地下通道的事都没告诉上司。出了什么事吗？"

雾冈用拳头敲向桌子。

"没有什么，我只是想确认是否有人泄露蝙蝠的事。"

"蝙蝠？"

"别急。"远野宫说道，"我们按顺序来说。雾冈刑警，我正要告诉他们诹访凉子被关注的理由。"

闻言之后，南美希风的表情更加凝重了。

"诹访小姐真的被警方盯上了吗？"

"真的。我可以说吗？雾冈刑警。"

雾冈一言不发，只做了个"请吧"的手势，便向门口走去。大概是想确认下门外有没有人偷听。

"诹访凉子被视为调查对象的第一个原因，就是她似乎没有情感波动。"远野宫娓娓道来，"但是，假设她知道真相，就可以解释了。"

疑凶终于浮出水面，让南美贵子的心跳开始加速，但跟长岛要的情况又有点差别，至少这次有了一些沉甸甸的现实感。这次不是天上掉下一个嫌疑人，而是专案组经过层层排查，找到的嫌疑人。

也许再过不久，就能抓到真正的凶手了。

如果诹访凉子是无辜的，也无须致歉，因为现阶段只是在警察内部流传，外边的人还不知情。

"没有情感波动是什么意思呢？"南美希风追问道。

"诹访凉子一直以来都是那样，不讲情面，心墙高筑，甚至可以说是厚脸皮，也可能是虚张声势，故意摆出高姿态的样子。但实际上，无论是一郎被杀后，还是巡逻的刑警被杀后，她似乎完全没受影响，还是那个对谁都怒目而视的态度。"

"你的意思是她从来没有表现出悲伤吗？"

"也没有感到害怕。即使警察被杀后，她也没有流露出丝毫不安的样子。"

"不，有过一次。"南美希风开始提出异议，"大家说那天晚上诹访小姐也相当不安。"

"哦，那是误解，南美希风。"

"误解？"

"得知西上基努被害后，诹访凉子才罕见地表现出了不安。然而，发现巡警被害之后，她反而恢复了冷静。经过雾冈他们的调查，已经可以证明无误。如何，这些反应是不是非常令人费解？因此，诹访凉子就成了被怀疑的对象。"

"只有在听到基努婆婆的死讯后，诹访小姐才显得不安……原来如此。"

"这可是个不容忽视的反应。"

南美贵子有点摸不着头脑，"这能说明什么？因为这样就被怀疑了吗？"

"姐姐，在那个时间点发生的基努婆婆遇害事件，被认为是第二个案件。诹访小姐也因此陷入了不安。因为基努婆婆不在凶手的计划之内，是她没有听说过的案件。她不禁会疑惑，难道凶手在没有告知自己的情况下杀了西上基努，还是有人趁机下手了，又或是凶手失去了理智？诹访小姐很不安，想知道发生了什么事。"

"原来如此，所以只有在那件事发生后，她才脸色苍白……"

"但是不久，她的同伙推理出了基努婆婆的案件，对她进行了解释，说他没有对基努婆婆动手，那不过是自杀或意外。听了他的解释，诹访小姐的心情渐渐平静下来。随后，她可能协助制造了图书室事件……"

在门口张望的雾冈刑警关上了门，回过头来。

"她确实有重大嫌疑，因为那种反应，通常只会出现在凶手的同伙身上。"

"还有不在场证明的问题。"远野宫双手交叉道，"从间垣巡警被杀，到案件现场被发现的这段时间，诹访凉子在到处移动。她去过餐厅，也给厨房的细田帮过忙，但是每到一个地方都只是短暂停留。她有时间去图书室做手脚。第一起的案件也是如此。"

"一郎的……"

"案发前，布置舞台房间的一郎一行人，在三点钟就离开了宅子。根据大家的口供，自那以后，就没有人进过舞台房间。凶手应该是趁这个时间在室内做了手脚。案发时，诹访凉子的确有不在场证明，但她并没有一直待在玉世夫人身边，有时间去现场帮忙，像是移动家具或者打碎玻璃搬运出去。"

"她真的犯罪了吗？"

"应该不是主犯，从犯的可能性更大。"远野宫分析道，"从心理上只能这样认为。诹访凉子与细田他们不同，不是很能控制情绪的那种人。虽说她平时表现得很强势，但其实很胆小。正因如此，在得知西上基努的死讯后，她才会惊慌失措。而发生其他案件时，她显得沉着冷静，并不是因为内心多么坚强，而是因为她早就知道了事情的内幕。"

慢慢挪到桌子旁的雾冈刑警也开口说道："虽说她十分胆小，只会虚张声势，但却极其自私贪婪。只要利益一致，就能协助杀人，是一个狡猾的得力帮手。"

"她不具备策划凶案的才能。"远野宫极其肯定地做出判断，"主犯另有其人。两人是利益关系，还是情感关系，目前还不能下定论，也许两者都有。不过，主犯是远比诹访凉子出色的演员，还是一个绝佳导演。"

两人聊得火热，南美贵子却泼来了冷水。

"你们还没有掌握证据吧？因为基努婆婆的事情感到不安，或许有其他的理由。"

"我还没告诉你们呢。"远野宫抱歉地说，"可以间接作为证据的，就是关于蝙蝠的情报。"

"远野宫先生，请告诉我。"南美希风坚定地说道。

"昨天晚上，路过餐厅的刑警无意中听到了诹访凉子、上条利夫和冬季子三人的对话。利夫对冬季子说如果不涉及犯罪，住在历史悠久的地道上面，也别有一番情趣。此时，诹访凉子却说，'住在让蝙蝠飞来飞去的阴暗通道上面，能安心吗？太恶心了吧。'冬季子听后有些在意便追问道，'还有蝙蝠吗？'此时正要离开的诹访回答说，'有吧。在黑暗的地下，一定会有蝙蝠和蚯蚓之类的。'你们明白了吧？"

就在南美贵子不知所措的时候，南美希风开口说道："让蝙蝠飞来飞去，她这个说法很有问题。如果确信有蝙蝠存在，通常不会这么表达。如果只是猜测有蝙蝠在飞的话，直接说有蝙蝠飞来飞去就可以了。"

"没错，南美希风。让蝙蝠飞来飞去，明显有外部意识的介入。"

南美贵子紧接着说："我们认为是凶手把蝙蝠从笼子里拿出放到地道里的，而且这也是事实吧。总之，就是凶手让蝙蝠在地下通道里飞来飞去的。显然，诹访凉子知道凶手的动向。"

雾冈刑警插嘴说了一句："让蝙蝠飞来飞去……口误才不会说得这么复杂。毋庸置疑，这是只有知道真相的人才会说出口的失言。听到的刑警也非常在意，便在今天早上的会议上提了出来。之后，诹访凉子的嫌疑就加重了。怎么样，南美贵子小姐，我们的怀疑也很合理吧？"

南美贵子没有直接回答，而是看向了弟弟。

南美希风点头以示回应，他也认为诹访凉子的嫌疑很大。

凶手是三个人还是两个人不得而知，但其中一人就是诹访凉子。

如果掌握了切实的证据，将会是警察们来之不易的宝贵成果。

"因此我们必须向你确认一下，南美贵子小姐。"雾冈刑警继续说道。

"确认什么？你是指地下有蝙蝠的事，我是否外泄了？答案还是一样，我没有告诉过任何人，自然也包括诹访小姐。"

"我也一样。"

"进行声波探测的工作人员没有跟相关人员接触过，可以排除在外，不过，也没必要调查到这种程度。如果诹访凉子从了解地道情况的人那里听说了蝙蝠的事，直接说出来就可以了。'我听谁说过蝙蝠的事。应该是凶手把它们从笼子里放出来，让它们在地下飞来飞去吧。'用不着在冬季子夫人反问的时候强行辩解。因为说漏了嘴，才会编造借口掩饰的。"

"一个疏忽却成了致命伤。"

"不过，正如南美贵子小姐所说，物证还不齐全。要彻底攻陷她，还需要埋几个陷阱。"

刑警们终于找到了嫌疑人。他们查案时应该会掩饰自己高昂的情绪和关注的强度吧。不过调查的重心转向了诹访凉子这件事，青田似乎隐约察觉到了……

南美贵子有些担心，怕自己不能很好地掩饰情绪。

她不确信自己还能跟被认为是帮凶的诹访凉子，如往常一样若无其事地相处。

南美希风能做到吗？

2

上条夫妇、青田、吝二郎四人，正站在娱乐室外面的走廊里。

"总之，外面传得越来越厉害了。"

青田一边慢慢走着，一边跟那对夫妇说话。

"虽然遭遇了不幸，但这个案件绝对是犯罪史上独一无二的大事件。"

"毕竟是一起连续杀人案，继伟大的魔术师被杀后，同一座宅邸的警察也被夺去了性命。外边都说是不可能的犯罪……"

利夫用低沉的声音回答道。

"不过，为了吝一郎，我们也可以反向利用这次热度。"

"你是说出版纪念册之类的吧？"春香搬出了以前从青田那里听到的内容。

"是的。他不单单是凶案的受害者，还是一个伟大的魔术师，我们应该用这个机会宣传他的非凡成就。人们绝对会趋之若鹜，争先抢夺纪念册。这样一来，即便'梅菲斯特'不在了，名声也会像磐石一样坚固。"

他们转过走廊的拐角时，吝二郎的身影出现在不远处，正好可以听到对话。

"春香小姐。"青田继续说道，"身为'梅菲斯特'的美丽助手，你也写点什么吧。"

"我吗？写文章？"

"没错，随便写点比较寻常的内容就行。文章撰写和资料整理分头进行比较好。另外，也拜托你们尽快说服冬季子夫人同意。"

"如果这样的话……"二郎也加入了对话，"是不是可以找南美贵子谈谈，她刚好在出版社工作，可能知道怎么尽可能地快速出版书籍，说不准还能在她们的杂志上刊登广告，说服买家购买。"

"原来如此。"青田两眼放光，挥动着拳头忙说，"这主意好。"

"如果能够确保尽快出版，就会有大公司找上门。"

此刻，紫乃、长岛、细田三人正在后门附近的走廊。

几分钟前，细田还在厨房收拾午餐的残局，紫乃则饶有兴致地喝着剩下的葡萄酒。

后来，紫乃发现了长岛在窗户外。他穿着凉鞋，准备从后门进来。

打开窗户的声音惊动了长岛，让他回过头来。

"你在这么炎热的天气里散步吗？"

"我是在树荫下散步，更何况还能到宫殿休息。"

"话说，头上的伤口不会恶化吗？"

"说来也是……"

长岛无力地笑了笑，轻轻地摸着帽子下缠着绷带的头。

"要出去溜达的话，撑个伞会好一点吧？"

为了庆祝自己想出好主意，她高高地举起了手中的红酒杯。

随后就对刚刷完碗的细田说道："去玄关把我的太阳伞拿来吧。"

"我知道了。"

接着，紫乃向长岛招手。

"你在里面等着就可以了。"

两人在后门会合。紫乃靠着墙壁，浑身放松的姿势。

"谢谢您的费心。"长岛率先开口道谢。

"你好不容易才得救，一定要保重身体啊。"

"您说得是。"

紫乃说出如此真诚的话，让长岛甚是感动。

但他很快就一脸轻松地说道："好不容易才得救，希望我的嫌疑也能够顺便洗清。"

"您还在被怀疑吗？"

"至少还有一半吧。不管警察怎么说，我有这样的感觉。而且他们还调查了我在第一起案件中的不在场证明。"

"不在场证明？"

"调查我是不是在仙台的酒店里？二郎告诉过我有几个人调查了我的不在场证明。"

"二郎那个家伙，还做了这种事啊。"

"在酒店的早餐时间，没有服务员记得我，因此我的不在场证明成疑。退房时出现在大厅不能说明什么，有机会赶上列车。"

"警察自然也会做出同样的推理。"

"还有一半的嫌疑。有的警察质疑我在早餐时间方面做了什么手脚。只要能搭上晚上十点从札幌发车的列车，不在场证明就有可能是假的。而从这里出发也许能勉强赶上。"

"警察认为长岛先生赶得上那趟列车，就有可能伪造出现在仙台酒店的时间，所以才各占五成。不过，你在图书室事件中嫌疑更大，但到现在都没被正式地审讯过吧？"

"刚刚醒过来的时候问过话。"

"如果你是无辜的，很快就能洗清嫌疑了。"

当紫乃叙说自己在一郎案件中的不在场证明也不是很确定的时候，细田拿着太阳伞过来了。

他很贴心地选择了中性的花色。不过，这把有着花纹饰边的黑色太阳伞，远远看去就像蝙蝠。

从后门望向外面，炙热的阳光将地面烤成了白茫茫一片。

此时，冬季子和流生正在房间陪着玉世。

"早坂先生的魔术也很有趣啊。"

流生正在向躺在床上的奶奶说着关于午餐会的事。

"是杯子和碟子的组合……"同为魔术师的冬季子开口解释道，"为了让二郎先生也能沉浸其中，还使用了小铃铛。"

"哦，那可真不错啊。"

"流生，差不多该走了，奶奶已经累了。"

玉世面带笑意地目送二人出门。

"明天是流生的生日。趁此机会，搞个像样的派对也未尝不可啊。"

冬季子低着头，微微一笑。

"让大家适当地放松放松心情也是好的。"

流生听说要给自己过生日，两眼放光，欢快地推开了房门。

此时，南家姐弟、山崎兄弟、还有杰克早坂五人，全都陆续来到了走廊上。他们往玄关走去，走到细田和一郎夫妇房间的拐角处时。南美希风开口说道："两位山崎，听姐姐说你们拿到了跟老师的合照，是什么样的照片呢？"

"复出公演确定之后，在报纸上刊登的那一张。"哥哥率先回答道。

"老师在中间，我们穿着新衣服站在两边。"弟弟很快地补充道，仿佛还沉浸在当时的喜悦中。

"其他的东西也一样，都是美好的回忆。"

"南美希风先生，你要不要也拿点纪念品？"良春问道。

南美贵子抢着答道："也不太好去催讨吧。南美希风你想要吗？"

南美希风想用苦笑敷衍过去，旁边的早坂开口说道："我也想要，到时请一定通知我。"

就在这个时候，馆中响起了物体剧烈破碎和散落的声音。

短短的几秒钟，南美希风无法做出反应。他不知道是否该行动？不确定是不是又有案件发生了？

接着又传来了物品落地的声音。

"是那里吧？"

忠治用手指着前方南侧，紧挨着他们的左手边。听起来确实是那边发出的声音，南美希风带着大家一起奔向那里。

"那是什么声音呢？"

他们加快了脚步，并没有回答早坂的疑问。

左手边很快出现了一道门，那是小客厅的门。

此时，雾冈和远野宫他们也从玄关那边跑了过来。

"就是这里。"

虽然不太确定是不是这里发出的声音，忠治还是敲起了门。

"出什么事情了吗？细田先生在里面吗？"

南美希风环顾四周，但从走廊里根本找不到发出那种声音的缘由。

"哥哥，小客厅是禁止入内的吧？"良春是在告诉哥哥细田先生不可能在里面。他说着弯腰靠近门把手，想从钥匙孔窥视里面的情况。

聚焦目光看清后，良春的表情突然一变。他恐惧地瞪大了眼睛，本想蹲着身子往后挪，却失去了平衡坐在了地上。

"怎么了？"

南美希风连忙追问良春。

"有，有人……"他用勉强挤出来的一缕声音回答道。

忠治扶起弟弟后，南美希风在左侧的钥匙孔前弯下了身子。

他闭上左眼，将右眼凑近钥匙孔。孔洞不大，视野非常有限……

南美希风瞬间也屏住了呼吸。

在距离门口大约三米远的昏暗室内，站着一个人。能够看到胸部以上，但是姿态很奇怪。

他身上裹着一件连帽的斗篷，分不清是黑色还是相近的颜色，就像西方的僧服。脸上戴着遮住上半张脸的白色面具，眼神空洞无光，让人怀疑面具的背后会不会是一具人类的骷髅。但是，面具下方是活生生的人脸，从露出的鼻子判断至少是个真人，双唇紧闭。

视野不好，很难推断相貌。头部被帽子遮住，身材被斗篷掩盖。

白色的面具上，散落着黑色或红色的斑点。如果是红色的，很有可能是血。

这个宛如侦探小说中的怪人，微微地歪着头，似乎正在窥视着钥匙孔。然后，再慢慢地转过身去。

一切都只发生在一瞬间。

南美希风被超乎想象的场景所震撼，离开了钥匙孔。这个时候，刚刚抵达的雾冈刑警连忙开口问道："怎么了？里面发生什么事情了吗？"

南美希风站起身后，稍缓片刻，才说出话来。

"有可疑的人……里面有个用面具遮住脸的人。"

"什么？"

除了良春点头同意以外，其余在场的人，无不感到震惊。

雾冈刑警扑向门把手，但是没能转动。

"还锁着吗？这间屋子的窗户没有格栅吧？"

怪人很可能会从窗户逃脱。

远野宫敏锐地察觉到了这一点，赶紧说道："要不要去会客室啊？"他一边看着对面的门，一边询问刑警的意见，"从那里的窗户能够看到小客厅。"

小客厅有一扇南向的窗户。这条走廊也是向南延伸，但墙壁上没有窗户。

"那就拜托你了，远野宫先生。"雾冈接着厉声说道，"安住你去另一边，从便门绕到外面。"

安住是辖区警署的刑警。目前吝家只有这两位刑警。

安住跑出去时，远野宫也冲进了会客室。此时，上条夫妇、青田、吝二郎等人正从走廊北侧的拐角处走来。

"闪开。"

让大家后退后，雾冈刑警用力踹了两三下小客厅的门。锁头发出刺耳的响声，扭曲变形，门稍稍向室内倾斜了。

雾冈刑警盯着门框的缝隙说道："可恶，又是插销。"

这次他改用肩膀撞门。

第二次撞击时，门闩被撞飞了。就在门弹开的瞬间，传出了一声撞击声，门好像撞上了什么。

接着是物品破碎的声音，好像玻璃之类的东西被撞碎了，声音很大。

门稍稍打开后停了下来，形成了四五十厘米的缝隙。透过缝隙，南美希风看到了房间里的地板。那是方格花纹的木质地板，每一块中都有四块三角形的木板，勾勒出复杂的木纹。

门被撞开，好像撞碎了什么的瞬间，很多细小的碎片一下子就散满了整个地板。它们反射出闪亮的光，形成了木纹蠢蠢欲动般的视觉效果。就像地板也碎成了一片一片，散落一地。或许这就是万花筒的原理。

就在南美希风被瞬间的幻觉所迷惑时，紫乃、长岛和细田已经从走廊上跑了过来。冬季子和流生也在后边。

"谁在里面？赶快出来。"

雾冈刑警挤过门缝，进了房间。他警戒地四处张望，随后迅速转向了右侧。

南美希风也紧随其后。

"小心。"姐姐的声音从后边传来时，南美希风正在观察着小客厅。担心怪人会从暗处跳出来，他也非常谨慎地加强了戒备，幸好屋子里没有藏身的地方。而且他有强烈的预感，那个人已经从房间里消失了……

被打破的门是这间屋子唯一的门，正对着西侧走廊，比较靠北。南美希风就从右侧观察起屋内的情况。

房间的面积不到二十张榻榻米。虽然现在变成了储物间，但是依然保留着小客厅的构造。墙壁的四角立着四根四分之三都埋在墙内的柱子，天花板上挂着四盏伸出金色枝杈的吊灯。

房间比预想的明亮，摆放着不怎么使用的家居用品、魔术小道具、大道具，还有上下颠倒重叠堆在一起的扶手椅、露出里面的彩色盒子、几张被揉成一团的三角旗、上面盖着塑料布的帆船模型……那些东西看起来很久都没派上用场了，使得这里看起来像是一个冷冷清清的博物馆，空气似乎都安静了下来。

　　所有杂乱无章的东西，仿佛都笼罩着即将被遗忘的影子。虽说是影子，但却不是黑色的，而是老旧的树皮颜色和燃烧过后寂静冰冷的灰烬的颜色。

　　明明没有被灰尘覆盖，但不知道为什么，房间给人一种灰色的印象。

　　魔术道具也没有了在舞台上的那种生命力。仿佛是一个没有血色、浑身灰白的人，正屏住呼吸，闭上眼睛，隔绝跟外界的联系。但是，如果认为这是为了积蓄魔力而在静养，就会觉得放心许多。

　　尽管如此，室内停滞的空气还是灰蒙蒙的，不像老照片里那种深褐色。

　　之所以会有这样的感觉，大概跟壁纸配色有关。虽说其他房间也有灰色的灰泥墙，但这个房间的天花板也是灰色的，所以颜色相互衬托，让空间载满了这种意境。绑成一束的窗帘，也像在黑色上撒了一层白粉似的灰色。

　　在这个灰色的房间，就连从窗户射进来的阳光，也让人觉得像用灰色的微光编织成的面纱。

　　这一切都是在几秒钟，甚至不到几秒钟的时间里呈现出来的。

　　南墙上有一扇窗户，窗帘开着，可以看到院子。

　　那是一扇带窗框的双层窗户。虽说离得有些远，但还是可以看到月牙锁被锁上了，窗前摆放着很多家具和工具。如果不从上面爬过去，就没有办法摸到窗户。光是这样做就很费力了，何况还会发出声响。

南美希风把目光移回到门上。

首先是那扇门的锁。

无论是门鼻儿的地方，还是门上的锁栓，都有刚刚造成的破损。跟前两次事件一样，插销的插芯是弯曲的，锁舌弹出，表明老洋房门锁也是锁着的。

粗略地看了一下，没有其他引人注意的地方。

接着他的视线被地板吸引了。地板上有各种各样被弄坏的东西。

用类似混凝土的白色材质做成的置物架倒在了地上。置物架约一米高，形状是古希腊建筑风格的圆柱形。

它放置在离门四十厘米远的地方。似乎是被猛地打开的门撞到，顺势倒在了地板上。整体裂开，顶部破碎，碎片往四周扩散开来。

玻璃碎片扩散的范围更大。

玻璃碎片……

玻璃。

在第一个密室中，几乎所有的玻璃都被打碎拿走了。然后，在地下房间的玻璃被熔化了。

这次又是破碎的玻璃。

南美希风抑制住内心的联想，继续观察房间。

散落的玻璃碎片好像是从地板上坏掉的箱子上掉下来的。这是一个被金色细框围成的箱子，侧面都是由玻璃制成的。形状不是四棱柱，而是二十面体，十分像一个用薄玻璃围成的高级鸟笼。

"演出用的蝙蝠笼子……"

听到声音的山崎忠治把头伸进了门口，大概是担心作为遗物的魔术道具被损坏吧。

南美希风用眼神向忠治确认，忠治点头说道："这是演出时用的蝙蝠笼。"

蝙蝠笼被放置在柱状的台子上，所以随着台子一起倒下。

扭曲的金色铁笼上罩着一块布。这也是魔术的道具，是一块有银色光泽的大手帕。

"哪里都与蝙蝠有关。"

南美希风看向这样嘀咕着的雾冈刑警。他站在稍微靠里一点的南侧墙边，地板上还散落着很多相关的东西。当南美希风的视线从地板上划过，落在距离损坏的蝙蝠笼约一米的地方时，他的精神一下子紧张起来。那有一个带帽的黑色斗篷，长短刚好遮住腰部，包裹住上半身。还有一个白色的面具，粘着红色的斑点。

看到眼前这件从怪人身上脱下的衣服，他想起刚刚从钥匙孔中看到的情景，顿时不寒而栗。

雾冈刑警就在距离斗篷两米远的地方，身边还有一个女人。

从南美希风踏进房间到现在已经过了十几秒钟，但他就像有意逃避一般，对那位女性视而不见。但是，此时此刻，他再次把视线聚集到那个女人身上，仿佛是下定了某种决心。

墙边放着一张桌子和一条宽大的椅子。

闭着眼睛的女人正瘫坐在那里。

她穿着一件深色的短袖连衣裙，头发凌乱，面无人色。

雾冈刑警一边在室内寻找凶犯，一边用手探着那位女性的鼻息和喉咙，确认她的状况。

"没有……呼吸。"

刑警的声音很沉重。

像是怀着最后一丝希望，他翻开女人的眼睑，检查瞳孔的反应。

"已经不行了吗……"

这个女人，正是诹访凉子。

3

吝二郎推开站在门口的忠治，探进身来。

"是谁摔倒了吗？"

"没有摔倒，只是瘫坐在椅子上，是诹访小姐。"南美希风回答道。

走廊上传来一阵骚动。

"警察说已经不行了，她死了吗？"

"好像是的……"

走廊上夹带哀叹的嘈杂声变得更大了。

"不，等一下。"雾冈刑警为了安抚众人大声喊道。

他闭上双眼，仿佛要将精神集中在抵在诹访脖子和手腕的指尖上。

"好像还有脉搏，只是非常微弱。"

忠治向雾冈建议道："那就让良春做心肺复苏吧。"

"嗯？"

"我弟弟不久前刚接受过人工呼吸训练。"

忠治紧张地转向走廊方向问弟弟，但没能得到良春的回复，大概是被突如其来的重任吓到了吧。

"还是赶紧叫救护车吧！"雾冈刑警连忙吼道，"赶快叫救护车！"

"好，我去叫。"

随着青田的脚步声渐渐远去，雾冈的声音又恢复了平静。

"良春，能拜托你做一下心肺复苏吗？"

良春战战兢兢地走了进来，紧张到短鬓下都起了鸡皮疙瘩。

"要是没有效果，可就……"

"在救护车到达之前做下简单处理就行，没有效果也没关系。"

良春点了点头，丝毫没有掩饰自己的紧张。

雾冈作为刑警，也会一点心肺复苏的知识，但他似乎要展开调查，便让良春代替自己。

戴着白手套向少年招手的雾冈刑警，突然意识到了什么。

"手铐碍事。"

"手铐？"南美希风惊讶地说道。

难道诹访凉子的手腕上铐了手铐吗？她坐在桌子后面，所以一直看不到她的手腕。

这个时候，窗户那边有了动静。远野宫像是从会客室过来的。

他手搭凉棚凝神看向屋内。发现雾冈刑警和南美希风后，向他们挥动手势，表示这边没有人，没有任何异常。

当雾冈刑警做出正在搜索请稍等的手势时，南美希风和山崎良春凑到了诹访凉子旁边。

诹访坐在靠墙的豪华座椅上。笔直的靠背，比坐着的人的头部还要高。上面贴着仿大理石花纹的树脂板。两侧边框的顶部比背板更高，雕刻着雄狮的头。

可以称得上是王座一样的椅子上，被害人毫无生气地垂着头……

让人联想起大理石的灰白色椅背，深灰色的连衣裙，还有失去血色的苍白肌肤，将遇害人手臂上渗出的鲜红血液衬托得格外显眼。在右上臂内侧，袖子被划开的地方，有一道不算深但很长的伤口，应该是被刀具所伤。

她的手臂扶在宽敞的扶手上，两个手腕铐着银白色的手铐，手铐另一端扣在了扶手的支柱上。可以说她被铐在了椅子上。

南美希风还注意到了她的脚踝。两只脚被分别固定在椅子腿上，不过没有被铐住，而是用合成树脂的绳子绑着。

这种捆绑方法很不寻常，给人一种偏执的印象。绳子在她的脚踝周围缠绕了十几圈，但相邻的绳子之间没有缝隙，也没有重叠，就像缠在缠线板上的线一样。

南美希风的目光又落在了诹访凉子的脖子上。

上面缠绕着像渔线一样的东西。它在脖子上绕了一圈，勒进了肉里，两端向后垂着。从颈部一侧到后颈部，勒痕和渔线有些许错位。从颧骨和喉咙的交界处到两耳下方，可以看到一道浅红色的勒痕。诹访凉子是被勒住脖子，才处于濒死状态的吧。

然后，桌子上面……放着一把黄铜色的钥匙。

"不要靠近，不要碰。"

雾冈刑警给予了警告。

"良春，如果不让她躺下来的话，就无法做心肺复苏吧？"

"嗯，那个……"

"腿上的绳子可以割断，但打不开手铐就无法平躺下来。"

桌子上和周围都没有发现手铐的钥匙，似乎也没有凶器。

这时门口传来了声音。

"让我试试能不能打开手铐？"杰克早坂取代了二郎，探出头来，"一般的锁都能打开。"

雾冈刑警稍微犹豫了一下后说道："那就麻烦你了。"

比起保留证据，自然还是要把救人放在第一位。

早坂从内口袋里取出一个像钱包一样的收纳盒。他从盒子里抽出一根细细的金属棒，那是开锁用的工具。

"等等。谁……谁去把相机拿来，快点儿。"雾冈刑警松开缠在诹访脖子上的渔线，突然冲着门口喊道。

随后，又对早坂说道："在给现场拍照之前，请不要碰手铐。"

话刚说完，走廊里就传来了远去的脚步声。此时，窗户那边又有了动静，是安住刑警跑了过去。他气喘吁吁地跟远野宫交谈着。两人似乎都没发现异样，现在正在外边检查窗户的上锁情况。

雾冈刑警避开堆积如山的家具，尽可能地靠近窗户。他看着窗户上的锁，向窗外的两人做出手势，告诉他们可以回房间了。

随后转过身来叮嘱南美希风他们不要乱动屋里的东西，便开始进行搜查。

事到如今可能已经晚了，但他还是想找找那个袭击诹访凉子并将其捆绑起来的"怪人"，是否还在房间里。与此同时，他也没忘记勘查现场。

南美贵子和忠治也从门口投去关注的目光。

雾冈刑警首先看向了诹访凉子被捆绑的椅子背后。堆得乱七八糟的物品和椅背之间有一米左右的距离。

"多少还是有过缠斗。"

坚固的台灯和铜锣的锣体倒在地上。吸引大家赶来小客厅的响声，也许就是这个台灯和铜锣发出的。台灯的灯泡严重变形，厚厚的玻璃碎片散落一地。

"这个地方还有铜锣？"疑惑的雾冈一边轻声嘀咕，一边走向别处。

他在一处宽敞的地方停下脚步，目不转睛地盯着地板。几秒钟后，露出了大惑不解的表情。

但是，过了一会儿，他又绷紧了全身的神经，摆出窥探隐蔽处的架势。虽然有很多细小的隐蔽处，但因为家具和杂货密集，能够允许人活动的空间很少，所以凶手能潜伏的地方也非常有限。

雾冈刑警看向了放着螺丝钉和绳子的柜子后面，还打开了一扇大拉门。接着又检查了彩色盒子的内部，仔细确认堆在一起的椅子和墙壁之间的缝隙，最后趴在地板上观察椅子下方。

但是，没有发现任何有价值的线索。

南美希风的直觉没错，凶手已经逃离了现场。

"可是……这不可能。"

雾冈刑警用严厉的目光看向了南美希风和良春。

"你们确定这个房间有人吗？"

"我的确看到人了。"南美希风充满自信地回答道。

少年良春也微微地点了点头。

南美希风突然反问雾冈刑警道："窗户是锁着的吧？"

"是锁着的。"

"那就无法从窗户逃出去。不过房间里有一扇通往地下通道的暗门吧？"

"还没封住。不过你看这里，知道这是什么吗？"

雾冈刑警站在摆满家具的地方，俯视地板。

好像有四张明信片大小的纸掉了下来，像是四张薄薄的卡片。

"这是……"

南美希风和雾冈刑警同时蹲下身子。

"这是被贴上的吧？"

"没错，贴在了地板上。"

铺着木板的地面上有一道只有头发粗细的四方形缝隙。

"暗门的四边都被贴住了……"

"是的。这是从下往上推的翻盖式暗门，但这样就打不开了。"

在此之前，这个暗门上面一直堆放着家具等收纳品。警察找到了暗门的位置，才把这些东西挪开，腾出了较大的空间。

"这些卡片……"

白色的纸质卡片并不太厚，是彩色复印机制成的。边框和上面的箭头呈深灰色，箭头上方写着淡蓝色的"elf"字样。

"莫非是精灵之箭？"南美希风罕见地又骂了一句，"可恶！"

"怎么了？"

"《魔术要览》中记载过精灵之箭。凶手一定知道我读过那本书吧。看我这么努力的份上，就画了这些箭讽刺我。"

"嗯……"

"凶手想用纸把道暗门封住。本可以用其他东西代替，只要能起到胶带的作用就好。但是他却故意使用了这样的道具，就好像是在讽刺说把你辛辛苦苦读过的书也用上了。"

现场仿佛也早已响起了嘲讽"梅菲斯特"的笑声。

"就算这样，使用精灵之箭也有含义的吧？这支箭是什么意思呢？"

"的确……"南美希风开始回忆，"女巫通常会把牛作为目标，在杀死目标时使用的魔法之箭就是精灵之箭。但是，精灵之箭也被用来治疗受伤的牛。具体的做法是用箭触碰受伤的动物，再把箭浸泡在水中，最后让动物喝掉这个水。"

"箭……很可能就是划伤诹访凉子手臂的凶器。"

"人类如果被精灵之箭射中，就会患上神秘的、超自然的致命疾病。"

"超自然的致命疾病……"

雾冈刑警气势汹汹地站起来，想到了被害者诹访凉子。

南美希风也站了起来说道："如果室内被封住，那凶手就没有办法逃脱。也就是说，这次又是密室。"

"可恶！又是一个该死的密室！"

雾冈刑警冒失地绕过良春和早坂，走到斗篷和面具旁边。但焦躁的他仍旧小心翼翼地弯下腰，拿起溅满了红色斑点的白色面具。没想到稍微举高一点，斗篷也随之移动。出乎意料的雾冈，高高举起了面具和斗篷，仿佛看不清全貌就誓不罢休一样。

它们是被绑在一起的，好像是利用面具耳边穿绳的孔洞缝合在了一起。

雾冈气急败坏地攥住斗篷，像是要掐住凶手的脖子一样。

"搞得跟演戏一样，还戴着面具！"虽说是证物，但雾冈还是一把将手里的东西摔在了地上，"想要装成怪物的样子吗？简直就是胡闹！"

使用面具斗篷是最简单的变装方式。但南美希风推测，凶手是为了表现出怪物吃人的样子，跟从《魔术要览》中挑选出小道具的意图一样，凶手在装扮上也在配合警方想象中的"梅菲斯特的反对者"形象。

走廊里传来了匆忙的脚步声，接着是细田的声音。

"相机拿来了。"

冷静下来的雾冈刑警接过相机，回到诹访所在的桌子前。

"喂，振作点！马上就好了！"

雾冈轻轻摇晃了一下脸色苍白的诹访，就举起相机按下了快门。整体的状态，手铐的特写，脚踝的捆绑状况等都被记录到了胶卷里。

"好，可以把她扶下来了。手铐，就拜托你了，早坂先生。"

"可以挪一下椅子吗？"南美希风问道。

诹访的左侧离墙太近，桌子下面也非常狭窄，没有足够的空间。

"可以的。"

雾冈刑警批准后，就走到门边给地板和门锁拍照。

三个合力挪动了椅子，南美希风开始解脚踝上的绳子。早坂则拿起开锁用的拨子，研究起手铐来。良春小心翼翼地将白色手帕从正中央撕开，代替绷带缠在诹访受伤的右臂上。

咔嚓一声，诹访右手腕上的手铐被打开了。虽然早坂动作麻利，但左手的手铐还是有点麻烦。南美希风解开两腿上的绳子后，又过了几秒钟，第二个手铐也被解开，挂在了椅子的扶手上。

躺在地板上的诹访凉子，深深地刺激着南美希风的感官。

她就像玩偶一样毫无反应，毫无防备。她皮肤苍白，连嘴唇的颜色都快要消失殆尽，呼吸没有丝毫的起伏。所有的征兆都在表明，她的生命即将消逝，处于一个非常危险的状态。通过医院的实例和自己的体验，南美希风非常清楚这一点。

在山崎良春笨拙地实施心肺复苏之时，远野宫和安住刑警都回到了房间。安住向雾冈报告，他已经通知了总部。比细田早回来的青田告诉所有人，他已经叫好了救护车。

向远野宫简短讲述了诹访凉子被发现时的情形后，雾冈刑警接着说道："凶手不在，地下通道的门也被封住了。"

"从外面看，窗户都上了锁。"

"内部也是一样的。"

"南美希风，你真的从钥匙孔里见到了凶手的模样吗？"

"我看到了，我清清楚楚地看到了他从门口离开的身影。"

"嗯……太荒谬了！这样说来的话，又发生了不可思议的事情。"安住刑警也惊得目瞪口呆。

"而且，时间非常短吧。从我们目击到进入室内的这段时间，凶手就消失了……可能还不到一分钟。"

"应该更短。"南美希风说道，"斗篷是掉在玻璃碎片上的吧？"

还没等南美希风问完，看到了斗篷和那个令人不快的面具的远野宫接着问道："凶手当时穿着这个吗？"

雾冈刑警顺口回复道："面具被缝在斗篷的兜帽上。"

"哦，南美希风，你是说斗篷在玻璃碎片上吗？"

"是的。也就是说，蝙蝠笼的玻璃碎了之后，凶手才脱下的斗篷。"

南美希风接着说道："雾冈刑警拿起斗篷之前，斗篷就在玻璃碎片上了。"

远野宫盯着倒下的柱形台和损坏的蝙蝠笼。

"这是被打开的门撞到才倒下的吧？要是凶手在这里脱下斗篷扔出去，那就只用了几秒钟就消失了。最早进入室内的是雾冈刑警吧？”

“是我撞开的门。从笼子的玻璃破碎到我看向屋里，大概只过了三四秒吧。”

“凶手根本不可能离开，只有三四秒钟的时间，能做什么呢？”

“时间可能会再长一点。”雾冈刑警说出了自己的观点，“例如，凶手向着窗户和隐藏的密道门跑去时，脱下了斗篷，之后将其高高抛起。如此一来，蝙蝠的笼子摔碎之后，斗篷就轻飘飘地覆盖在地板上……即便如此，他也必须在极短的时间内从房间里逃脱出去。”

在峇家的案件上，所有人都会多次提起这句令人头疼的话。

不可能……不可能……绝对不可能。

这次，凶手不仅制造出物理壁垒，还攻破了时间壁垒。藏在黑暗之中的魔术师，于现实的舞台直接表演了一场大变活人。

“你刚才说暗门被封死，是什么情况呢？”雾冈刑警引着远野宫和安住刑警走了过去。

听了说明，亲眼见证之后，安住刑警回到原处对良春说道：“让我来吧。”

于是诹访凉子的抢救就交给了这位有过实战经验的成年人。

早坂扶着良春站起来。

南美希风握着满头大汗、气喘吁吁的少年的胳膊说：“辛苦了。”

远野宫走过来向两个人发问：“你们两个好好想想，你们看到的是活人吗？”他用粗壮的手指着门前的惨状。

“会不会是被什么假的东西欺骗了呢？比方说钥匙孔前面是置

物台或者笼子。给它们戴上面具，披上斗篷，伪装成人的样子。怎么样？”

“不太可能。”南美希风立刻摇头否决。

“大笼子和置物台不会是稻草人，而且距离和比例也不同。稻草人站在门口，只能见到披着斗篷的躯体。我还看到了面具下方露出的人脸。虽然视野狭窄，灯光昏暗，但我能感觉到那就是人的皮肤。然后就是动作，那个人稍微动了一下身体。因此，当时房间里的就是一个活生生的人。”

良春也同意地点了点头，但不是非常坚决。

本能告诉南美希风那是人，他无论如何也不想否认。

“这样啊……”远野宫眉头紧皱、语气沉重地说道，“要不是伪造的人，就解释不通了。照理说只能是那样……”

常理来说确实如此，现实是不接受其他假设的。

但是，南美希风仍然相信自己看到的是活生生的凶手，所以神秘的凶手只在短短几秒钟内，就从密闭的密室空间消失了。

雾冈刑警与远野宫慢慢地走向门口，向他汇报详细的情况。此时，安住刑警大叫了一声。

“怎么了？”雾冈回过头。

“有微弱的复苏迹象……”

南美希风也和雾冈他们一起回过头，注视着诹访的反应。

她的眼睑抽动了一下，睫毛还在颤抖。

安住刑警伸出手指，轻轻扒开眼睛。

瞳孔清晰可见。

在象征着死亡的两个空洞里，似乎看到了些许生命的火光。山崎良春和安住刑警的努力有了结果。

经过持续的心肺复苏，急救队员赶到现场时，诹访凉子已经恢复了呼吸。虽然还处于死亡的边缘，但是至少留下了一丝希望。

她被担架抬出去的时候，南美希风委托雾冈刑警说："如果诹访小姐能够回答问题，能不能问问她知不知道'精灵之箭'的意思？"

"你是说那支箭吗？"

"我总觉得这里面有什么更深层的含义。"

"你的意思是诹访小姐可能知道什么吗？"

担心隔墙有耳，南美希风轻声地说道："诹访小姐是共犯的可能性很大吧？所以我对她的答案非常感兴趣。"

"我知道了。"

雾冈刑警淡淡地说了一声后，离开了走廊。

随后，南美贵子凑到弟弟的耳边轻轻说道："凶手是想杀人灭口吗？"

"这个可能性很大。"

"凶手可真是没人性啊，过河拆桥……将冷血的本性发挥到了极致。"

"还发挥了实施不可能犯罪的才能。"

"你是说明明身在眼前，但是马上就消失了吗？又不是在表演魔术的舞台上，现实世界里会有这种事情吗？看起来很不好对付啊。"

"不，我觉得这次很快就能推理出来。"

"啊？"南美贵子瞪大了眼睛问道，"你是认真的吗？"

"过于花里胡哨，就会留下更多的破绽。"

"是吗？可是，有什么能让活生生的人瞬间消失的手法吗？"

"在魔术的舞台上，经常会表演啊。"

4

警方大致了解完情况后，又浮现出了新的谜团。在案发时间传来激烈的争斗声时，宅邸里的所有人都有不在场证明。

最初赶到现场的南家姐弟和山崎兄弟，还有早坂这五个人，都在现场附近走动。上条夫妇、青田、二郎在娱乐室外面的走廊上，长岛在向紫乃和细田借太阳伞，正要出门。冬季子和流生刚要离开玉世的房间，远野宫和两名刑警在一起搜寻诹访的身影。

聚在一起的人不可能都是共犯，这样每个人都有了明确的不在场证明。

无论是声音响起的时候，还是目击到怪人的时候……

难道那个怪人是没有实体的幻象？

诹访凉子正在医院接受治疗。

当初被认为是"受害者"的她，变成了大家口中"差点被灭口的共犯"，那是因为警察问询时告诉相关人员，诹访凉子可能参与了犯罪。早坂、青田、长岛、山崎兄弟以及远野宫，都聚集在了"沙龙"。从洗手间回来的南美贵子，坐在了南美希风的旁边。

弟弟正在翻阅一本烧焦的书，那是《魔术要览》的第三卷，记载着精灵之箭。这本书在图书室那场大火中勉强保住了原样。虽说书的三面切口都被烧得焦黑，但中间部分没有被焚毁。之前一直被放在图书室中，经过警察的允许才拿了出来。

幸运的是关于精灵之箭的记载，位于书页的中央部分，大部分内容都能看到。

南美希风读了一遍后，在《南美希风笔记》上记了很多东西。南美贵子窥视到了很多几何形状。

"书都烧毁了，还能有什么收获吗？"南美贵子轻声询问。过了一会儿，南美希风才回过神说道："可以决定小客厅事件解读方式的东西。"

"那么重要的吗？封印纸上画的图案就是线索吗？"

"由于凶手的傲慢留下的线索，还可能是一种宣言，甚至是统一各处线索的指引。"

"统一各处线索？"

"先看一看警方搜集到的信息吧。"

那扇双层窗户上一共有三道锁。外面的窗户上有两道，分别是月牙锁和在窗框下面把螺丝拧入外框里的限位锁。内窗的锁是将把手向下掰的简易锁。虽说每把锁的构造都很简单，但都是很常用，效果也很好的锁。

三道锁都被锁上，而且没有检测出指纹。

另外，要去窗户那边就要翻过堆积如山的物品，短时间内是没办法实现的。而且无论如何都会发出声音，等到大家都聚集到走廊的时候再行动，马上就会被察觉。就算利用破门的声音掩盖也做不到，因为破门的声音不是连续的。

描述了门锁和窗户周围的情况之后，南美希风又补充道："还有远野宫先生的目击证词。"

此时，远野宫站在稍远的窗边，背对窗户，应该没有听到他的话。

"远野宫先生的行动非常迅速，他很快就到了能看到小客厅窗外的地方。如果有人从现场逃出来，逃不过他的眼睛。"

"小客厅的窗前只有一片草坪，没有任何掩体。就算从窗户逃出去，要跑很远才能逃脱。从窗户逃跑的话，很快就会被发现。"

"没错。从时间上判断，是绝不可能从窗户逃跑的。"

"首先排除了这个可能性。退一步说，即便有充分的时间，也还有三道锁的阻拦，根本没有办法逃脱。那么，接下来就是地板上的暗门了。"

封条卡片就像是市面上流通的不干胶贴。在白底的卡片上，凶手印上了自己的原创图案。

关于暗门的打开方式，需要像机关一样将地板的木纹移动两三次，很是复杂。

"封条卡都贴得严严实实，没有缝隙。它是用厚卡纸，或是扑克牌一样的材质做成的。"

"会不会是这样呢？掀起暗门的顶盖，在四边贴上封条卡片。卡片的一半贴在顶盖上，另一半悬在空中。"

"啊，我知道了。"

"这样盖上盖子的话，就会贴到地板上，看上去就像关上入口后贴的。"

"不，那样会留下明显的痕迹。"

"哪里？"

"贴在合页上的卡片。上盖一侧的合页部分是活动的，使另一侧可以抬起来。用我们刚才说的那种有一定厚度的硬纸卡片，贴在合页和木板的接隙上。贴好后再打开上盖，卡片会自然地弯曲。只要稍微弯曲一下，就会留下折痕。即使只打开能让人通过的缝隙，卡片也同样会弯曲。"

"是啊……封条卡都和新的一样，平平整整的。"

"而且，按照刚才说的那种做法，不可能把每一张卡片都贴得严丝合缝。但是，我们看到的每一张卡片都贴得非常整齐。"

"暗门也不行的话，就得考虑门锁了，但是也没有什么可疑之处吧？"

"和之前一样，在桌子上发现的钥匙，就是小客厅的钥匙，是从储藏室里拿出来的。门锁没有动过手脚的痕迹。"

"全军覆没！"南美贵子有些沮丧，感受到了自己和凶手之间的差距，"完全没有破解密室的线索。"

"不。"弟弟的回答中带着一种乐观。

"就像刚才说的，线索到处都是，比如绳子和手铐之类的。"

"把诹访小姐绑在椅子上的手铐是魔术道具，一直放在小客厅里。"

"好像是的。"

两把手铐的钥匙，以及划伤诹访手臂的凶器，都在车库最里面的储物间被发现了。凶器竟然是箭，不过联想到封条卡片上描绘的精灵之箭，也是顺理成章的。当然，那支箭并不是真的，而是舞台上使用的小道具。

为了在舞台表演时更显眼，箭头被做得很大。箭身的长度接近十五厘米，像是一把短剑或长枪的枪尖。因为刃不是非常锋利，所以诹访凉子只受了轻伤，发现时刃上还沾着血液。

"这样说来，你……"南美贵子想起自己在门口见到的情景说，"你观察诹访小姐周围的时候，一直在嘟囔着'多此一举''不统一'之类的词，像是在说梦话一样呢。"

"我有说过那些话吗？"南美希风露出一脸困惑的表情问道。

"只有我能够听得到，就像是在做白日梦一样，说着梦话。"

在那个灰色的，宛如古老象牙色的小客厅里，如同置身于黄昏下的国度。处于那个静谧的空间里，时间变得浑然一体，不分现在还是过去，可能更容易打开通往意识国度的入口吧。

"当然不是说梦话，而是在说引起你注意力的事吧。多此一举指什么呢？"

"奇怪的面具加上斗篷。不过，如果是一边看着诹访一边自言自语的话，这个多此一举指的可能是绳子的绑法。"

"脚踝上的绳子？它是怎么绑的呢？"

"从下到上依次缠绕，没有任何缝隙，就像卷线圈一样，卷了十几圈。绑人的时候，通常不会采用这样的方式。虽然可以看作是凶手偏执的表现，但又偏执得不够彻底。如果非要这么绑的话，为什么绑手腕的时候不这么做呢？手腕上反而用的是手铐。"

"是啊。"

"那个房间里还有绳子，比找手铐省事。两种捆绑的方式很不统一，而且也不可能是一时兴起。"

"这么说，绑脚踝的偏执做法，是有不得不那么做的理由吗？"

"是的。只要还有理性，谁也不会去做那么低效的事。使用手铐似乎也有理由。明明用绳子就可以，却非用手铐不可……"

南美贵子想象不出其中有什么理由。

"这种疑问，或许能够成为解开谜题的突破口。其实还有许多可以成为突破口的'多此一举'。比如，放在门前的圆柱体和蝙蝠笼。为什么要放在那个位置呢？如果是为了阻止开门的障碍物，没必要费那么大事。离门很远不说，还得搬运过去，结果雾冈刑警和我们很轻松地就闯进去了。蝙蝠笼不是很沉重的东西，一下就会被撞落的。"

"就像是为了让你们破坏它一样。"

"没错。就是这个意思，在柱形台子上放着一个大蝙蝠笼，就是为了降低平衡。凶手原本就计划让我们将它撞倒。撞倒损坏以后，会对凶手实施的诡计有帮助。而且，诹访小姐脖子上还留有渔线的痕迹，是缢沟。那不是从正后方勒的，而是上吊留下的。"

滔滔不绝的南美希风向南美贵子展示了《南美希风笔记》的其中一页。

"最有力的线索是这个吧，绑在蝙蝠笼顶部的渔线。"这是赶到现场进行调查的大海警官透露出来的信息。

"这条渔线和掉在地板上的斗篷也是连在一起的。"

"据说鱼线是在兜帽的正中央，靠近额头的前端。我没有亲眼见到，就连拿起斗篷的雾冈刑警也没注意到。就像这样变成了两股。"

笔记本上画着的蝙蝠笼自然也有开口，在其装饰精美的门把手上，绑着那条向一旁延伸的渔线。那条线最后断开了，实际长度大概有四米左右。在那条线的中间，有一条线分了出来，稍稍向下斜着与斗篷相连。

"这些绕来绕去的渔线，一定有什么用意，不管是用来伪装还是实行手段。"

"虽然非常可疑，但用这样的渔线，就能制造出密室诡计吗？"

"不，那不可能，我想不会。"

南美希风还想继续说下去，但警察们进入房间打断了他的话。

大海警官和安住刑警的表情都非常沮丧，无法看出他们的目的。如果是再次录口供，又显得不够严肃。

刑警们在距离南家姐弟不远的地方停下脚步。远野宫离开窗口也走了过来。

"我想通知大家关于诹访凉子小姐的事。"大海警官的声音中透出几分懊悔。

"她去世了。"

短暂的沉默之后，传来了低沉的嘈杂声。

惊讶多于悲伤的南美贵子看到弟弟紧握着拳头。过了一会儿，他又闭上眼睛，低着头，用拳头抵着眉间。

"不是恢复意识了吗？"远野宫摆出无法接受的表情。

"嗯，我们也聊了几句。但后来在救护车里，她的情况急速恶化，即使是医院的专业人员也没能挽留住她。"

山崎良春看起来尤为失落，大概是自己参与了救助行为，然而却没能改变诹访小姐的厄运。

"诹访凉子没说凶手是谁吧？大海警官。"

"她只说是从后面被袭击的，没有目睹什么。这是同乘救护车的雾冈刑警报告的。"

"就在临门一脚的时候，被灭了口。简直是双重意义上的噩耗啊。对吧？南美希风。"

"是啊。可是……"

"可是？"

"大家也不要气馁，也不是完全没有进展。"

"有什么进展？"

"我差不多弄清了那个活生生的怪人凭空消失的方法了。"

不仅远野宫瞪大了眼睛，警察们也全都哑然无声。良春和哥哥对视了一眼，长岛、早坂、青田也在怀疑自己是不是听错了，愣在当地。

"已经知道了？"远野宫将巨大的身躯靠了过去，"在这么短的时间？"

"凶手可能还在嘲笑我们太慢了，才解开了一半密室之谜……"

大海警官将信将疑地靠了过来。

"有信心吗？"

"差不多吧。不过，如果有几点能够得到确认，准确度会更高，还有可能拿到物证。"

"确认什么？"

"第一是吊灯的枝杈部分，有没有被人安装剃刀之类的东西。"

"吊灯……"

"就是诹访小姐瘫坐的椅子上方的那个。第二是斗篷的兜帽部分，我想知道脖子后面有没有一个小洞。"

"小洞？"大海警官有些不知所措，"那我去查一下。"

原本想交代安住刑警几句的大海警官，又转向了南美希风。

"我们去娱乐室吧，到那里听你的推理。"

"警官，还有一事。请你帮我确认一下，诹访小姐说没说过跟精灵之箭相关的事。搞清楚这些问题，我们就能知道密室的真相了。"

5

南美贵子也跟到了娱乐室。

其他三人分别是南美希风、远野宫和大海警官。刚坐下，南美希风就开口问道："诹访小姐的死因是什么呢？脖子被渔线勒过，但松开之后就不会再有窒息的危险吧？身上也没有导致失血过多的伤痕。"

"刚才的报告中没有提到，好像还没有弄清楚，我现在再去确认一下。"

"能看到的外伤，只有上臂的刀口。深灰色的衣服，以及毫无血色的肌肤，使那个红色伤口更加引人注目，但伤口并不深。"

"非常的浅。"大海警官承认道，"也没到流血不止的程度，只是被那支奇怪的箭头擦破皮而已。"

远野宫也加入讨论："南美希风，你是不是觉得有可能是被害人自导自演的？那个伤痕看上去挺有冲击力，却没有造成太大的伤害。"

"自导自演？"南美贵子反问道。

"你觉得凶手和共犯的关系好吗？"

南美贵子恍然大悟地说道："为了摆脱嫌疑，诹访小姐打算伪装成被害者。但事实上诹访小姐已经遇害了，凶手是有意杀人灭口吗？"

南美希风回应说："起初我也有点震惊，但也能体现出凶手的谨小慎微。"

"是吗？"

南美希风微微点了点头向大海警官询问道："诹访小姐手臂上的伤，是自己弄出来的吗？"

"不会，那个位置不太方便。反手握箭的时候，无法在那个位置留下伤口。凶手像是故意选了一个无法自己伤到的位置，制造出了伤痕。而且还把袖子弄破，让伤口更加显眼。"

"在讨论诹访小姐的情况之前，我想听听凶手是怎么从密室消失的。"远野宫迫切地说道。

"我知道你在收集证据，不过既然是比较有信心的推论，说说也无妨吧。"

"嗯，这个嘛……"

"首先，你和山崎良春从钥匙孔中看到的人影，并不是伪造的，没错吧？"

"是的，那不是物体，绝对是人。"

"这个案件有个非常奇怪的地方。案发时，与事件有关的人都在宅邸里。而凶手在小客厅里一通折腾，让所有人都有了不在场证明。所有人的不在场证明都毫无破绽，这就造成了没有人能在现场出现的情况。"

"确实如此，远野宫先生。我和良春都看到了凶手，但凶手却不可能出现，因此那如怪物般的身影，既是人又不是人。"

"喂喂，你在说什么啊？"

南美希风接着说："人会瞬间消失这件事，势必会引发时间和物理上的矛盾。"

"因此才无法解释啊。"大海警官似乎有些焦躁不安，"南美希风，你到底想说什么？你自己说看见了切实存在的人，现在又说不可能有这样的人，这不是一直在绕圈子吗？"

"抱歉，我更正一下说法。我看到的可能是人的影像，不排除这个可能性。"

"影像?"远野宫咆哮出声,"你是说录像机或放映机播放的画面吗?"

"别胡说八道了,南美希风。"大海警官一边摇了摇头一边断言道,"案发现场根本没有那种装置。我们不可能忽视那种装置,搜查小组的人也不是吃白饭的。"

"放映机不太可能的。如果是更简单的装置呢?比如,像是镜子那种能映射影像的道具。"

"镜子……"远野宫的话音突然梗住。

南美贵子和大海警官也在仔细思考。

"在魔术中可是经常用到的,特别是表演物品消失时就很常见。'梅菲斯特的反对者'用的应该也是这个手法。"

远野宫茅塞顿开地说道:"你是说用镜子映射人的影像?这样的镜子在哪里?南美希风,你的目击证言已经制造了一个矛盾,这又来了一个。那么,被镜子映射出来的本体在哪里,屋子里也没有这样的人……"

"不,恕我直言,远野宫先生。不是有一个人吗?"

"怎么可能?"

"有那个人就足够了。"

气氛又沉默了下来。

南美贵子隐约明白了他的意思,信息碎片似乎要以不可思议的形式逐渐整合……

远野宫和大海警官的脑海里，也闪过了各种各样的想法。

南美贵子第一个发出惊呼，声音有些嘶哑地说道："镜子里映射出来的是指诹访凉子吗？"

"没错，除她以外别无可能，我和良春看到的就是她。"

"不会吧？"

远野宫拍着桌子站了起来，似乎是惊讶和难以置信引起的反射性动作。

"为什么她会变成怪人的样子？"他挥动着粗壮的胳膊，情绪高涨地说道，"她当时失去了意识，手脚还被绑着，怎么扮成怪人呢？"

"只要看不到就行吧。"南美希风这样说道。

"看不到……"

远野宫恍然大悟，咽了一口唾液。

大海警官慢吞吞地说："面具、斗篷……用兜帽遮住头部，体形、脸……"

南美贵子终于明白了凶手为何会用如此夸张的服饰，那是为了遮住诹访凉子的容貌啊。

"可是……"慷慨激昂的远野宫，用手掌拍打着桌子，"就算诹访凉子披着斗篷，戴着面具，但她已经被绑在椅子上了啊。南美希风，你说怪人是站着的。"

"确实如此。身体只露出了胸部以上的部分。"

"诹访凉子坐在椅子上，背后就会露出那个很大的靠背。如果只能看到胸部以上的位置，那么椅背也会进入视野。靠背的顶端比她的肩膀要高吧。那就跟目击证词不一致了。"

"她是站着的，不过是被逼站着的。"

"你说什么？"

远野宫陷入了混乱，大海警官也差不多。

"听好了，南美希风。"

就像是进入了台风眼，远野宫的语气骤然平和下来。他将双臂撑在桌子上，身体前倾，一副要说教的样子。瞪着炯炯有神的眼睛，以咄咄逼人的气势盯着南美希风。

"诹访凉子是被紧紧绑在大椅子上的。就那张椅子的重量来说，没有人能带着椅子直立起来。她的脚踝和手腕都被绑在沉重的椅子上是毋庸置疑的事实。就算她恢复了意识也站不起来。"

"不，能站起来。"南美希风毫不动摇自己的主张，"她的手腕没有被绳子绑住，而是被手铐铐着的，所以并不影响她手部的动作，所以即使脚踝被绑也能站起来。"

远野宫像被人打了一拳，"咚"的一声，巨大的身躯坐回了椅子上。

此时，大海警官把双脚叉开，贴着椅子的两条腿，双手搭在扶手上，试着要站起来。

"站起来了……"

满脸茫然的大海警官确实站了起来。

只要手腕有一定的活动空间，诹访凉子就算在被绑的状态下，也有可能站起来。

"我想这就是脚踝被绳子绑住，而手腕却戴着手铐的原因吧。"

南美贵子被弟弟超乎想象的敏锐洞察力所折服，敬畏地点了点头，而远野宫用手扶着额头，还在努力思考尚未解开的疑团。

大海警官从喉咙中挤出声音说道："把斗篷盖在可能是站着的诹访凉子身上……然后映照在镜子里……南美希风，那面镜子在哪里？"

话音未落，门被打开了。

安住刑警面向大海警官气喘吁吁地说道："吊灯上确实有，应该是工业用切割机的刀片，用胶带和胶水固定得非常牢固。"

"我知道了。"大海警官呼出一口气说道。

"兜帽后面有个洞，像虫眼一样小。位置在靠近头顶的后脑部位，而非脖子后面。"

"原来如此。"南美希风发出了感叹，"应该是后脑的上方，这样比较合适。"

大家正要展开讨论时，又传来了另一份报告，出自目睹了诹访凉子之死的雾冈刑警。呼吸困难的诹访凉子在救护车里，断断续续地回答了一些问题。

据说诹访是在小客厅前的走廊上被袭击的。当时她试图捡起掉在走廊里的纸屑，却被像口香糖一样的东西粘在地板上。她正要用力把它拿下来时，有人从后面掐住了她的脖子。抵抗无果的她看到了像箭一样的东西一晃而过，只觉得隐隐作痛，没过多久就失去了意识。应该是潜伏在小客厅里的凶手悄悄地打开了门，从背后袭击了她。

诹访只记得凶手戴着黑色手套，力气很大。

"走廊上也发现了口香糖的痕迹。"大海警官回头说道，"但是，伤口太不自然，难以让人信服。感觉是故意割伤的，让人觉得现场有过争执。而且明明用的是箭，伤口却不是刺伤。如果是缠斗时受的伤，伤口不可能那么浅。另外，如果她遭到了来自背后的袭击，对于那支箭的印象应该是矛，而不是箭。她做了不实的陈述。"

根据报告，雾冈刑警没有办法问出更多的凶手情报，就将问题转向了精灵之箭。诹访在奄奄一息的状态下说，这是恶魔为了掩饰逃跑路线的护身符吧。

"掩饰逃跑路线……"

南美希风的脸上露出"果然如此"的表情，并喃喃自语着。

"不对吧。书里似乎没有这样的说法。"

"难道是诹访记错了？"

"也不太可能吧。诹访是不是受到凶手教唆，故意传递错误信息。"

大海警官插嘴问道："那是凶手教唆的吗？"

"正因如此，诹访凉子才能记住魔术的专业术语。她本人对魔术和魔法都不感兴趣。"

"她和魔术爱好者完全相反，是一个现实主义者。"

"普通人听到精灵之箭，会觉得云里雾里，不明所以。但她在意识蒙眬的状态下，被问到精灵之箭，却能马上作答。说明她刚听凶手说过。"

"就算如此，又有什么意义呢？为什么凶手会传达错误的信息呢？"

"故意为之。那个用来封住入口的卡片，就是魔术用的卡片，与扑克牌有异曲同工之处。这些用来掩人耳目的道具，也是魔术师在面对大量观众表演时，传递信息的卡片。"

南美希风向大海警官他们解释了精灵之箭作为魔术用语的含义。

这原本释义是女巫杀牛时用的箭，它会给人类带来不可思议的、超自然的致命疾病。

"还有一点，曾经有过这样一篇报道。在一五六〇年，有一起因为使用魔法而被控告的案件。一位已婚女性，为了实现再婚的目的，企图杀害丈夫和情夫的妻子。她得到了魔女的帮助，做了两个泥塑雕像，施以魔法，并用精灵之箭射向泥塑的头部……提到了两座雕像？"

"什么？"远野宫不解其中的深意，问道。

"两座雕像，代表一个是实物，一个是镜子中的映像。精灵之箭所传达的信息，不就是暗示凶手用镜子进行伪装吗？"

"喂，喂，等一下，南美希风。凶手留下破解诡计的暗示，这么做的目的是什么？"

"您忘了吗？远野宫先生，这就是他的风格啊。胆大包天的凶手并不畏惧被识破，反而会引导我们去攻破谜题。他甚至会抛弃精心设计的棋子，设下心理陷阱，用假相来隐藏真相。或许他是想要通过愚弄我们来获得施虐的满足感吧。"

南美贵子也想起来了。凶手的惯用伎俩就是让解开谜团时的满足感和被他愚弄的心理交织在一起，层层叠加构成迷宫。

"那么……"远野宫皱起了眉头，"你是说凶手留下精灵之箭的图案，是故意留给我们的提示？"

"就算这样也并不奇怪。怪人消失的手法，留下了太多证据，终究坚持不了多久就会被破解。不，他恐怕是想让刑警们来解开谜题。"

被折服的两个男人愣住了。过了一会儿，远野宫站了起来。

"不管怎样，现场找到了很多南美希风提出的痕迹。不去小客厅看看吗？实地说明更容易理解吧。不过凶手企图引导我们解开谜题，这想法有点令人毛骨悚然啊……"

三人默默站起身时，刑警接着汇报了剩余的消息。

"诹访凉子的死因，还在推测阶段。"

"啊，死因啊。"大海警官一边向出口走去，一边接过话茬说道，"推测是什么原因呢？"

"有可能是毒杀。"

所有人都露出了意外的表情。

"毒杀？"

"是的。根据急救队员所说，诹访凉子的说话方式不太正常，只能发出微弱的声音，这与普通的重伤者不同。既不像被掐住脖子而损坏了声带，也不像呼吸困难，更不像因出血引发的力竭，反而像是发声的肌肉被麻痹了。"

"肌肉麻痹？"

大家来到了走廊上。

"确认谶访死亡的医生们，根据她全身肌肉和血管等异常症状，怀疑可能是中毒。"

"毒药……从哪里进入体内的呢？"

"这个嘛，还不清楚。"

"也是。"

"毒杀的可能性……"南美希风陷入了沉思。

"精灵之箭提供的信息，可能不止于此。"大海警官一边走着一边说道，"精灵之箭，是用来伤害牛等家畜的凶器吧？而家畜是顺从主人的生物。也许凶手是想说'被精灵之箭伤害的谶访凉子，是顺从于我的共犯'。"

"原来如此。"南美希风接着说道。

"有可能啊。"远野宫也承认道，"在傲慢与幼稚的驱使下，这个凶手甚至想让我们知道他的共犯是谁。"

大海警官戴着白手套，打开小客厅的门。

屋内还散落了一地的玻璃碎片，所有人都谨慎地移动着脚步。

远野宫刚进门就说道："南美希风，如果有镜子的话，那也是在钥匙孔前面吧。"

"没错。"

继远野宫、大海警官这些刑警之后，南美贵子也弯着腰盯着地板，却完全没有找到镜子的碎片。

得出相同结论的大海警官，信心有些动摇地说："没有找到镜子吧？"

"倒是有一块大手帕。"

"嗯？啊，的确如此。"

掉落在地板上的是一块有点黑却闪着银色光泽的布。

"现在没说手帕，而是在说镜子啊。"大海警官对南美希风投来困惑与责备的目光。

"只有手帕是多余的物品。在圆柱形的置物台与金属和玻璃做成的蝙蝠笼旁，为什么会有手帕呢？有没有可能它被赋予了镜子的用处呢？"

看着玻璃碎片和手帕，南美贵子涌出了一个想法。

"难道手帕是镜子的一部分吗？"

"没错，就是这个。"

"就像镜子一样，是用来制造反射的工具。"

"像镜子一样……"远野宫还在沉思中。

"镜子本来就是在玻璃背面镀上一层银或是相似物质的东西。"南美希风继续解释说，"表面那层的反射率高，背面透明度较低的玻璃就是镜子。"

"原来如此。"安住刑警恍然大悟，"如果把这块手帕紧贴在玻璃背面的话……"

虽然远野宫和大海警官还面有疑惑，但也露出了几分赞同的表情。

"可是，那块玻璃……"说到一半，远野宫懊悔地哼了一声，

"原来是这样啊，混进了蝙蝠笼的玻璃碎片里。"

"所以才选择了蝙蝠笼。"南美贵子继续说道。

南美希风进一步解释道："我本以为是笼子的玻璃罩，被当成镜面用了，但高度不太一样。首先，笼子是放在置物台上的，比锁孔高很多，因此锁孔前应该会吊一个镜子。将那块手帕贴在背面，玻璃板就成了镜面。不过，用这种方式做的镜子，无法达到反射效果。当时本以为室内会相当昏暗。实际进去一看，却比想象中要明亮，那时还有点不可思议。从这个特制的镜子里映出的影像略有模糊，就是灯光昏暗的原因吧。这一点可以向山崎良春再确认一下。"

"啊……"

大海警官一边回答，一边弯下身体，将手指伸向蝙蝠笼。

"这么说来，这里还真是缠着线呢。看，这里！"

那是蝙蝠笼的门。蝙蝠形状的把手上紧紧地绑着渔线，而白线就系在那附近。

大海警官用手指把线勾起。长约二十厘米，前端分为两股，各自呈环状。

南美希风接着推测道："这上面可以嵌入玻璃板。"

大海警官"嗯"了一声，算是接受了南美希风的假设。

"接下来就是计算镜子的角度了。"

南美希风把手掌比作镜子，伸到钥匙孔的前方，变换各种角度给大家看。

"镜子与透过钥匙孔的水平视线呈四十五度角。如果将视线向右偏转，与镜子的角度几乎就成了直角。"

南美希风的手臂往诹访凉子之前所在的方向伸去。

"调整成仰角的镜子，能映射出三米外的身影。她在站起来时，后边就是墙壁，从钥匙孔里只能看到墙壁。为了不让椅背出现在画面里，他还计算了角度。"

"凶手是预料到我们会从钥匙孔偷窥，才安排了镜子，让我们看到扮成怪人的诹访。距离和角度也是方便我们看到而专门调整的吗？"远野宫像是在梳理案情一样总结一遍。

"是的，这本来是鬼影瞬间消失的把戏。在魔术舞台上，要把人或者驴子、大象变没，基本都是利用了镜子产生的错觉。在舞台上，必须精准地布好装置，让观众在任意角度观看都发现不了破绽。但在这里，只要骗过钥匙孔的固定视线就行了。如果掌握了要领，做起来是非常简单的。"

"太可怕了……"远野宫轻轻地摇了摇头。

"不，远野宫先生，现在大惊小怪还为时过早。"大海警官说完，就将视线投向了桌子那边，"还有呢……诹访凉子是怎么从怪人变成被害者的？这个问题还没解决呢。"

南美贵子跟随大家的视线，看向那身奇怪的服装。能够完全包裹上半身的斗篷，被叠好放在了地板上。质地轻薄，上面还放着一个闪着白光的面具。

南美贵子看着面具询问道："警官先生，散落在面具上的红点，不是血液吧？"

"是涂料。诹访凉子没有严重到会大量出血的外伤。凶手只是为了虚张声势。"

南美贵子依旧被那张面具深深地吸引着。

开着两个黑色窟窿的白色面具。

南美贵子想起了以前学过的知识。传统西洋画中的绘画主题，往往被赋予了各种象征和暗示。面具表现出的是物欲、伪装和欺骗。面具可以隐藏自己的真实面目，而这位"梅菲斯特的反对者"，并没有将真实面目隐藏在面具之下，而是戴着双重面具，瞒天过海，巧妙地掩盖了杀机和私欲。

雾冈刑警认为面具是挑衅，大海警官则认为是虚张声势，然而南美贵子却担心事情并没有那么简单。斗篷、面具，不仅是实施犯罪计划的必要物品，也可能是心理战的道具，就像南美希风在调查图书室事件时所说的那样。

面具的背后究竟有着怎样的面孔？在面具的窟窿下蔓延的黑暗究竟有多深……训练室里的那幅壁画，也许就是凶手的自画像……

"这个打结方法……"

南美希风慢慢靠近桌子，观察着桌上的状况。那里放着从诹访凉子的脖子上摘下的渔线。

"打的是活结吧？警官。"

"嗯，这种绳结越拉越紧，套牛时用的就是这种方法。"

"怎么又跟牛有关？"远野宫哼了一声继续说道，"精灵之箭是畜养的牛，这个绳结是套牛用的，凶手把同伙当成牛的说法越来越可信了。凶手的恶趣味让人觉得恶心。"

"渔线的切面是一致的。"大海警官指着桌子，进行详细的说明，"因为连接蝙蝠笼的线和凶器一样，都是渔线，我们就调查了一下。结果表明，从笼子延伸出来，没有连接兜帽的渔线切面和凶器的切面是一致的。起初我们认为凶手利用蝙蝠笼倒下的力量，拉紧了系在诹访凉子脖子上的渔线。但是，绳结的方向不对，也不符合她的身体情况。在那之前，她就已经处于面无血色的濒危状态了。"

大海警官将视线投向了上方。

"看来是与吊灯有关，缢沟也说明了这一点。"

绑着诹访凉子的椅子上方，正好就是金色吊灯的一根枝杈。

南美希风也抬起了头说道："刑警先生，切割机的刀刃，是倾斜放置的吧？"

"没错，是倾斜的。"安住刑警用力地点了点头，如同做报告一样说道，"好像是朝向里面，向上四十五度。"

就像在对着门鞠躬一样。

"这个吊灯，能够撑得住一个人的体重吗？"

大海警官发出"试试看"的信号后，安住刑警爬上了旧椅子，单手握着吊灯的枝杈，一只脚慢慢抬起，一点点地增加体重。

吊灯安装得非常牢固，足以承受成年男子的体重。

安住跳下来后，大海警官就转向了南美希风说道："那么，请说一下细节吧，密室专家。"

"只是个人推测而已，该从哪里说起呢……"

南美希风从口袋里取出《南美希风笔记》，参考着一张简易的图纸，开始推理。不过，为了便于理解，他还是决定重现一次案发现场。

大海警官拿好了渔线，听着南美希风的指示。

"把绳环的另一端，从兜帽的洞里伸出来，往上……"

从兜帽后脑勺上方直径几毫米的洞里，拉出一根向上延伸的渔线。兜帽里还有一个打成活结的绳结。

大海警官手里拿着向上延伸的渔线的一头。绳环的部分在洞里，斗篷就被吊了起来。

"请想象一下，斗篷就像挂在吊灯上的。"

"接下来是诹访凉子，她的脚踝被绑住，手腕被铐在椅子扶手上。就算她失去了意识，也有可能站起来。"

远野宫像个桀骜不驯的学生一样，回答着老师的问题。

"用渔线吊起来的吧？"

"是的。让她站起来后，披上斗篷，再把她的脖子穿过绳套，罩上兜帽。然后，从上面拉紧渔线。虽然双腿是张开的，处于不稳定的状态，但还是能够保持直立的姿势。"

"就是上吊的姿势啊。"

"从这时起，诹访的脖子就被勒住了。多么残酷的姿势啊。但与上吊的姿势有所不同，没有意识的身体被吊起脖子的话，头会朝前垂下去。"

这样一说也是，南美贵子想起了电视剧里经常见到的景象。

"我们要是看到头垂下去的人，肯定不会觉得是真人。"

"这么说倒也是，可是……"远野宫有些困惑，"哪里不同？诹访凉子的头为什么没有垂下去呢？"

"因为有面具和兜帽。请看渔线的拉扯方式和兜帽。从吊灯上垂下来的渔线，承受着大部分体重，所以是垂直拉伸的。从脖子后面的结扣往上延伸的渔线，通过后脑勺上的小孔被拉到外面去。收紧的渔线将原本向前垂的兜帽拉到了后面。"

因为很难想象，所以大海警官亲自试验了一下。

将绑着诹访的椅子背部两侧上方狮子头看成人的头部。在狮子的脖子套上绳套，戴上兜帽。大海警官抓着渔线的一端往上拉。在绳套收缩的瞬间，渔线就被拉紧，兜帽也被拉了起来。虽然马上就缩了回去，但是面具却朝向了水平方向。

远野宫感叹地说道："虽然非常简单，却能巧妙地达到效果，兜帽起到了很大的作用。"

"直接在结扣的地方开个洞，从上面吊起来，就是正常的上吊状态。而我们这样做，垂直渔线的拉力会一直作用在后脑勺上方，将帽子拉到后面。而且，这个帽子上还缝着面具。面具就成了抬起诹访脸部的工具。"

"哦哦……"

在男人们的喧闹声中，南美贵子的心跳也随之加快。没想到这么快就搞清了面具的用处，所有的小工具，各自发挥着作用。

"诹访凉子的头部，是在面具和渔线的共同作用下被抬起来的。"南美希风总结着刚才的实验结果继续说道，"而且，因为镜子是从下方照过来的，就算诹访稍微歪拉着一点脑袋，镜子也会正对着她的脸，根本看不出来异样。"

"了不起的构思。看似不起眼的事，都体现着恰到好处的平衡。"

"这是一个为了骗过观众而谋划的骗局。"

南美希风再次说道："接下来是渔线的线头。"

他抬头看着吊灯。

"向上延伸的渔线碰到刀刃后，就会转向门的方向。不过，因为刀刃是斜的，所以就算诹访的体重全部压在上面，渔线也不会断开。"

"原来如此，是这样啊。"

远野宫似乎已经明白了后边的展开，满脸喜色地朝门口走去。

"渔线即使被拉到正下方，也不会被切断。但金属和玻璃笼子随着沉重的置物台而倒下的时候，绑在笼子上的渔线，就会嘭的一下被拉到这边的斜下方。"

大海警官也不甘示弱地加入进来。

"刀刃是朝着斜上方放置的，与渔线的运动轨迹刚好一致，因此用力一拉，渔线就瞬间被切断了，对吧……"

"您说得没有错，不过稍微倒推一下，我想说的是渔线断开之前的事。"

"哦，当然了。"远野宫也把话题拉了回来。

"诹访的脖子被吊着时，还没断气。她的姿势不可能保持住平衡，无论她有没有意识，身体都会有些许晃动。那么，晃动的身体会映射在镜子里，目击者也会通过钥匙孔看到。这就让目击者更加相信眼前的是一个人。而且，笼子把手的渔线，与吊着镜子的线绳非常接近，或者就是一起的。只要诹访的身体有所晃动，镜子就会随之摇晃，因此就会觉得怪物是在移动。另外，背景是纯色的灰泥墙，无法根据远端的景象，判断前端的物体是否移动，也就觉察不出不自然的地方。"

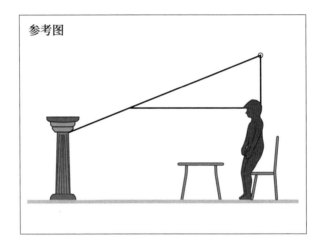

参考图

"嗯……"远野宫等人深表钦佩。

"非常高明。"南美希风也对凶手的智商和手段深感佩服，"巧妙地制造出了绑在座椅上不能动弹的受害者和站立移动的凶手两个人。"

南美贵子深切地体会到了这个凶手果然不是妄想狂，而是足智多谋、深不可测之人。如今正躲藏在暗中，将对手耍得团团转。

为了打破屋内的气氛，大海警官一本正经地说道："凶手在离开之前，还做了什么事吗？"

"应该是没有了。后边就是置物台和蝙蝠笼倒下的事了……"

"终于要说到渔线了。"南美贵子接着说道。

"在讲渔线切断之前，我提醒大家一下。有一条渔线的分支，由经过吊灯的主线分出连到了兜帽前。"南美希风在空中挥动手指，形象地表述着。

主线从笼子的把手向吊灯斜上方延伸，在中途分出的支线则呈水平方向连接到兜帽。

"当我们冲入房间时，笼子落下，渔线被刀刃切断。于是，诹访的身体就会倒在椅子上。与此同时，以抛物线形式倒地的笼子，会用力拉扯渔线。由此产生的反弹力应该非常惊人吧。就像钓到大鱼，互相抗衡之时，渔线突然被扯断了一样。如此一来，面具、斗篷就被从倒下的诹访身上拽了下来。"

南美贵子似乎看到了在空中飞过的斗篷。切断后弹开的渔线在空中低吟着一闪而过……

"勒住诹访脖子的渔线，它被切断的一头也会穿过兜帽的孔，留在诹访的脖子上。诹访倒在椅子上发出的声音，与置物台和笼子被破坏的声音混在一起，不会引起大家的注意。斗篷被拉向门口，掉落在地板上，然后与各种玻璃碎片混在一起。而手帕就以一块布的姿态留在现场。至此，这场魔术式的犯罪就结束了。"

"结束了啊！"

远野宫感慨地长叹了一口气，用拇指指甲揉了揉额头。然后，环顾桌子和门前。

"凶手消失的幻术就是这样完成的。"

南美贵子的脑海里浮现出当时的画面。瘫在椅子上的诹访凉子，头发非常凌乱，就是兜帽斗篷是被粗暴地扯下来的证据……凶手压榨了诹访凉子所有的利用价值。

"没有比这更精彩的推理了。"安住刑警接着说道，"可是，你没有提到凶手是如何从密室里逃出去的。虽然已经解开了一半的谜团，但是凶手消失的诡计还没有识破。"

"是的，但也不是完全没有关系。凶手为了欺骗我们，将那位共犯助手利用到了极致。那么，精灵之箭的封印卡，不会没有用处的……"

"那张卡吗？"大海警官皱着眉头沉思，"请继续你的推理。可是，那种东西真的是凶手设下的陷阱吗？"

"我想应该是的。但是，新线索又出现了。"

"你指的是什么？"

"毒药。到底是什么样的毒药，是怎么使用的，如果不弄清楚，就还没有办法妄下结论。"

"啊，是啊。"

"只要调查清楚……"

"嗯，等尸体解剖结果和毒物分析结果吧。"

随后，大海警官根据南美希风的推理，向下属布置了追加搜查的项目。

"兜帽内侧没有附着头发……但鉴定人员在面具内侧检测出了汗液成分，这很可能不是凶手，而是诹访凉子的。那就先跟她的匹配一下。如果不一致，才可能是凶手留下的物证。"

南美希风又补充了一句。

"诹访右臂伤口渗出的血液，也有可能沾在了斗篷内侧。"

"那有可能。还有就是玻璃碎片。这次的玻璃碎片数量没有上次的多，要筛选出与蝙蝠笼的玻璃罩不同种类的玻璃。"

大海警官还问了南美希风要不要看看窗户的锁，被他婉言谢绝了。

远野宫来到走廊，迫不及待地点燃了一支烟。

"话虽如此……"

他大口地吐着紫色的烟雾，瞥了南美希风一眼。

"这么快就能分析出来，他的才华，一郎都得认可吧。就像是一条灵敏的鱼，浑身上下闪耀着银色的光。是吧？大海警官。"

大海警官只是活动了下脖子，没有给出明确答复。南美贵子和弟弟一样，掩饰着羞涩的表情，紧抿双唇。

"不，也许超出了一郎的预期。他若泉下有知也会感到欣慰吧。看来才能要经过历练，方有结果啊。"

南美希风仿佛感受到了老师那令人怀念的眼神，用平静的语气答道："这次也是一样，只是循着凶手刻意留下的线索，才这么快得出了结论。尤其是小客厅的案子，解开谜题的碎片可谓比比皆是。"

"即便如此，也没有人能如此迅速地看穿一切，得出确切的结论。你的洞察力也在提高啊。"

"远野宫先生，虽然解开了物理诡计，但案件还是迷雾重重。别夸得年轻人找不到北了。"

被逗笑的远野宫，冲着天花板吐了一口紫色烟雾。

傍晚时分，搜查行动有了重大进展。那是上条夫妇接受审讯回到自家店铺后发生的事。

员工们下班以后，夫妇开始关闭宠物店的门窗。进入饲养室的那一刻，他们发现饲养待出售宠物的房间里的小窗户被打碎了。接到报案后进行调查的警方，发现了入侵者的痕迹。虽然没有东西被盗，但饲养室里饲养着好几只有毒的动物。

第十二章

X 的方程式

1

脸上满是胆怯的上条利夫直白地说："我很沮丧，觉得自己被人利用了。"

上条家的接待室里，南家姐弟和上条夫妇，隔着桌子相对而坐，桌上摆着冰茶。

午后的阳光倾泻而入，室内却感觉不到那么热，也许是窗户朝北的原因。

"毒药被涂在了凶器上。"利夫按着自己的胃部，"打击太大了……"

经鉴定杀死谏访凉子的是爬虫类毒素，而且使用的是多种毒药的混合物。到底是哪一种动物的毒，似乎很难确定。其中一种毒麻痹了她的肌肉，另一种毒损伤了她的血管。毒素是从伤口侵入身体的。她胳膊上的伤口在被送到医院的时候，也出现了肿胀等症状。

作为凶器的箭，箭头像枪尖那样长，在箭的刃上检测出了爬虫类毒素。当然，上面附着的血液也与谏访凉子一致。

"凶手把凶器的锋刃变成了毒牙。"南美贵子悲愤地说道，然后表示出了同情，"所以才会从店里偷毒药……"

南美希风也说："凶器是与自己相关的东西，的确非常令人厌恶。不过，这又不是你们的责任。"

"……他为什么要潜入我们店里偷毒药呢？"

春香也掩饰不住惊恐的心情，原本年轻可爱的脸，现在却面若死灰。

丈夫利夫也是一样。他如小动物般温顺的眼睛，浸满了忧虑和悲伤。

南美希风回应道："凶手想用能从皮肤进入体内的毒药，首先就会想到毒蛇之类的毒液吧，但那不是在哪里都可以随便弄到手的。你们店里就刚好有毒蛇，凶手就在我们身边，自然也知道这一点。而且从这里获得毒药，还能扰乱搜查。"

"啊？扰乱搜查是什么意思呢？"利夫眨着眼睛问道。

"就是让你们夫妇也背上嫌疑。"

"等一下。"南美贵子转向弟弟问道，"为什么要怀疑春香他们呢？"

"警察可能会觉得他们为了隐瞒下毒的事实，假装被盗。"

"确实如此。"利夫点了点头，"我也觉得他们没有把我们当成受害者。辖区警署负责盗窃案件的刑警们自然不会这样，但是，负责吝家案件调查的刑警赶来后，就是一副怀疑背后另有隐情的样子。"

"那只是例行询问。"南美贵子坚定地安慰道，"刑警们都有些敏感的，不过凶手入室盗窃的事已经被证实了。没问题的。"

"是直接从毒蛇身上提取的吧？"

南美希风问了下详细情况，利夫向他解释说明。

"采集方法是让毒蛇张开嘴，把类似烧杯的容器压在毒牙根部，让毒液滴入容器里。我们会请专业人士来提取毒素。"

"专业人士来了，但是当时已经开始了针对盗窃事件的调查，所以只能让他等着。"春香接过丈夫的话继续说道，"那时并没有发现被盗物品，警察们就打算撤退了。然而，专家却问我是否已经提取了毒素。虽说有三条毒蛇，但每条蛇只能流出很少量的毒。正要收队的刑警们听到这个消息，脸色大变。据专家证实说有人采过毒了。"

"因此，警察才认为凶手是为了采集毒素而偷偷潜入的。"

"这个阶段，调查焦点刚好在诹访被毒杀的方向。而且，蛇箱里的毯子也非常凌乱，只能认为是外人所为。"

"能推测出凶手潜入的时间段吗？春香小姐。"

"几乎不太可能的。营业期间是在上午九点半，我和利夫会巡视饲养室，并投放食物，这个时间段，肯定没有异常。上午十一点我们离开了店铺，参加各家的午餐会。下午六点回来巡视时，窗户还没有异常呢。"

"店员们呢……"利夫补充说明道，"只进过两三次饲养室。因为现在没有生病或受伤的宠物，就没有必要频繁观察。虽说他们进去过两三次，但也只是在门口附近看一下而已，并没有看到位于室内死角的采光窗户。"

"所以，目前并不清楚凶手破窗潜入的时间。"南美贵子下了结论。

"据专业人士说，是在接近正午的时间段提取的毒素，而不是在早上。"

"采光的窗户外边是狭窄的小巷，没有目击者。"春香一边伸手够着杯子，一边说道，"店员也没有听到声响……如果我早点发现的话，诹访小姐就不会被人毒杀了……"

"这种假设是没有意义的，春香小姐。还不能确定被偷走的毒就用在了吝家，就算提前知道了，诹访小姐也不会加强防范。要是节外生枝，凶手就会换成其他的毒物。别太自责了。"

"不过，简直难以置信。"利夫轻轻地靠在椅背上，迷惑不解地长叹了一大口气，"诹访小姐竟然参与了杀人，不会搞错了吧？"

"很遗憾，没有弄错。"南美希风回答道，"搜查总部也持同样的看法，没有疑问。存在共犯的情况下，更有利于完整地解释小客厅发生的事件。"

利夫从椅子上站起来，皱着眉头地问道。

"这么说，你搞清楚了小客厅事件的全貌？是比瞬间消失更震撼的解答吧？"

昨天，南美希风向相关人员解释了凶手消失的诡计。由于南美希风已经看穿了诡计，警察们也不能装聋作哑，便允许了他可以告诉相关人员。

截至今天上午的调查，证实了南美希风的推测。面具内侧检测出了诹访凉子的汗水和化妆品成分。门前的玻璃碎片中也发现了蝙蝠笼以外的碎片。将这些碎片收集后，复原出了薄玻璃板。那块玻璃板是从小客厅，保管着日本玩偶的玻璃柜上取来的。

"就算我们赶到的时候凶手已经消失，但那间屋子依然是密室吧？"

面对利夫的询问，南美希风回答道："是的，是密室。"

"还有那个声音也是问题。我们是听到声音才赶来的，但并不是和凶手发生争执的声音吧？这些疑问你都解决了吗？"

"差不多吧。"

"太厉害了，请务必告诉我。"

"我也想听。"春香也表现出了浓厚的兴趣。

南美希风用冰茶润了润唇。

警方已经听他说过小客厅事件的全貌，并按照这个思路在否家进行搜查，因此就没有对他施以禁令。

"那我们先说说主犯在那个时间点犯案的理由吧。"

南美希风开始娓娓道来。

"警方认为诹访是从犯，而不是主犯的原因在于她不具备连续犯罪的知识水平，以及异于常人的策划能力。"

三个人点了点头，利夫作为代表说道："是的，明白。"

"主犯应该更加狡猾吧？"春香也说，"感觉诹访完全是被利用了。"

"而且，诹访是被那种方式杀害的，看起来像是主犯欺骗了她。"

"不，反过来想也可以。"南美希风紧接着说，"主犯诹访凉子制订了一个计划，想把自己伪装成受害者，而共犯利用了她的计划，将主犯诹访凉子杀了。但是，这次的情况却并非如此，诹访凉子应该是个弃子。我接下来说明理由。首先，我们考虑一下，主犯是何时决定行动日期的。昨天早上，警察才将诹访凉子视为共犯，然后，咨家有几个人也注意到了警方的方案。"

"凶手大概是觉得警察快要查到共犯了，从而产生了危机感。"

"就算警察还没行动，凶手也决定要杀人灭口吧。诹访被警方怀疑的直接原因是一次失言，而这样的失误，凶手可能见识过很多次了。只有凶手才会过度敏感，担心马上就会败露。我甚至怀疑凶手制订计划时，就将灭口纳入了计划中。毕竟凶手是一个极其冷酷的人。"

"是啊……"南美贵子深表赞同地说道。

"长岛要的出院，给了凶手一个契机，让他开始考虑灭口。"

"长岛？"春香提出疑问。

"在图书室事件中，长岛先生是嫌疑人。目前也还有一些搜查人员认为他很可疑。如果长岛先生出现在咨家时，发生了杀人事件，那么他的嫌疑就更洗不清了。"

"啊……"

"长岛先生，比其他人更容易受到怀疑。因为他偶然到访咨家就发生了杀人事件。刚刚提到的观点也适用于这里，就是可以扰乱搜查。所以凶手想趁长岛先生没有不在场证明的时候杀人灭口。长岛先生那时说要去一下洗手间，然后就去院子里散步。凶手或许听到了，也可能在监视他的行动。于是，就在长岛先生独处的时候，实施犯罪。"

"不过，那个时候长岛先生也有不在场证明吧？"

"那是意外，春香小姐。紫乃看到长岛在窗外，叫住了他，使得长岛先生也有了不在场证明。这是凶手没有想到的，也不可能预测到。结果，偶然性进一步加剧，让所有人都有了不在场证明。作为凶手，他肯定是希望起码有几个人没有不在场证明的。"

利夫思考了两三秒后说道："小客厅那边传来响动时，包括凶手在内的所有人都有不在场证明。这样一来，那个声音就不会是跟凶手争执时产生的？"

"是的，那是故意制造的假象。我听到了两次巨响，回想起来，第一次好像混杂着铜锣的声音。"

"嗯嗯。"南美贵子点了点头。

"铜锣落在了不同的地方，附近的照明设备也倒下损坏了。凶手正是利用了这些工具，制造出了定时发出声音的机关。"

"凶手离开现场几分钟后，才传来了剧烈的响声。这样，凶手就有了不在场证明。"

"至于装置的细节，有十几种可能性，就没有必要猜测了。总之，凶手使用了其中一种。比较简单的做法是利用干冰。听说午餐会中的冷冻点心，不是手工制作的，而是从专门店购买的。在这个季节，商家装箱时肯定会用干冰。此时，凶手就可以用剩下的干冰来支撑不容易保持平衡的物体。随着干冰变小消失，物体失去平衡，便会造成声响。"

"原来如此。"利夫一副钦佩的样子，"干冰只会变成气体，不会留下湿润的痕迹。"

"是的。第一次的巨响，是用来吸引我们注意力的。接下来的第二次响声，则是为了让我们紧张起来。我推测凶手原本还想让谶访惊声尖叫。"

"尖叫……"

"尖叫声会加强案件的紧急性。但当声音来源并不明确时，就会诱导我们从钥匙孔窥看。正如远野宫先生在舞台房间事件时所做的那样。只要有人往钥匙孔往里看，那么凶手策划的演出就能圆满落幕了。"

利夫点点头，还是有些疑惑。

"也许凶手本身就比较反常，但他为什么要用这么复杂的方式呢？一般来说，想让同伙永远闭嘴，把人叫到隐蔽的角落，用刀或钝器就能解决。但是，这个凶手并没有那么做，反而设计了怪人登场，让事件变得错综复杂，这么做只会有利有弊吧。"

宠物店经营者提出了自己的看法。

"如你所说的确得不偿失。但是，凶手还是这么做了，好像不这么做就不舒服。找个隐蔽的角落一刀解决，并不能让他满足，平息体内沸腾的血液。对于'梅菲斯特的反对者'来说，还有点落于俗套，降低他的身份。"

春香使劲儿点着头。

"这个凶手，是想搞出一个将周围人玩于股掌之上，恐怖炫目的舞台。"

"确实如此，共犯谏访凉子被他骗得团团转。凶手应该非常享受施虐的过程吧，将信任自己的谏访，一步步玩弄致死。"

"太狠心了。"南美贵子嘟囔着的语气中带着些许责备，"冷血没人性的虐待狂。"

"小客厅事件有两层含义。"南美希风这样描述着，"其一是对同伙设下圈套，其二是以我们相关人员和搜查人员为目标，来一场犯罪表演。暗门上使用的封印卡片就能证明这一点。"

"就是画着精灵之箭的东西吧。"春香的眼神更加专注，"那个能证明什么吗？"

"解开精灵之箭的意思，就一清二楚了。"

"你是怎么解读的呢？"

南美希风将手指交叉在一起。

2

也许是为了缓解紧张的情绪，春香大口地喝了一口冰茶。

利夫紧紧地盯着南美希风，仿佛在等待他张口。

"即使在濒死的状态下，谏访凉子也能马上答出精灵之箭的意思。"南美希风再次解释了精灵之箭的含义后说道，"这件事情就能证明，主犯和谏访达成了某种共识。"

"只可能是主犯告诉她的。"春香回忆起昨天的事说道。

"而且告诉她的是错误的情报。诹访凉子在小客厅现身的那一刻，她跟密室就脱不开关系了，但是，若是她参与了密室的布置，精灵之箭就说不通了。首先，凶手用花言巧语游说诹访凉子。比如说'你已经被怀疑了，不如伪装成被凶手盯上的受害者吧'。凶手会用第二起事件举例，也就是密室内留下了疑似受害者的长岛，那位长岛既没有被逮捕，也没有被怀疑。因为警方解开了密室谜题，除了长岛以外的人也有可能犯案，因此长岛的嫌疑就减少了。凶手会劝她也这么做，只要声称自己受到袭击，但是意外获救了，就不会遭到怀疑，而被认为是受害者，从而洗清嫌疑。"

"原来如此。"陷入沉思的利夫抚摸着下巴说，"将第二起案件反过来利用。"

"这个主犯做事滴水不漏，甚至能将单一事件联系起来。前一个案件会被他二次利用，优化接下来的计划。在这一点上，其周密程度和效率非常惊人。"

"诹访答应了这个充满讽刺和说服力的计划。"

"然而知道精灵之箭的含义，就会产生一个疑问。精灵之箭真正的意思是人类被它刺中，会产生超自然的致命疾病。诹访要是知道了这层意思，还会用这支箭来伤害自己吗？不会犹豫不安吗？在计划中，诹访凉子被绑住了，无论发生什么都没有办法抵抗。她能够完全相信主犯，将自己的生命托付出去吗？从主犯的角度来看，要彻底地操纵诹访，就要让她绝对信赖自己。只要诹访产生一丝一毫的迟疑，自己就有被她出卖的危险。我对此产生了质疑，所以拜托刑警向诹访问一下。"

两眼放光的利夫深表理解。

"果然不出所料，诹访给出的答案不是真正的含义。"

"主犯对她说了谎，跟她说是恶魔为了掩盖逃跑路线的护身符，目的就是不让她察觉到危险。这就是那张封印卡被赋予的第一层含义。"

"但是，调查人员知道真正的含义吧？"

"是的，主犯知道我在看《魔术要览》，而且刑警们也会调查那个图案的意思。然后，第二层含义就是原本释义。凶手借用'两座雕像'的典故，暗示因受箭伤而超自然死亡的女人，像个奴隶一样被主犯驱使。"

利夫伸出手掌示意等一下："那么……"

话没说完，他的妻子已经脱口而出。

"凶手亲自向我们揭露了真相，不仅给出提示，还揭露了诹访是共犯？"

"只能这么想了，不可能有那么多的巧合。这张特意挑选的卡片，告知了我们真相。也就是说凶手并没有在掩盖小客厅事件的真相。"

南美贵子感到非常震惊。

利夫深深地吸了一口气，春香像在寻求精神安慰一样，赶紧喝了一口冰茶。

除了利夫的杯子，其他杯子几乎都空了。

"其实也可以当成是带有挑衅信息的卡片，像是在说都提示到这个程度了，你们还解不开这个谜团吗？凶手要是有意隐藏案件，挑选其他图案也可以。比如恶魔掩盖逃跑路线的护身符的图案，要有的话就用这个不就好了。那种图案既能挑衅警察，也不用对诹访说谎。"

"是啊。"春香首先做出回应。

"因此，我们可以得出结论，凶手是故意留下被赋予双重含义的卡片，并以欺骗的方式杀害了共犯。"

"通过被真凶袭击的方式来洗脱嫌疑，主犯说服了诹访这么做。"利夫接着展开说道。

"同时让她深信这是一个没有任何生命危险的计划。从某种意义上来说，诹访就是一只蝙蝠。"

"蝙蝠？"

"当动物和鸟类发生战争时，蝙蝠对动物说我是动物不是敌人，又对鸟类说我是鸟类不是敌人，借此来躲避斗争。诹访在我们面前装成受害者，但其实还是凶手的同伙。而主犯也是一只蝙蝠。他在诹访面前展露出了关切的面孔，可是，亲手埋葬同伙的他却是一副冷酷无情的面孔。在这起案件中，飞舞着各种面具。"

诹访凉子的面具下隐藏着她讥讽般的冷笑，而这个冷笑则是主犯送给她的面具。

3

也许是从蝙蝠联想到了饲养室，上条利夫提议道："差不多该带你去看看偷毒药的现场了，我们可以边看边说……"

四个人起身向接待室右侧的门走去，那边能通往宠物店的办公室。

进入门后，系着围裙的女店员往这边看了一眼，南家姐弟赶紧向她点头致意。

穿过事务所到了店里。

大街上的阳光透过玻璃窗和玄关的玻璃门照射进来，车辆来回穿梭的声音不绝于耳。室内满是各种笼子、盒子，四处飘荡着动物的气味，叫声和振翅声交织在一起。

屋里有三位客人，其中一人在看货架上的猫狗项圈，同行的两人则在热带鱼的水槽前，听着店员的讲解。

"欢迎光临！"

上条夫妇向客人们打了声招呼，便向右侧的通道走去。由于左右两侧摆放着各种笼子和犬舍，空间显得有些狭窄。尽头有一扇门，写着"非工作人员禁止入内"。

"不知道是什么时候被入侵的，得知毒素被提取后大吃一惊……"念叨着这些话的利夫打开门，引导大家进入房间。

从入口看向屋内，是一间往左侧延伸的房间。

墙壁上摆放着笼子，分别装着三只狗，有精力旺盛地吠叫的，也有用力摇着尾巴的。

"有的是客人订购之后寄养的，有的是寄放在这里排解压力的。这只小狗是我们暂时保管的，准备今天送给流生当礼物。"

南家姐弟的表情一下子明朗起来。

"是真的吗，春香？"

"是的，生日礼物，是姐姐订的哦。"

或许是察觉到自己成了话题，可爱的小狗伸出了舌头。它全身被蓬松的白色长毛覆盖，只有耳朵周围是黑色的，让人联想到蝴蝶的剪影。

利夫指着不远处鸟笼里的虎皮鹦鹉说道："它老是被其他鹦鹉欺负。等它镇静下来，就把它的笼子跟其他鹦鹉放在一起，让它们再熟悉一下。昨天，店员们就在这里照顾宠物。毒蛇在里面的空间，没有让他们接触。"

周围还有很多养着热带鱼和金鱼的水槽。

房间的中央有用水晶墙围起来的独立空间，里面也有笼子。那里是给身体不好的宠物进行疗养的空间，现在是空着的。

绕到后面，有一个水晶饲养箱，就像一个大抽屉一样。

"有毒的蛇是这三条。"

说着，利夫抽出三个盒子。

南美贵子弯下腰，皱着眉头往里看。

有呈现出金属光泽的，也有颜色鲜艳的，一看就有剧毒。它们悠然地扭动着身体。

春香赶紧开口解释道："因为要严加管理，所以就没放在外边出售。但我会在店里张贴到货通知，给有需求的顾客展示。"

据说上面的盒子里还有毒蜥蜴。法律倒是没有禁止饲养毒蛇等动物。

"这里有提取毒素的工具吗？"南美希风询问道。

"有的。"

利夫拿出一个收纳盒，里面有小烧杯。

"只要有胆量，就能做到。压蛇的工具，是这个。"他拿起一个类似机械手，立起来的器具。可以打开关闭金属棒前端的夹子，夹子合上后会变成管状。

"给你们看看吧。"

利夫转动了盒子旁边的小旋钮，于是盒子上的透明天花板开始下降。

"像这样把空间压小，就能限制蛇的活动范围。"

"哦，原来如此。"

"当然也要留足捕捉手柄能够移动的高度。"

利夫停下了天花板的下降，取下盒子侧面开口处的一把小锁。当把捕蛇手柄推过去时，那个开口就会向内张开，手柄也随之伸了进去。

被打扰的蛇只是稍稍摇晃了一下脖子，没有其他激烈的动作。一番操作之后，捕蛇手柄夹住了蛇头的根部。

"现在就算放开手，手柄也会保持紧闭的状态，只需再次拔出即可。"

他把捕蛇手柄拉了出来继续说道："它会从这个洞里探出脑袋。"

实际上毒蛇的头部已经露出来了，南美贵子被吓了一跳。

"到现在为止，只要有胆量就能够做到。"南美希风做出判断。

"然后，把烧杯压在蛇的嘴上，让它张嘴，刺激它的牙根。"

"有点恐怖啊。"

"需要窍门，外行人也不会去做。"

"可是，凶手这样做了。"

"凶手是从这里提取毒液，然后用在小客厅案件的吧。"

"诹访在昨天早上九点到达齐家，她跟着凶手一起布置了现场。刑警也不会一直跟着她，所以她能找到机会动手。诹访也起到了转移刑警视线的作用，给凶手争取到了更多的活动时间。"

利夫将蛇头放回，锁上门，升起了盒子的天花板。

"案发现场的小客厅还是严禁出入的地方，这点也很是讽刺。"

南美希风继续说道："凶手以外的齐家人和相关人士，除非有要事否则不能进入。因此，凶手在室内进行准备工作时，几乎没有暴露的风险。对刑警来说也是盲点，他们会认为这里是封闭空间。即便想找诹访，也不会想到那个房间吧。"

春香说道："不过，虽说被封住了，但钥匙也不是由警察保管。"

"是的。凶手使用钥匙进入房间做准备时，也会把门锁好。我想他们两人从地下通道出入的可能性很低。这个密道只有凶手知道，如果被发现了，他们就是最大的嫌疑人。"

利夫锁上了所有的盒子后，就放回了原处。

他说要带大家去看看那扇被破坏的窗户，接着又询问道："凶手将诹访留在那个房间，自己逃出来的时候，也没有使用地下通道吗？"

"我想是没有使用的。为了不撞倒置物台，他大概是从门缝溜出去的。这种行为就算被人目击，也还有辩解的余地。正如刚刚说的，要是从地道或暗门出来，一旦被发现就百口莫辩。从门出来，就算被别人发现，也能及时终止行动。而且，走密道这条路的话，就得让谒访封印暗门。那个封印意义重大，凶手不会把它交于他人之手。既然封印要自己亲手实施，那凶手只能从窗或门出去。综合来看，还是从门出去比较自然。"

采光的窗户在最里面，前面放了一堆纸箱，高度比成人的平均身高稍高一些。身体正常的话，爬上爬下应该不成问题。窗子是横长的条状，足以让一个成年人出入。

"早上第一时间就让人修好了。"春香一脸忐忑不安地解释道。

利夫又进一步说道："虽说是采光窗，但因为后面距离建筑物很近，所以光线非常微弱。"

玻璃上只能透出朦胧的光线，窗外一米之外就是灰色墙壁。本来就是无人问津的巷子，没有目击证人也很正常。

"窗户是用什么方法打破的呢？"

南美希风开口询问道。

利夫回答："好像是用胶带贴满了玻璃，然后弄碎的。这样一来，玻璃碎片就不会掉下来，打碎玻璃时声音也会变小。之后再把胶带和破碎的部分拆下来，把手伸进去开锁就行了。"

"就算有碎片掉下来，店员也听不到。"

"嗯，听不到的。这里离得有点远，而且店面临街，往来穿梭的汽车很多。要是刚好接个电话或在接待客人，就什么都听不到了。"

"这里也是死角……"

南美希风回头看向屋内，然后说道："如果只是照顾门口的宠物，中间的空间和堆积如山的纸箱，就形成了双重障碍。"

"所以，在我们打烊前巡视的时候，才注意到窗户被打破了。"

"这个房间还有一扇腰高窗。"

从入口看过去，那个窗户位于正面偏左的地方，就是普通的纱窗。

"如果这里的窗户破了，可能会更早地被发现。凶手选择了更为妥当的采光窗。"

南美贵子怒斥凶手："光天化日之下私闯民宅，凶手还真是胆大妄为。明明隔壁房间就有店员，却仍然从毒蛇那里提取了毒素。"

"还知道了什么吗？"利夫对着将要离开现场的南美希风问道，"比如在凶手的指示下，谻访具体做了什么。"

"那就从这里开始说吧。"

四个人穿过饲养室向出口走去。

"凶手离开之后，谻访把门上的两道锁，即老洋房门锁和插销都上了锁。此时，她的手臂已经受伤，凶手告诉她作为受害者没点伤是不行的，但不会弄出大的伤口，只要足够明显就行。于是，就用刀划破了袖子，刺在了她自己碰不到的地方。其实伤口不深还有别的理由，受伤后的谻访还得为了诡计四处走动，要是伤口过深流出血来会很麻烦。"

"听你这么一说，倒也没错。"

利夫伸手打开了门。

4

几个人又回了会客室。

"凶手从小客厅出来以后，就将手铐钥匙和凶器，都藏到了车库里面。"大家听得聚精会神，南美希风继续说道，"小客厅此时已经形成了密室，诹访在指定的座位坐下。开始将自己的腿绑在椅子腿上。按照凶手说的绑得非常结实。因为越是耗费时间的捆绑方式，越不容易引起怀疑。"

利夫绞尽脑汁地思考着。

"是要强调凶手行为的异常吗？"

"这是原因之一，还能减少嫌疑。如果看到神秘人物从房间里瞬间消失，那么首先就会怀疑处在同一房间里的人，认为是那个人变装成了怪物。"

"啊……"

"正常来说，我们会怀疑那人脱下斗篷，伪装成了受害者。如果受害者只是被简单地帮助，就会产生对方是不是自导自演的想法。但是，诹访凉子脚上的捆绑方式，既结实又仔细，不可能在一两分钟内完成。因此，大家自然会认定在锁孔里看到的怪物，与被绑在椅子上的受害者，不是同一个人。所以，捆绑方式越是麻烦就越安全。凶手应该就是这样教唆诹访的吧。"

看似过度的行为，实则另有深意。南美贵子认真总结着这个凶手的特征。

"诹访也许是使用了手帕，绑得非常细致，没有留下任何指纹。接下来是手铐。手铐连在椅子的扶手上，将左手的手腕伸到铐环里，然后用拿着手帕的右手将其扣上。接下来收起手帕，再把右手铐进去。虽然右手稍稍有点麻烦，但也是可以做到的。把手腕伸进铐环，利用扶手轻轻一扣就可以了。"

"所以用的是手铐。"利夫佩服地感叹了一句，"手铐也能自己铐上啊。"

"除了手铐，其他的东西都不行。正因用了手铐，诹访才能站起来。在她的头上是渔线吊着的斗篷和面具。她是一边将脖子套进绳套一边起身的。站起来时，就是披着斗篷，戴着面具的模样了。然后，某个定时装置被触发，或是诹访启动的，让铜锣倒下，发出巨大的响声。我想凶手也指示过诹访，让她在这个时候尖声大叫。"

利夫想了想又说道："发生巨响时，一定会有人聚集过来，试图从钥匙孔看向里面。而人们也会先入为主地判断尖叫的人一定是受害者……"

"惨叫之后发生的是众人的闯入。因为暴力撞门的原因，置物台等都倒了，吊灯上的渔线一下子被切断了，斗篷飞向了门的方向。而诹访只要摆出瘫倒在椅子上的样子，装成意识模糊的受害者就可以。如此复杂的计划能够成功，全都是因为受害者的积极配合。"

"没错。"春香感慨地叹了一口气。

"以上就是'梅菲斯特的反对者'策划给我们的第一阶段犯罪计划。精灵之箭封印卡的第一层含义是让诹访凉子相信这是恶魔掩盖逃跑路线的护身符，而给调查人员展示的是这张卡的真实含义。"

南美贵子感慨道，就像是在桌布上表演的纸牌魔术。表演者扣着发牌的时候，改变了扑克牌的花色。这些骗人的、变换自如的卡片，有时候会根据观众不同，给人们带来巨大的惊喜，真是不可思议。

将百变的封印卡片放在台面上的"梅菲斯特的反对者"，展示了他犯罪魔术师的风采。

"凶手以魔术师自居，上演了一出密室和大变活人的魔术。"

"诹访小姐要是知道她被骗了……"春香微微垂下眼角。

"凶手制造的这个密室，其实是蕴含着各种伏笔的心理陷阱。大变活人的计划，留下太多线索，最终会被警察破解，但是真正的陷阱在后面。破解了神秘消失的诡计之后，警察便会一鼓作气地展开密室攻略行动。但其实根本没有机关，只有亲手把自己铐在屋里的同伙。警察往往会忽略极其简单的真相，继续追逐密室的机关。"

"那也是三重密室的原理吧？"现在南美贵子理解了，"最外侧的目击者视线密室，根本没有办法破解。但凶手却诱导着警察去关注并不存在的诡计，让他们陷入了无法走出的迷宫。这次也是同样的原理。"

南美希风点了点头，继续对上条夫妇说道："这是'梅菲斯特的反对者'的专属标签。识破了大变活人的警察，会被困在没有出口的迷宫。而且，恐怕这才是密室的意义……"

"密室的意义……"利夫的注意力再次高度集中起来。

南美希风也像是要集中精神，停顿了一下。

"'梅菲斯特的反对者'所犯下的两起密室杀人案，都有着内外世界颠倒的共同点。他使用如此诡异的布局，史无前例的概念，打造出了惊世骇俗的作品。反复操作、反常识、内外颠倒……就是'梅菲斯特的反对者'实施密室犯罪的标志。"

这次的停顿是为了控制语气。

"在小客厅事件中，受害者离开密室就会死亡的手法，展现出了内外反转的结构。使用了慢性毒物的凶手，事先已经算好诹访被救出去就会死亡的时间。要么在运送中死去，要么在医院救治不及死去……"

"为了确保万无一失，凶手把好几种蛇毒混在了一起。"利夫痛苦地眨眨眼睛继续说，"就算医生高明地诊断出她中的是爬虫类毒素，但因为是多种毒素混合在一起，没有办法确定是什么毒素，就无法使用解毒剂和血清……"

"只能眼睁睁地看着却无能为力，让人非常不甘心。"

"非常残忍的杀人方式。凶手的惯用手法是内外颠倒，除此之外，还有其他颠倒的吗？南美希风先生。"

"制造密室的动机吧。通常犯罪分子实施的诡计，都是为了骗过调查人员。毫无疑问，迷惑警察，就能确保自己的安全。"

"可是，这次不一样吗？"

"是的。在这次的事件中，凶手费尽苦心的布局，不是为了骗过警察，而是骗过同伙。至今为止，将警察耍得团团转的凶手，为了这次案件处心积虑，无所不用其极。错综复杂的屋内布局，都是为了获得'受害者'诹访的信任，激发她与警察的对立意识而设置的圈套。"

此时，利夫灵光一闪地说道："那么，那个密室诡计最终锁上的，正是诹访凉子心理上的锁。"

利夫这句一语双关的话，直击真相。不仅让南美贵子十分惊讶，春香也在用眼神称赞他。

"利夫先生，您这话说得真妙啊。"

"是，是吗？"

"合情合理。"南美希风也赶紧称赞道，"诚如你所言，利夫先生。凶手是用心理密室，控制住了诹访的心理，操纵她结束了自己的生命……"

5

利夫怀着几分羞涩，问出了下一个问题。

"凶手是打算杀死诹访，才会用涂毒的凶器吧？"

"离开小客厅前，凶手欺骗诹访说伤口可以长，但不能深，这样才比较显眼。但他是为了让更多的毒素顺利进入体内，才用刀刃均匀地划伤皮肤。"

"简直太过分了。"

"接下来还有更过分的，春香小姐。诹访将现场布置成密室以后，按照计划把自己绑起来，让脖子钻进绳套里。但是，维持这个姿势的时候，毒性仍在发挥着作用。她会出现类似于发热、肌肉麻痹的不适症状，等到无法维持身体平衡之际，便会站不稳。请你们回想一下渔线的结绳方式，那是活结，越拉越紧。一旦诹访身体不稳，就会拉动渔线，使绳套越收越紧。"

南美贵子把手搭在自己的脖子上。

"这个残忍的陷阱，实在是太过分了。诹访那时才意识到自己真的快要吊死了吧。"

"虽然她意识到了这一点，但此时的她已经无能为力。因为她亲手限制了双手的自由。但只要保持站着，就不至于被勒死。所以诹访激励着自己，拼命忍耐。到这一地步，她也只觉得是身体突发不适，不会想到是凶手给自己下的毒。"

这是凶手心理操纵的手段，所以诹访根本不会起疑。

"别说怀疑，为了不破坏凶手的计划，她甚至抱着必死的决心，忍受着身体上的痛苦和恐惧，都没有发出求救的惨叫。"

"惨叫。"利夫像是想到什么似的说道，"要是觉察到了危险，应该呼救才对。"

"那个时机，也在凶手的掌控之中。诹访确实要发出惨叫，只是她一直在等待那个约定的时机。"

"是啊……她的呼救才能引起人们注意……"

"凶手对诹访想要呼救的心理进行了反向操作。他暗示诹访越晚呼救，就越没有嫌疑。

诹访这才咬紧了牙关。过了不久，时机到了，诹访想大声呼救，但是这个时候，她声带周围的肌肉已经开始麻痹，没有办法正常发出声音了。"

"啊……"春香感到浑身发冷，抱住了自己的双臂。

"想要大声喊叫的时候，毒性蔓延到已经不能发声了。"

利夫的脸色变得有些苍白。

"这偏离了凶手的计划吧？据你所说，凶手的计算能力就像机器一样精准，然而诹访没能发出惨叫，应该在凶手意料之外吧？"

他似乎想证明凶手也跟常人一样会犯错，试图将恶魔视为普通人……

"也算不上失误，应该是在计划范围之内的。毫无疑问，诹访发出尖叫，效果会更好，但即便是凶手也不可能精确地控制毒素。混合之后的爬虫类毒素，随着时间的推移，会发挥什么效果，就连专家也说不好。"

"嗯，确实无法预测。"利夫点了点头。

"毒素的蔓延速度的确比凶手预想得快了点，不过，只要诹访的头伸进了绳套，计划就不会有问题，只是效果不同而已。"

"效果不同？"

"要是诹访还有哀号的体力，被发现时很有可能是有意识的。就算假装昏迷，脉搏和呼吸仍会持续。这样一来，警察就会怀疑，共犯诹访凉子协助凶手离开现场。另一方面，要是没有尖叫声，就没有紧迫感，那从钥匙孔窥看的概率就会变低。不过那时诹访的身体已经处于危险状态，便不会怀疑她是同伙了。"

"原来如此。无论怎么样都不会产生负面结果，真是天衣无缝的计划……"

房间的气氛变得紧张。杀人犯堪称完美的手段，给这里增添了一丝恐惧，仿佛他那冰冷的长臂已经在抚摸着众人的脖颈。

"那时诹访已经没有办法发出声音了。"南美希风的推理到了最终阶段，"然后，她彻底失去了力气。或许是发现了我们要进入房间，稍一松懈，就失去了意识。这时她才真正地被吊了起来。"

"不过吊起来的时间比较短，她暂时恢复了呼吸，可是……"

南美贵子想起当时看到诹访小姐恢复了呼吸，自己也安下心了。但听了这番推理以后，她深刻感受到了那份安心，只不过是凶手制造的幻象，是谎言的延续。

"恢复意识的诹访，接受了警察的审问。当然，说的是凶手事前编造的谎言。诹访被人发现时存有意识，是凶手计划的一部分，所以他预先做好了准备。只是，如果诹访因此对主犯起疑的话，就会非常麻烦。她会感觉到背叛，采取报复，透露真相。所以，绝对要避免被怀疑。"

春香接着说道："就算她起疑也不奇怪啊。"

"身体急剧恶化，由此被吊了起来……她有理由起疑。她会怀疑自己会不会被杀人灭口。但凶手精心构筑的密室关上了她怀疑的大门，封锁住了她的不信任。"

众人沉默了一会儿。

南美贵子为诹访凉子感到悲哀。她痛苦地呼吸着，却始终坚定地相信着凶手，完全没有察觉到自己遭到了利用，会由此而丧命。也许她是帮凶，但不知为何还是会为她感到悲哀。正因为如此，她对凶手的憎恨又增加了一分。

南美希风告诉众人，这就是小客厅事件的大致情况。

谈话告一段落后，众人的紧张似乎有所缓解，身体不再僵硬，便开始活动手脚，大口呼吸空气，让接待室里恢复了点轻松氛围。

春香尽量轻声说道："南美贵子小姐，你们接下来要去哪里呢？有什么安排吗？"

南美贵子看着弟弟说道："准备去谷家呢。南美希风说要去调查一下实物，说不定能解开图书室密室的最后一个谜团。"

"最后的谜团吗？"

"就是密室之谜啊，春香小姐。就算凶手通过天窗逃出现场，也还有一个谜团留着。就是外边全是目击者，他根本不可能逃走。因为有这个疑问，所以也有警察认为天窗逃脱的说法，还不一定就是真相。"

"连这都破解了吗？"

利夫也跟春香一样，惊讶地瞪大了眼睛，"找到逃跑路线了吧。真是厉害，谜团不断地被解开了。"

"还早着呢。"南美希风反驳道，"只是想确认一下推理。"

上条夫妇站了起来。

"那就一起去吝家吧。"利夫面露喜色，"我们正好要带着那只小狗过去。"

众人起身，准备向下一个舞台出发。

6

好几个人围住了在吝家院子里观察水管切口的南美希风。

两名女性是南美贵子和春香。四名男性分别是利夫、远野宫、雾冈刑警和细田。

院子里树木繁茂，对面还有巡视刑警的身影。

细田手里拿着接在室外水龙头上的水管，朝拿着淡蓝色橡胶软管的南美希风走来。

"谢谢。"

南美希风道了声谢，接过另一头，将两边进行对比。

"南美希风。"远野宫用手帕擦拭着冒出来的汗水，"水管长度跟事件有关系吗？这不是细田的错觉吗？"

"不好意思。"细田比南美希风率先做出反应，"希望我的无心之言，不会给大家带来麻烦……"

"水管变短了吗？"雾冈刑警再次确认道，"细田先生说是二十米少了十五厘米左右。"

"我是这么觉得的。虽然直觉上非常确定，但还是……如果说是错觉的话……"

"不是错觉。请对比一下这个切面。"南美希风说道。

为了让大家能够看得更清楚一些，他把橡胶软管的两端伸了过来。

"颜色不对吧？"

"嗯。"

远野宫表示同意，而春香把他的意思说了出来。

"这边明显更白一些。"

一边的切口是白色的，另一边的切口有些发黄，而且那一端的橡胶还有一点胀大。

南美希风举起膨胀泛黄的一侧解释道："这一侧会连着水龙头。"

"水龙头长年撑开这部分橡胶，造成了些许膨胀。而更明显的问题是切面，长时间受到阳光照射会变色。据说这根管子，一直放在室外使用。如此说来，另一头的颜色应该也是一样的，但实际上并非如此。说明这是最近才被切断的。"

"凶手切下了十五厘米。"远野宫满脸认同。

"细田先生每天都会用这根管子，所以才能注意到如此细微的差别。"

"可是，南美希风，凶手用那十五厘米水管做了什么呢？"

"我认为凶手用了整根管，而非十五厘米。"

至于是怎么用的，还需要通过实验观察。

二十多分钟后，一切准备就绪。

"这是……"

雾冈刑警困惑不已。

除了南美希风，其他人也都一脸不解。通过实验重现的消息在整座宅邸内传开，因为是星期天，所以待在家的二郎、冬季子和紫乃都聚到了这里。还有一名刑警也加入其中。

软管的一端与停在车库里的平板货车的排气口相连，插入十厘米左右，再将这部分用包装胶带紧紧地缠起来。这样一来，废气会流入橡胶软管。

大约二十分钟前，在南美希风的建议下，刑警们进行了调查。发现在三辆车中，轿车的排气口有少量黏着物。可以认定是缠过胶带的证据。因此，才动用了与证据无关的货车进行再现。软管也使用的另外一根。

接通排气口的软管从窗户伸出来，在院子里来回摆动。握着软管一头的南美希风打开事先开锁的图书室窗户，将水管塞入了室内。

"你是想验证图书室的密室？当时，玉世夫人确实听到了奇怪的引擎声。"雾冈刑警惊讶地说道。

"那天晚上也跟现在一样，轿车停在靠近窗户的地方，凶手用的就是靠近窗户的那辆车吧。"

"还有，车库的窗户是开着的。"紫乃沉思着看着窗外，"卷帘门和窗户的状态……"

"是的，跟之前的实验一样。"远野宫立刻提高了嗓门大声喊道。

"通过那个引擎声的实验可知，只有这个窗户开着、卷帘门关着的时候，才会传来那样的声音。"

"为了伸出水管，车库窗户必须开着。关上卷帘门是为了不让人看到自己作案的样子，以及尽可能避免引擎的声音传出去。"

"再现那天晚上的状态……"二郎喃喃自语道，接下来用正常的音量问道，"可是，从目前的情况来看，废气只会排进图书室吧？"

"正是，说得没错。正是为了产生废气，凶手才发动的轿车引擎。至于踩油门，不知是为了使引擎加速运转，还是想试试声音有多响，因为声音比预想的还要大，凶手踩了一次便停了。就是这么一次试探，刚好被玉世夫人听到了。"

"这试探得可太好了。"南美贵子稍稍松了一口气。宛如魔术师一样的凶手也是人，也有露出马脚的时候，也有可以攻破的漏洞。

"把废气排放进图书馆……"上条利夫表示不理解，问道，"但是，我们是要解决的是凶手怎么能在不被目击的情况下，逃出这个密室，跟尾气有什么关系呢？"

"时间。"

"时间？"

"我在围绕密室推理的时候，有些不相符的地方，原因就是凶手在时间上做了手脚。"

"凶手扰乱了人们的时间认知能力……在说明这一点之前，要不要试着把尾气放进去？我想可以核实一下，多久才能灌满整个图书室。"

雾冈刑警同意后，细田打开货车的引擎，使其处于怠速状态。只要车离窗户稍微远一点，就很难听到声音。

图书室的窗户打开了一条细缝，只够软管伸进去。虽然软管在地板上被拉得很长，但整体长度还有富余。

确认尾气流入室内后，南美希风开始说明。

"我们还没有完全解开的图书室的密室之谜。虽然能证明天窗被动了手脚，但是要从天窗脱身，就会产生时间上的限制。首先是火焰的问题。搜查人员说没有发现定时引燃装置。因此，得出了凶手必须亲自点火的推论。那么，凶手放火之后，就必须尽快离开现场。"

"是这样的。"雾冈刑警论述道，"我们的目击证词可以佐证这一点。纵火后，我们第一时间就目击了火焰，并赶往图书室。纵火的凶手不可能待在现场。为了不被我们发现，凶手就要以最快的速度逃离现场。但是，在这种情况下却出现了冰与火的矛盾。"

突然提到冰与火的矛盾，让人一头雾水。南美希风见状解释道："凶手给天窗上锁的时候，使用了冰。冰受下方燃烧的火焰影响，需要一定的时间才能全部融化。这意味着时间不够，凶手在实施所有的计划后，就没有时间逃离这个密室了。另外，即使从天窗逃脱也会出现问题。"

"怎么逃脱的问题。"远野宫盯着天窗周围的屋顶和墙壁。

"根据警察的调查，凶手没有办法逃到比天窗还高一层的屋顶，只能是向下逃到院子里。"

"可是，我当时在院子里，你们闯入现场以后，我还在原地待了一会儿。"二郎指出了这一点。

"中途，青田经纪人也加入了。"南美希风接着说道，"另外，佥二郎先生还没到院子的那会儿，还有春香小姐从二楼的窗户往下看着呢。"

春香紧握着手点了点头。

"如果凶手在纵火后逃到了天窗上，那又是怎么消失的呢？目前，只能假设目击者中有凶手的共犯，凶手才有可能逃脱。但是，会这样吗？"

二郎轻轻推了推墨镜。

"你接下来能够证明，我并没有成为同伙，我的听力也没有问题吧？"

"我想能一次性解决之前提到的矛盾和谜题。"

"一次性……"上条夫妇面面相觑问道，"真的可以吗？"

"那就看看尾气能够做什么吧。"雾冈刑警锐利的眼神中夹着怀疑，"我从事犯罪调查从来没见过这样的场面，又不是伪装成缺氧自杀的案件。"

"是的。但是，尾气还有其他的用法。那天晚上，凶手就是这样把尾气灌满了图书室。"

排气口的黏性物质、被切断的软管、车库窗户和卷帘门的开合情况，物证和间接证据全都齐全。

"仿照凶手的行为，等尾气灌满为止吧。或许，凶手用东西塞住了窗户的缝隙，以提高密封效果。而图书室门下的缝隙，肯定是被牢牢封住了，为了不让尾气扩散到走廊那边。"

过了不久，透过窗户的缝隙，就能感觉到强烈的尾气臭味。

"但是，不管怎么堵，气味还是会飘入室内。所以，诹访小姐在那天晚上喷了杀虫剂。"

众人瞬间目瞪口呆，而二郎挑起眉毛惊呼一声。

"咦？那不是诹访小姐的失误，而是计划的一部分吗？"

"杀虫剂是怎么回事？"没有听说过的雾冈，用疑问的目光环视了一下四周。

"由于害怕而惊慌失措的诹访小姐引起了一场小小的骚动。"二郎赶紧开口解释道，"大概八点左右吧，她说想要防狼喷雾，然后从玄关旁的储藏室，拿出了一瓶杀虫剂。青田经纪人说那种东西用不上，不让她用，他们便发生了争执，结果喷射口被弄坏了。"

"那里面的杀虫剂呢？"

"全都喷出来了，到处都弥漫着白色雾状的杀虫剂。之后就开窗啊，折腾半天。有好一会儿都没能闻到味道……"

"原来那是演出来的啊。"

"这么考虑比较合理。"南美希风接着说，"为了彻底消除有可能会飘散在宅邸内的尾气臭味，诹访小姐才被要求这么做的。回到刚刚的话题上，尾气中的主要成分是一氧化碳，其比重与空气几乎相同，略轻一些。而二氧化碳略重，氮氧化合物也是如此。那么，缺氧状态应该是从室内下方开始的吧。"

"缺氧状态"是一个关键词，南美贵子默默地记在了心里。

"凶手在进行上述操作时，地道的门是开着的，但里面本来就是缺氧状态，没有必要再注入尾气了。另外，那个做了防火处理的窗帘，凶手也是知道的，并且利用了这一点。"

"凶手知道窗帘是做过防火处理的吗？"冬季子询问道。

"是的。就是阻燃材料发挥了作用。它在燃烧初期可以维持慢速燃烧，过一段时间才会熊熊燃烧起来，方便制造时间差，而且还能持续产生不完全燃烧气体。"

正当南美贵子还在感慨时，闻到了从窗户的缝隙飘出来的尾气臭味。尽管如此，为了确保万无一失，南美希风还在耐心地等待。

过了一会儿，南美希风说道："应该差不多了，现在图书室里应该是严重缺氧的状态了。"

没有人提出反驳或疑问。南美贵子看了看表，已经过去了十五分钟，但是比想象中的要快得多。仅仅是怠速状态，尾气就可以迅速充满房间。

"玉世夫人听到引擎声，是在八点半左右。"

南美希风随即关上了窗户。

"因此到了八点四十五分，图书室几乎被尾气灌满，处于缺氧状态。尾气是在间垣巡警被杀害后才注入的，在此期间，长岛先生也被引诱到图书室，并被凶手打倒了。桌子上摆着的椅子和书，也是在这个时间摆放完成的。诹访小姐和凶手，一边为自己制造不在场证明，一边等待图书室达到缺氧状态。然后看准时机，也就是八点四十五分，凶手进入了图书室，在充满尾气的屋里，迅速展开行动。"

"把窗户关上，然后再上锁吗？"远野宫焦急地询问道。

"是的。但是按照顺序，应当先取回塞在门下的东西，再把巡警的制服那些物品，扔在桌子上增加可燃物，然后取走水管，再像这样把窗户上锁。关窗时，他从窗户向外伸出头，呼吸了新鲜空气吧。锁上窗户以后，即刻返回室内的凶手，爬到立在桌面的椅子上，用冰在天窗上布置好了关窗诡计。这个时候，只要打开天窗就不会呼吸困难。"

"尾气主要集中在下方。"紫乃补充道。

南美希风点了点头，接着继续说道："出于警方要求，我不能透露诡计的细节。总之，等凶手要离开时，就把脚边的'焚化炉'点燃了。"

"那时就点燃了吗？"利夫发出惊讶的声音。

"估计也就是八点四十五分到八点五十分吧。"雾冈刑警也马上提出了自己的疑问，"九点十分左右，火焰才熊熊燃起，正好是我们冲进图书室的时候。点火时间太早了吧？或者，你的意思是凶手搞出了延迟燃烧的定时装置？"

"火灾调查官没有发现定时装置的痕迹吧？"南美希风确认道。

"没错。"

"凶手只是点了一把火。但是，火焰暂时还没有猛烈燃烧起来。"

利夫和冬季子露出了恍然大悟的表情。细田也是如此，但没有体现在脸上。南美贵子也察觉到了。

"长达二十分钟……"

皱着眉头的远野宫，一副不可思议的样子，忽然灵光一闪。

"缺氧！燃烧不完全！"

一直以来，都在谈论这个话题。做实验只是为了验证。

"燃烧所需的氧气不足。"

南美希风从窗口望着图书室说道："刚开始火焰会熊熊燃烧起来，是因为室内还有氧气。但随着氧气的减少，火焰会越来越小。虽说如此，也不可能完全变成无氧的状态，所以微弱的火焰会一边吸收氧气，一边缓慢燃烧。"

现在所有人都理解了实验的意义，尽管谜题破解才刚刚初露端倪。

"顺便说下，尾气的臭味和燃烧产生的气味，会混杂在烟雾的臭味当中。虽说会有一定量的烟雾泄漏到走廊，但因为刚刚喷洒的杀虫剂，并不会引起大家的注意。他们会以为是那种味道，残留在空气中，多半会无视吧。而且，图书室附近并没有人。而从天窗出来的凶手，确认了火焰的状态，觉得满意，才开始实施落锁方案，关闭天窗。"

了解落锁方案的南美贵子能够想象出那个画面。凶手从天窗钻出来，观察火焰的时候，为防止冰融化后导致执手锁转动，应该会做些维持平衡的动作。然后，到了需要上锁的时候，便会松手，让执手锁的外螺纹对准锁孔。

之后，慢慢融化的冰块会使执手锁旋转，最后锁住插销。

"凶手确认了落锁完成以及火焰的状态之后，就离开了天窗。八点五十分左右，凶手跳到了院子里。二楼的春香小姐看向院子的时间是八点五十八九分。在此之前，还没有人关心院子，凶手能够非常容易地离开图书室的密室。"

远野宫从鼻子里哼了一声。

"在密室进入视线之前，凶手就已经逃出来了，根本没必要躲过目击者。"他懊恼地咂了咂嘴，"被谜团牵着鼻子走，像个傻子一样，完全被凶手看透了。"

"不。"

发出声音的是一脸沉思的雾冈刑警。

"不能就这么简单地改变看法，事实上，火焰确实燃烧得很猛烈。只要这个解释不清，那你的说法就不合理，也没有说服力。不管是缺氧还是什么别的原因，总之，在我们眼前出现的就是熊熊燃烧的火焰。"

"猛烈燃烧的火焰，以及几分钟前的小火苗。"雾冈刑警的语气非常坚定，"听好了，南美希风，如果将这两项事实联系起来，火就是刚刚点燃的。火焰能在非常微弱的状态下持续燃烧吗？"

"是的。火焰在燃烧过程中要消耗氧气，但新鲜空气也会从门下的缝隙进来。蔓延到椅子表面，吞噬了厚书的火焰没有猛烈燃烧，但也没有熄灭，就这么一点一点地持续燃烧着。"

"哼，那为什么会变成熊熊燃烧的巨大火柱呢？是凶手又加注了氧气吗？"

"凶手已经制造了不在场证明，没必要多此一举。"

"你是说凶手什么都没做吗？"

"是的。我们冲进图书室时看到的巨大火焰，并不是逐渐烧起来的，而是瞬间快速地爆燃起来。"

"什么？"

"实际上，这是一种回燃现象。"

大家没有马上反应过来，出现了几秒钟的空白。

"我想有人知道回燃现象。这是一种有时会在火灾现场发生，需要特别注意的现象。"

原来如此……远野宫自言自语道。南美贵子好像也略有耳闻。

远野宫清楚地解释道："由于氧气供给而引起的爆发性燃烧。"

"请详细说明一下。"紫乃说道。

"好的。"南美希风接过了话题，"起火点持续燃烧，却没有在图书室大面积蔓延，是因为汽车尾气加速了缺氧状态。虽然火在燃烧，但现场一直缺乏氧气，可是，瞬间注入大量的新鲜空气会发生什么情况呢？"

南美希风顺势将窗子开到最大。

"那个瞬间，仿佛在翘首以盼的火焰贪婪地吸入氧气，席卷了可燃材料，引发了爆炸式燃烧。正是发现火焰的我们，打破房门，才帮助凶手达成了这个计划。又被凶手摆了一道。"

南美希风从窗户一侧转向众人。

"'梅菲斯特的反对者'制造了一次人工回燃现象。"

"凶手连这种事情都可以操纵啊！"利夫瞪大了眼睛惊讶地说道。

雾冈刑警哑口无言，吵嚷的众人也都一脸震惊。

南美贵子再次觉得不寒而栗。这位凶手不仅按照自己的意志和计划操控了火灾现场，连警察们理所当然的行动都没放过。尽管他没有预测到发现者中有刑警，但人们面对犯罪或事件时采取的合理行为，几乎都为他所用。

那间火光冲天的密室自不必说，连火焰都成了帮凶。

"那是瞬间形成的火焰……"沉思的雾冈刑警喃喃自语道。

"回燃现象……"远野宫开口说道，"没错，这种现象十分危险。虽说从窗外看到的火焰非常小，但不能大意地冲进屋内。因为打开门的一瞬间，就会发生回燃或爆燃。甚至还有可能炸毁整个房间，是吧？南美希风。"

"顾名思义，确实会产生一股将开门的人往后推的强大火焰气流。这是因为室内充满了可燃气体。但图书室并不是这样，只是发生了局部的回燃现象。由于门被猛烈撞开，大量氧气一下接近火源，让它瞬间席卷了附近的可燃物质，正如凶手所计划的那样。"

"那个热度和火焰……"雾冈刑警把手搭在喉咙上，"因为隔着窗户发现火焰非常小，所以就认定只是刚刚开始燃烧的火焰。根据势头旺盛的火焰和几分钟前的小火苗倒推，自然就会得出一个常识性的判断，火是刚刚被点燃不久……"

"老谋深算啊。纵火案中经常会出现时间差诡计，意图改变实际的纵火时间。但是，这个案件完全不同，它是在心理上推迟了放火时间。就算专家进行多么精密的侦查，也很难找到线索，因为推测的前提就不对。"

不存在，看不见……由此展开联想，让身为编辑的南美贵子有了创作灵感。

看不见的尾气、缺氧的空间，才是凶手设下的圈套。充满陷阱的密室，布满机关的杀人现场，只有发挥想象力，才能理解这种特异现象。

以看不见的形式布下的巨大装置，在打破门的瞬间发挥作用，使整个密室震动。还有看不见的陷阱，制造了心理盲点，过于讽刺……

远野宫开口说道："如果没有发现点火装置，就只能认为是凶手亲自点的火。那么凶手就必须在九点出现在图书室中。但是，凶手利用了错误的认知，制造了不在场证明。"

"值得注意的是，目击者之一的吝二郎先生。"南美希风提出了新的观点，"去车库的二郎先生，也在图书室附近。此时，图书室内已燃起了微弱的火焰，凭二郎先生的听觉，好像没有办法捕捉到室内的声音。但是，如果二郎先生视力正常，应该就能注意到图书室里的火焰。这样一来，就会给我们提供重要的破案线索。查看车库的人是二郎先生，对凶手来说真是莫大的幸运。"

啊！人群中传来一阵骚动，混杂着遗憾之情。

那时提议二郎去巡查的春香，露出了复杂的表情。

远野宫慨叹道："真是太可惜了。"

"因为二郎只有听觉，才引发了凶手消失之谜。但是……"他高大的身躯在这个时候放松了下来，"这个谜也终究被解开了。"

冬季子环视着周围的人说："凶手只是在制造不在场证明吧？"

"尾气的效果远不止于此。"南美希风回答道。

"两种气体之间差异性较大时，就会发生激烈的交换作用，就是空气的流动。比重、温度、浓度等差异越大，混合作用越激烈。像高气压和低气压之间就会发生强风。在图书室中，也发生了类似现象吧。"

"在图书室也发生了类似的现象吗？"利夫伸长了脖子反问道。

"推动暗门的是房门被外力破坏时产生的气流，但是不仅如此，在实际进行快速开关门的实验时，门的移动幅度并不大。当时推测是由于火灾引起的内外温差造成的，但其实还有更大的原因。缺氧状态的空气和含氧的普通空气进行混合时，因平衡浓度差产生的流动及爆燃的火焰产生的气压，这些力量激烈地混合在一起，作用在了暗门上。"

"感觉像是有人慌忙地关上了门。"远野宫又流露出了凝视凶手的眼神，"只能这样认为……为了制造出虚幻的逃犯，凶手经过了周密的计算。又被大胆缜密的凶手摆了一道。"

"远野宫先生，汽车尾气还有其他效果。"

南美希风这么一说，不仅是远野宫，大家的表情都很震惊。

"还有什么？"雾冈刑警的声音小到令人难以置信。

"可以作为凶器使用，确保长岛先生的死亡。"

"加强地道里的缺氧状态。"

"是的。正常情况下，地道的缺氧状态，并没有我们进入时那么严重，是被凶手使用尾气强化了。虽说凶手提高了凶器的致死性，但却是看不见的凶器，没有办法采集并进行鉴定分析。所以调查人员判断长岛先生的状态，是由地道里自然发生的缺氧现象造成的。但这个判断会产生谜团，使调查陷入混乱。让人以为长岛先生是遇到了一起事故。如果是事故，那么长岛先生是凶手的说法也就有可能成立了。"

作为这一说法的提出者——雾冈刑警皱起眉头，一言不发。

"这是分散嫌疑，让搜查陷入僵局的好办法。我们会想，难道是凶手失败了？凶手并没有想杀受害者的打算，只是他运气不好，倒在了不该倒的地方？实际上，凶手为了杀人，故意减少了氧气的浓度，但这个故意的部分是不可见的，所以从表面上看起来，杀意非常薄弱。"

"是啊。这也很巧妙啊。"远野宫沉重地说道。

"可怕的是，就算在那条地道里连续杀了两三个人，也很难证明是故意杀人。"

"连续杀人？"南美贵子皱着眉头反问道。

"除了长岛先生之外，可能还会有人来图书室，那个人也有可能成为受害者。比如，偶然发现轻微的异臭，就来查看情况。凶手为了不让那个人留下外伤，可能会把他打晕，或让他吸入麻醉药昏睡过去，然后再把他搬到地道里。即使那个人和长岛一起断气，发现的人也不会断定是一起大规模的杀人事件。可能会认为是凶手把长岛先生打倒，进入地道后不知不觉失去了意识，或者是一场意外，有人想救长岛先生，却因缺氧而晕倒。这些推测与密室的实际情况相吻合，一不小心就会全盘接受。把没有办法捕捉的气体作为凶器，让残忍的凶手十分满意由此带来的效果。因为他明明实施了大规模杀人，但警方却连这一点都没发现，甚至还怀疑起受害者。"

"这个凶手可是会得意忘形的，甚至暗自窃喜。"紫乃冷冰冰地说道。

"这么说来，"春香摸了摸自己的胳膊，"长岛先生能够得救，还真是一个奇迹，也算是吉人天相。"

"在这一点上，神的慈悲胜过了恶魔的狡诈。"远野宫这样形容道。

"雾冈刑警。"南美希风稍稍放松了一下，"关于落锁诡计里的冰块融化情况，您认为在天窗下两米处，非常小的火焰，只能缓慢地融化冰块，根本没有足够的时间让冰块完全融化。这个疑问，用这个方法就可以解释。随着时间的推移，砝码就会移动，让冰块提前掉落碎裂。"

"嗯。"

"加上这个可以操控时间的新发现，图书室事件可以告一段落了。"

南美希风的视线，落在了趴在草坪上的软管上。

"凶手和共犯虽然收起了作案时使用的软管，但是，连接排气管的部分，可能是残留的黏着物没有除掉，也可能是受尾气影响已经变色，所以只能剪下来扔掉。"

"细田连这种细节都注意到了。"远野宫又重复道。

"这都是你的功劳啊。"冬季子夫人也微笑着对管家说道。

"不敢当。"细田缩起身体低下头说道。

利夫松了一口气说道:"又解开了一个密室之谜。尽管还有许多谜团有待解开……"

图书室的窗户大敞着,宣告着众人从密室谜团中解脱出来,但却没办法照出真凶的身影。

7

吝流生的生日会,仿如一盏暗夜里的明灯,让被迷雾笼罩的众人得到片刻舒缓。

众人都为这个丧父的少年感到难过。但在此刻,大家都克制着心中的悲痛,给他营造了一段欢快的时光。

可是,短暂的时光已然过去。由冬季子和妹妹夫妇精心筹划、细田一手操办的生日会,在连续发生的悲剧中,平稳地落下了帷幕。

周围已经暗淡了下来。

"南美希风先生,我知道凶手为何要利用回燃现象来掩人耳目了。"早坂君也手里拿着红酒杯,"是为了制造密室和不在场证明吧。"

"沙龙"里聚集了八个人。

有南家姐弟、早坂,还有大海警官和远野宫,长岛要离开去休息了。青田经纪人和山崎兄弟也受邀参加了生日会,他们正围坐在房间一角的桌子前。山崎兄弟在生日派对上表演了魔术，相当精彩，活跃了现场的气氛。

此时，南美贵子听到山崎良春说道："虽然我梦想成为一名魔术师，但以前也考虑过当医生，这次要认真考虑一下这个方向。"

为诹访凉子实施了急救措施，但她最终还是没能活下来，似乎成了他的一块心病。经历过人性命攸关的时刻，他应该感触良多吧。

大海警官和远野宫坐在靠近窗户的座位上。

南美贵子和南美希风，还有早坂，面朝窗户站着。

在室外灯光的照射下，可以看到院子里冬季子和流生的身影。流生正在和一只狗在玩耍，那是他的生日礼物，他给它取了名字，叫"克罗罗"。

"也就是说，凶手是……"

身材矮小的魔术师，目不转睛地盯着杯子里所剩无几的葡萄酒，就像在舞台上演出一样。

"图书室里的火焰，本来就是打算让人发现的。因为火焰并不会一直保持平衡状态。凶手的意图是让众多的目击者从窗户发现火苗，打开房门，见证火焰的变化。"

"是啊。而且，最好让他们亲眼看到那扇即将关上的暗门，所以，目击者越多越好。"

"为了驱使一群人跑向门口，凶手也是煞费苦心。"

南美贵子一边听着两个人的谈话，一边微笑着望向院子里的两人一狗。冬季子和流生并没有召唤小狗，小狗却自觉地在二人之间窜来窜去，忙得不亦乐乎。它的尾巴也有节奏地摇摆着，看上去活力十足。

"在那个案件发生的时候，有哪些人拥有不在场证明呢？"早坂询问道。

"警察认为我当时在外面闲逛，没有不在场证明。"

"在已经失火的九点以后，有不在场证明的，只有玉世和一直在她房间里的上条春香。但是，这样排除是非常危险的。"

"为什么这么说呢？"

"那个时候，二郎先生正在院子里，而前往西上基努家的我们和警察一起回到了齐家。这是否也被凶手计算在内了呢？也许，图书室火灾被发现的时间，早于凶手的计划。这样一来，凶手可能还来不及制造不在场证明。"

"原来如此……"

说到这里，南美希风回头看了看后面的桌子。

"大海警官，查到谁能从蛇身上提取毒素了吗？"

大海警官听完那边的案件调查报告后才赶过来的，没能参加流生的生日派对。

"毒素的采集方式，只要参考相关资料就能学会。那家宠物店的饲养箱和捕捉工具都能有效地控制毒蛇，只要胆子够大，谁都可以完成采集。在潜入路径上，没有发现任何物证，也没有任何目击者。"

大海警官又补充道，写着毒蛇到货的海报就贴在店里，十分引人注目，谁都能轻易获知这个情报。

当冬季子和流生母子从院子里返回，早坂也一口气喝光杯中的葡萄酒时，细田安静地走了进来。

他似乎没有什么要紧的事情，只是悄悄地环视了一下室内的每个角落。但南美贵子觉得他的表情比平时更加沉重，一副过度思虑的样子。

老管家慢悠悠地走到大海警官和远野宫的座位边上。

尽管细田的动作非常轻，不想惊扰大家，但是大海警官他们还是看向了他。

平时一语中的的管家却一声不吭，远野宫有些狐疑地开口询问道："怎么了？发生什么事情了吗？"

"没有，我只是觉得，有些事必须要和警官们说一下。"

"什么？"

坐在椅子上的两人马上换了一个姿势，将视线集中在了管家身上。

南美希风也转过身来面对他。

"想告诉我什么呢？"大海警官催促道。

"各位在我的故乡调查我的过去，却没有得到任何信息。我想大家一定也非常困惑。"

"啊，确实如此。"

大海警官的目光变得锐利起来。

"非常抱歉，让您费心了。"管家的双手轻轻地交叉在身前，微微低下了头，"我说谎了。"

南美贵子顿感困惑。夸张点说是受到了一点打击。

没想到会从细田嘴里听到"说谎"这个词。不过，不管是大人还是孩子，为了颜面，谁都会说点谎吧。如果真的一次谎都没有说过，那才离奇。当细田明确地说自己说了谎时，就像一位高风亮节的法官，在众人面前公开坦白自己的罪行一样。

大海警官似乎也有同样的感受，并没有立刻反问。细田继续说道："户籍上写的原籍是假的。户籍在战争中被烧毁，需要重新落户时，我把上面的内容都改了。细田家原本是在冈山县仓敷市以北的一个叫作中社的小镇上，经营着一家铁匠铺。"

"为什么要改原籍地呢？"

细田停顿了一会儿继续说道："我祖父被控犯罪，这是原因之一。"

"犯罪……犯过什么罪呢？"

在远处桌子边上的青田和山崎兄弟，也聚精会神地听着细田讲述。当然，南美希风也不例外。

"被指控杀了人！"

杀了人，命案！

凝固的空气中，南美贵子屏住了呼吸。

"你的意思是说，被人指控杀了人，但事实并非如此吗？"大海警官用粗犷的声音询问道，"到底是怎么回事呢？"

"要不要换个地方说呢？"远野宫表示了对坦白者的关切。

"不，这里就可以了。我本来就是想借此机会让大家都知道。"

"那么，坐吧。"

"好的，谢谢。"

入座后，细田开始娓娓道来。

"我祖父的那件事，发生在昭和十六年十二月八日。"

"这是……"南美贵子不由自主地脱口而出道，"日美开战的那天。"

"正是，那是旧日本军登陆马来半岛，突袭夏威夷珍珠港的日子。这个历史性的日期，也和那次事件有关。"

所有人都在全神贯注地听着。

"在那个叫作中社的小镇上，即使是那种时候，仍有美国人留在那里。那是一个卖药的美国黑人，也不知道是从哪里弄来的药，据说是在本国犯了大罪，回不去了。祖父以及镇上的两个男人，与那个黑人发生了冲突，因为他玷污了日本的名誉。可能只是说得好听，但真正的理由是什么，现在已经没有办法确认了。这场冲突导致那个美国人被打死了。"

"你是说有三个男人参与了？"大海警官询问道，就像在做笔录一样。

"是的。其中一人就是我的祖父。因为是外国人被杀害了，所以一开始袒护祖父他们的呼声还比较强烈。然后，传来了一个举国震惊的消息，日本和美英开战了。于是小镇上的知情者，就把这个美国人遇害事件渲染成了战争行为。"

远野宫小声地"哼"了一声。

"开战的消息是在上午十一点半刚过的时候公布的，但祖父他们的事在那之前就发生了。不，根本不是时间的问题。祖父他们和受害者的事情，并不是士兵之间的战斗。即使是在战争时期，那也是平民之间的争执。但是，当时知道这件事的居民们认为，受害者是可恨的美国人，他们三人是公开防卫，不应该追究责任。不，不仅如此，民间舆论甚至一度沸腾，认为这是'先锋之战'，而且是'首战告捷'。在这样的情况下，一桩暴力杀人事件就没有定性为犯罪。"

南美贵子能想象出在当时的局势下，这种暴行盛行的白热化程度。日本当时自认是强国。在穷兵黩武的军队指导下，好战意识高涨，但是理性还在人们的意识中广泛地留存着。但是，细田寿重祖父的事件，似乎是受到了当时举国树敌的狂热情绪影响。那个时代的疯狂，山崎兄弟他们恐怕想象不到。

"因为不构成犯罪，所以祖父他们以为得救了。祖父的注意力也转向了战争。"

细田停顿了一下，轻轻地喘了口气。

"问题发生在战后。世界的风向变成唯美国马首是瞻，有些人开始重提过去的黑人谋杀案。他们将此事报告给了驻日美军，指责自己人里有害群之马。"

与其说是正义的审判，不如说是对战胜国的讨好。

"无论在哪个时代，屈从于大多数人，都是安身立命的常见捷径。"远野宫说道。

"涉及杀害美国人的三个人，其中两人都已经战死了，祖父成了唯一的发泄对象。当时，整个小镇对祖父的排斥和迫害都相当激烈，祖母甚至试图自杀。"

南美希风紧皱眉头，面带悲痛。

"因此，在他们起诉之前，细田家就逃离了那个小镇。二十二三岁的我和父母、祖父母，还有姐姐，在旁边的小镇办了新的户籍，开始了战后的新生活。但我自己，说是无情也好，软弱也好，想跟他们断绝关系，想从祖父背负的过去中逃离。于是，我就申请了只有一个人的户籍，在东京开始了新的生活。"

站起身的细田寿重，用不同于往常的神态，深深地弯下了腰。

"我的家人背负人命却依然逍遥法外，我也没有勇气去纠正它。所以，我放弃了过去。这次警察问我出生地的时候，我也没有说出真相。不管怎么说，身处人命案的旋涡之中，我觉得会招来不必要的、可怕的怀疑，所以没能如实相告。"细田再次深深地鞠了一躬抱歉说道，"非常抱歉。"

说完又恢复了原有的站姿。

"不不不，跟我说了就好。"

大海警官也站了起来，开始在取出的记事本上写着什么。

"以防万一，还是调查取证一下吧。"

大海警官和细田确认了小镇的名字。

"已经过去四十多年了，我不认为你需要受到法律和社会的制裁。这件事和你也没有直接关系。你祖父也已经去世了吧？"

"是的，三十多年前……"

大海警官默默地点了点头，收好了手中的记事本。

青田向细田开口说道："虽说不幸，但都已经过去了。"

"也许并没有轻松许多，但是，你能敞开心扉真是太好了。"远野宫一只胳膊拄着桌子，看着管家说道。

"哪里的话，我总算是放下了肩上的重担……"

"辛苦了。"大海警官说完后，细田再次鞠了一躬，静静地离开了房间。

屋子一片寂静，不同于平日里管家给家人和客人的静谧感。众人感慨万千，但是并没有想象中那么沉重。

在这寂静中，南美贵子和弟弟对视了一眼。

细田先生，也有着非常糟糕的过去啊。

不过，他的过去似乎与这次的连环杀人事件无关，不必那么沉痛了。让南美贵子陷入沉思的静谧，须臾之间，就被彻底打破了。

首先做出反应的是南美希风。他看向了发出声音的窗外。

这应该是院子里看守的警察发出的声音吧？因为今晚与事件有关的大部分人都在这个宅邸，所以警方加强了戒备。

"怎么了？"大海警官皱着眉头走向窗边。

南美希风打开窗户，多少可以听清声音了。

"往那边去！"

这是巡警在向同事发出指示。

刑警们的行动让人感到了紧张。

南美贵子和大海警官靠近了窗户，青田和山崎兄弟也从座位上站了起来。

齐家的院子里，几个手电筒的光在闪烁。一道道细长的圆锥形光柱都朝着一个地方奔去，那边是南面的围墙边，树木环绕的灌木丛一带。

因为距离很远，声音也不大。

"那里有人，是谁？"先前出声的巡警在高声斥问。

"有可疑人物吗？"大海警官抓紧了窗棂。

每个人都在认真地注视着。

庭院里微弱的灯光照着骚乱的现场，只能看到人影晃动。手电筒的作用也十分有限。

三名警察正在逼近一个角落，那里被修剪得圆圆的杜鹃花和篱笆状的树丛包围着。围起来的地方，大概有六七张榻榻米大小。

有个人从正面靠近，两个人从右侧弯着腰前进。这两个人大概没拿手电筒，身边没有灯光，只能看到两个影子。

第四名警察正从左手边的房屋赶过来，眼看树丛的一角就要被包围了。

"躲起来也没用！出来！"

喊话的是从正面靠近的警察，可以看到他的背影。

从右侧过来的两个人，开始强行拨开一人多高的树丛，准备往里冲。

站在正面的警察说了句："我绕到对面去。"向左侧走去。

"啊！"南美贵子突然大声叫了出来。

树丛深处，可以看到一个人影。他蹲着身体，挺着后背，想要逃跑。因为正面有警察拿着手电筒往左走，所以他条件反射地向右侧逃。但是，那里也有警察。眼看警察就要穿过树丛，到达神秘人影所在的地方。

那一瞬间，神秘人影像迷路了一样停止动作，然后转身向左，如脱兔一般奔跑。看来是拼了命，速度极快。

原本打算往左转的警察也反应了过来，拼命追了上去。

一个逃，一个追。

逃跑的人影一下子钻进了密集的树影里，看不见了。警察一边用手电筒小心翼翼地搜寻，一边向左转。从房屋那边跑过来的警察也加入了进来，两人开始一起追踪可疑的人影。

大海警官从口袋里拿出了一台小型的无线电对讲机。

"那是什么人？是凶手吗？"

"只能确定是个可疑的人，警官。"

大海警官转过身。南家姐弟、远野宫和房间里的所有人都追了上去，跑向了夜色中的庭院。

左冲右撞的追捕小组也在几分钟后平息了下来。

刑警们的热情正在消退，取而代之的是懊悔的神色。最后，还是让可疑的人影逃掉了。

"是男的吗？"

大海警官询问其中一名警官。他正是向可疑人喊话的巡查部长大木。

"这是可以肯定的。"

"能做影像拼接吗？"

“非常遗憾，这个不能，看到的只是影子……”

“年纪怎么样？”

“感觉不像是年轻人。”

其他巡警也没有可以补充的目击证词。

二十分钟后，南美贵子走进了被树丛覆盖的草地。南美希风正蹲着身体，观察地面。

“什么物证都没有。”

雾冈刑警满怀自信地对南美希风说道。

“嗯，那个……”

在警方完成初步调查后，南美希风和南美贵子才被允许进入现场。没有发现物证，草坪上也没有留下可采集的脚印。

南美希风用手电筒照着脚下的草坪，也只能看到可疑者慌乱逃跑时带起来的泥土。

南美贵子向大海警官询问了一个特别在意的问题。

“有两名警察从右侧，也就是东侧靠近这里吧？他们没有拿手电筒吗？好像什么都没拿。”

“我们巡逻是按照两人一组排班的，他们发现手中的手电筒没电了，便走向大木巡查部长那里，想要征求同意去换电池。偏偏在这个时候，大木巡查部长注意到了树丛深处有个人影。因为当时警察正好聚集在一起，就对可疑人员进行了围捕。”

“结果还是让他逃走了。”远野宫毫不留情地说道，“逃跑的方向是西侧，就是在那里跟丢的吧？他穿过后门跑到外面去了吗？”

从这里往西走二十多米，有个后门。爬出去并不困难。

调查的结果是没有发现从围墙翻出去的痕迹。

相关人员的不在场证明的调查结果也报告给了大海警官。

听到这个报告，刑警们几乎丧失了追查可疑人员的干劲儿。因为所有相关人员都有不在场证明。这样一来，这个可疑的人可能就不是连环杀人案的凶手。

首先，在"沙龙"里的所有人，都有不在场证明。

发现可疑人员时，细田刚刚离开"沙龙"，除非他会瞬间移动，否则他不可能出现在这个地方。

其他人则聚集在茶室里。

有吝二郎、紫乃、上条夫妇，雾冈刑警也在场。没有人离开房间，他们的不在场证明也是成立的。

从院子里回到屋内的冬季子和流生，把小狗放进笼子里洗完手后，就朝着流生的卧室走去。从时间上看，要避开巡逻的警察到达这里，也不太可能。

只有吝玉世是独自一人。但是，她不可能是嫌疑人。

"你的意思是，今晚聚集在这里的人，没有一个人能够偷摸来到这里？"南美希风一边起身，一边开口确认当下事态。

"可能是跟这次案件无关的家伙。"远野宫说了这么一句。

"可能性很大。"雾冈刑警深表赞同地说道。

"不是与案子相关的人，而是一个多余的'X'。不会是想要独家爆料的记者吧？虽然还没有确认长岛要的不在场证明，但应该不是他，我觉得可能是杂志或报纸的记者。"

但是……

这个时候，南美贵子感到非常疑惑。

今晚巡视的警察特别多，只要稍微留心观察，就能通过手电筒的灯光轻易发现他们。记者会挑这个时候闯进院子吗？就算再怎么贪功，也不会私闯民宅吧……

南美希风也露出没有办法理解的表情。

"不管怎样，"大海警官面露忧虑，"还是继续巡视比较好，万不可松懈。"

"这张警戒网，很可能也是一把锁。"南美希风喃喃自语地说道。

"什么？"

"形成密室的锁。因为客家宅邸有连接内外的隐藏密道，所以室内的门上也需要安装坚固的锁。然而，这栋建筑物却为坚固的密室提供了有利的条件，也让制造了大量密室事件的犯罪分子——'梅菲斯特的反对者'得以问世。而为了安全而设置的警戒网，也成了给客家内部带来不便的高墙，变成了一种形式上的锁。客家的宅邸结构，也刺激了'梅菲斯特的反对者'……我没有危言耸听……"

这是一个舞台，令痴迷于封闭空间的罪犯蠢蠢欲动……

南美贵子将忧虑的目光投向了客家宅邸，她希望不要再发生同样的悲剧了。

但是，从迄今为止的事件来看，凶手肯定就在内部。这意味着凶手就隐藏在被巡逻的警察包围的空间里，在这个背靠夜空的宅邸之中……

因此，对外面的所有监视都显得毫无意义……

只要他想犯罪，就会犯下凶恶无比的罪行……

在没有解开所有谜团之前，斋家就得不到真正的解放。

间　章

南美希风不在的三天

1

南美贵子忙着交稿前的编辑工作，回到家时已近深夜。

父母都睡下了，她在回到自己房间前先去了弟弟的房间。

门开着，代表可以随便进入。

昨天是8月15日星期一，南美希风没有跟任何人打招呼，一大早就独自一人去了岛根。这次出行的目的是探访亝家的老家老岩村。

他似乎特别在意亝家的过去。独断专行的户主亥司郎举家搬到了藏有密道的北方的历史建筑里。亝一郎只不过是继承了这栋遗留下来的建筑，决定权还是在先人们的手上。

南美希风觉得也许从亥司郎选择了这栋建筑开始，那个"梅菲斯特的反对者"就被孕育出来了。因此，他必须要搞清楚亥司郎离开故乡选择旧黑宫邸的真正原因。

西上基努的死，细田寿重的过去，让他的某种直觉越来越强烈。

于是他在便条上写道：无论如何，我都要去一趟亝家的老家。

但是，说走就走也未免太鲁莽了，南美贵子皱起了眉头。

要是心脏出了问题怎么办？现在有太多的影响要素。如今年夏天的酷热，案件带来的压力等。

南美贵子认为他是因为最近身体没事才掉以轻心的。

焦躁的她将原有的忐忑不安转变成了愤怒。

昨天晚上接到了南美希风平安抵达村子的电话。

否家的老宅还完好地保存着，现在住着冢野一家。五十多岁的丈夫是食品公司的社长，他告诉南美希风，关于豪门否家，只是听说过一些传闻，并不了解具体的情况。南美希风说他正在调查否家的过去，提出想去宅院里看看，但被拒绝了。

南美贵子心想被拒绝是理所当然的。

南美希风找到了一家民宿投宿，顺便告知了她联系方式。

姐姐走进他的昏暗房间里，打开了灯。目光落在了桌子上的笔记本，那是《南美希风笔记》。放在那么显眼的位置，仿佛是在告诉别人，可以随便翻看。

这本笔记本平常就这样放在家里。事实上，南美贵子非常反感这么放置，父母也是如此。因为这样做的另一层含义，就是即将故去之人的遗言。

南美希风以前就说过这样的话。

人的头脑中存在各种想法，但只要那个人死了，就会完全消失，属实可惜，这是没有办法挽回的巨大损失。所以，我脑中和心里的东西就写在这里。如果没人知道我的感受和想法，生命就结束了，那可太不幸了。

他希望别人能够记住他。至少知道他是因为什么原因出门的。希望有人读了这些，将它当作日记，会心一笑，然后根据情况能用到日记中的内容。比如被引用到姐姐的论文里，或者诗里。一味强调自身的愿望，想必十分任性吧……

的确太任性了，南美贵子在心里暗暗思忖道。失去亲人的家人不知要过多久，才有勇气翻开这本笔记。

只要《南美希风笔记》还在主人手上一天，它就是一个生动地记录着主人智力和感性的记录装置。但是，一旦离开了主人，就这样被公开放置着，就成了主人留下的遗书。所以，南美贵子非常反感《南美希风笔记》就这样被放置着。

她有时会反驳弟弟。自己该做的事情就自己去完成，每个人都在努力完成生命中被赋予的使命，别想让我替你完成你的使命。这样说是想让他振作起来。

此刻她坐在椅子上，望着墙壁，思绪切换到了齐家的事件上。

诹访凉子的死，让电视和杂志的报道热度持续高涨。

《魔术师家中潜伏的杀人狂》

《丹乔·一郎家中的密室杀人案，震惊！》

《让犯罪学家头疼的空前大案》

提起案件，首先就想到了潜伏在院子里的可疑人物。但是，在场的相关人员都有确切的不在场证明。可能是出现了后遗症，身体不适的长岛要在自家静养，他的妹妹在照顾他。事件发生的几分钟前，他还和打电话来的朋友交谈了很长时间，不可能出现在齐家庭院里。

西上基努家的安川夫妇也有不在场证明。那个时候两人正在附近的小酒馆里喝酒。有很多证人，没有什么可疑之处。

如果所有人都是清白的，那就只能认为那个入侵者是个鲁莽的记者了。警察似乎也是这样判断的。

白天，警察又仔细调查了那一带的地面，没有发现不为人知的出入口，就是个普通的庭院。

虽然警方仔细调查了诹访凉子的住所和银行账户，但是没有得到与主犯有关的线索。在这一点上，主犯处理得相当谨慎，他是在完全消除自己的痕迹之后才作案的。

函馆市的乡土建筑资料馆，没有复刻旧黑宫邸的图纸，也没有查到能记住详细内容的人，以及与黑宫家相关的人。但是这已经不重要了，因为警察已经找到地下密道，掌握了全部情况。

正如细田寿重所说，细田家在冈山县的中社住过。日美开战当天杀害美国人的事件，以及战后的骚乱，都被津津乐道。不过，到目前为止，还没有完全确认寿重的身份……

南美希风布置下来的"作业"也有了答案。

南美希风委托大海警官进行一项调查，就是能否在地下训练室的那个画有壁画的墙壁上，检测出什么特殊成分。

警方进行了分析，检测出了工业用的黏合剂。它就涂在颜料下面。据鉴定，这是多年前刷在表面的。黏合剂上涂着其他的东西，没有留下什么刷痕，再加上与画作混在一起，很难分辨出残留痕迹。

检测出工业用的黏合剂，和南美希风的预想一样吗？他想到了什么呢？难道是发现了什么线索吗？

南美贵子决定趁此机会，在脑海中逐条罗列齐家密室连环杀人案的谜团。

首先是吝一郎遇害事件。

○除了玻璃骷髅以外，"舞台房间"所有的玻璃都被拿走了的原因，还有与此相关的谜题。训练室里，所有的玻璃都被熔化了。结合两者来看，很难用一般的常识解释，难道真是凶手异常的偏执行为吗？那么，他为何执着于损毁玻璃呢？

○除了仿造的骷髅骨架以外，能够移动的家具都被大幅度移动了，理由是什么呢？在用来投石问路的上锁诡计中，玻璃骷髅上的蜡烛被左右调换了，手推车也被移动了，凶手是为了掩盖这些舞台上的差异才移动的家具吗？随之而来的还有训练室的不解之谜。训练室的家具都是前后或上下颠倒的，而在舞台房间里家具是对称移动的，这意味着什么呢？看似共通却有差异，又有什么意义呢？

○受害者好像把现场误认为是训练室，这只是一个巧合吗？如果是凶手有意而为之，又有什么用意呢？

还有关于西上基努事件的疑问。

○基努似乎决定要告诉我们什么，是与案件相关的内容，还是吝家的过去呢？

接下来就是图书室的密室纵火杀人事件。

○试想一下，凶手能够在短时间内，从那么多藏书中准确地找到施工图，仅仅只是运气好吗？他必须杀掉看守的巡警才能进入图书室，但是如果在找施工图上花费太多时间，就没办法实施之后的计划了。冒着杀害警察，却找不到施工图的风险，凶手敢做出这样的挑战吗？

○还有那些蝙蝠。凶手把所有的蝙蝠都从笼子里拿了出来，其他的蝙蝠都被放到了宽敞的密道里，为什么只有图书室地道里的那只被杀死了？如果需要蝙蝠的尸体来传递威胁或渲染死亡的气氛，只要把其中一只从笼子里放出来就够了吧？

○盲人目击者吝二郎，在那个时候来到图书室的窗外，给整个事件增添了一种违和感，对凶手的计划产生了怎样的影响呢？是产生了助力，还是产生了干扰呢？

说到疑问，南美贵子认为就不得不提那件印象深刻的事情。

○间垣巡警是怎么被杀的？他那表情就像是没有察觉到自己即将死亡一样，仿佛处在带来信赖和安全的环境下，完全没有抵抗。那个凶手是能让警察放松警惕的人吗？还是说，凶手有让警察放松警惕的方法？

接下来是第三件密室杀人案。凶手在小客厅里杀害了诹访凉子。不过，南美贵子认为这桩案子已经没有什么疑问了。该事件的真相就是主犯用心理手段操控了从犯，对她赶尽杀绝。诡计和犯罪方法都没有留下不明之处。

再次审视吝家连续杀人事件，发现很多谜团都已经被解开了。但也可以认为，那是凶手故意透露的部分。不管是三重密室，还是留下精灵之箭暗示的怪人消失密室。

团团迷雾之下能感受到凶手的气息，但其中必有破绽。

虽说已经识破了各种诡计，但还是没能抓住凶手的尾巴，究竟是我们运气太坏，还是对手太强呢？

好几次铤而走险的凶手，会在众目睽睽之下，或目击者随时都可能出现的地方，肆无忌惮地执行任务。其实动作越多，发生失误的可能性就越大，留下物证的危险也就越大，但沉迷其中的凶手，在狂热信念的引导下不管不顾地横冲直撞，看起来像是与命运做斗争一样。

傲慢而又幼稚的凶手，想要推翻内与外，明与暗的分界。看来"梅菲斯特的反对者"的犯罪动机，才是整个事件最需要解决的谜团。

当南美贵子的思绪从事件中移开时，才发现目光一直都集中在《南美希风日记》。

虽然她特别在意，但还是不想打开来看。

因为她曾偷偷看过一次，留下了苦涩的回忆。

那是南美希风上中学一年级时的春天。

在他住院的第二周，南美贵子前去探病。当南美希风离开病房接受检查的时候，她无意之中打开了那本放在床边的《南美希风笔记》，虽说不知道是第几本的。南美希风认为自己的绘图日记很不错，频繁推荐南美贵子去阅读他的日记。

他在最后一页是这样写的——

我为什么而生？

我不断让家人担心，让他们为我支付学费、治疗费、住院费，最后却毫无回报地死去。

在学校学到的东西有什么用处呢？

在非常短暂的人生之中，今天努力学习，感悟生活，明天就死去吗？

我究竟是为了什么而活着呢？

我能够为家人带来的是什么呢？只有哀伤吗？

能够出生在这个家庭里是我最大的幸福，但是，南家真的需要我吗……

看到这里，南美贵子合上了那本笔记。

甚至骂了一句"这个笨蛋"。

她想要揪他头发，打他手板，拍他屁股，好好抽打一番。他凭什么擅自决定自己是家里第一个死去的人。

不，斥责他消极的想法或许没有什么用，他的想法反而会更加复杂吧。

只能用最简单的方法。因为担心，所以关心；因为爱护，所以疼爱，家人、朋友都自然而然地这么做，还有比这更重要的事情吗？她所能做的就是把这些传递到南美希风的内心……

现在也是一样，但南美希风已经不是中学生时代的他了。

南美贵子从弟弟的座位上站了起来，她迈开的脚步，又停住了。

南美希风参与到这次咨家的重大案件中，难道是……

或许他只是想要尽可能地拯救别人，也有可能是他把这次案件的遭遇看作是自己命运的总结。巨大的谜团，可怕的犯罪分子，如果至今为止的所见所学都是为了处理像这样难得一见的奇案，自己的价值就找到了，这样一来，也就有了活下来的意义……

南美贵子的内心深处，再次涌现出了不安的情绪。

弟弟会不会觉得这次的案件是自己的完结篇呢……

南美贵子露出一脸严肃的表情，心里抱怨着南美希风。不要自作主张地将生命燃烧殆尽。我不允许你把所有生命力都投入其中，希望你不要逞强，不要胡来。

南美贵子环视着关灯的房间，祈祷着弟弟要平安归来。

南美希风离开家已经三天，"梅菲斯特的反对者"销声匿迹了，或许事件已经结束了。

如果凶手的目的是杀死沓一郎，那任务早就完成了。那么随之而来的事件都是为了隐藏身份，是不是也已经结束了呢？

阻碍凶手计划的施工图已经被销毁，共犯的嘴也被永远地堵住了，不需要再做什么手脚。如果是这样的话，那就再好不过了。

剩下的就只要查明案件的真相。

午休的时候，正在编辑部里的南美贵子接到了来自南美希风的电话。

没能获得什么成果的他，总结了他在岛根县逗留期间的所见所闻。

村里的老人们对沓家的事还是记忆犹新，这个权势显赫的世家曾把控着村子的命脉……

每逢节日或宗教活动，村民大都聚集在沓家。

总体来说，亥司郎的名声并不坏。他有领主一样的气概和判断力。

听说沓家要离开这里的时候，整个村子都震惊了。虽然当时也有人支持亥司郎的决定，认为双胞胎的降生是不幸的。但现在很多村民认为在这个因循守旧的土地上，凭借亥司郎强硬的手腕，还是能过上正常的生活的。

不过，在这种情况下，迅速发展起来的奥泽家可能是一大障碍。村民们对奥泽家的敬畏和依赖，已经没有办法阻止了。

奥泽家至今依然保留着传统的血脉。虽然随着时代变迁，他们已经不再是盛极一时的豪门，但经营着一家小型机械制造厂的奥泽家还是非常富有。

当年匹敌亥家，与之竞争激烈的奥泽家，可能会知道什么常人不知的内情。但是因为家主出差了，次子又在长期旅行，没办法问到详细的情况。

跟健谈的村民打听之下，他马上就明白一件事。即使大家都深知这是迷信，但每个人都不能忽视习俗和兆头，这个村子也是如此，旧习已经根深蒂固。

流传着大蛇抱蛋传说的旧亥家温泉由冢野家看管，以确保它不会干涸。即便是战后受到解放思想洗礼的奥泽家等新兴家族，也还留存着迷信和恶习，比如看到葬礼就会把大拇指藏起来；一旦拍照，灵魂就会被抽走；等等。

即便是历史悠久的名门望族，如果生育了双胞胎后也要彻底消失在人们的视野之中。在这一带，人们甚至还在遵守孩子出生当天不要使用菜刀等习俗。

最终也没能得到有关亥司郎的信息。南美希风最为在意的是亥司郎表现出的那种胆怯。玉世夫人曾描述过丈夫搬到札幌后的状况，说他好像在畏惧着什么东西。也许正是恐惧促使亥司郎买下了建有隐蔽逃生密道的宅邸。

如果真有让他畏惧的东西，那会是什么呢……

作为大家长的亥司郎，会因为对双胞胎怀有偏见，就产生负罪感吗？还是说选择旧黑宫邸完全只是个人兴趣，搬到札幌之后才产生了敬畏的对象……

通过两三天的走访调查，很难找到隐藏在深处的答案。南美希风想着就算他多待几天，也不会找到任何线索。

身上的药也快用完了，不能再浪费时间了。

南美希风打电话说要离开那里了。

他从里出云回来的那天晚上，吹起了酷暑即将结束的凉风。

第十三章

打开谜题的大门

1

白天依然酷夏难耐。

街道上充斥着热风，天上倾泻着如同从太阳上剥落的炽热。

连日盛夏，就像要燃尽一切一样，毫不留情地摧残弱小的生命。

但是，南美希风迈出的步伐依然矫健。

他已经找到了待解谜团的巨大裂痕。灵感就如迅雷一般突如其来，推动了案情发展。从里出云乘坐飞机时，就已经产生了萌芽，今早醒来的新灵感，最终促成了整体的构筑。

训练室的墙壁上检测出了工业用的黏合剂，这也是支持自己推论的有力佐证。

如果能分析出熔化的玻璃中所混杂的成分，推论会更加准确……将训练室里熔化的玻璃与从舞台房间里搬出来的玻璃相结合，基本就能看清事件的全貌。错综复杂如线团一样的谜，即将解开。

接下来要让推论变成证据。如果能做到这一点，基本就可以锁定凶手了。

怀疑身边的人是凶手，其实并不好受，但也不能熟视无睹。包括身为魔术师的老师在内，所有被害之人的懊悔，南美希风都能感同身受。本就脆弱的生命，应该终其天年……

他要回应西上基努拼死在枯叶色密室中留下的希望，即使会产生巨大的痛苦，也不能犹豫。

南美希风独自走在市区的烈日下，前往带拱廊的商店街。拱廊外的街区在阳光的照射下闪着白色的光辉。虽然没有被阳光直射，但是拱廊内还是聚满了灼热的空气。

南美希风进入的是一家老字号钟表店，也是当地的名牌店，可以接受订制。这是他选的第三家店。

南美希风叫来业务熟练的店员，咨询了很多问题。

是这里，就是这家店。

期待已久的问题，终于找到了答案。

他向对方提供了某个人的照片，让其辨认。

然后，得到了论据，有力的证据。

因为兴奋而猛跳的心脏，此时偏离了常态。

功能开始紊乱。

一阵冰冷的不安贯穿了心口，恐惧和不适，压在背上……脉搏变得微弱，胸闷气短。

店员怀疑的表情，关切地问道："您没事吧？"

南美希风取出了药，塞进舌下。

看起来相当严重……不知能否有效……

为了慎重起见，他把放在胸前口袋里的卡片向外翻转。

上面写着患病的具体名称，以及联系方式。

虽说店员拿来了一把椅子，但他已经无法坐下了。只能把膝盖撑在椅面的边缘，手搭在椅背上……

意识逐渐模糊……

似乎并没有好转，反而更严重了……

南美希风跟跟跄跄地走出店门。

自动门打开的那一刹那，他倒下了。

大脑里一片昏暗。

在分割店内外的交界处，一动不动。

2

南美贵子一边迈出慌乱的步伐，一边想着难怪这段时间状态那么好，透支身体的债迟早要还。

像这样跑着去医院已经习以为常了，但这次却罕见的有种不祥的预感。

不但碰到走廊里的护士弄坏医疗器械，医院看起来还特别阴暗。甚至在听到路上的急刹声后，传来了乌鸦的叫声……

比往常更不祥的预感掠过了她的心头，但她尽量将这些都抛到了九霄云外。

她之前来过好几次这家急救医院，没等护士带路，她就沿着走廊到了重症监护室。屋里站着两个人，还有一人躺在床上……

白色的房间仿佛只能听到机械的心跳声。除此之外，没有任何动静。

经历过多次的母亲试图劝慰自己，她苍白的脸色露出一抹浅笑。

父亲抱着胳膊，盯着墙壁，假装泰然自若。

南美贵子与两人简短地交谈了几句，便来到弟弟的枕边。

望着虚弱的弟弟睁着眼睛，南美贵子才稍稍松了一口气。

虽说脸色苍白，但他仍有意识。

南美贵子透过氧气面罩，看到他的嘴唇在动。是想说什么吗？眼神中也流露出同样的意思。

她弯下腰，把耳朵凑了过来，隐约听到了声音。

让人不禁想到，现在还有心思说这个。

但是，南美贵子没有插嘴，一字一句地听着。

从最后吐出的字句中，可以感受到南美希风非常重视他说的内容。

南美贵子理解弟弟。她点了点头站起身来。

然后从被随便扔在物品篮中的薄外套中取出了《南美希风笔记》。南美希风到家后，就把旅行中的见闻都记了下来，并且随身携带。

南美贵子举起笔记本，晃了两三下，告诉弟弟已经拿到了。

面无表情的南美希风微微点了点头。

南美贵子向着屋外走去，正好跟进来的医生擦身而过，但她只是点头致意，没有听医生的嘱托，就离开了重症监护室。

现在她能够做的只有在房间里通读《南美希风笔记》。吝家事件的关键部分记载在最后一页，有三句简短的话，都是弟弟在心血来潮时写下的，旁人很难读得懂。

不过，南美希风也没有要求姐姐去解读他的笔记。

她有要做的事情，是到了明天才会做，现在要让心情平静下来。

南美贵子整夜没合眼。

次日清晨，她给医院的母亲打去电话。医生说已经度过了危险期。

总算再一次得到了神明的庇佑。

南美贵子松了一口气，但她又立刻绷紧神经。在弟弟彻底恢复之前，还不能掉以轻心……

今天的工作时间可以自由安排，她打算去一趟岔家。

3

南美贵子步入舞台房间。

屏息凝神地寻找着一样东西。一个人在这里独处，仿佛连空气都变得沉重了。疑似杀人犯藏身之处的家居用品，现在依然放在原地，组合成了各种死角。

南美希风拜托她来找东西。她仔细地盯着餐具柜里面，相框、杯子后面……

在她没有注意的时候，门无声无息地打开了，从室内看，是两扇门的右侧一扇。黑色的人影瞬间就进到了屋内。

那个黑影是个男人，看到南美贵子的身影，露出了轻松的表情。

南美贵子也注意到了，转过头来招呼道："啊，雾冈刑警。"

"你来这里干什么？"

严肃的刑警大步走了过来。

"我来找一样东西。本来想问一下警方，但听说你们都来了这里……我想着反正都要来一趟，那就自己来找找吧。"

平日沉稳的刑警露出凌厉的眼神。

"是跟案件有关的吧？"

"南美希风说非常重要。"

"令弟……"

"也许跟侦破案件有关。"

"嗯嗯！"

雾冈刑警兴味盎然地应了一声，还是半信半疑。

"你要找什么呢？"

南美贵子连忙回答道："一块手表。"

说罢，两人移步到了吝家宅内充当临时搜查总部的娱乐室。

桌子旁边坐着包括大海警官在内的三个人。

"南美希风在医院啊。"

"大海警官，他在医院跟我说'如果在舞台房间里找到一郎先生的那块手表，还请重新调查……'"

"搜查时找到的那个手表证物吗？"

"现在居然找不到了。"

"南美希风好像也预料到了这一点。"

大海，雾冈，还有另一名警察，又再次搜查了舞台房间，还是没有找到那块手表。

"请允许我再确认一次，那件物品没有被扣押吧？"

"送去鉴定的东西，都送回了舞台房间。"

我们给当时的现场负责人和鉴定人员打过电话，得到了确认。

"没有发现可疑之处才送了回来。物品上只检测出了一郎先生的部分指纹，没有可疑的指纹。我们也不会扣押没有凶手痕迹，也察觉不到问题的物品。不管怎么说，数量太多了。舞台房间事件，整个大厅都是谜团。家具几乎都被移动过，玻璃也都被拿走了。即使玻璃被打破了，我们也没有扣押餐具柜和摆钟。"

"与此相同，只要不是被视为重要证据的东西，做完鉴定记录后，都会送回原来的房间。凶手在如此宽敞的大厅，挪动了大量物品，调查时难免会有疏漏吧。"

就在两个刑警说明的时候，南美贵子拿出了《南美希风笔记》，打开了最后一页。

"南美希风的这段记述，似乎认为鉴定物的数量之多一定有特殊的意义。"

"这是南美希风的随身记事本吧？"大海警官探出身体问道，"哪里？让我看看。"

雾冈刑警也凝神看去。

页面上有三条笔记。没有按照格线书写，字迹刚劲有力。看来他担心放过这个灵感，匆忙记录下来的。

最上面的一条是"原来是为了把手表藏起来"。

随后是"纪念品混在众多物品之中"和"快找出并进行确认"。

"混在众多物品之中。"大海警官抬起头来说道。

"我们之前也考虑到，凶手故意将犯罪现场搞成那样，是为了隐瞒失误。如果只把某个物品的玻璃拿走，未免有点显眼，干脆就把其他的物品都破坏了。南美希风认为凶手的目的是这个？"

"可是……"雾冈刑警陷入沉思，用拳头抵住了下巴，"应该着眼于哪一点呢？是家具的移动，还是玻璃的移除呢？不，手表没有被藏起来，它是找不见了。但南美希风在知道这个事实之前，就已经把它写在了笔记本上。"

"藏起来是说法不同吧。因为进行了伪装，所以找不见了，也可以理解为手表被隐藏了。"

然而，刚刚做出分析大海警官突然说了一句："不，稍等一下。"

"那块手表真的被藏起来了吗？你想想看，雾冈。手表是在长椅的缝隙里被发现的吧？"

"嗯，是在椅面和靠背之间的缝隙。"

"藏在那里？"

"警官，你说为了不被人发现手表藏在那里，才挪动的其他家具吗？"

"而且起到了效果。"

在那个满是不寻常的现场，即使是在奇怪的地方发现了手表，也不会引起任何人的注意。

"只是……"大海警官继续说道，"把手表藏在那种地方，有什么意义呢？反正我是完全搞不懂。"

南美贵子接着说道："凶手因为取下了表盘的玻璃，才要隐藏手表的吧？"

"玻璃……问题出在这里吗？"雾冈刑警瞄了一眼《南美希风笔记》。

"确认纪念品……那个手表，是一郎为复出而准备的纪念品，有什么特别之处呢？"雾冈自问自答地说道，"背面刻着日期和复出公演，但除此之外……"

"这样说起来的话……"

大海警官看着南美贵子问道。

"南美希风是在钟表店晕倒的吧？他自己开始调查了，但他没说具体的内容吗？"

"是的。他只说非常重要，要快点，有助于侦破案件。如果一郎先生的手表还在舞台房间的话，就保管好。还说要读读他的笔记。"

"南美希风是不是从钟表店的店员那里打听到了什么啊？他那时刚进店里吗？"

"据店员说，他是要从店里出去的时候倒下的。"

"那就是打听完了。要是知道他在调查什么，就能知道他的想法了。"

大海警官气势汹汹地把视线转向雾冈。

"派人去调查一下。"

"明白了。"

南美贵子把"增美钟表店"的店名和地址告知了他们。

"对了，雾冈，问一下照片什么时候送来。"

照片是指那个有问题的手表照片。因为实物丢失，所以有人提议可以看看照片，并向总部传达了要求。

雾冈刑警快步走到了壁挂式电话旁，拿起话筒。

他迅速地做好了安排，随后又回到了原来的位置。

"拍了两张照片，很快就会送到这里，我也派人去了钟表店。"

就在雾冈快要坐下的时候，电话响了。但接听还是像往常一样交给了各家人。

大海警官对南美贵子说道："如果能直接问下南美希风就好了，不过暂时还不行吧？"

就在他说话的期间，电话铃声停止了。

"病情好像稳定了，但接受问询还是……"

"嗯，肯定会涉及复杂的问题，不能给他增加负担。"

此时，从宅内的对讲机里传来了细田的声音。

"这是南美希风先生打给刑警的电话。"

三个人顿时僵住了，各自交换了一下眼神后，雾冈刑警快速起身。

他急忙拿起电话筒。

"是我，雾冈。你是从医院打来的吗？嗯……"

南美贵子呆呆地听着他们的对话。

4

单间病房相当的宽敞，再进来五个人也不会显得拥挤。

南美贵子坐在床边的右侧，左边站着医生和护士。医生年龄在四十多岁左右，表情僵硬，镜片后的眼神就像机器一样，不带任何感情，严肃至极。应该是南美希风再三恳求，他才答应了这次面谈。

大海警官和雾冈刑警站在床尾。虽然他们也担心南美希风的身体，但是眼神中还是难掩激动和紧张。他们知道调查已经进入了最后阶段。

就在刚才，南美希风对姐姐就说过类似的话。从昏迷中醒来，他想通了很多谜题的答案。

也就是在那个黄昏下的国度，类似于死前的非现实梦境，他触摸到了真相。

刑警们期待地望着尽心履行观察员职责的青年，等待着他的下一句话。

凶手，也就是"梅菲斯特的反对者"的名字，就握在他们的手中。

"你是说……"

大海警官的视线落在了南美贵子手中的照片上。

"南美希风，你去钟表店是想问清楚那个人是否定制过手表吧？"

"因为只有这张照片。"南美希风的脸色比以往都要苍白，但是声音却坚定了很多。

南美贵子将照片放在被子上。

照片上的人正是南美希风的恩师吝一郎。

"我们在来时的车上接到了报告。"雾冈刑警说道，"增美钟表店的店员确认了，说他确实来过。"

"他和照片上一模一样，是位戴着墨镜的盲人，也就是说是吝二郎定制的手表。"

南美希风想要问的就是这件事，但他身边没有二郎的照片。因此，就灵机一动用了哥哥一郎的照片。至此，南美贵子也都能理解。

"可是，南美希风，定制手表能说明什么呢？"

"首先，我们梳理一下时间顺序。一郎老师为了纪念复出公演，定制了一块手表，但他不是在增美钟表店做的，而是委托的一家大型钟表店。在给家里人展示过的几天后，二郎先生就去了增美钟表店。"

"要求做一块跟哥哥一样的手表。"大海警官接着说道，"二郎好像复印了设计图和说明书。"

"两块一样的手表就诞生了。"

"不过，想要一个同样的纪念品，也没什么问题的吧？"

"如果只是这样的话，倒也没什么。不过，他做的事情很奇怪。首先，二郎先生偷偷地做了纪念品。要是想要同款纪念品，只要跟一郎老师说明，便可以借来手表再去同样的钟表店订购。但是二郎先生的做法并不直接，只能认为是他不想让人知道，才采取了这种做法。"

"有没有可能是他打算偷偷地做，让大家大吃一惊……"

"但是，姐姐不是说过吗，上条利夫先生问二郎先生做了什么纪念品时，二郎先生说他放弃了。本打算送给哥哥嫂子，但因为发生了这样的事件就停手了。"

"可是，店里将手表交给吝二郎了。"大海警官从收到的报告中指出了这一点，"是一郎遇害前一天的下午四点半。"

"我是这么猜想的。二郎先生起初打算做个纪念品。利夫先生记得当时他说的话。但是，对二郎先生来说，纪念品的意义变了。"

"纪念品的意义？"

"纪念'梅菲斯特的反对者'的诞生。"

南美贵子和刑警们都屏息凝神，陷入沉默。

南美希风继续说道："将'梅菲斯特'的回归纪念品变成了阴影中的'梅菲斯特'的纪念品。意义颠倒，象征了光明与黑暗的对立……所以二郎先生没办法公开这块手表的事，但是也不是想要隐瞒。大海警官，增美钟表店的订货单还留着吧？委托人是吝二郎吗？"

"对，用本名下的单。"

"正如姐姐所说，即使拥有同样的物品，也没有什么奇怪的。如果被别人知道，可以说想要一个同款的纪念品。他也是这么想的吧，所以用的本名。但接下来发生了一件意想不到的重大失误。为了修复失误，二郎先生不得不倾注所有的力量。"

听到这里，南美贵子的心怦怦直跳，刑警们或许也是一样。

他们觉得要切入笼罩在迷雾中的事件核心了。

"警官，你手头有在现场拍摄的手表照片吗？"

"有，我拿到了之后才过来的。"

雾冈刑警从内侧口袋里取出两张分别装在透明袋子里的照片。雾冈将上半身向前倾，伸直了手臂，把照片递给了南美希风。

南美贵子也凑过来看了看。

一张是放在餐具柜上的手表，相框也入镜了。另一张则是特写，能够看到茶色的表带和银色的表盘。

"即使放大了也没有办法看清细节……"

"细节？"大海警官反问道，"南美希风，你指的是什么？"

"那些谜团中的一个。我注意到了两个要素的结合，一个要素是二郎先生偷偷制作的纪念品，另一个要素是从舞台房间消失的各种玻璃。"

"那个谜团？"

"二郎先生在杀人现场掉落了关键证据，可以说是锁定凶手的证据，就是那块手表。"

"订制手表。但是……"

"这是模仿一郎老师的手表制作的仿制品，两者有着决定性的区别。虽说是纪念品，但二郎也考虑到了实用性。因此，这个纪念品有一个明显的特征。盲人使用的手表有能取下来的玻璃罩吗？根本就没有吧。"

全场沉默，南美贵子瞪大了眼睛。

两位刑警也张着嘴僵在那里。

通过触摸手表确认时间，玻璃罩反而碍事……现场的那块手表，就是以它本来面貌出现的。

南美希风的声音打破了这个静止空间。

"如果能够找到那块手表，就能知道玻璃罩是被拆下来的，还是原本就没有嵌入的？遗憾的是从鉴定照片上似乎看不出来。"

两名刑警像是要扑向照片一样，大海警官率先拿在了手上。

"玻璃罩……"

大海警官用手扶着眼镜，拼命地凝视着，然后摇了摇头。

"看不出来。"

接过照片的雾冈刑警也是一脸凝重。

"让鉴定组把照片放大吧。"说完，大海警官看向南美希风，"这么说，留在现场的手表是畚二郎的？"

"如果指纹能够证明这一点就好了……"

"指纹……"

"我想知道在指纹记录中，可以明确区分一郎老师和二郎先生的指纹吗？"

"同卵双胞胎的指纹吗？"

"虽说是同卵，但据说指纹往往并不会完全一致。但是，一郎和二郎兄弟却是例外，就连指纹也惊人的一致。二郎当时也对指纹的鉴定调查表现出了浓厚的兴趣。"

大海警官往喉咙深处咽了一口口水，说："给二郎进行视神经医学检查的同时，还采集了相关人员的指纹，那是畜一郎被杀的第二天。"

"那个时候，他确实对指纹非常感兴趣……"雾冈刑警也是一副懊悔的样子。

南美贵子也想起了当时的场景。

面对异常的犯罪现场，警察已经失去了基本的判断，他们开始怀疑一郎和二郎有没有被替换。正是那个时候……

"二郎先生一定很想知道吧。他装出若无其事的样子，说出了感兴趣的理由。以前某个电视节目对一对著名的双胞胎魔术师很感兴趣，便调查了两个人很多的相同点和不同点，其中就包括指纹。结果发现两人的指纹非常相似。二郎先生也听说过这件事，这次利用警方的技术确认了这一点。然后，二郎根据这个鉴定结果，采取了相应的措施。"

"如果我们警察拿到的那只手表是畜二郎的，那上面的指纹毋庸置疑也是他的。"

"但是，如果两人的指纹区分不清的话……二郎先生就把赌注压在了这一点上，也只能押在上面了，不过，他也有充分的胜算。手表上附着的只是部分指纹，而且手表是刚到手的，指纹也不是很多。因此，能够判定那是畜二郎的指纹概率很小。"南美希风慢慢地喘了口气，接着说道，"所以二郎先生通过从电视中获得的信息，继续推进计划。他没有找到掉在现场的手表，便取走了餐具柜上一郎的手表。然而大家都说掉在现场，背后刻字的手表，就是魔术师一郎先生的纪念品。因此，谁都会认为手表上检测出来的指纹就是一郎先生的。"

南美希风继续解释道："座钟的玻璃被打碎拿走时，表盘凹陷了下去，也是理所当然的，因为打碎玻璃时，不太好掌控力量。又是在紧急状态下，本体受损也很正常。然而，手表表盘的玻璃却被完好无损地拿掉了。"

大海警官露出羞愧的表情，南美希风则继续说明道："首先，不太可能。虽说玻璃很小，但它又厚又结实。普通人不可能在短时间内取下玻璃罩，还不伤害本体。"

"可恶。"雾冈刑警开口说道，"鉴定，是我们的疏忽，受到指责也没办法。我们对手表的构造和划痕，以及指纹的鉴定，都还不够慎重。"

"大家都忽略了这一点，这也是凶手的企图。就像在装有几十杯海水的杯中，找出一杯盐水，如果没有明确的方向，舌头会在尝试过程中变得麻痹，从而导致疏漏。"

"混在众多物品之中。"南美贵子想起了那句话。

大家都被数量迷惑了。被疯狂的、巨大的怪异吞没了对于细节的常识性判断……

南美希风点了点头。

"如果只有一块手表需要鉴定，自然会有不同的反馈。鉴定人员会充分地从多方面观察。然而实际上展现在他们眼前的是堆积如山，难以理解的鉴定物品。大大小小，各式各样，就像是犯人的恶作剧。当时鉴定人员只接到了指纹检测的指令，所以没有玻璃罩的状况，和其他物品一样，没有引起他们的关注。而且手表背面还刻着文字，显然是吝一郎的纪念品。上面的指纹也没办法否认身份，所以也就没有怀疑指纹……虽说二郎也预料到了，但他还是相当在意的。"

南美希风停顿了一下，调整了呼吸和心跳，继续说道："即使鉴定出手表上的部分指纹是吝二郎的，他也能够摆脱嫌疑。他可以说是触碰哥哥纪念品时留下的。但是，要是他的指纹远远超出哥哥的量，就有犯罪嫌疑了……"

"让警察鉴定自己的指纹，他确信不会怀疑到自己头上吗？"说完，雾冈刑警又骂了一句可恶。

"对二郎先生来说，没有玻璃罩的手表的威胁，并不是来自搜查组，而是来自他的家人。"南美希风接着说道，"因为一起生活的缘故，他们知道二郎先生的表有声音提示，表盘也可以打开。如果有人发现了这个没有玻璃罩的手表，想到什么的话……"

"原来如此。"南美贵子叹了口气。

"有问题的手表对于二郎先生来说是纪念品，也是'梅菲斯特的反对者'的象征，所以他并不打算在日常使用。只是作为勋章，暗自欣赏。因此表盘上都没有做玻璃罩。"

"就是这个东西吗？"雾冈刑警轻声地说着，将视线投向了照片上的手表。

一个非常重要的证据……时针和分针几乎重合，好像是碰巧在那个时刻拍摄的。

看上去像一根针，但南美贵子觉得更像是风向标或指南针。

"因为将那只很有特色的手表丢在了案发现场，所以二郎先生才说纪念品没有做出来。"

南美希风回忆起二郎那时的行为说道："二郎先生用本名订购的时候，想着就算有人发现他戴着那只手表，只要说自己做了同款的就行。但是，如果它成了决定性的物证，就不能那样说，只能含糊其词。"

"他可能也在后悔，当初订购手表的时候就该隐瞒自己的真实身份，但已经于事无补了。"雾冈刑警的心情多少恢复过来了一点。

"南美希风，峇二郎是什么时候遗落的手表呢？"

"我已经推理出了他的时间表。"

说到一半停下的南美希风，似乎在集中精力调整状态。

医生和护士全神贯注地注视着患者发出的信号变化。

南美贵子也绷紧了神经，不放过弟弟发出的每一个细微信号。

"我们从头开始说吧。"

南美希风轻轻地喘了一口气。

"本来，我想分析一下'梅菲斯特的反对者'是如何形成的。这样对于凶手的推断会更有说服力。但是，现在时间有限，我只能从案件的表象开始说明。"

没有人提出疑问。

对于南美希风的判断，大家只能报以沉默。

南美贵子也尽量不插嘴。在弟弟的身体尚未到达极限时，要尊重他的意愿。

"那么，说一下先天性疾病出现的差异性吧。同卵双胞胎的一郎和二郎，在同一时期，发生了麻痹的病症，只是病变的部位不同，哥哥是在手上，而弟弟影响到了眼睛。哥哥通过训练，克服了麻痹病症，但是，视神经的麻痹没办法通过训练恢复，弟弟失明。斋二郎觉得病变的差异，给他们的命运带来了巨大的不同。恐怕随着年龄的增长，他的嫉妒之心也越来越强烈。哥哥实现了儿时的愿望，成为一名魔术师，甚至连克服了手臂的麻痹，都成了一段美谈。"

"他感觉到了自己和哥哥之间的差距。"大海警官推测道，"而且这种差距越来越大。"

"哥哥是世界级魔术师，自己则是失明的人，想必过得非常辛苦。不仅能做的职业受限，还有很多不便之处，有时还会受到不可名状的歧视。也许二郎在心中一直这样咆哮着'明明自己和哥哥有着同样的能力。自己也想和哥哥一样站在舞台上。如果自己看得见，自己表演的魔术会超过哥哥……'"

听他这么一说，南美贵子感到胸口一阵刺痛。

"跟这样一位名人做家人，很容易产生某种对抗意识吧。"南美贵子说道，"掺杂着羡慕、嫉妒、自卑和怨恨。更何况，这位伟大的亲属还是二郎的分身。哥哥给他展示出了自己的能力所能达到的高度，但没办法做到的二郎只能痛苦地呻吟。"

"我想陷入这样的心理会非常痛苦。"南美希风轻声说道。

"不过，被对抗意识和焦躁压抑得快要崩溃的二郎先生，有一次解脱出来了，那就是一郎先生的手臂再次发生麻痹的时候。"

南美贵子的心中充满了叹息。

"梅菲斯特从舞台上消失了，魔术师的命运就此终结，人们都以为他要隐退了。"

"二郎先生也少了几分胸中的苦闷，卸下了很多的压力。他可能带着优越的眼神，想着既然哥哥回到了命中注定的原点，那就原谅他吧。"

"可是，一郎又复出了。"

"不难想象，这个反转让二郎先生彻底崩溃。遭到命运的戏耍，曾经平复下来的愤恨，现在以成倍的势头喷涌而出。二郎先生没有办法忍受周围的喜悦和祝福。他无法原谅只有哥哥一人走向辉煌的世界……"

"所以……"雾冈刑警抬头说道，"他要破坏掉'梅菲斯特'丹乔·一郎复出的好日子。"

大海警官接着说道："如果不这样做，齐二郎就没有办法超越'梅菲斯特'，这也是对命运的报复吧。无论是聚焦在'梅菲斯特'身上的光环，还是赞扬他的祝福者，如果不把一切都粉碎，就不能够战胜命运。"

命运……

南美贵子想起前几天浮现在脑海中的事。凶手给她的印象，就是不管好运还是噩运，他都要挑战一切。现在看来好像就是事实。

原本就因为是双胞胎而被赶出故土，如今还被最亲近的那个人，逼入了精神的绝境。

对于命运的复仇之心，需要与之相配的大型仪式。

越是困难，越要完成。不，如果不是让人惊叹的复杂犯罪，就没有展示的价值。即使对自己也是……

即便如此，南美贵子还是觉得这是一种讽刺。

作为足以抗衡"梅菲斯特"的象征，他订制了同样的手表，但这是自我满足的结果，最终他却因此被人抓住了狐狸尾巴……

还有另一个讽刺。大家认为在小客厅密室案件之前，凶手犯下了一连串夸张的罪行，却没有留下任何致命的物证。但实际上，他从最初就留下了非常关键的证据。

"因为二郎先生在视力上存在缺陷，所以他希望在自己家里进行犯罪。舞台房间的第二舞台就是最佳选择，从棺椁出来的瞬间也很有象征意义。这代表夯一郎从死亡中复活，即将回到所期望的世界。他要将这个场景变成无法再生的死亡。虽然舞台房间有观众和媒体在关注，但是，二郎先生反而利用了这个条件，扩充计划，增添了黑暗的色彩，使其更符合'梅菲斯特'的特色。同时自己逐渐沉醉在这场兼具实用和看点，过于浮夸和华丽的犯罪中。"

"还选了木桩当凶器……"雾冈刑警说道。

"凶手在舞台房间中拿着它，等待着魔术师一郎进入棺椁。他自然知道棺椁另有玄机，底部是可以打开的，即便是我们也能猜到。但也有可能是棺椁放在小客厅或者训练室时，他去研究过，潜伏的地点也定下了。黑暗中，只有一根蜡烛的光亮，对盲人是有利的。另一方面，长期处于棺椁里的一郎老师也习惯了黑暗。于是，这两个人见面的瞬间就成了关键。"

仿佛自己也置身于黑暗之中，所有人都有一种苦闷的紧张感。

"如果棺椁的底部没有打开，就没有办法瞄准并挥舞凶器。但这样一来，一郎老师的视野就变得非常开阔，就可能看到凶手的容貌。在那一瞬间，如果戴着麦克风的他喊出自己的名字，那就完了。为了避免出现这种情况，二郎先生想出一个宏伟的骗局。他把杀人现场的舞台房间再现成了训练室。除了一郎老师以外，他是唯一知道地下空间有训练室的人，我想他不会放过这一优势。"

"不是一郎告诉二郎地下空间的吧？"大海警官赶紧追问道。

"他对助手和夫人都保密，没有理由告诉二郎先生。大概是有什么偶然的契机，二郎先生发现了密道。但他没对别人说，私下掌握了地下密道的情况。"

"话说……"雾冈刑警接着说道，"南美希风，根据你的提议，我们对于训练室墙壁做了分析。壁画下面有工业用黏合剂，那个是你想到的吗？意味着什么呢？"

"应该是用来粘住大面积的东西吧。"

"嗯，确实没有粘贴细小东西的痕迹。"

"墙上贴的应该是镜子。"

"镜子？"

"一郎老师在舞台上放了一面镜子屏风，就是那种很大的镜子，贴了好几面，做成了一面镜子墙。"

"一郎？"

"是的。在训练室舞台正面的墙壁上有一面镜子。说起来，为什么那个墙壁上有窗帘呢？不可能是凶手为了壁画装上去的，而是因为窗帘的下方并不是普通的墙壁。"

"那是镜子……"

"拉开窗帘就能看到舞台上的样子。芭蕾舞演员、歌手、舞蹈演员，他们为了确认动作和姿势，会在镜子前练习。一郎老师也是这样的吧。"

"啊……"

"练习让观众欣赏的动作，研究看不见手法的角度。"

"这么一说，这对训练室来说是再普通不过的场景了。"

"推断是镜子的物证还有一个，那就是被熔化的玻璃山。"

"嗯？原来如此。"

大海警官也提高了声音。

"熔化的不是玻璃，是镜子！不只是阳台窗户的玻璃……"

"所谓的镜子，就是在玻璃的背面用锡或银等做成反射面，本质还是玻璃。不知道墙壁上贴的是玻璃板，还是带框架的镜子。但是，训练室及其周边都没有发现框架的碎片，所以墙上贴的很有可能就是玻璃板。"

南美贵子觉得整面墙都是镜面也不稀奇。

"要剥掉这么大一块镜子，自然是要打碎的。所以，二郎先生和诹访小姐，一边敲碎一边把镜子拆下来，这就产生了大量的碎片，既不能明目张胆地搬出去，也没有足够的时间。所以才会用这种方式处理，是因为他们断定一郎老师在为复出公演做准备，绝对不会到训练室来。"

"原来如此。"大海警官露出一脸赞同的表情，"不能让一郎发现，凶手也要做各种准备，时间应该非常有限。"

"所以他们选择了熔化的方式。目的就是为了掩盖墙上有镜子。熔化后成为糊状物，分辨不出形状，很难判断是镜子还是玻璃。我们看到的混合着煤灰的黑色异物，应该是镜子背面的银被加热后变质形成的。"

两名刑警同时发出"嗯"的声音。

"如果墙壁上残留着黏合剂的痕迹，会显得非常奇怪，所以凶手在墙壁上涂了迷彩。笔触粗糙，是想覆盖黏合剂的颜色和刷子的痕迹。"

"可是，为什么要这么做呢？"雾冈刑警紧皱着疑虑的眉头问道，"为什么非要隐藏那面镜墙呢？"

南美希风的胸部在慢慢地上下起伏，然后开口说道："警察应该会发现训练室，为了以防万一，就进行了隐藏。隐藏的理由是如果发现了镜面墙，其中一个诡计就会暴露。"

两位刑警不自觉地探出了身体。

"暴露？是哪个诡计呢？"雾冈急忙追问道。

"在魔术用的棺椁里面，受害者和加害者面对面时的障眼法，是非常夸张的欺骗手段。"

南美贵子感觉自己的心跳在加快，非常自然地就兴奋了起来。

她全神贯注地等着弟弟接下来的内容。

"黑暗中的二郎先生必须占据有利地势。虽然只有一瞬间，但他必须隐藏住自己的身影，至少不能让一郎老师看到。"

"为了不让麦克风传出'二郎'之类的呼喊声。"

"考虑到这一点，他对自己做了伪装。这样一来，就可以打一郎老师一个措手不及。"

凶手做了什么？

"二郎先生把塑料幕布的大屏风移了过来，三扇并排放在棺椁的后面。"

"三扇？"雾冈刑警提出了质疑，"棺椁后面只有一扇吧，其他两扇都放在了离那里较远的地方。"

"但是，它们被从本来放置的地方移开了，移到了棺椁的后面，左右排开，形成一条直线。凶手行凶以后，为了避免被人发现，打算把它们放回原来的位置。但是因为时间不够，只能放在途中。"

大海警官听了推测后说道："中间那扇被凶器捅了个洞，为了避免血液溅出，所以凶手才把它留在了棺椁的后面，大家是这么判断的。"

"没错。"

"可是为什么呢？防止溅血，一扇就足够了，他还用了一小块地毯。其他两扇摆在那里有意义吗？"

"当然是有意义的。在没有足够时间的情况下，三扇屏风被移动的理由……"

"是什么？"大海警官的语气有些急切。

"塑料幕布被拉紧了，在昏暗的灯光下，会被认为是一个光滑的平面，或者金属的表面，也可能会被认为是一块玻璃板。一郎老师突然看到它时，会看到被烛光照射的舞台景象。舞台上的道具被调换了位置，附近的家具也不例外。因此，一郎老师见到的就是左右颠倒的景象。在光泽的平面上映出这样的景象，就像镜子一样。所以一郎老师才会误以为自己被送进了训练室。"

大海和雾冈发出了像是被勒住喉咙的声音。

南美贵子"啊"了一声，深吸了一大口气。

一切都是为了这个目的吗？南美贵子似乎刚从错觉中醒来。

"一郎先生根本没想过他看到的是透明塑料布上的景象。"她开口说道。

"他以为自己站在了大镜子的前面。无法马上产生正确的认识，也不能做出相应的反应……凶手为了制造这种错觉，才下了一番功夫。"南美希风望着三个人的脸继续说道，"训练室中有一块棺椁形状的板子，上面挂着练习用的挂锁。凶手把那个立在了自己的身后。所以打开棺椁盖子，准备走出来的一郎老师，便被眼前的光滑平面惊讶到了，被引导到了家具左右颠倒的镜子幻像中。视野的中央是棺椁的影子，一切都被映射在镜子中。棺椁的影子前有一个人影，他以为那是镜子中的自己。"

南美贵子再次深吸了一口气，不禁发出感叹。面对那样的幻象，吝一郎感到惊愕，产生错觉也是正常的。她仿佛能感受到吝一郎临死之前看到的东西。

一郎就这样踏入了"梅菲斯特的反对者"创造出来的异世界。

"被打了个措手不及的一郎老师脱口而出'究竟是什么时候把我带到这里',光明正大站在他面前的凶手,以那个声音的声源为方向,把木桩朝着他的心脏部位刺去。木桩没有刀剑一样的护手,干净利落地穿过塑料布,引发了一次触目惊心的死亡。塑料布还挡住了溅出的血。"

两名刑警仿佛身处再现的犯罪现场,沉默不语。

"也就是说只要有了这个舞台装置,不管凶手是谁,都可以站在受害者面前。"

南美希风继续解答着谜团。

"只要体型和一郎老师没有太大差异,就可以在黑暗中冒充映照在镜子里的影子。毕竟只需要一瞬间就好了。但令人讽刺且可怕的是,实际上执行者的脸,真的与一郎老师一模一样。"

南美贵子顿时感觉汗毛倒竖,闭上眼睛。

她不禁想到当时出现在咨一郎面前的人影,要是永远留在镜中的世界就好了。

当咨一郎被镜中的自己袭击时,该是多么惊愕呢?简直没有办法想象。

"如果不想让受害者发觉自己的真实身份,蒙面不就可以了吗?"南美希风自问自答道,"不行。面对'梅菲斯特',如果打算遮住脸偷偷摸摸地搞突袭,就不会选择这么大的舞台。'梅菲斯特的反对者'不是小巷中的恐吓者，也不是在华丽舞台上，背对观众的表演者。他要昂首挺胸地注视着对手，堂堂正正地宣告胜利。"

听得入神的三个人，各自不停地点着头。

"以子之矛，攻子之盾。吝二郎给哥哥表演了一场出人意料的魔术。用难得一见的幻觉，从镜中突袭毁掉了哥哥，完成了超越哥哥的目的。他想在哥哥面临一生中最大的震惊时，结束他的生命，向他宣告胜利……在夺走哥哥的生命后，把尸体放回棺椁之中，他一定和吝一郎说了什么。比如炫耀自己的技艺……"

他会说什么呢？南美贵子下意识地想象着。

怎么样？哥哥认为是哪一个呢？毁灭自己的是镜中的自己，还是自己的弟弟呢？

这是只有你才能体验到的终极奇迹，作为魔术师，你就感到荣幸吧！

他所说的话应该都会让人感到残忍，但南美贵子认为真实情况可能更加惨烈。幸好自己想象不到……

"二郎先生是想搞出一场正面对决的感觉。"

南美希风带着哀伤疲惫的眼神继续说道："'梅菲斯特的反对者'构筑了超越本尊的绚丽舞台。凶手把属于吝一郎的舞台房间重新布置，变成了自己的舞台。如果从俯瞰的角度来看，就会呈现出更加强烈的对比。塑料幕布的屏风是分隔两个世界的分界线。虚拟的镜子展现了镜中的反转世界。吝一郎的背后，是沐浴着掌声的梦幻世界，而吝二郎的背后，则是暗黑的内心世界。"

南美贵子听着弟弟的解说，汗毛再次竖了起来。

"那个时候，舞台房间被一分为二，呈现了白与黑，明与暗的对立。"

用俯瞰的视角想象的南美贵子，仿佛触摸到了旋涡中的宇宙。凶手从深深的自卑感中涌现出强烈的对抗意识和自我意识，形成了类似怨念的小宇宙，弥漫在整个现场。

两颗巨星在对立的时空鸿沟中碰撞。

"凶手给卉一郎展现了一个颠倒的'梅菲斯特'的世界。"

这是同时诞生在这个世界上的两个生命，多么凄惨的诀别啊！

命运就是这样进行轮回的吗？

她不知不觉又闭上了眼睛。

两名刑警只是沉默不语地站在那里。

过了一会儿，南美希风开口说道："就算这个镜子装置被警察识破，也不会有什么太大的问题。"

南美贵子注意到他说话的语速稍微变慢了些，喘息的时间也在变长。

她瞥了一眼医生的脸，然后又转回到了弟弟的脸上。

"刚才也说了，只要是跟一郎老师的体型相似，谁都可以成为镜子里的人影，并不能直接锁定凶手。在黑暗中，无法瞬间辨别容貌，就算反推回去也无法锁定容貌。尽管如此，还是会有一个刻板印象。因为那是镜子，所以大家的脑海中都会浮现出与一郎老师相同的脸。二郎先生大概非常厌恶这样吧。他不希望刑警凭借这个印象对他产生怀疑，所以就毁掉了可能会成为线索的训练室里的镜墙。还把两扇屏风从棺椁后面移开，也是同样的道理。"南美希风继续补充道，"实际上，当我想到吝二郎先生口中的纪念品是手表的时候，结合镜墙的线索，就怀疑上他了。"

"说到训练室……"大海警官似乎对自己的猜测很有自信地说，"那个房间里的家具和道具被上下、左右颠倒，也是为了消除线索吧？如果家具保持原有的状态，再加上挂了窗帘的墙壁，很容易想到镜像反转。如果跟舞台房间做了相同的布置，又会强化左右颠倒的印象。所以，留下了既相似又不同，各个颠倒的模式，试图掩盖行动的动机。"

"我觉得不管是调换，还是颠倒，动机中都有疯狂的意识。"

这次轮到雾冈刑警开口。

"凶手把墙上的镜子剥下来熔化之前，家具已经改变位置了吗？"

"应该没错，他在舞台房间做手脚的时候，是在一郎老师他们做完初步准备之后。因为这是第二幕的舞台，所以一切准备就绪后，那个房间就像圣域，谁都不会靠近。二郎先生和诹访小姐利用地下通道进入了这样的场所，移动了家具的位置。棺椁背面方向能移动的只有两幅画，所以这两幅画也被左右调换了。并不会太费事，还能掩盖只有棺椁到舞台一侧的家具被移动的事实。"

两位刑警点了点头。

南美贵子注意到南美希风的唇色有些变差了。

"做完初步准备后，凶手暂时离开了现场。"南美希风的声音勉强保持着一定的力度和音量，"吝二郎先生为了参加聚会，乘坐细田先生的车到达了最近的琴似地铁站，在那里，林小姐看到了他。听说二郎先生因为打电话没赶上地铁，聚会也迟到了一会儿。实际上，这个目击信息才是案件和推理的关键。"

"什么？"大海警官大声说道，"你说哪里是关键？"

雾冈刑警也困惑地皱起眉头问："关键？"

只不过是吝二郎和雾冈刑警随意简短的交流，甚至可以视作是无关紧要的问询。

据吝二郎供述他当时在地铁站，正好有目击者证实了他的证词。

"目击者的证词，只会对吝二郎有利吧？"南美贵子说出了自己的想法。

"那也不一定。"

斜靠在床上的南美希风，像是要改变姿势似的扭动身体。

"如果不先入为主地审视他在地铁站的行动，那个意味深长的场景就会浮现出来。"

5

虽然南美贵子非常在意南美希风的状况，但她也禁不住用目光询问，意味深长的场景指的是什么？

"雾冈刑警当时问过了二郎先生。"面对南美贵子的目光，以及所有听众的目光，南美希风继续说道，"问他往哪里打电话了。"

"说是西上基努家。"雾冈连忙说道。

"二郎先生在这么回答之前，曾经怀着不安反问过，在地铁站被人看见会不会对自己不利。"

"啊，没错。"

"那个瞬间，其实正是嫌疑人是否会浮现的转折点。二郎先生一定被吓得心惊胆战。这是必须通过的最大考验。"

"考验……为什么？"

"因为他不想让人知道他到底往哪里打了电话。"

"不是西上家？"

"二郎先生供述说他给西上家打了电话，但是没人接听。另一方面，林小姐的目击证词是怎样的呢？她是这么说的，'斉二郎先生很快放下了电话，迅速地离开了，但他已经赶不上我乘坐的那班地铁了。'"

"是的，就是这样的。"

"这样就产生了一个疑问。在地铁站打电话给别人，说明他非常希望与对方取得联系。在对方接听电话之前，要维持一段时间才对，只听到两三声提示音就马上挂断，怎么想都觉得不正常吧。"

"说得也是。"南美贵子坦率地表达了自己的赞同。

"更何况还是打给西上府邸，那毕竟是老年人的家，应该耐心等待一下吧。但是，林小姐的证词怎么说的呢？他很快就从公共电话那里离开了。"

"嗯……"雾冈刑警的视线瞬间转向了大海警官的侧脸，"说矛盾也矛盾，不过是非常细微的事，而且那时没接电话的西上家发生了引发大家注意力的事件……"

"是啊。这才是吝二郎先生放出的妙招。用谎言隐瞒真相，转移大家的注意力。"

"谎言？"雾冈眉头的皱纹又加深了一些。

"目击者对二郎先生来说也是意料之外，措手不及。所以电话的事，要立即敷衍过去。但这样就需要拖延时间，所以他反问了雾冈刑警几个问题，想用这个间隙思考对策。然后想出了打电话给西上家的谎言，不过缺少了一点说服力。二郎先生说过给西上家打电话是为什么事吗？"

揉着自己下嘴唇的雾冈刑警，似乎在努力地回想。

"说是想要告诉她，忘记把吝一郎复出公演的宣传册给她了。"

"这对西上基努婆婆来说，可能是非常重要的东西。但是，这是需要紧急传达的内容吗？需要在聚会快要迟到的时候，拨打公共电话通知吗？"

"就内容来说没有这个必要吧？"大海警官陷入了沉思之中，"确实……"

"匆忙之中，还要抽出极短的时间，冒着电话能否接通的风险。我不认为正常人会这样做。"

"是啊。被目击到的短时间呼叫，更像祈祷，迫切希望能够赶紧联系上对方。这好像跟宣传册的事不太匹配啊。"

"另一点是放下了听筒以后，吝二郎先生的行动。他迅速地从公共电话那里离开了。但是，如果没有接通电话，是不是还有一个动作呢？二郎先生没有拿回投入的硬币吧？在目击者的证词里，好像没有涉及这些细微的环节。到底怎么样呢，雾冈刑警？"

"确实如此，南美希风。那位林小姐的证词，精细入微，充满了家庭主妇的风格。但即便如此，她也没有提到二郎先生回收了十元硬币或一百元硬币。"

"二郎先生完全没有触碰找零口，并不是他不在乎零钱，而是因为电话打通了。"

"你说什么？因为电话打通了，所以硬币没有返还。不，这非常奇怪。根据林小姐的证词，吝二郎没有对话筒动过嘴，好像什么都没说。"

南美希风像是早已料及地说道："姐姐，我想问你一个问题。假设你没去上班，而是有事要去某个地方。在时间不充裕的情况下，你到了公交站或地铁站，通常会做什么呢？"

"看表，确认一下时间吧。"

"没错，确认时间。"

两名刑警跟南美希风对视，做出了肯定的动作。

"吝二郎先生应该会在刚进地铁站，或进地铁站之前这么做吧。现在是什么时间？来得及吗？下一班地铁是几分钟后呢？他想要知道这些信息，手指就会放在手腕上。"

啊……惊叹的声音交错发出。

"就是那个时候！"雾冈刑警的声音变大了。

"他发现手表不见了。"大海警官紧握着自己的左手腕。

"他一定非常惊慌、焦躁……"

"自然是很着急的。他开始回忆自己是在哪里弄掉了手表。难道是掉在了送自己过来的车里吗？但是，自己只是坐在座椅上，会察觉不到手表滑落吗？最有可能的是在舞台房间全神贯注地挪动家具时，掉落了手表。"

"非常糟糕啊。"雾冈接着说道，"肯定会后悔地咬着嘴唇吧。"

"不管怎么说，要假设出最坏的情况，做出应对方案。要是真的掉在了舞台房间该怎么办？这一刻，二郎先生的大脑立即切换到了罪犯模式。他应该是不想引人注目。地铁站里，有好几处可以知道时间的大钟。在那样的场所，询问其他人现在是什么时间，会让人觉得非常奇怪，也会给人留下深刻印象。即使人们知道拿着盲杖的他是个盲人，也会记住自己被盲人问了时间。为了调查不在场证明，警方会追踪每个人的行动，如果追查到这一点怎么办呢？他很有可能会被追问手表去哪了。"

"所以他才不想问别人。"

"因为还有更简单的方法，不用问也可以知道时间。"

"其他方法？指的是什么呢？"

"电话的报时服务。"

这次的惊叹声要比以往迟了一拍。那微弱的惊讶声，似乎也包含着对自己愚钝的叹息。

南美希风的推论就是想证明这个吧，南美贵子终于理解了，惊讶之余又充满了敬佩。

"他拨打了117吧?"

"没错。二郎先生因为手表丢失而不得不大幅修改计划。为了知道剩下的时间还有多少,他需要知道准确的时间,就使用公共电话确认了一下。"

"电话接通了,但是不需要说话。"雾冈刑警低声说道,"知道了时间后就挂断,所以硬币没有退回来。"

雾冈刑警最后"啧"了一声,就不再说话了。

"二郎先生原本的计划是这样的吧。主张自己远离了吝家宅邸,因为有充当司机的细田先生作证,然后回到宅邸杀害吝一郎。但是因为丢了手表,让他不得不提前返回宅邸。"

"二郎的手表,也就是说……"大海警官像是在追寻他的初衷,"作为他战胜命运,取代'梅菲斯特'的纪念,他想在实施犯罪时将它带在身上吧?"

"只是猜测,但是我觉得没有太大的偏差。也许是他想从中获得取而代之的动力。但是,极为讽刺的是,本是为了鼓舞自己的行为,没想到却招来了恶果。手表一旦掉到了舞台房间的话,就会成为致命的物证。如果被压在移动过的家具下面,会怎么样呢?那就说明移动家具的时候,吝二郎也在场,凶手就是二郎。晚上的公演准备完毕后,舞台房间成了'圣域',被锁了起来,谁都不会进入。老师和助手们精心布置了舞台周边,所以会有很多人证实并没有掉落手表。就算他辩解说这是凶手行动之前就掉的手表,偶然被压在了移动的家具下面，也是不成立的。所以二郎先生决定，无论如何也不能把手表留在现场。在用电话确认完时间后，他返回地面乘坐出租车回了家。"

雾冈刑警将视线投向远处，仿佛要用眼睛追踪凶手的行踪。

"从后门进入的他竖着耳朵聆听，以确保周围没有人。因为他视力的问题，所以有被他人目击的风险，但是又不得不去做。"

"是的。也有可能是从正门的玄关进入屋内的。他迅速溜进露水室，利用地下密道来到舞台房间。从车站返回的路上，他已经想好了应对措施。如果能找到手表固然是好，但视力是一个大难题，在舞台房间摸黑找出一块表，根本不现实。如果手表被压在沉重的家具下，单靠一个人是无能为力的。"

"一个人？"南美贵子反问道，"难道不可以叫诹访小姐来帮忙吗？"

"因为在接下来的关键时间段里，要让她有确切的不在场证明。"

"是啊。"雾冈刑警的视线在空中徘徊，"实际上，诹访是有不在场证明的……"

"或许是联系不上。在宅邸里鬼鬼祟祟地寻找诹访小姐是非常危险的，只会浪费时间。"

"没错。"南美贵子对弟弟点了点头。

"打电话叫她出来也不是上策。大概率要通过细田先生转接，而细田先生并不会被假声糊弄过去。他会提供证词给警方，说在迎接团体客人到来时，二郎先生把诹访小姐叫了出去。接到电话后，诹访小姐就立刻消失了。这种行为着实奇怪，好不容易创造的不在场证明，也毁于一旦。同时为了不让诹访小姐过早担心，保持对他的强烈信任，还是要确保她的不在场证明。出于种种原因，二郎先生选择一个人来解决问题，而他也想到了解决办法。"

"木隐于林。为了以防万一，他决定混淆视听。"

"他和哥哥手表的差别就在于是否有玻璃罩。为了使表盘上没有玻璃罩不那么显眼，干脆把全部的玻璃都清理掉吧。就是因此萌生出的这个荒唐想法。"

"训练室的玻璃。"大海警官的眼睛发出锐利的光芒，"准确地说是镜子。吝二郎有过熔化处理的经验。就是这个创意的源头吧？"

"您说的没错，这里还有一个有趣的呼应。"

"呼应？"

"训练室一开始只处理了墙上的镜子。因为没有理由把整个房间的玻璃都清理掉。"

"嗯，是啊。"

"结果在舞台房间中这么做了。为了掩盖真相把所有玻璃一点不留地清除掉，最终又影响了训练室。"

"训练室的玻璃也要全部处理掉吗？"

"如果两个房间的玻璃都是这样的状态，就更让人摸不着头脑了吧。"

"没错，没错。"南美贵子非常赞同地说道。

"我们没有察觉到手表玻璃罩的问题……舞台房间事件后，二郎先生他们又对训练室的玻璃做了处理，想得非常周到。他们没有熔化全部的玻璃，故意留下玻璃碎片，加深弄碎玻璃的印象。舞台房间也留有玻璃碎片，还能体现出一致性。"

"真是个狡猾至极的家伙。"雾冈刑警撇着嘴说道，"我再一次切实感受到，他是一个心理学家。"

"从他消除训练室指纹的行为，就能窥见一二。"

三个人的视线都集中在了南美希风身上。

"二郎先生他们在准备行凶的时候，自然是戴着手套的。之前偷偷出入时留下些许指纹，因为与一郎老师的几乎一致，所以没有必要在意。但是，训练室却被彻彻底底地擦拭了一遍，就像一旦指纹被发现就要陷入困境一样。"

"嗯……"雾冈刑警绷着脸，没有否定。

"破坏训练室的玻璃，应该是在第一次行凶以后，他们悄悄进入地下密室进行的。此时，二郎先生听说警方已经知道了有张记载隐藏密道的图纸。但他没想到那张图纸会那么早地落入警方的手中。"

话音虚弱的南美希风，喘息的时间越来越长，也越发频繁了。他虽不想让人察觉，但变化是没有办法隐藏的。

"没事吧？南美希风。"大海警官颇为担心地说道，"不如休息一下吧？"

"还是一鼓作气说完比较好，我会按照自己的节奏慢慢来。"

医生板着脸，露出为难的神色，但没有说话。

南美贵子也保持着沉默。

"让我们回到吝二郎先生返回舞台房间之后的话题吧。"南美希风再次把话题向前推进。

"戴着手套的二郎先生一边寻找自己的手表，一边收集玻璃。"

"手表是搬长椅的时候掉的吧。"大海警官说出了合理的推测。

"表带松掉，滑落了下来，掉进了椅背之间的空隙里。"

"要找到手表并没有那么容易，就算跟诹访小姐一起也一样。"

"不，但是……"雾冈刑警提出了自己的疑问，"他的眼睛看不见。那是怎么分辨玻璃的呢？"

"他是根据记忆行动的。"

"记忆……"

"对于眼睛看不见的人来说，嗅觉、听觉、触觉是非常重要的，但也可以用记忆力代替视觉。在日常生活中，不知哪里有什么，他们就会一直在摸索中度过。二郎也是一样，如果在熟悉的环境下，他就能用记忆力，顺利地完成事情。如果他的记忆不能比我们这些正常人更好，就会寸步难行。我把咖啡杯放在碗橱里，大概记住了位置，之后再用眼睛确认，伸手去拿就行了。但是，那些盲人就不能含糊不清地记个大概。头脑里一定会清楚地知道，摆着几个客人用的杯子，自己的杯子在最右边。"

"嗯……"雾冈收起下巴。

"哪个是糖，哪个是盐。电视遥控器哪个位置的按钮是三频道。储物柜把手的位置，多高、多大。这些都通过空间认知和触觉，被详细地记了下来。就算舞台房间不开灯，二郎先生也可以将室内的玻璃一个不落地找出来。除此以外，我想还是会有劣势。在打破落地钟的玻璃罩时，他一定冷汗涔涔，担心自己受伤。还有另一件事就是，关于玻璃制品的筛选，他出现了失误。"

"失误？"雾冈看向他反问道，"哪儿？"

"玻璃骷髅。"

"那个啊？"

"虽说也可以认为是需要蜡烛的火焰才故意留下的，但我觉得可能是二郎先生不知道那是玻璃做的。"

"不知道……"雾冈越发困惑了。

"那个玻璃骷髅是新做的，以前的仿真骷髅是塑料的。我想可能没有在二郎先生面前说过吧。即使是出现在对话中，也只是说'新做的骷髅''第二代骷髅'，或者用其他代词表达。所以二郎先生可能不知道它是玻璃制品。"

"于是就被保留下来了？"

"二郎先生收集玻璃的时候，诹访小姐应该没有在身边，所以没有人告诉他那个骷髅也是玻璃的。请回想一下，三重密室事件后，二郎先生被从聚会的地方叫了回来。大致知道了事件经过的他，听说玻璃骷髅被留下时，表现出了强烈的震惊。"

南美贵子也记得那一刻。当时，吝二郎确实表现出了一种出乎意料的紧张。

雾冈刑警也一副恍然大悟的样子。

"那个啊……比起听到舞台房间的玻璃都被拿走时，他的声音明显高了。后来搪塞了过去。"

"其实就是在那一瞬间，吝二郎先生才知道那个新做的骷髅是玻璃制品吧。"

"简直太讽刺了。"

"关于筛选玻璃，还有一点。"

"还有其他的吗？"

"舞台边缘放着一个工具箱，那个工具箱上有一处凹陷，警官，你还记得吗？"

"是啊，像是被什么撞的……"

"那是被敲击的痕迹。二郎先生对一郎老师的道具记得并不清楚。因为他没必要记得材质。表面光滑的那个工具箱，光靠摸是判断不出材质的。"

啊。差点发出声音的南美贵子，仿佛听到了拼图游戏中碎片被正确拼合的声音。每一处细微的细节都恰好吻合，让谜一样的事件渐渐成型。

"所以……"雾冈刑警的声音变得非常尖锐，"他是想敲打一下，看看是不是玻璃。"大海警官也露出一副十分佩服的模样。

南美贵子的脑海中浮现出了这样一幕：在只有蜡烛照亮的巨大黑暗中，蹲在地上的吝二郎用手指摸着工具箱，就像破解保险箱密码一样，把注意力都集中在了指尖……他摇了摇头，皱起眉头，拿起手边的硬物，往工具箱上砸去。只听"哐"的一声，箱子并没有破碎。

吝二郎站起身来，走到铺着玻璃的地毯前。把它卷成一团，尽可能地把它们踩碎……

"玻璃都变成了碎片……"说到这里，大海警官又改口道，"变成了没有办法修复的一堆碎片，成了遮住手表玻璃罩的一片叶子。"

"他把一堆碎片连同地毯都丢在院子里后，观看演出的客人到了。"南美希风有气无力地喘息着，继续说道，"他拿走了餐具柜上一郎老师的纪念手表。因此，即便两块手表被替换了，也可能察觉不到。之后，二郎先生藏身于阴暗的角落里等待棺椁的到来……"

南美希风的嘴唇已经没有了血色，有些喘不过气来。

本想让弟弟休息一下的南美贵子，还是继续问了案件的事情。

"事件发生后，看到现场的诹访小姐，着实吃了一惊吧？"

"是啊……"南美希风的嘴边浮现出一丝苦笑，"毕竟她没有把所有玻璃都清除掉，主犯也没有告诉过她。那是一个连共犯都没有想象到的犯罪现场……"

医生走近南美希风，摸着他的脉搏。

"医生，怎么样啊？"大海警官露出担心的表情，"心跳没事吧？"

"要是脉搏紊乱，那就是大问题了。现在还坚挺地跳动着。"

"别勉强，南美希风。"

"没关系的，还有足够的时间解说图书室的密室事件。"

"那起案子……"眼神变得锐利的大海警官满脸疑惑，"什么？等等。正因为那起事件的目击者是岙二郎，才导致了密室的形成。"

南美贵子和雾冈刑警都不禁"啊"了一声。

看似偶然的情况下，失明的他成了关键的目击者……

南美贵子想起了推理和搜查的过程。

吝二郎在凶手从室内逃跑的时间段，来到了院子里。开始有人认为没有发出任何声音的凶手逃跑了，但后来又否定了这一点，因为上条春香等人正在二楼看着院子里的动静。让二郎去院子的春香甚至都被怀疑是二郎的共犯，就连南美贵子也都想过两人共谋的场景。

但事实是因为这个失明的目击者，让设置的密室诡计有了绝妙的效果。吝二郎没有注意到室内的火焰在慢慢燃烧，让谜团变得更加离奇。

"根据当时的推理……"南美贵子开口说道，"制造了不在场证明的凶手，是想让我们在某个时机注意到图书室里的火焰。但是，凶手二郎先生到了院子里，站在了窗户旁边……"

由于思绪混乱，南美贵子的话显得前言不搭后语。

"这个角色分配给了二郎先生，只是一个偶然。"南美希风回答道。

将手指从他手腕移开的医生没有离开，一直站在他的枕边。

"让吝二郎去院子巡视的是上条春香。"气势高涨的雾冈刑警再次复述这个事实，"是她主动向那个凶手提议的吧？"

"对于'梅菲斯特的反对者'来说，这是一个足以让他心潮澎湃的角色。"

6

南美希风接着说道："从天窗跳到院子里的二郎先生，回到二楼的房间。为了将可能粘在身上的尾气味和烟熏味除掉，他打算喷点古龙水或抽支烟。话说，青田先生也提过，来到茶室的诹访小姐在那里抽了支烟。"

沉默不语的听众们，在脑海里呈现着由事实串联而成的影像。

"二郎先生在厕所门前遇到了上条利夫，知道了玉世夫人听到了可疑的引擎声。这可是个不可忽视的事态。他觉得要去查探一下她有没有察觉到其他事情。来到玉世夫人的房间后，春香小姐说她丈夫不可靠，希望二郎先生帮忙去巡视一圈。"

瘦弱的南美希风躺在床上，眼睛依然充满活力地转动着。

"二郎先生开始会觉得意外，想着该如何解围。但是突然想到了利用的方法，便顺势同意了。如果是被人要求去的图书室，就会形成了一个烟幕弹。自己偶然成了被操控的棋子，警察会如何看待呢？"

绷着脸的两名警察，眼神还是那么严肃。

"春香小姐可能也受到了二郎先生的心理诱导，便提议让二郎先生去院子巡视。在春香小姐的注视下，二郎先生故意仔细地察看了车库周围，同时在脑中思考下一步对策。要叫人发现火灾吗？不，有点刻意，可能还会引起怀疑。还是说等着某个不放心盲人巡视的人来呢？二郎先生还想过活用听觉，说听到某种声音进而引发关注。"

"某种声音？"雾冈刑警茫然地问道。

"火焰的声音，在缺氧状态下持续燃烧的火焰……如果从窗外也能听到燃烧的声音，就可以告诉春香小姐和诹访小姐'图书室里传来了奇怪的声音'。"

"是啊。"南美贵子轻轻地点了点头。

"就在二郎先生绞尽脑汁地思考哪一种方式最合适的时候,我们一行人从西上家赶了回来。"

刑警们沉吟着。特别是雾冈,想到凶手是如何利用自己的,便十分恼火。凶手正挖空心思想要喊来目击者时,他们就从天而降。斋二郎是以怎么样的心情迎接他们呢?一群刑警蜂拥而至,可真是好事连连……

"他一直在演戏。"雾冈咬牙切齿地说道。

"着火了吗?"一脸莫名其妙的斋二郎,装作没有注意到任何动静,强调房间是密室状况的斋二郎,嘴上说着如果眼睛能够看见的话,就可以注意到正在燃烧的火焰而后悔不已的斋二郎……

南美希风继续说道:"因在密室现场附近巡视,斋二郎先生曾被列为嫌疑人。就像走钢丝一样在危险边缘徘徊。但从'梅菲斯特的反对者'的性格来看,这个角色让他心潮澎湃。"

"躲在暗地里偷笑,并为之兴奋。"雾冈刑警喘着粗气说道,"还真是让人恼火啊!"

南美希风没有被刑警的情感打乱节奏,继续推进话题。

"当时,斋二郎先生做了最坏的打算,他是那种未雨绸缪,不放过任何机会的人。得知旧黑宫府邸的施工图被送了过来,觉得还有机会弄到手时,便做好了准备。"

"什么准备?"大海警官连忙反问道。

"将施工图弄到手,然后毁掉的准备。"

"此时刚好传来了西上基努死亡的消息，引发了混乱，调查施工图的事就被推迟了。对吝二郎来说，简直是梦寐以求的机会。"

"二郎先生当时一再强调施工图归自家所有，主张在宅邸保管。"

"有一种作为主人的强硬态度……"

"他做的准备就可以派上用场了。图书室被选为保管场所也在他的预料之中。之后，只要在大量书籍中快速找到施工图就好。诹访小姐可以直接用眼睛寻找，但是二郎先生不行。因此他事先做了别的标记。"

"标记？"雾冈刑警瞪大了眼睛，不自觉地提高了嗓门，"做了标记吗？那是不可能的。到了吝家之后，那张施工图一直都在我们手上。吝二郎靠近放着施工图的桌子时，我们就在眼前。当时大海警官也在场，可以说是在众目睽睽之下。"

大海警官也十分不解地说道："你是说在那个时候做了标记吗？"

"我不可能让他做那种事情。"雾冈刑警怒气冲冲地保证道，"现在回想起来，根本没有什么标记。"

南美贵子也说出了自己的疑惑。

"你说做了标记，但二郎先生眼睛看不见，做标记对他来说也没有用吧。"

"自然是跟视觉无关的标记。诹访小姐负责视觉标记，二郎先生则负责嗅觉标记。"

嗅觉……

原本唱反调的三人，此时都沉默不语，好像是跟不上了思路。

"诹访小姐就是协助二郎先生的助手。"三人入神地听着南美希风的推理。

"为了不让别人察觉到图书室的尾气，还有长时间燃烧发出的臭味，诹访小姐喷洒了杀虫剂进行掩盖。她在施工图上也做了类似的事。娱乐室的桌子上，有很重的抛光剂味道吧？"

间隔了一小会儿，屋里传来了惊呼的声音。但是，声音中还是带着些许疑问。

南美希风随之给予了回答。

"警方将娱乐室设为齐家的搜查总部，使用的桌子是固定的。重要文件几乎都会放在那张桌子上。所以二郎先生命令诹访小姐让桌子沾满气味。即使是非常小的可能性也不能放过，要做好万全的准备。"

雾冈刑警张着嘴，像吞下了一根棍子一样僵直在那里。

内心苦涩的大海警官叹了一口气。

"我问过姐姐，大家看施工图时，诹访小姐伸手把施工图拉到了手边。然后雾冈刑警警告她不要随便乱碰证物，又把图拿了回来。她就这样在图纸的封面上留下了气味标记。"

这最后的说明打破了雾冈刑警身体的僵直，他紧攥的拳头愤然地一挥而下，涨红的脸上，太阳穴青筋暴起。

"真有你的啊，'梅菲斯特的反对者'。"大海警官喃喃自语道。

正要开口的南美希风停顿了几秒钟。他的睫毛和喉结都在颤抖，像是在忍耐着什么似的凝视着天花板。

"杀害了看守的警察之后……"

好不容易挤出来的声音变得十分微弱。

"凶手们开始在图书室里翻找施工图。放文库本等小开本的地方是放不下施工图的。诹访小姐将这些位置排除，让二郎先生在有可能放置的地方发挥了敏锐的嗅觉。在他们的通力合作下，很快就找到了目标。当然，这是在放出尾气前的事……"

南美希风的声音逐渐变得断断续续。

"关于杀害间垣巡警的手段也有了眉目。"

医生默默地凑近上身，掀开了病人的病号服。

"二郎先生应该是装出了一副若无其事的样子，溜达到了图书室前的走廊。"

医生把听诊器放在了他雪白的胸膛上。

"间垣巡警上前跟他搭话了，但二郎先生可能更早地露出了吃惊的表情……"

正想问原因的刑警们左右为难。再继续问下去，有可能会损害到南美希风健康……

南美贵子也拼命地抑制着不再平稳的呼吸。

每个人都有自己的职责，不能让别人代劳。自己总跟弟弟这样说，这次也不得不默默地守护着他。

"差不多该结束了。"医生将病号服恢复原样，郑重地警告道。

但是，南美希风做出了一个拒绝的动作。

"该结束的时候，我会停下的……"

"对你的身体来说，现在就是该停下的时候。"

对于医生的忠告，南美希风完全当作耳旁风。

"吝二郎先生装出被吓了一跳的样子……神神道道地问谁在那里。"

被无视的医生开始把抬起的床放回原来的角度。

"间垣巡警应该会回答说自己是警察吧……二郎先生则是不可置信的样子。"

"南美希风，够了。"大海警官走了过去，轻声对他说道，"休息一下吧。"

"您不想知道吗？警官。巧妙地欺骗了间垣巡警并夺走了他生命的那个人……我想让你知道，想告诉你。除了凶手以外，没有人知道间垣巡警临终前发生了什么……我推理的灵感，或许不知什么时候就消失了……"

南美贵子的喉咙在颤抖着，眼眶开始发热。

与人的身体一起消失的思想，将其与外部连接起来的媒介——《南美希风笔记》。这是沟通、托词……不，是他自信的决心。

"二郎先生装出被吓到了的样子。"

大海警官沉默不语，摆出一副洗耳恭听的姿态。

"二郎先生早就从警官那里得知了图书室门口安排了看守巡警的事，自然知道那里站着的是警察。但当时并不在场的间垣巡警，对此事一无所知。他只会觉得这个人还不知道这里安排了负责看守的巡警，认为他因连续杀人案而精神紧张，对此心生怜悯。而二郎先生面对巡警，表现出了不安，甚至可以说是恐惧。"

凶手施展自己的演技，有何意义呢？想必所有人都会非常好奇。但是，此时此刻，没有人会催促他。病房里充斥着紧张感。

"巡警告知他自己在这里负责看守。面对这样的解释，二郎先生也许会这样说吧，'你以为骗得了我吗'，'凶手是外面的人吧'？"

医生把手放在了南美希风的胸前。

"就到此为止吧。好好休息一下。"

医生平静的语气，其实已经到了忍耐的极限，甚至蕴含着威胁。他的手几乎要去捂住病人的嘴了。

可是，南美希风强行说了一句"就差一点了"。

"'我真的不是什么可疑的人'。间垣巡警会这样苦笑着说道吧。然后一边安抚他，让他平静下来，一边朝着他走去……"

南美贵子的脑海里已经勾勒出间垣巡警和杏二郎之间的距离在不断缩短的情景。

"'真的？'二郎试探性地追问道，并战战兢兢地靠近巡警。间垣巡警会说'不需要求救，更没必要害怕'，二郎先生就会采取激将法，说出'你真的是警察吗'之类的话。"

医生用斥责的眼神盯着眼前的病人。

"到此为止的话，我可以保证不会造成不良影响，所以休息一下吧。"

南美希风却把手伸向了医生的脸，做了一个示范。

然后说道："那么，警察先生。能让我摸一下您的脸吗？"

南美希风的手就放在医生的脸上，脖子的旁边。

在刑警们感叹和震惊的低吟声中，南美贵子感受到了视野的忽明忽暗。眼前的情景和头脑中描绘过的情景交替，重叠在了一起。

用手指摸着，南美希风的手指又白又长……凶手的手指，粗壮而结实，伴随着巨大的阴影。诡异的动作背后，是那个杀人的凶器……

请让我摸一下……

摸一下……

"既然你说你是警察，那让我摸一下你的制服，我就知道了。失明的吝二郎先生只要这么说，间垣巡警就会同意。他微微苦笑着说道，如果这样你可以相信的话，就请吧。然后就把自己的头——戴着警帽的头，还有领子，毫无防备地露了出来……这个时候，凶手在巡警看不到的地方，亮出了藏在手里的针。"

他还没来得及感受痛苦，黑暗就降临了。

懊悔和没有答案的孤寂，笼罩在了间垣巡警的脸上。

凶手把尸体挪到了图书室里。因为会出血，所以没有拔出凶器，只是擦掉了上面的指纹……

然后还有被脱下的制服……

护士的勒令打破了南美贵子悲伤和不安的想象。

"请各位离开房间吧。"

"赶快出去吧。"大海警官也笃定地说道，"已经够了，南美希风。你帮了我们大忙了，接下来就专心治疗吧。雾冈，走吧。"

大海警官推着手下向门口走去。

紧随其后的南美贵子，膝盖在微微地颤抖。

身后还能听到南美希风的声音。

"使用了镜子诡计的小客厅密室，其实是让诹访小姐从钥匙孔里查看，再进行调节的。被杀害的诹访小姐，竟然还被这样利用了……"

刚刚走到门口的大海警官停下了脚步。

"南美希风，谢谢你。医生，就拜托你们了。"

南美贵子也向医生和护士深深鞠了一躬。

没有再跟弟弟说其他的话。

紧闭着眼睛和嘴，南美希风躺在病床上，仿佛要一头扎进沉睡的世界……

南美贵子感觉到全身上下都裹了一层汗水。那汗水，不仅仅是揭开了可怕真相的兴奋和紧张。就像是跟乱来的弟弟打了一场精神上的战役一样，述说着沉重的疲劳感。

医院里的空调开得很足，在她走出医院玄关的时候才切实地感受到。

潮湿的热气正卷着旋涡聚拢在自动门的周围……

但是，对于健步如飞的刑警们来说，这样的酷暑已经无足轻重。

第十四章　最后的密室

1

当天傍晚。

吝家的娱乐室里走进了三个男人。

雾冈刑警那方正且严肃的脸上，像被沉闷的热气胀满了。

身材健壮的大海警官，发际线全线撤退，聚焦的双眼藏在眼镜后面。

还有一位是更显威风凛凛的大佬，远野宫龙造。

"已经查明了嫌疑人。事态都发展到这个地步了，居然还没有人通知我。"

发出怒吼声的远野宫，显然十分兴奋，并没有不高兴。他一边迈着矫健的步伐，一边晃动缠绕在他巨大身躯上的腰带。

"远野宫会长，我想您一定忙得不可开交吧。"大海警官连忙解释道。

"现在是最后阶段了吧。我以为警察和刑警多了起来，是因为一郎的二七日，所有相关人员会汇聚一堂。看来并非如此啊。"

雾冈刑警赞同地点着头。

"为了给凶手布下天罗地网。"

"那么，嫌疑人是谁呢？"

大海警官在回答之前，用锐利的目光扫向周围，欲言又止。窗外还残留着余晖的庭院里，冒出了几道人影。

虽然距离还不足以听得到声音，但可以看出那是吝冬季子的背影。在流生和小狗跑跳的前方，还有紫乃。

少年的胸前挂着犬笛，那是用人类听不到的频率来训练小狗的笛子，他想用它来训练克罗罗。上条夫妇送来的这个是高级货。

"雾冈君，去老地方吧。"

接到指示后，严肃的刑警向远野宫做了一个"到那边去"的动作。

那是位于室内一角的大玻璃间。完全的隔音构造，任何声音都不会泄漏。

里面有练习用的立式钢琴，还放了几个座位。

墙边并排摆放着音响设备。墙上挂着装饰用的民族乐器，还挂了几张大的家庭成员的照片。像是初代家主亥司郎穿着像军人制服一样的西装；盛装打扮的紫乃在爵士俱乐部演奏钢琴；一郎在舞台上一脸幸福地致辞。

大海警官他们召开搜查会议时，曾经两次使用过这个隔音间。

正要走进隔间的大海警官无比感慨地说道。

"不过，这次做出巨大贡献的，竟是南美希风。远野宫先生，您可没有看走眼。"

"看走眼了。我也没想到他能力这么强，竟然推理出事件的真相。只要他恢复健康，我还可以给他推荐工作。话说他的病情怎么样了？"

"刚才听他姐姐南美贵子说，好像已经稳定下来了。"

"这样啊。"

仿佛全身的肥肉要被挤出来似的，远野宫松了一口气。

南美贵子结束了工作后，也要来吝家宅邸参加二七日。

三人进入了隔间内。远野宫正准备坐在钢琴椅上，大海警官急忙制止道。

"那样奢华的椅子和远野宫先生的体型不相称，椅子都有些可怜。您坐在这边怎么样呢？"

"是吗？"

远野宫就坐到了旁边的扶手椅上，三人围成一圈。

"跟我说说吧，凶手是谁？"

他用迫切的眼神注视着两名刑警。

听到大海警官说出了嫌疑人的名字，以及作为佐证的"增美钟表店"的证词，远野宫惊得目瞪口呆。

"吝二郎……"

仿佛遭遇了意想不到的事，这位大人物连眼睛都不敢眨一下。

大海和雾冈轮流叙说了论据和解答。

听到围绕丢失的手表进行的一连串推理，远野宫不禁发出阵阵惊叹。

知晓塑料幕布屏风的意义后，更是流露出钦佩之意。

凶手是身边的亲人，这让警界里面狡猾的老警察都有点心神不定。然而，这种情绪很快就消失了。他一开始就做好了是内部犯罪的心理准备，而且不管嫌疑人是谁，都要追查到底。正是这种司法工作人员根深蒂固的原则，在不断推动着他前行。

随着话题的推进，间垣巡警被杀的场景又被提及，远野宫露出了深思熟虑的表情。

"原来是这样骗他的……之前还想不明白为什么间垣巡警没见到凶手……"

"是啊。"大海警官表情凝重地回答道，"他眼睁睁地瞅着凶手接近了他。"

"凶手并不是没有出现，而是造成了没有出现的假象，让人觉得有一位看不见的凶手，其实跟舞台房间的诡计如出一辙。"

"类似那面镜墙的伪装吧。"雾冈刑警接着说道，"虽然他就站在那里，但就是让你察觉不到。"

"表现出来反而隐藏得更深，真相被虚虚实实的行为层层包裹。也可以说，必须要对视觉的明暗主次有着特殊理解，才有可能想出这样的骗术。"

"对视觉有着特殊理解……"

"被夺走的光明吗？对他来说，也许是一个向往。"

"盲人的世界吗？"雾冈一脸惊愕。

"视觉有缺陷的人，生活上自然是不方便的。有时甚至会遭遇残酷的事。对于积极生活的他们，我始终怀着最崇高的敬意，因为我自己是没有办法做到的。从这个意义上来说，二郎也是值得尊敬的对象，遗憾的是……"

远野宫又恢复了低沉的语调说道："他们在生活中有很多需要承受的东西，但他们的内心世界依然有着各自的理想。比如，有个吝二郎很喜欢的女人，相貌、举止、言辞都是他喜欢的，那么这个女人就会变成他的审美参照物，一直留在他的记忆中。"

"后天失明的人是这样的。"大海警官表明了自己的想法。

"视觉要以记忆为线索，按照内心所想创造影像世界。"

"虽说无法超出个体的想象力，但却能够到达自我想象力的极限。在被封闭的感官世界中，心中的投影便是一切。理想中的光景，充满理想的期望……即使面对现实时，他们还是会用理想去衡量世界。"

"这个理想……"大海警官陷入了沉思，"也可以理解是妄想吧？"

"而且，远野宫先生，如果能支配周围所有的视觉世界，那他就是那个世界的神了。"雾冈刑警用粗犷的声音，罕见地说出了形而上学的观点。也许这次的事件就会引发这样的感慨。

"那个神能给予的不是'美'，而是'丑'，他会按照自己的感觉操控一切，改变一切。"

"存在于理想中的妄想世界的神。"远野宫双手交叉。

"因为被剥夺了视觉，黑暗被无限地蔓延，但是，如果用梦想的理念去操控整个空间的话……平时只能通过触觉感受包裹着自身的空间，就充满了无限性和绝对性……"

大海警官似乎也在发挥着自己的想象力，将视线聚焦在了远处。

"对于某些人来说，那将是令人沉醉的幻想领域。"

"吝二郎就是沉迷于此的人吧。对于失明的人来说，黑暗是他们最大的困难，光是记忆周围的生活空间，就几乎拼尽全力。但是，吝二郎却将自己当成了造物主，非但没有被身体缺陷束缚，反而找到了全知全能的可能。那也许就是我们说的'黑暗中的理想世界'。"

"难道……"大海警官也借用这种说法进行了分析，"吝二郎能用大胆的妄想来填满没有光亮的世界，那他哥哥起到了很大的作用。"

"为什么？"

"哥哥一郎是一位伟大的魔术师，让吝家受到了特别的关注，采访团排起长队。嘉宾和同伴都是社会上流的知名人士。成功人士为其赞助，拥护者们献上崇拜之声以及各种礼品。二郎频繁地接触这种非日常的华丽场合，也是一种刺激，他在这样的氛围中，勾画出了一个华丽宏大的幻想世界。"

"听到这些，我想……"

远野宫的视线看向了挂在墙上的一郎的照片。

一道亮光从头顶落在了这个男人的身上，他正张开双手潇洒地行礼。相框非常精致，相片拍得也非常出色。

"将魔术师吝一郎理想化的人，就是他的弟弟二郎。这个理想形象在二郎的感官世界中，膨胀到了极致，甚至认为那就是自己的分身。所以达到极限的理想化，也可以说是使之陶醉的自我正当化和自我膨胀的投影。"

"如果对哥哥的看法，只停留在这一点该有多好……"

"不幸的是，斉二郎输给了命运，进入了一个扭曲的世界。然后，为了打败被无限理想化的哥哥，创造出了一个超越'梅菲斯特'的自我。"

"还真是可悲可叹啊。"

"弟弟想要取代哥哥，把由一郎支撑起的斉家历史重新改写。"远野宫停顿了一会，声音也低沉了下来，"回想起来，一郎去世后，二郎就经常把'我的家''我的允许'之类的话挂在嘴边，在标榜自己一家之主地位的同时，也在进行自我确认。"

"本来只是魔术方面的竞争，结果变成了犯罪的手段。"

"哥哥更多的是在舞台和电视等以视觉为主的世界里扩大影响力。二郎则正相反，只在触手可及，能够掌握的空间里一决胜负。那个空间就是自己再熟悉不过的这座宅邸。在能够完全掌控的舞台上，他把长时间隐藏的恶意和滋生的各种对抗意识具象化了。正因为针对魔术师的对抗意识，才诞生了如此之多令人眼花缭乱、见所未见的手段。"

"发现了隐藏的地下密道，对他而言具有划时代的意义，除了一郎以外，只有自己掌握了这个秘密。这份欢喜开始膨胀，最终发展成了妄想的根源。打开暗门机关的那一刻，二郎对密室诡计就产生了兴趣。"雾冈刑警补充道。

"确实，也有可能。"远野宫拍了拍他那粗壮的脖颈，"隐藏的密道，被黑暗包裹的二郎的世界，被封闭的密室空间。很难想象这些要素是怎么在他的潜意识下结合起来的。"

大海警官看向了手下说道："南美希风说凶手就像是把这些诡计都装在口袋里随身携带一样。"

"二郎在黑暗的理想世界中默默创造出来的密室诡计，就是梦想的延续，是理想世界的产物。对他来说，连续密室杀人案件，只不过是他的头脑世界被现实化了，是一场无法打破的白日梦。我记得二郎不知什么时候说过这样的话，'如果眼睛看不到，就连取出一根掉进眼睛里的睫毛，都必须永远摸索着。'这种摸索代表着徒劳，毅力和猜测，'为了一根睫毛，保护无用的眼睛是没有意义的。在我看来，眼球的表面是一个无限宽广的空间。'"

"无限和永远……"大海重复着这句话，"齐二郎跟这些感觉很适配。很有可能成为创造性的梦想家。还有过度的自信。这恰恰就是凶手的形象……"

"无所不能的错觉，让他产生了自信，认为在这个空间里构建的计划不会失败。显然，谨小慎微的人是没有办法做出这样的犯罪。过于慎重有时还会成为阻碍。这一点也与二郎的内心也很符合。在感官世界里，除了必要的东西，其他都不必看。注意力不会被远处的事物夺走。要把神经集中在听觉、嗅觉、触觉等感官范围内……"

"发生了这么多案子，凶手的真面目才显露出来。虽说我们也对凶手进行过分析。"

"像孩子一样残忍的凶手，动机可能是源于自卑，只是范围还不够大。我们先设想一个类似于'黑暗的理想世界'一样的巨大妄想发酵场，从那里反推过去的话，或许就可以把凶手挖出来。因为是盲人，所以人们往往对他的能力有所轻视，但是，吝二郎拥有着不输于哥哥的才能和资质，他是凶手也是理所当然。"

大海警官惋惜地皱起了眉，又钦佩地眯起了眼睛。

"没想到接二连三的密室反而暴露了凶手的真面目……"

三个男人仿佛接到了同一个指示，齐刷刷地陷入了几秒钟的沉思。

之后，大家讨论了细节，快要结束之时，远野宫用郑重的语气开口说道："吝二郎在钟表店定做的那块纪念手表，已经确认过了吧？"

"从医院出来后就去了。"大海警官看向了远野宫，"店里一位叫作金泽的店员负责接待，一位叫浅田的技术人员负责制作。二郎给他们看了一郎纪念手表的照片和构造图的复印件，要求他们做出一模一样的。玻璃罩从一开始就没有安装。但是，制作上还是跟普通的手表一样，也会有用来镶嵌玻璃罩的凹槽。但是，因为太深会积攒很多灰尘，所以凹槽要比一般的浅得多。"

"曾经到手的证物就这么被拿走了，太可惜了。"

"是我的失误。至少在鉴定检查阶段，就该注意到这不是普通的手表。"

"这话已经说过很多遍了。"

"把鉴定的照片放大，也很难断定是一郎的还是二郎的。"

"既然有证人可以证明二郎曾经订做过，就够了吧？"

"但是……金泽先生那样的钟表店员工也无法作为有效证人。"

"为什么？"

"因为他们分不清是吝一郎还是吝二郎。"

"啊？"

"南美希风曾给他们看了一郎先生的照片，他也回答说就是这个人。钟表店的人根本分辨不出那对兄弟。也有可能是一郎假扮成眼睛看不见的弟弟，去了店里订购手表。"

"一郎有什么理由去做这么奇怪的事？"

"但是没有办法否认。"

"确实如此。可是有物证吧，像是委托书之类的，就算眼睛看不见，也会签名，会留下笔迹的。"

雾刚刑警保持沉默，没有代替上司回复。

"这对双胞胎的笔迹也极为相似。我们已经给笔迹鉴定专家鉴定过了，据说很难断定签名是吝二郎的。辩护方完全可以聘请专家，表明笔迹不一致。"

"指纹呢？委托书上有指纹吧？"

"能够鉴定出来的只有一个，是右手的掌纹，而且是小指旁边的掌纹。"

"这是写字时接触纸面的部分。"

"然而，这也不能成为决定性的证据。因为我们没有一郎这部分的掌纹，找不到掌纹样本。二郎上次主动申请的指纹采集，只有手指的指纹。如果到他的房间去进行采集或直接要求采集他的掌纹，可能会打草惊蛇。"

"没有一郎的样本……就算得到了二郎的掌纹，如果和证据不一致，就失去了决定性的证据。"

这个时候，雾冈刑警探出了自己的身体。

"在那之前，还有一个办法。"

"什么办法呢？"

"将物证和手表没有玻璃罩的推理，摆在二郎面前，让他动摇，老实招供。"

"物证？订单委托书？不过，笔迹和指纹都还起不到决定性的作用。"

"可是……"雾冈微微一笑，脸上掠过一股因兴奋而抖动的波纹，"吝二郎并不知道。"

"啊……"

远野宫的脸上也渐渐露出了满意的表情。

"本部也一直抑制着兴奋，紧张得不得了。"大海警官的声音里充满了力量，"再加把劲，这个棘手的事件就会解决。将手表委托书的物证摆在他面前，他未必能撑得住。吝二郎屡次得手，一定会骄傲自满。而且他对伪装工作又十分自信。一旦物证摆在眼前而彻底崩溃的话，就很难再顽抗下去。"

"署长和本部长早就翘首以待了。"

"再慎重一点，让钟表店的金泽先生来与二郎当面对质。让他听到对方的声音，把当时的情形再现一遍。二郎会担心我们找到了他没有注意到的漏洞，自乱阵脚。与此同时，再把舞台房间所有玻璃都不见了的推理说给他听。"

"万无一失。"

"七点过后，金泽先生会过来。"大海警官看了看手表，"已经到这个时间了。"

"我的感觉是怎么才到这个时间啊。"远野宫向前弯腰像是给自己鼓劲一样，双手紧握着大腿，"这一刻终于要到了。"

2

吝家举行的二七日仪式并不那么刻板，允许穿着便服，更像是追悼会后的聚餐。晚餐结束后，"沙龙"的窗外，蔓延着刚降下的夜幕。

长岛要坐在南美贵子的对面。因为身体已经恢复，他今天也出席了仪式。茶色的针织帽下好像还缠着绷带。他的食欲好像还不错，可以不用担心他的健康了。

然而，吝玉世的病情就不容乐观了。

可以说是病入膏肓，一直侵蚀她的病情已经根深蒂固。出诊的医生甚至用到了"时日无多"来形容，提醒家属要做好心理准备。

对吝家来说，无疑又是消沉的一天吧。案件没有结束，还要处理亡人的法事，家庭重要成员又时日无多，全都是压在心头的大石。

话虽如此，玉世还在劝慰大家打起精神，要让一郎看到自己没有气馁的样子。

她依然只能躺在房间里，连法事都没能参加。

"沙龙"里除了南美贵子和长岛之外，还有八个人。

和服装扮的冬季子，带着恬静的微笑站在那里和长岛交谈。

二七日的仪式结束后，她换了一套更有活力的和服。失去丈夫的她久违地穿上了鲜亮的色彩。不过，鲜艳却不华丽，是低调的土黄色，多少能窥见她的意志。作为一位母亲，她不能停滞不前。作为吝一郎的遗孀，这身装束也比较适合。

少年流生和山崎兄弟坐在南美贵子左手边的长椅上。穿着短裤系着领带的流生，全身心地跟哥哥们在交谈。或许他以自己的方式接受了父亲的死。但是，对于永别的意义，恐怕还不了解吧。

南美贵子感慨着，随着他年龄的增长，他的体会也会变化吧。

山崎哥哥穿着印有扑克牌小丑图案的夹克，弟弟穿的是王后的图案，他们要在晚宴上表演魔术。据说衣服出自母亲之手，在舞台上穿过很多次。小丑和王后，围绕着缩小版的国王。

这一幕颇有象征意味，似乎能从三人的背后看到魔术世界的未来。

青田经纪人似乎也有同感，他靠在长椅的靠背上，对忠治说："如果你当上了专业的魔术师，一定要让我当你的经纪人。"

大概是喝醉的缘故，有点语无伦次，但他自始至终都非常高兴。

青田还是一如既往地穿戴着花哨的夹克和领结，头部以下的装扮就像要登台演出一样。黄色的夹克袖子上环绕着金色的镶边，领结上是蓝紫相间的横条纹。脸颊也变得绯红的他，大概是想平衡脖子上下的色调吧。

房间角落的茶座上，坐着上条夫妇和魔术师早坂君也。

好像在说什么的早坂坐在魁梧的上条利夫旁边，更显矮小。利夫的脸上呈现出了他的稳重，而西式美男子早坂的嘴角则绽放着亲切的微笑。杰克早坂是在结束巡回演出后过来的。

春香可能是注意到了南美贵子的视线，起身朝着这边走了过来。

她穿着深蓝色连衣裙，短小的袖子有略微的蓬松感，非常漂亮。虽然眼角还留有一丝疲惫，但是优雅的发型突显了她依旧年轻的容貌。

这位老朋友在南美贵子的身边坐下。

"我刚听说你弟弟住院了。"

上条夫妇在晚宴的时候刚好赶了过来。

"对不起，美贵子，没想到事情会变成这样。"

"你为什么要道歉呢？"

"被卷入这样的事件里，给你弟弟添了不少负担吧。如果我不邀请你们来会馆……"

"别这么说，我们要感谢你邀请我们看了这么精彩的演出。犯罪的是凶手，你不用在意的，而且一切都是南美希风自己的选择。"

即使倒下他也不会后悔。

而且，通过这次的事件，也许能体现出他的生存价值，找到了实现价值的机会。

南美贵子想要代替弟弟亲眼见证事件的结局，所以才出席了这次的晚宴。

春香回到座位没有多久，紫乃从门外走了进来。

跟在她身后的是吝二郎。

一身黑衣的紫乃，用柔软的手指夹着香烟。衬衫在后背开了一个口，露出了恰到好处的三角形。下半身是一席下摆宽大的长裙。她长长的睫毛遮住了半边眼睛，口红泛着夜露的光泽。

"喂。"

飘散着香气的她弯下身体，拍了拍南美贵子的腿。

"你不觉得四周弥漫着浓烈的紧张感吗？警察是不是又有了新的调查对象，还是参加被害者的法事，提升了他们的士气？"

"梅菲斯特"的姐姐，一如既往的成熟妖媚，展现出了敏锐的直觉。

南美贵子注意到在她残留的香气中，有一缕淡淡的病床味道。大概是她刚去看望过玉世吧。

二郎坐在粗大柱子旁的扶手椅上，跷起了二郎腿。穿着高级西装，戴着墨镜的他沉默不语。

青田一脸轻松地靠近紫乃，对她的美貌夸赞一番，又来到冬季子面前，说正在制作一郎先生生前的录影，向她打探商业化的可能性。

细田仿佛是看到紫乃和二郎进来以后，才来询问过每个人的需求，开始分发桌上已经准备好的饮料。

青田喝着香槟。

紫乃要了兑水的酒。

流生喝上了热牛奶。

雪白的桌布和同样雪白的领口，与管家优雅的身姿浑然一体。这是最适合他的颜色。

南美贵子本想观察一下他和青田的举动，但是没有做到，她的全部意识已经被旮二郎所吸引。

这个残忍杀害了哥哥的男人。

这个杀害了警察和女人的男人。

他恶劣地操纵别人的心理，是一个老谋深算的男人。

墨镜后面那双感知不到光明的眼睛仿佛能看穿一切，让人感到恐惧和不安。更重要的是夺去了别人的生命，还能够坦然处之的暗黑灵魂。想到这里，南美贵子已经没有办法再保持平静，脸色变得苍白。

她想过好几次，不来宅邸比较好，二七日的仪式也不例外。说实话，她的心情一直平静不下来。紧张和恐惧，就像是一股股阴寒一样，匍匐在她脚下。虽然氛围压得她喘不过气，但他还是决定要留在这里。今明两天，警察应该会有行动，所以自己绝对要亲自在场。

细田正把杯子递给那个嫌疑人时，门被打开了。

南美贵子转头望去，站在门口的正是雾冈刑警。

"二郎先生，能帮我一个忙吗？我想再确认一下从令兄那里听到的事情。"

表面听起来若无其事的声音，却让南美贵子感觉到有一只冰冷的手从她背上滑过。另一方面，她的心脏却在发热，喉咙发紧，打起寒战。

就算再怎么迟钝，也能知道即将要发生什么……

将杯子递给细田后，受到刑警点名的那个男人沉默地站了起来。

3

宽敞的娱乐室，即使被日光灯照得俨如白昼，房间角落和家具背面也仍然会有阴影。棋牌桌和轮盘赌台在集中的照明下，更加突显了存在感。

玻璃隔间反射着灯光，让人联想到没有观众的音乐厅。

房间里有四个男人。

吝二郎和大海警官对面坐着，靠近门口的雾冈刑警坐在了他的左侧。

似乎是为了缓解嫌疑人的紧张情绪，远野宫率先开口道："我也被叫来协助过很多次。"随后坐在稍远一点的角落，像是一位审讯室里的书记员。

吝二郎把注意力全部集中在听觉上，嘴唇紧抿。

随便交谈了几句后，大海警官开始了第一轮询问。

"吝二郎先生，你在七月八日下午有没有去过市内的钟表店？"

"钟表店？"他露出一副茫然的表情。

大海警官此时正在心中盘要用多久才能攻破他的堡垒。

雾冈刑警则死死地盯着他，不能错过他的每一处破绽。

嫌疑人就像是黑洞，好像要吞噬掉扔给他的一切物品，包括声音。

"钟表店？"被众人瞩目的男人重复着说道，"是工作上的事吗？我不记得了。"

大海警官用充满自信的声音准确地告诉了他钟表店的店名和地址。

二郎的表情依然没有任何变化。

"二郎先生，我们认为凶手拿走了舞台房间所有的玻璃就是因为一块手表。而你在增美钟表店订制了一块与一郎同款的纪念手表。"

被追问的二郎露出困惑的神色。

眼前的一幕让两名刑警都产生了动摇。

这不是装出来的反应，他是真的非常困惑。

"装傻是没有用的，我们有证据，也有证人。"大海警官继续穷追猛打。

"证人？是谁？"

"钟表店的店员。你还记得当时接待你的店员吧？那个叫金泽的男店员确认过照片，说照片上那个自称是吝二郎的男人，委托他制作一款盲人专用的手表。"

"荒唐，我都不知道什么钟表店，那个说接待过我的店员不是在做梦吧？"二郎听后非常惊讶赶紧申辩道，"如果那个店员没有说谎，那可能是哥哥假扮的我……"

说到这里，他的眉毛向上一扬。

"哥哥为什么要做这种事情呢？哦，他偷偷做了纪念品，想让我大吃一惊。不，完全没必要扮成我的样子。到底是怎么回事啊？刑警先生。"

老警官心里清楚，如果跟着对方节奏做出回答，那么本方的压迫感就会减弱，所以他还是坚持自己的节奏，只是心中笃定的东西稍微有些动摇了。眼前的这个男人，似乎没有丝毫的紧张情绪。照理来说，无论怎样掩饰也不可能摆出如此无懈可击的姿态……

远野宫和雾冈刑警也做出了同样的判断，眉宇间透着阴霾，但是为了消除自己的惊诧，他们变得更加专注。

"别想着糊弄过去。"大海警官的声音依然坚定，"还有物证，二郎先生。"

他打开放在桌上的手提箱，取出密封在塑料袋里的纸张，故意发出很大的声音。

"钟表店的委托书上有你的指纹，还有你的笔迹，你忘了吗？"

二郎严肃地皱着眉头说："我都不知道什么委托书。我从来没有在钟表店订购过什么。还有我的指纹和笔迹？那检测一下不就好了，看看是我的指纹，还是哥哥的，或者其他人的？"

面对如此理直气壮的反驳，就连大海警官也顿时哑口无言。二郎趁机继续反问道："你们不是采集过我的指纹吗？那物证上留下的是不是我的指纹一验便知。还是说，你们没有办法判定是谁的？那就看笔迹吧，哥哥和我的笔迹多少都会有些不同，仔细鉴定甄别就好。"

大海警官开始感到了不安，莫非他真的没去过钟表店？

"如果哥哥收到了第二块手表，那么哥哥那里就有两块手表吧，你们没有找到吗？"

这句话直戳痛处，别说两块，现在连一块手表都没有。

意识到自己处于劣势，大海警官的脑中浮现出了隐隐约约察觉到的推论疑点。

就是三重密室事件时的不在场证明。

那时，在相隔较远的地点参加聚会的夵二郎，他的不在场证明是成立的。但是，怀疑二郎就是凶手的时候，就没有去追究他的不在场证明，想着反正是用了什么手段，只要让他自己招供就好。这也是作为犯罪搜查官的正常逻辑。根据逮捕令抓走嫌疑人，再让他们供出细节。

大海警官不断地追问自己，这个有不在场证明的家伙是无辜的吗？答案是否定的，他一定有问题。

"笔迹在某种程度上可以蒙混过关。"相信自己经验和直觉的大海警官继续追问，"你书写时可能模仿了一郎先生的笔迹。"

"眼盲的我吗？"

大海警官从桌子下面拿出了小型对讲机，用指甲敲了敲话筒的位置，发出信号。

"打扰了。"

走廊里传来声音，西侧的门被打开了，土肥刑警带着另一名男子走了进来。

"金泽先生来了。"

钟表店的店员是一位穿着西装的细高男子。四十岁左右的年纪，看起来挺正经的。

"还记得吧，二郎先生。"大海警官靠近嫌疑人的脸继续问道，"就是他在钟表店接待的你。由于是特殊的订单，跟你交流了很长时间。后来，也是他将制作完成后的手表亲手递到你手上。"

"请到这边来。"大海警官对金泽说道。

土肥刑警做了个手势，示意证人往前走。

窗外也有警察，他们把宅邸严密封锁起来了。娱乐室东侧的门外也安排了看守人员。证人一步一步地靠近二郎所在的桌子，由于地上铺着地毯，几乎听不到脚步声，也许只有听觉发达的人才会听到。

一步，一步……

大概也是在侧耳倾听，嫌疑人的脸依然面向着对面的大海警官。从刚才开始，他的嘴唇就一动不动。

"金泽先生，"大海警官说着，眼睛还是一眨不眨地盯着前方，"请仔细辨认。向二郎先生再现一下在钟表店的情景，他会配合你的。"

大海警官的声音带有指向性，仿佛是想直接传到二郎的耳中。

"既然定制的是手表，自然也需要观察委托人的手腕吧。请帮我们看看有没有习惯性的动作，或是特征？"

脚步声在桌子前停了下来，二郎只是坐在那里，仿佛拒绝做出任何细微的动作。

钟表店的店员金泽弯下身，仔细辨认着二郎。正在此时，只听到"咚"的一声，人们眼前一黑。

灯灭了。

瞬间，整个世界都被黑暗所笼罩。

"怎么了？"传出了远野宫粗壮的声音。

大家在无限扩大的黑暗中，慌乱起身，椅子被挪动的声音交织在了一起。

"停电了吗？"雾冈刑警喊道。

大海警官点燃了打火机。他聚拢着眼神，将拿着打火机的右臂向前伸出。

"不见了！那家伙不见了！"

前面的座位是空的，椅子歪着。

伴随家具挪动的声音，雾冈刑警的喊声撕裂了黑暗。

"他逃走了，土肥刑警，小心！堵住出口！"远野宫和雾冈刑警也都点燃了打火机。

土肥刑警挥动着手电筒。脸色苍白的他，表情凝重，眼神专注，弯着腰蓄势待发，仿佛在黑暗中寻找猛兽。

但他的周围并没有人影。

"窗户……"

雾冈刑警猛地转过身去。

紧闭的窗帘四周，透进了微微的夜光。远野宫也站了起来，手里闪着不断晃动着的小火苗。

"窗外也有两名警察。"雾冈刑警自顾自地嘟囔着，判断二郎无法从那里逃走。

"看看东门的外面……"

"拉开窗帘会稍微敞亮一点吧。"

远野宫朝着窗户走去，不小心撞到了游戏台。

"刚才有重物移动的声音……"

雾冈刑警想起了这件事，大海警官也灵光一现。

"地下密道！雾冈！"

回应了一声"喔"，雾冈刑警立刻转过身去。

他刚想冲进暗门，却没了刚才回答的气势。屋内实在太黑了，打火机的火焰过于微弱，只能照到眼前的地方，走得太快还会熄灭。

他好不容易挪到暗门的位置时，一扇窗帘被拉开了。使得部分家具的轮廓依稀可辨了。

雾冈刑警借着打火机的火焰照着脚下，发现暗门的柜子被移动过。

"警官，是这里！他利用秘密通道逃跑了！"

另一边的窗帘被拉开时，雾冈刑警的声音变得激烈起来。

"终于露馅了，那个家伙！这扇暗门的打开方法只有凶手才知道。"

"居然从意想不到的角度抓住了他的把柄。"大海警官也变得兴奋起来。

"如果他能顺利地穿过有岔路的地下密道，并轻易地打开出口的话，那就确凿无疑了。只要他从出口露面，就可以立刻缉拿归案。"

雾冈刑警往西侧的门口走去。

窗帘已经被全部拉开，不再是漆黑一片。即便如此，室内依然非常昏暗。

大海警官一边往东侧的门走去，一边做出指示。

"密道的出口在舞台房间，小客厅和露水室这三个地方。我去舞台房间。雾冈，你去宅邸的西侧，往其他两处安排人手。"

"好的！"

大海警官来到走廊，使用小型对讲机，下达加强舞台房间周边警戒的指令。虽然并非所有刑警都有对讲机。但是，对讲机与警察的无线电是同频的。

"土肥刑警，我们换一下吧。"

雾冈递出打火机，接过了手电筒。

"你在这里看守暗门，他有可能会折回来。"

"是！"

快要走到门口的雾冈回过头来。看到远野宫站在暗门的附近，金泽则扶着桌子没有了乱动。

"土肥，别忘了保护好远野宫先生和金泽先生。远野宫先生，千万不要进入密道，太危险了。而且，凶手很有可能做出从地下密道逃跑的假象，实际上还潜藏在房间里。你们三人都要警惕周围的动静。"

金泽胆怯地环顾着周围。

"知道了。"土肥刑警一边说，一边向使劲点头的远野宫走去。

雾冈跑出走廊，用小型对讲机向院子里的警察们发出指令。

"按照大海警官的指令行动。剩下的人，留一个在娱乐室外面，其余的人都去看守小客厅和露水室的窗户，不要让任何人逃走。"

　　黑暗的走廊看不到前方，仿佛没有尽头。人声在背后渐行渐远，只回荡着自己的脚步声。穷途末路的愚蠢凶手正在黑暗的前方等着他。紧张感和追捕的兴奋感相互交织，在雾冈的胸腔中咚咚作响。

　　前方左拐，就是小客厅大门前的走廊。

　　这个时候，他的脚步突然停了下来。

　　他深吸了一口气，调整呼吸。

　　前方似乎有一个人影，手电筒的灯光照亮了那人的脚下。

　　慢慢抬起的纤细的腿，接着是红茶色夹克的下摆……

　　对方因为强光眨着眼。

　　本该是黄色的灯光，与青年的肤色重叠，看上去竟是蓝白色。在透着忧愁与怜悯的光亮下，站着一个青年。

　　竟然是南美希风！

4

　　"发生什么事了吗？难道与停电有关？"黑暗中的少年接着又对一时语塞的雾冈继续说道，"我已经取得了主治医生的许可，刑警先生也让我进来了……"

　　雾冈下意识地点了点头，打算默默地从南美希风的身边过去，却发现玄关那边有个点着打火机的人影走了过来。

　　"哦，是安住先生啊。"

　　安住负责玄关的守卫工作，允许南美希风进来的也是他。虽然他没有对讲机，但遭遇异常的情况，他会主动采取行动。

"那家伙应该会从地下密道的某个口出来，你来帮我监视小客厅里的暗门。"

"明白。"安住刑警顺着昏暗的走廊向南走去。

"你自己小心点，我要去露水室。"

雾冈直接就往西侧的玄关方向走去，南美希风则跟了过去。

露水室位于被墙壁隔开的玄关北面，在主馆的西北角。

两人来到了门前。

这个供客人临时休息的房间，装着向内开的两扇门。门前的走廊向南北延伸，北边是没有窗户的死胡同。

就在雾冈将手伸向门把手的时候，灯亮了。

"修好了吗？"

雾冈关掉手电筒，再次伸手去抓门把手时，却停下了动作。

"怎么回事？"

雾冈和南美希风都愣愣地盯着前方。

门把手下面似乎贴着什么。隔着两扇门的分界线各有一张，好像是淡茶色的B4尺寸的纸。乍看之下像是木质或其他材质的告示牌，但其实只是一张纸。

上面印着图画和文字，中间位置的女性人像格外显眼。整体给人一种古典的感觉，让人联想到木版画。在女性人像的头顶上写着一行纤细的西洋文字——ISIDIS。

"这是'梅菲斯特的反对者'的恶作剧吗？"

现在不是胡思乱想的时候，雾冈连忙握紧了门把手。

"锁住了。这里应该没上锁才对。"

他反复试过了几次，但门把手仍然纹丝不动。

"审讯过二郎了吧？"

南美希风向雾冈问道。

"刚才让他和钟表店的金泽先生当面对质。"雾冈将小型对讲机凑近耳朵，听到了里面的声音。

"恢复供电后不久，露水室的灯就亮了。"院子里的警察在报告情况。

"可以确定里面有问题。"

他粗暴地摇晃着门把手。

"可恶，门被锁上了，不会又是密室吧？"雾冈一边用拳头猛砸，一边发出怒吼。

"喂！出来！你已经被包围了！你是逃不出去的！"

仿佛是在责备室内没有应答，雾冈用力锤击着房门。

发现没有回应，他将小型对讲机放到嘴边。

"大海警官，那家伙好像在露水室。"

"雾冈刑警。"话筒里传来了一位警官的声音。

"怎么了？"

"冒烟了。"

"烟？"

"露水室有个烟囱，在冒烟。"

雾冈和南美希风面面相觑。

"火……毁灭证据？"雾冈顿感不妙。

"把门撞开吗？"

雾冈没有回答，只是向后撤去，摆出了向前冲的架势。南美希风也配合着做出了动作。

那个瞬间，雾冈皱起了眉头，他向南美希风递去了担心的目光。南美希风则只是回以微笑，就像是逞强的小学生一样。

两人的身体撞在了门上。

撞击的声音数次回荡在整个齐家宅邸，势必要破开这个密室的声音，响了四次。

第二次撞击时，锁的部分发出"嘎吱嘎吱"的声音，就像木头裂开一样，但是大门还在支撑着。

第三次，门开始摇晃，固定的合页部分似乎要断开了。两扇门仿佛要被从门框上被扯下来，但它们还是像墙壁一样，阻挡在前面。

"门后面好像有什么障碍物，再加把劲，南美希风，预备！"他吸了一口气，两腿用力站稳，带着全身的重量飞扑而去。

伴随着一声巨响，用力过猛的两个男人跟着门一起向前倒下。应该是倒在了障碍物上，被破坏的两扇门也朝着室内的方向倾斜着。雾冈和南美希风，就像从巨大的跷跷板上被甩了出来一样，滚进了露水室。放在房间门口的障碍物是一张背对房间的长椅，比两扇门还要宽。现在它被闯入时的力量撞得倾斜，压在了像跳板一样的门下。

但是，雾冈和南美希风都是后来才知道的。

两人滚进室内后，好不容易才稳住身体，视线就被眼前的火焰所吸引。

壁炉里的火焰熊熊地燃烧着，异常凶猛。

空置的露水室是一个相当宽敞的房间，室内以黑色为主。家具之类的东西被放置在右边的角落里。

黑色的墙纸上有灰色的花纹和金色的细竖线。但是，灰色非常幽暗，金色也有剥落，所以更加凸显了黑色。地毯与壁纸呼应也是黑色。

在微弱的日光灯下，一眼就能尽收眼底的屋内显得非常灰暗，就像屋外的夜色流淌进来。不过与其说流淌进来，不如说是渗透进来。墙壁上的黑色，宛如那一点点渗进来的黑夜，包裹了整个房间。

"停电的残影"，这样的描述莫名其妙地掠过雾冈的脑海。停电的尾巴，停电留下的阴影，黏在这个房间里挥之不去。

当然，这种无用的感慨掠过脑海，不过是电光石火之间。

带来最大冲击的还是火焰。

入口正面的壁炉也是用接近黑色的石头砌成的。里面燃烧着的火焰，在黑色的空间里成为屋内最大的光源。摇曳的火焰照亮着室内，发出熊熊燃烧的声响。

而且不仅如此，更吸引人的是从火焰中延伸出的两条腿。

一个人的下半身……

他的头扎在了壁炉的火堆里，身体正在燃烧。

见到如此残酷景象的雾冈和南美希风，发不出任何声音，甚至无法呼吸，就像巨大的火焰夺走了他们的氧气。

男人趴在壁炉里，双腿伸向了南美希风他们的方向。有点像半跪的姿势，胸部以上都插进了壁炉里。火焰已经燃烧至背部，且蔓延之势不减。

白色的、黄色的、红色的火焰卷起灼热的旋涡。

大脑被凄惨景象所震撼，甚至觉得黑色的墙壁渗出了血。那已经不是渗透进来的黑暗，而是变黑的血迹，释放着腐烂的气味。

事实上，火焰和烟雾都被烟囱吸进去了，并没有散发出什么焦臭味。

闯进来的两个男人，屏住呼吸，愣在原地，但也不过是两三秒的时间。

他们马上就行动起来，刚踏出一步却又不知该如何是好，只能停下了脚步。

雾冈赶紧拿起小型对讲机说道："快拿灭火器来！赶快！赶快！到露水室来！他在这里！"

南美希风用紧迫的眼神询问雾冈，是不是可以挪开男人的尸体？虽说两人都觉得火焰中的男人不可能还活着，但也不能断定他一定死了。即使已经死亡，不进行应急处理的话，也只会加剧尸体的损坏，破坏现场的证据。

"把他拉出来吧。"

雾冈说着向前走去，抓住男人的右脚，南美希风抓住他的左脚。二人合力将身体拖到了距离壁炉三米远的地方。

火力都集中在壁炉里，男人身上并没有大火上身。

南美希风脱下外套，盖在火焰上，随后拍打着火苗。雾冈也脱下西装助他一臂之力。

两个人的行动起到了效果。尸体身上的火被扑灭了，但是雾冈却觉察到了异样。

"衣服……有点奇怪，跟吝二郎的不一样。"

这时，走廊里传来了粗壮的声音。

"嗯，是的，我那边发现了吝二郎。"远野宫龙造出现在两人的视线里。隔着斜倒的门，依旧可以看到他巨大的身躯。

"在你那边？"

更加诧异的雾冈站起身来，与南美希风并肩走向门外。

"被绑起来，倒在地上。"

远野宫说话间将头扭向了走廊的尽头。再回过头来时，惊讶地发现南美希风居然在这里。

"你怎么在这里？南美希风。你是从医院赶过来的吗？"

"我想亲眼见证推理的结果，也想看看有没有进展……还有一郎老师的后事……我得到主治医生的许可了。从门口进来时遇到停电，正摸索着往前走的时候，碰到了雾冈刑警……"

南美希风艰难地穿过长椅和门组成的路障，注视着眼前的景象。安住刑警在走廊的一角发现了嫌疑人，或者说是曾经的嫌疑人，现在正在解开绑着他的绳子。掉在脚边的白布，好像是堵在嘴里的东西。南美希风身旁的雾冈发出了一声惊呼。

"二郎……"

坐在地板上的人，被墨镜遮住了眼睛，看不清他的样子，而且似乎意识有点模糊。

南美希风脸上也浮现出了难以置信的表情，他试图压制着内心的混乱。

"在你们把那个男人从壁炉里拖出来的时候，我和刑警赶到了这里。"

远野宫开始说明情况。

"娱乐室交给了土肥刑警和另一个警察了。我就跑向了这边的走廊，听到破门的声音，更是加快了脚步。那个警察是在小客厅听到的声音，一起赶过来的。"

"你们看到了什么？"南美希风用茫然的语气询问道。

"走廊的尽头，虽然有点昏暗，但能看到置物台的阴影里好像有人的脚。"

那是一个非常宽大的置物台。四角柱形的木制台子上放着一个大型人物瓷偶。

"这个台子本来应该紧贴着墙角吧？"

"有人移动过它，然后把二郎塞到了缝隙里。"

"这是怎么回事？"雾冈连忙拍着自己的额头。

"发生什么事了？"

再回头看向露水室，拿着灭火器的警察和大海警官正在展开灭火工作。

"那被扔进壁炉的男人是谁呢？"

雾冈屈膝蹲下身体。

"你是说那个人就是袭击你并把你绑起来的人吗？"

过了很久，二郎才回过神来。一边摸着手腕，一边回答着警察的疑问。

5

晚上十点多的时候，调查有了初步进展。

为了不打扰四处走动的刑警们，院子里那个被称作宫殿的地方，聚集了好几个人。或许也是出于本能的行为，宅邸里死了那么多人，大家都想尽量远离这个令人生厌的地方。

南美贵子因为担心弟弟也来到了这里。虽然得到了医生的出门许可，但他不在家休息，竟又跑来了这里……

不过，心脏短时间内应该没什么问题。只是他的精神似乎受了打击，沉默不语地变成了一个抱着头的雕像。

南美贵子看向对面的宅邸主馆。高大的建筑物，只有中央是两层楼，东西两翼的屋顶略低。

舞台房间就在东侧的区域，那里是连续杀人事件的起点。阳台上的魔术玻璃窗，就像那晚一样，映着黑夜的黑色光芒。乌云滚滚的夜空笼罩着如同巨大剪影的主馆，仿佛是那一天的再现。

堆满湿气的厚厚云层，似乎在痛苦地挣扎，拒绝下雨。焦躁的气氛化成了青白色的闪电，劈开了漆黑的夜空。夜风只是缓慢地盘旋着，干燥的热风和潮湿的暖风杂糅交错，有时甚至夹着阵阵阴风，加剧了身体的焦虑。

被庭院灯照射的白色宫殿，有八张榻榻米那么大，圆形的屋顶四周由立柱支撑，地面比草坪高出一截，放着三张白色长椅。

南美希风他们三人坐在面向主馆的长椅上，远野宫龙造坐在南美贵子对面。

后面的长椅坐着上条夫妇，两人为了照顾南美贵子和她的弟弟，一直跟在后面。

最后一位是正在大叫的青田经纪人。

"那个死掉的人到底是谁？也就是说，杀人凶手是外面的人吗？远野宫先生。难道是流生的生日那天，潜伏在院子里的可疑人物吗？那个人出了意外，然后死在了露水室吗？"

他的脑子一片混乱。但是此时无论是谁，恐怕都是一样。

"远野宫先生。"压抑着不安的上条利夫轻声地问道，"死者的身份还没有确认吧？"

"还不知道。身上没有任何能证明身份的东西，连钱包都没有。手和脸都烧焦了，只知道年龄在三十到五十岁之间。"

"死因是额头受到了撞击吧？"南美贵子也问道。

"没错，根据现场验尸得出的结论。壁炉内侧是用耐火砖砌成的，有一块砖头掉在了壁炉内，因为和伤口的形状一致，就被认定为凶器。烟囱内部足以容纳一个人，经过现场勘察，烟囱里的砖头每隔两列就会被抽出，正好可以当梯子。"

青田立刻追问道："什么意思？"

"就是说烟囱内壁到处都是一块砖大小的凹槽，手脚并用就可以往上爬。"

"有人将砖头拆下来特意弄成这样的吧？"

"拆下来有段时间了……我和各位刑警都是这样推测的。南美希风曾说凶手就像随身携带着各种诡计，他对火炉也进行了改造，偷偷地制作了那个用作紧急逃跑的隐藏通道。"

也可能是吝二郎做的，南美贵子在心中暗暗思忖道。今夜，吝二郎被众人逼入绝境，当他试图通过这条通道逃跑的时候，却遭遇意外丢掉了性命。

但是现实并非如此，二郎没死，死者另有其人。

"死去的人想要从烟囱里钻出去的时候遭遇了意外。"远野宫也认为这是一场意外。

"从烟囱往上爬的凶手，脚滑坠落。头部正好撞到掉在壁炉内的砖头上，造成了致命伤。或者，在滑落的过程中，头部撞到了即将脱落的砖头上，由于撞击，让砖头掉在了壁炉内。"

南美贵子突然产生了疑问。

"可是，这样的话，怎么解释壁炉里还燃着火呢？"

"是啊。"青田也疑惑地问道，"远野宫先生，火是死后才被点燃的吧？"

"应该是在死前或死后不久点着的，死后的可能性比较大。"

"掉下时的动作，不可能点燃壁炉。"

"壁炉以前是烧木柴的，后来才改成了燃气式。燃气开关和点火开关都在壁炉外面，凶手在里面是不可能触碰到这些开关的。"

"是不是自杀呢？"青田摆出电影中的律师或检察官一样的动作阐述道，"凶手想从烟囱逃走，但他发现外面也有警察，就选择了放弃。他点燃了壁炉，同时，一头撞在了壁炉里的砖头上。"

"自杀也不是完全没有可能，但是意外死亡也说得通。首先假设壁炉内部设置了能够操控点火开关的装置，因为燃烧着火焰的壁炉是不可能成为逃跑通道的。凶手认为火焰可以掩饰其逃跑路线，但事实上，不常使用的房间突然间燃起了火焰，反而要更加惹人注意。总之，凶手是想用火焰引起警方的慌乱。然后，从烟囱往上爬了一段距离后，凶手拉动绳子，点燃了火。但是，由于计算错误，火力过大，凶手被突如其来的热风吓了一跳，手脚一滑，摔了下来。"

"原来如此。"

"不是意外就是自杀。既然现场是个密室，那就只可能是其中一种情况。"

耳边传来了低沉而悠长的雷声。

南美希风依旧双手撑着额头，沉默不语。

南美贵子也在一旁思考。

自杀或意外，这是密室产生的常识性结论。但是，在吝家的连续杀人事件中，常识已经被颠覆了好几次。除了几经反转的西上基努的密室，其他的密室都是凶手制造的。

因此，用常识来推断这次事件未免过于轻率。南美贵子觉得意外和自杀都不太符合现场情况。如果是意外坠落，那尸体倒下的方式就不正常。遗体是以腿朝着门的方向趴在火里的。掉落火堆之后，还能做出这样的动作吗？自杀方式有很多，用这样的方法低效且具有不确定性，额头受到钝器撞击不一定会死。

南美贵子突然产生了另一个想法。也许他根本就没打算死，他只是想在额头上做出伤口，伪装成受害者。但是，由于用力过猛，才造成了意外死亡。不，如果是这种情况，火焰就是多余的。壁炉燃起最大火力的火焰，应该不在伪装受害者计划之中。如果倒下的地方燃烧着火焰，那就太危险了。

即便真的是自杀，这火焰不也是多余的吗？点火以后，就很难将头往壁炉里撞了。火焰的热度会让动作迟疑，对于想要一击致命的人来说，只是障碍。难道必须烧掉自己的身体，毁掉什么证据吗？

另外，在壁炉附近发现了护目镜，那是市面上常见的夜视护目镜，那个男人就是戴着它在黑暗中行动吧。

"窗户和门都上了锁。"利夫在嘟哝着。

南美贵子想起弟弟说过门锁状态。警方似乎也没有发现从房门外操纵上锁的痕迹。就算用了什么不留痕迹的手法锁上了门，但怎么做才能从门外用长椅顶住内开的门呢？根本做不到的。

南美贵子向远野宫问道："远野宫先生，暗门是什么样子的？是在地板上吧？"

"在靠近地毯边缘的地板上。如果从地下打开那道暗门，推开地毯就可以出来。不过，这扇门被胶带封住了。"

"胶带……"

"四边都封得严严实实，是从室内一侧封死的。胶带应该是从室内拿的。在房间右侧角落里，堆了一些旧家具，数量很少，没有供人躲藏的空间。尺寸最大的物品可能是一张黑皮沙发，损坏严重，一直找不到合适的机会丢弃。用来挡门的长椅也在室内。要说其他显眼的东西，就是那个装杂物的盒子了，里面放了很多杂七杂八的东西，还有壁炉的清洁用具。胶带就是放在那里面的，捆住二郎的绳子和堵嘴的布也是从那里拿的。"

长凳"嘎吱嘎吱"作响，远野宫随即换了一个坐姿。

"凶手的行动应该是这样的。从地下通道来到露水室的凶手，为了不让警察追上来，把暗门封上了。之后，他将平时不上锁的门锁上了。在男人的口袋里发现了钥匙。为了争取时间，他又把长椅挪到了门前。然后凶手想顺着壁炉的烟囱逃走，却失败了。"

"窗户那边有警察监视吧？"南美贵子确认道。

"接到无线电指示的巡警，赶到以后就一直盯着露水室的窗户，窗户附近刚好有盏庭院灯。当时巡警分别从东侧和南侧赶来，从时间上推断，凶手也就刚到露水室。此后，巡警就一直用手电筒照着窗户附近，所以不可能放过从窗户出来的人。而且，那间屋子里有三扇带窗框的双层窗户，合计有六把锁，都是锁着的状态。既有目击者又还上着锁，从窗户逃走根本就不可能。"

"烟囱呢？"青田提高了声音询问道，仿佛在感叹自己的灵光一闪，"凶手杀死了壁炉里的男人，最后通过烟囱逃到了屋顶上。"

"也被否定了。烟囱的顶端在高高的屋顶上，需要相当长的时间才能爬上去。到达上面之前，巡警们就追到了。据说，他们也一直注意着烟囱上方，因为很早就发现烟囱在冒烟。凶手要想神不知鬼不觉地从烟囱逃出去，也是不可能的。"远野宫接着对众人补充道，"密道也是不可能的，所有的出入口都有看守，地下还是死胡同。警察们已经搜查过了，没有人在里面。露水室的暗门还是从室内封上的。"

打开露水室的灯，杀了人，又点燃了壁炉的凶手，根本没有地方可以逃走。只能是受害者就是凶手。

一阵风声掠过，春香也加入了讨论："是死掉的男人伤害了二郎先生吗？袭击了他，还把他绑起来。不过，为什么是二郎先生呢？据其他人说，二郎先生是从警官们找他问话的那个房间被绑走的。没错吧？"

"是啊。"远野宫顺势承认道，"他是从娱乐室被带走的。"

春香站起身来抗议道："我听二郎先生说，你们把他当作嫌疑人去审问，还请来了证人。你们是怀疑二郎先生就是凶手吧？"

"我也这么认为。"

说这句话的人是青田。衣着花哨的经纪人从宫殿走到院子，一只手挽着其中一根柱子，像个孩子一样，转了一圈，又站回了宫殿的地板上。

"远野宫先生，你们认为二郎是凶手吧？"

南美希风轻轻地摇晃着手指。

回答的是远野宫，他目不转睛地盯着前方，似乎坚定自己的判断。

"是啊，没错，吝二郎就是连续杀人案的凶手。"远野宫表态之后，除了南家姐弟之外，其他三个人都呆若木鸡，背对着他们的远野宫却用同样的语调继续说道，"我们有充分的理由。我来告诉你们怎么得出的结论吧。"

于是，他就从吝二郎定制了没有玻璃罩的手表讲起……

因为手表的原因，拿走了舞台房间的所有玻璃……

吝二郎对谁也没有说过那个纪念品……

地铁站内打电话的情形，与供词相矛盾……

听到这样的内容，春香眼中的抗议消失了，她觉得相当有说服力。

丈夫轻轻地握着她的手，她也坐回了长椅上。

"为了打他个措手不及，我们没有叫他去警察局，而是决定在宅邸与他进行较量。不过，即使当着他的面解开了谜题，以及拿出了物证，二郎仍然处变不惊。我到现在都很诧异……他理直气壮地一口咬定什么都不知道，甚至原意主动配合鉴定指纹和笔迹。就在我们让他和钟表店的店员当面对质的时候，停电了。"

"停电……"青田用指尖轻轻敲着柱子的表面。

"停电，不是偶然吧？"

"不可能是偶然。整个地区没有停电，只有吝家停电。原因不明，大概是有人动了断路器。而置有断路器的配电盘有两处，分别在储藏室和玄关的储物间。两边都没有被动过的痕迹。恢复来电是因为细田把储藏室的断路器调回了原样。断路器是联动的，所以全馆都恢复了供电。"

"停电之后，二郎先生遭遇了什么事？"利夫的声音充满了担心，"警察们以为二郎先生是趁着停电逃走了吧？但好像不是这样。到底是怎么回事？"

远野宫喘着粗气，仿佛在看远处的电影屏幕。

"据说在周围一片漆黑之时，有人从背后袭击了他。他被绳子一样的东西勒住脖子时，被拽到了后面。二郎的脖子上确实有绳子的勒痕。在被勒住脖子发不出声音时，嘴巴和鼻子好像也被柔软的东西捂住。然后就失去了意识。"

"闻到了类似麻醉药的东西……"青田瞪大了眼睛。

"但是，作为当时在场的人，很难相信身边发生过这么大的动作。但也很难否认。"

南美贵子接着问道："袭击二郎先生的凶手，一直躲在家具后面吗？"

"据二郎说可能是趁着停电，从地下密道里出来的。"

"哎？但是，暗门上面，放着非常沉重的家具吧？"

"二郎推测凶手可能事先把家具挪开了。我们将娱乐室当作审讯室时，柜子已经被挪动了。我也不能确定是不是被提前挪动了。毕竟是很矮的家具，完全被桌子和游戏台挡住了。有人说在刚刚停电后，听到过家具移动的声音，可能就是凶手袭击二郎时发出的声音。"

"感觉都有可能吧？"

"是的，南美贵子小姐，两者都有可能。有可能是躲在暗处的凶手袭击了二郎，又挪开了柜子，把二郎拖到地下密道里；或者凶手从地下密道出来，抓住二郎再次回到了地下。"

青田移动到远野宫面前，再次问道："被迷晕的二郎先生，是被拖到地下去的吧？"

"只能这么考虑。凶手抱着昏二郎穿过地下密道，到了露水室。然后又到走廊上，将被绑住的二郎塞进那个角落。在门上贴了两张奇怪的纸也是在那个时候吧。接着回到露水室，锁住房间。"

"他为什么要那么做？"青田纳闷地追问，"把二郎先生带走后，又把他扔在走廊上，是为了什么呢？"

"这确实很奇怪。"利夫也这样说道。

"如果二郎的证词是真实的，或许用这个说法能说通。凶手想要嫁祸给二郎，但是，这样下去就会证明二郎是无辜的，所以就得把他弄走。然后，让二郎拿着只有凶手才有的证据，杀他灭口……到时，也就死无对证了。"

"在那种情况下，就会发现他身上的证据。"青田一脸信服地晃了晃头。

"二郎先生从娱乐室里消失了，理所当然就会怀疑他是畏罪潜逃。可是，远野宫先生，二郎先生被找到了。你们发现确凿的证据了吗？"

"他身上什么都没有。所以，这是意外。计划的最后阶段出现了意想不到的变化，不仅没能让二郎背上罪名，凶手自己也丢了命。"

"'梅菲斯特的反对者'在最后阶段，想把罪名甩给二郎先生，就像在图书室里嫁祸给长岛先生一样。"

她无法相信弟弟的推理错了。吝二郎是清白的吗？不，他现在仍旧很可疑。

"在给二郎先生录完口供后，又安排钟表店的证人跟他见面了吧？"南美贵子接着问道，"看来是没有什么进展呢。"

"二郎非常配合地帮忙还原了钟表店的场景，但证人也判断不出是不是同一个人。这种模棱两可的证供对被告非常有利。二郎得知钟表店的委托书上留下了手掌侧面的掌纹后，便申请进行了掌纹的采集。现在还在核对中。"

远野宫对远处打了声招呼，视线处走来了几个人影。

"是查出什么了吧？"

长岛要、早坂君也和雾冈刑警，三个人同行走来。

6

魔术师早坂稍稍松了口气。

"青田先生。已经可以回家了，要一起回去吗？"

"是啊……"青田犹豫地看向长岛的毛线帽，"长岛先生的身体还没恢复，早点回去比较好，我嘛……"

经纪人的注意力早就被警方的对话吸引了过去。

远野宫站起身来，把耳朵凑近雾冈刑警，好像要秘密交谈，但是，大家都能听到他们的声音。

"已经搞明白了吧，你的脸色有些阴沉啊。"

"核对过委托书的掌纹了……"

"结果呢？"

"另有其人！虽然掌纹极其相似，但不是同一个人。"

"另有其人？"

"来钟表店要求定制手表的不是会二郎。"

"这样说来就是一郎，反正不是二郎就是一郎。"

远野宫一头雾水地坐了下来。

南美希风依然是一尊思索的塑像。

新来的三个人站在草坪上。

听到新情报的几人交换着视线。

"可是，为什么呢？"远野宫低下头皱起了眉头。

"为什么一郎要做这样的事？"

远野宫抬起头看着雾冈刑警。

"很难确认是一郎的掌纹吧？"

"我们已经尽可能地去采集了，但是似乎有些不合适，只能放弃了。"

早坂觉得现在还不是回去的时候，便开口向刑警问道："那二郎的嫌疑就减轻了吧？"

"嗯，多少是的。"

青田经纪人向前走了两三步。

"雾冈刑警，那件事怎么样了？据远野宫先生说，二郎先生曾用地铁站的公共电话给西上家打过电话，但实际上并非如此，你问过他吗？”

“啊，已经问过他了。”

“二郎先生一定否认了吧？他说了什么呢？”

雾冈刑警稍微环顾四周之后，才小心翼翼地开口道：“他说就是打给西上家的。”

这是已经公开的信息，而且对自己特别有利，所以含二郎不会轻易改口。

“虽然打过，但是转念一想又马上挂了。聚会的时间已经来不及了，现在不是打电话的时候。”

“但是，最开始他不是说在等着对方接电话吗？”

“是的。”刑警的眼中闪着光亮。

“这很常见，证词反复会动摇可信度。他的说法是当时没有解释得那么详细。事实上就是拨了电话之后，马上改变主意了。”

“为什么改变主意了呢？我记得当时他说的是如果现在不给她打电话，聚会结束后可能会忘记，所以赶紧打了电话。明明是这么想的，会马上改变主意吗？”

青田也觉得不可思议。

“他说是听到了地铁到站的广播。于是改变了主意，认为抓紧工作比较好。结果还是没赶上那趟车。”

“硬币呢？十元钱没有拿回来吧？”

“没有拿回来，因为非常着急。”警察的眼神里透着难以置信。

"据说他都顾不上拿回硬币就去站台了，十元钱根本不值一提。从金额上来看也是如此。"

刑警把皱着眉头的脸转向一边，一只手插进口袋说出了心里话。

"他修改后的证词也非常可疑，回答也并不流畅。他在绞尽脑汁敷衍过去，很难说没有嫌疑。"

"但是……"利夫怯生生地开口说道，"二郎先生看到最有力的物证，那个钟表店的委托书的时候，表现得非常平静吧？如果他是凶手，就不可能不紧张吧？然而，二郎先生非但没有慌神，反而积极配合，想要摆脱嫌疑。"

雾冈刑警的表情又阴沉了下来。

"据说，委托书上的掌纹不是二郎先生的。刑警先生，如果无法证明手表与二郎先生有关，就没有办法指证清除掉舞台房间玻璃的凶手是二郎先生吧？"

听到这种说法，雾冈刑警也只能沉默以对。

远野宫和南美希风都沉默着。

"而且，凶手的尸体也被发现了。"长岛的眼神里充满了不可思议。

"在露水室，原本打算做点什么的凶手，由于因果报应而殒命。在危险的地方逢凶化吉的二郎先生，其实只是受害者，却一直被当作嫌疑人，这不是很悲惨吗？"

同样遭受过怀疑的男人，生出了同理心。

"可是，长岛先生。"远野宫一脸烦躁地说道，"无论如何，还是很难相信是外部人员作案。外人能使用警方都没能发现的密道，多次进出这座宅邸吗？即使有这样的密道，从犯罪性质上也不可能。犯下多起案件的凶手明显对家里人的性格、行为习惯，以及各个房间的情况都了如指掌。"

"你是说露水室的那具尸体不是真正的凶手吗？"

一向自信十足的远野宫，这次没有给出明确的答复。

此时，利夫开口说道："就算他是凶手，也不知道他的身份。那人到底是谁？"

没人能够回答。

处于盲点上的人？

西上家的安川浩太郎？

复出公演的那天晚上，来到这个宅邸的其中一位观众？

还是当时的采访团中的某个记者？

"关键性的错误，究竟出在了哪里？"

远野宫正在嘟囔时，沉默的南美希风终于发声了。

声音极其微弱，让人感觉到脆弱……

"我不认为哪里有错，逻辑上也没有大的漏洞。从犯罪的性质来看，凶手的形象也和吝二郎先生吻合。"

"只是，的确……还是存在没有办法解释的东西。第一次事件中二郎先生的不在场证明等等，还有一些疑点。那天在病房中，我只是想把我理解到的东西传达给大家，所以……"

"这个嘛，南美希风。"雾冈刑警用平静的声音说道，"我完全理解。总部的刑警们也觉得存在很多疑点，但是大家都觉得方向没有什么问题。"

"露水室的事件之后，再回过头来看，那时推断出来的凶手形象也没有变化。目前没有可以推翻一切的论据，本质上也是正确的。但是，还有一些不足，或者说，过剩……"

南美贵子感觉到他在拼命地对怀疑对象重新审视和斟酌。

然而，南美希风的声音又转向了自言自语。

"过剩……多余……出现的尸体……X……"

南美贵子急忙劝道："过剩或是不足，可以找时间再想吧。"

远野宫也鼓励地说道："南美希风，我认为你围绕第二块手表建立的推理没有任何问题。没能找出凶手简直匪夷所思。"

"畸形……不协调的感觉，出现了畸形……如果能把具有这个特征的畸形矫正过来，就能看到事件本来的面目了……"

"畸形？"

"假设二郎先生事先就知道了警方准备证据和证人的计划，就能解释他为什么没有紧张。他早就准备好了应对之策，上演一场反转闹剧。"

"事先知道？"远野宫的黑眼珠转了两三下。

雾冈刑警也露出了意外的表情，好像在说二郎绝对不可能知道警方的行动。

"不过，即使这样，也还是会出现畸形，但是基本上能说得通。"

望着空气的南美希风正在集中注意力思考。

"首先，鉴定结果表明，委托书上的指纹和笔迹并不能成为决定性的证据。如果二郎提前知道了这一点，就可以围绕证据反向展开行动。"

"原来如此！"青田经纪人一脸惊讶地感叹道。

早坂和利夫等人也都露出惊讶的表情。

"接下来是停电。停电不可能是偶然吧？"

"从声音上推断也不会是偶然。那时候刚停电，二郎的椅子那边就传来了声音，甚至可以说是几乎在停电的同时，响起了不知是移动椅子的声音，还是在地板上快速走动的声音……"

那声音能说明什么呢？南美贵子和弟弟，都在期待接下来的结论。

"很可能就是二郎起身离开座位的声音。当时，我们都因停电惊愕不已，还在互相确认是不是停电，二郎就已经行动了。利用突发停电的情况逃走，是不可能的事情，因为他是盲人，会比我们更晚发现停电。正常情况下，得听到有人问是不是停电，才会察觉到事态的变化，然后再做出逃跑的决定。然而，就在我们惊讶的瞬间，二郎就已经动起来了。也就是说，他知道会发生停电的状况。"一口气说完的雾冈刑警，稍稍缓和了一下语气后补充道，"就算二郎没有动作，是凶手在停电期间袭击的二郎。那么也说明凶手事先知道会长时间停电，所以停电只能是凶手造成的。"

"说的没错。"南美希风赞许地说道，"从停电发生的时机推断，绝对是凶手策划的。这样的话……这次停电造就了第一次的畸形。"

"畸形是指？"

"计划固然精密，但是你不觉得流程有问题吗？因为知道警察要做的事，所以二郎才有恃无恐。他既担心所谓的证据，也没必要害怕证人，就算当面对质也毫无问题。既然都已经预知了这一切，为什么还要假装被袭击和绑架呢？他事先知道会被叫到娱乐室，便做好了停电的安排，谋划了被袭的场景。但为什么要这么做呢？如果想要自证清白，只要反驳证据和证人，死不认账就可以了。为什么还要制造出自己被怀疑逃走的场景呢？"

"是啊……"

"在被众人包围的情况下，瞬息制造出来被袭击的场面，总会让人觉得不自然。不，这种戏剧性的表现手法，倒是符合'梅菲斯特的反对者'的风格。轻松躲过警方势在必得的最后一击，完成局势的大逆转，这对凶手来说具有无法抗拒的诱惑力。"

远野宫也发表了自己的观点："我们逐步缩小了嫌疑人的范围，就算他能死不认账，但也无法消除警方的怀疑。"

"是的。但要彻底摆脱嫌疑其实非常简单，只要将洗脱嫌疑和杀人放在一起考虑就可以。二郎先生需要一个死掉的凶手，因此那个替罪羊的尸体就登场了……"

"你认为那具尸体是转嫁嫌疑的受害者。"

"但是……"长岛沉思的目光落在了草坪上，"有没有可能只是意外。二郎先生其实没有说谎，但策划了停电的凶手，袭击了二郎先生。"

"南美希风，非常遗憾……"雾冈刑警的声音中略带苦涩，"你的前提是错误的。即使是二郎，也不可能事先知晓我们的计划。知道整体计划的只有现场的三四个人，大多数人只知道金泽先生这个证人而已，我们还下了封口令，再加上宅邸里的部署，这里的警察就算不知道详细的计划，也应该知道它的重要性，都会守口如瓶。而且，我也说过二郎是凶手的说法和计划的拟定，都是在娱乐室的隔音间里进行的。在这一点上我们极其慎重。直到最后都是如此，没有人能听到计划。"

"这么说来，应该没有窃听器吧？"

远野宫点了点头，表示了强烈的赞同，顺便向雾冈刑警确认道："是的，当初我们打算用那个地方开会的时候，就请鉴定专家做了详尽搜查，不用担心被窃听。南美希风，不管是二郎还是其他凶手，都无法知晓我们的底牌，所以我们才对这次的突袭有绝对的信心。"

可惜被躲过了，然后就会有刑警推翻二郎是凶手的说法。南美贵子在心里暗暗思忖道。

"就我个人而言……"南美希风平静地回应道，"我还是觉得凶手事先得知了警察们的追查计划。即使凶手不是二郎，也是如此。为什么呢？因为停电不是偶然发生的，甚至停电的时间都非常巧妙。"

"说起来也是啊。"陷入沉思的远野宫也表示了支持，"凶手当时必须藏在二郎的附近，也就是家具的后面或者暗门的内侧，而断路器却在远处。可能是用了远程操作之类的方法，但是，并没有发现安装这种东西的痕迹。也就是说凶手是在附近制造的短路吗？怎么看都不是能轻易做到的事情。"

"如果凶手是为了其他计划而策划的停电事故，却在那个关键节点偶然起了作用呢……也不太可能啊，通过停电发动攻击，在警察的眼皮底下抓走二郎先生，凶手是如何察觉事态已经紧急到这种程度的？二郎先生只是被警方告知需要'协助'，而被带到了娱乐室。仅仅这样，凶手就感受到了刑警们不经意间流露出来的紧张，然后冒险潜入审问现场吗？场所和时间都有可能变化，我不认为凶手能够立刻做出反应。"

"所以……"雾冈刑警在仔细斟酌南美希风的推论。

"因此，我认为凶手应该事先知道了刑警们的底牌。但是另一方面，雾冈刑警又说追查计划绝无纰漏。这就有些矛盾了，也可以说是畸形。但我觉得矛盾是可以解决的，绝对存在着能够解释一切的答案……"

"尽管如此，南美希风。"雾冈刑警投来了锐利的目光，"我们警方也必须声明，我们的底牌不可能被泄露出去。"

南美贵子觉得事实更有说服力。雾冈一直在怀疑吝二郎，对于自己的搜查和计划越是自信，就越找不出二郎的不合理之处。'梅菲斯特的反对者'就曾多次利用过警方的这种心理。

事实上是二郎对于突如其来的证据和证人无动于衷。在黑暗中实施袭击的男人成了尸体，反绑双手的二郎在密室外被发现。

客观事实都站到了吝二郎这一边。

"二郎先生是否事先得知了追查计划，最好不要妄下定论。"南美贵子用平常的语气告诫弟弟。

过了两三秒钟之后。

"那么，密室的不合理之处，更容易得到大家的认可。"南美希风展开了下一个话题，"露水室的密室，与前几个密室明显不同，您觉得呢？远野宫先生。"

"不同吗？"

"没有华丽的表演成分，唯一的例外是贴在门上的伊西斯。"

贴纸上的图案是希腊神话中的女神伊西斯，好像是从哪里的资料彩印上去的。

南美希风指出《魔术要览》中也有关于伊西斯的记载。

伊西斯欺骗太阳神拉，获得了不死之力。然后收集了被弟弟赛特分尸的丈夫——奥西里斯的尸体残骸，为他注入了生命。

贴在门的纸上，用日语写着"伊西斯神牌"的字样，所以才会像一块板。正文是用希腊语写的，让长岛教授翻译了内容。大意是说我拥有一万个名字，但"智慧"才是我的真名。我传授世间以真理为美的秘术，无论现在、过去，还是未来，没有人能摘去覆盖神圣的面纱。唯有我所传授之人，方能揭去面纱，但是，所视之物，不可言传。

"只有这个像是'梅菲斯特的反对者'故意留下的痕迹。除此之外，反而给人一种索然无味的印象。目前为止遇到的密室，符合逻辑，包含心理操控，但基本上都被赋予了戏剧性。与此相比，这次的现场怎么样呢？"

"稍等一下。"摸着蝴蝶领结的青田经纪人打断了对话，"这次的密室不是凶手设计的吧。凶手就在其中，而且死在了里面，所以只是看起来像一个密室罢了。南美希风先生，你还是认为二郎先生才是'梅菲斯特的反对者'，认为是他搞出的密室吗？"

"就算死亡的男性就是'梅菲斯特的反对者'，现场也非常奇怪。暗门被封住，门窗都上了锁，都是死掉的那个人做的吧？那个'梅菲斯特的反对者'，身为犯罪魔术师，只用包装用的胶带封住暗门，这不太像他的风格吧？密室的性质与之前的完全不一样。"

屋里顿时一片寂静。

"在小客厅密室里，封闭暗门的是精灵之箭的卡片。"

南美希风抛出了例子。

"露水室的密室，即简陋且随意，只是使用了最简单的工具。至今为止的三个密室，是哥特式或洛可可式的华丽建筑，而到了第四个却草草了事，怎么看都不可能。难道这个密室不是'梅菲斯特的反对者'制造出来的吗？"

远野宫一脸严肃地晃了晃肚子，回复道："会不会是因为时间过于紧迫呢？没有多余的时间去弄那些花里胡哨的布置，光贴伊西斯的贴纸就够忙活的了。"

"但是……"南美贵子插了一嘴，"反过来想，为什么要贴伊西斯的贴纸呢？在如此匆忙之中，有必须做这件事情的意义吗？这件事的优先度非常高吗？这一点能不能想出什么？南美希风。"

"现在还不知道有什么意义。警察把纸撕下来检查过，也没有隐藏什么。门上贴了张纸，能对密室诡计有所帮助吗？搞不清楚。传达了某种信息吗？什么揭去神秘的面纱，什么不能言传，与被大卸八块了也能使人再生的魔力，是在暗示什么吗？完全搞不懂……"

远野宫盯着姐弟两人。

"或许是为了其他什么事准备的。总之，时间比预计得要紧迫。封上暗门是不想刑警们追上来，所以必须尽快完成。从内侧封死所有出入口后，凶手穿过烟囱逃向屋顶。冲进屋内的警察，看到壁炉燃烧着的火焰，又被一个无人的密室惊呆了。总而言之，为了制造出这样的场景，凶手迅速地采取了行动。"

南美希风将上身微微前倾，双手交叉抵在下巴上。

"那个男人……那个凶手，手上有露水室的钥匙，也只有那里的钥匙。行凶场所也好，逃跑路线也好，地点都是他决定的。或许，时间也是。因为钥匙一直拿在手上是存在风险的。有人会发现钥匙不在了。时间和地点都确认后，正如他所估算的，证人在七点多到了，过一会儿最后的审问就要在娱乐室上演。我不得不认为凶手事先知道了相当多的详情，才制订出了这么周密的计划。可是，只用了胶带，在偷拿钥匙的时候，就不能准备封印用的卡片和其他装饰品吗？明明已经准备了伊西斯的贴纸。还是因为情况紧急，所以才半途而废了？"

南美希风的声调和投向远处的视线，让人觉得他是在自言自语。

"无论如何都会出现这样的矛盾。停电的时间都以秒为单位来计算的周密计划，能够看出经过了精心的事前准备。但密室的构成却很拙劣，毫无审美意识……是计划出了差错，才不得不虎头蛇尾吗？不，还是有点奇怪。是什么导致了这种偏差呢？"

南美贵子注意到有人正朝宫殿走来，便把目光转了过去。

前方走过来两个人。

辨认出对方身份后，她的精神直接紧绷起来。

紫乃的右边正是那个处在风口浪尖上的人物。

远野宫想把座位让给斉家姐弟，但是，紫乃直接坐到了春香的身边。

想要探明真相的青年和嫌疑最大的男人并肩而坐。

"我本来不想过来的，二郎。不过搜查的过程中好像查到了什么，远野宫先生来说说吧。"紫乃开口说道。

"姐姐，不管在哪儿，无论是谁，都很难开口吧。"

他站起来走到草坪上，回过头扭动着留下了伤痕的脖子，像是在环视大家。

他的表情十分淡然，但是墨镜后面紧闭的双眼，究竟隐藏着什么呢？

是悲愤，还是夹杂着冷笑的焦躁？

南美贵子眼下的状况有点不可思议。平时很少有人来的宫殿，此刻却聚集了那么多的相关人员。山崎兄弟早已被允许回家，但他们也还在这里，就像受到邀请一样，自发地聚在了一起……

这次事件的起始地，就在距离这里不远的舞台房间……

蠢蠢欲动的厚厚乌云下，主馆犹如静止的巨兽，趴在那里。背上和腹部，布满了复杂的黑暗。

"围绕着我这个嫌疑人，大家争论得十分激烈吧？"他的口气并没有那么令人生厌。

只是在冷冰冰地阐述事实。

"这一点倒是不能否认。"站在柱子旁的远野宫答道，"你的嫌疑比较大而已，又直接卷入了露水室的死亡事件，所以也不能说是完全清白的。对了，二郎，你听说了吗？从钟表店的委托书中检测出的掌纹，好像不是你的。"

"是吗？不过就算结果出来了，也不能证明我的清白吧？"

"没有的事。"青田经纪人挺起胸膛大声辩白道，"事实和间接证据已经证明二郎先生是冤枉的。其实我们正在分析，讨论那个死掉的真正凶手。"

"关于这一点……"曾经受过怀疑的长岛开口说道："我想到了二郎先生被袭击的理由，二郎是不是被认错了？"

"被认错了？"雾冈刑警尖声反问道。

"凶手可能打算将钟表店的店员绑走杀害。我不知道他这样做对二郎先生是好事还是坏事，但凶手只是想让证人消失。但是，他在黑暗中却搞错了对象，将二郎先生绑走了。于是，凶手只好丢下二郎先生，转身离去。这个推理怎么样？虽说可能性好像也不大。"

"确实不太可能。那个时候，店员站着，二郎坐着，凶手会搞错关键的攻击对象吗？何况两个人的体型也不一样。"

"不过，二郎先生为什么没有被杀而被放了，倒是可以解释得通。"利夫略带袒护地说道。

"现在还处在可以做任何假设的阶段。"

"死去的凶手是什么身份呢？"夜色中传来了紫乃略显低沉的声音，"刑警先生，还没有找到相关线索吗？"

"经证实，他不是西上家的安川浩太郎。我们也想确认他的身份，但他的尸体上没有任何特征。既没有随身携带的物品，也看不出身体有什么异样。只能等待解剖了……利用头骨还原脸部面容没准会发现什么。"

突然现身的凶手，似乎仍是一个谜。

虽然案件已经初露端倪，但仍留有悬念。南美贵子感觉已经无计可施了。

南美希风也觉得只差一步之遥，但就是找不到解开谜题的关键灵感。

主馆里好像有什么动静，南美贵子立刻放眼望去。

那是一郎夫妇的房间。通往院子的阳台窗户被打开了，窗帘也被拉开了，室内的灯光照到了外面。

一只欢快的小狗，跑进了院子。一个小小的人影紧随其后。

穿着睡衣的流生正在追克罗罗。

冬季子从阳台的窗户里探出半个身影，喊着什么。不是"赶紧回来"，就是"求求你，去睡觉吧"。现在已经不是孩子该醒着的时间了。

长时间探讨案件的紧张心情，总算放松了不少。虽然南美贵子很同情这位心力交瘁的母亲，但眼前的场景还是会让她觉得舒心。凶杀案发生的同时，琐碎的日常生活也在继续。

紫乃似乎也被灯光里的景象所吸引，站起身来凝望着那位少年。

"可能是由于过于激动才睡不着吧。"

流生吹了一下狗笛，克罗罗就停了下来。

早坂微笑着说道："克罗罗那家伙，在等着主人呢。"

"用笛声就可以将狗调教得那么听话，非常厉害啊，流生。"

少年的叔叔扶着墨镜，向侄子送去了赞扬。

"流生好可怜啊。"春香望着远处的外甥认真地说道，"肯定是因为大人们胡乱折腾，你才没有办法安心入睡……"

此时，南美贵子的内心深处，有种微妙的违和感。她好像看到了什么奇怪的东西，或者是听到了什么奇怪的事情。又好像是遇到了什么不能错过的东西……

难道是错觉吗？

不，还是有点奇怪，非常奇怪。

一种令人毛骨悚然的，正在不断滋生的违和感……到底是什么呢？

她正想努力思考的时候，耳畔传来了南美希风的声音。

"原来是这样啊……多么……"可以听出他的声音正在颤抖。

上半身比之前更加挺立。

眼睛眨也不眨一下地盯着前方……

一道青白色闪电从左至右，划开了笼罩在杏家宅邸的黑云，炸出一道耀眼而复杂的裂痕。

就像要追逐轰鸣的雷声一样，南美希风的声音再次传来。

"从基努婆婆那件事感受到的直觉，才是这一切的根本。我该怎么描述才好呢？"似乎是感觉到了痛苦，他闭上了眼睛，"不挑明那件事的话，整个事件就得不到解决。"

自言自语，不，更像是胡言乱语。

他睁大双眼继续说道："吝家的秘密就是这个。亥司郎造下的罪孽，基努婆婆所背负的东西，掩盖着所有谜团之物……"

胡言乱语的青年，仿佛就要崩溃了一样。

"没错，'梅菲斯特的反对者'就是吝二郎先生，他在露水室被杀害了，那具遗体就是那位'梅菲斯特的反对者'。二郎就是凶手，而杀害了他的凶手另有其人，应该称为第二个凶手的……就是你吧，吝三郎先生。"

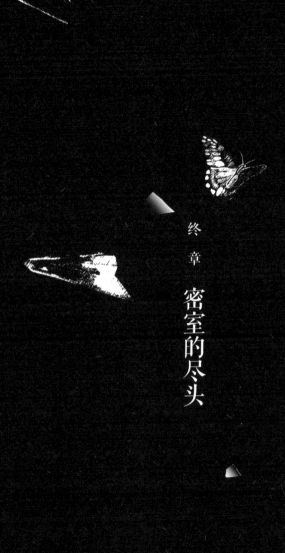

终 章

密室的尽头

1

你说什么？

南美贵子还在回想刚才听到的话。

三郎？吝三郎……好像是这样说的？

吝家，根本没有这个人。

吝二郎已经被杀害了？

在场的所有人，仿佛都掉入了混乱的深渊。

雾冈刑警向南美希风投去了怀疑的目光。

远野宫的目光尤为尖锐，似乎是想看透内情。

紫乃，慢悠悠地向前挪动着脚步。每挪动一步，表情就会发生变化。想要一笑而过的嘴角与惊愕的眼神相互交织，时隐时现。

无论是谁，都是一脸茫然。

南美希风缓缓起身，看着草坪上的那个男人。

"你不知道那是犬笛吧？还是说你疏忽了？那个笛子发出的超声波，只有狗才能听得到，人的耳朵是听不到的。双目失明的二郎先生，可是听不出来流生在吹那个笛子的。况且这么远的距离，也不可能察觉到吹气的声音或动静。就算拥有故事中才会出现的超常听觉和第六感也做不到。"

此刻，南美贵子终于明白，刚刚感觉到的那种违和感，就是这个。

不该存在于记忆之中的事物，他却知道……

"你的眼睛根本没有失明，但你的耳朵却听不见。但凡听觉正常的人都不会犯这种错误，那个笛子的声音，人听不见。你并不知道自己听不见笛声，你只是用眼睛看到了流生在吹笛子，就误以为会有声音响起，才说出了之前那番话。三郎先生，没有人类能听到那个笛子的声音。"

"……"

"一郎是右臂麻痹，二郎是视觉，而你是听觉……吝家的兄弟，不是双胞胎，而是三胞胎。"

紫乃和上条夫妇，都像见了鬼一样，脸上的表情变来变去。

春香不由自主地站了起来。

青田抓着柱子，满头大汗的雾冈刑警握紧了拳头。

"听起来很荒唐吧？但是，三郎先生，证明这件事情并不难。你的掌纹与二郎先生的非常相似，因为你们是同卵三胞胎。你利用这一点提出反证，让人们误以为触碰过委托书的不是吝二郎。但定制那个手表并签署委托书的，确实是二郎先生。不过，由于掌纹和吝二郎的不一致，大家就只能认为是一郎的。"

南美贵子的大脑，终于恢复了运转，也可以理解刚才解说了。

吝三郎在露水室杀害了吝二郎，然后取而代之，又提交了自己的掌纹。这样就可以证明自己伪装的吝二郎是清白的。

"三郎先生，你只让警察采集了你觉得没有问题的那一部分掌纹。如果十根手指的指纹都采集的话，会怎样呢？二郎先生的指纹是有备案的，如果和备案不一致，那么你又是谁呢？"

"……"

"还有，露水室的那具尸体，解剖后检查一下视神经与脑组织的关联，就可以知道死者是不是盲人。"

说到这里，那个被叫作吝三郎的男人，终于有了动作。

他摘下了架在鼻梁上的墨镜。

转动眼球，一下子就捕捉到了南美希风。他感叹地说道："这个吝家的主人，我可还没当够呢。"

2

早坂向后退了两步，与老朋友的弟弟拉开了距离。

远野宫虽然也深表震惊，但交叉双臂的他，像是被大浪拍打的巨石一样，岿然不动。

想要坐回长椅的南美希风，脚下有些不稳，险些摔倒在地。南美贵子却愣在原地，连反射性地伸手扶一下也没能做到。

对方的自白，宛如泰山压顶，让南美希风无力地瘫坐在了长椅上。

"耳朵听不见，是怎样对话的呢？"茫然的长岛发出微弱的声音问道。

"唇语。"南美希风抬起了头，"通过嘴唇的动作来解读对方在说什么。他的技术非常高明，好像从很远的地方也能判断出来。"

"我已经这样度过了三十年的时间。"

男人将墨镜收了起来，深呼了一口气，又活动了一下肩膀，感觉身体相当疲惫。

"我是夽家的老三，你可以叫我三郎。"

"第三个孩子？为什么？"紫乃的声音中充满着无力。

也许是没能看到她的嘴唇，夽三郎并没有回答她的问题。

"从我打听到的情况来看，是有可能的。"南美希风代他回答道。

"在一郎先生和二郎先生出生的时候，玉世夫人由于难产导致出血过多，一直处于昏迷状态。夽家就请来了医生，给她进行剖宫产。所以就连生母都不知道有第三个孩子。"

远野宫用几乎听不到的声音问道："真的吗？"

"好像是这么回事。"

南美希风向夽三郎问道。

"事情大概是这样的。担任接生婆的基努婆婆，发现腹中还有一个孩子，就禀告给了老爷亥司郎先生。亥司郎先生听后大吃一惊，这可是关乎家族命运的大事件。对于因循守旧又虚荣心极强的他来说，甚至会给整个家族带来巨大的灾难。因此，他自然要积极隐瞒妻子生出双胞胎的事实。但是……是的，婴儿的哭叫声打乱了他的计划。夽家位于村子的中心，一旦有什么事情，村民们就会聚在一起。家族继承人诞生是值得庆贺的大喜事，所以，当时已经有很多村民聚集在夽家了。家族中的大家长亥司郎为了表现出宽以待人的态度，便在自家庭院里招待来访的村民们。大家聚在产房的周围，由于担心第二个婴儿哭出声……亥司郎先生就将刚出生还没哭出声的第二个婴儿抱到别处，藏了起来。"

"有可能吧。"

"但是，殊不知还有另一个婴儿。当时还没来得及汇报给亥司郎，婴儿就出生了。伴随着一阵婴儿的啼哭声，人们都以为当地的大户吝家生出了一对双胞胎。那时应该是亥司郎先生这辈子最悔恨的瞬间。只是生下双胞胎，就足以令亥司郎先生发疯了。不过，还好三胞胎这件事没有暴露，大家都以为是双胞胎……"

"当时的那片土地充满了偏见，还有'畜生腹'这样的词汇。一次生下多个孩子是一种耻辱，孩子就跟猫狗没什么区别。"

虽说是过去的事情，但南美贵子还是会因这样的禁忌颤抖。她没有办法理解，只是十分痛心。没有任何根据和理由，只因愚昧而形成的习俗，何其偏见和扭曲。

现在这个时代呢？如果从产房传来了意料之外的婴儿啼哭声，家里人一定会惊喜万分，随后欢呼雀跃，为难得的好运而高兴。不仅如此，大部分地方都会认为是上天的眷顾……

"既然亥司郎先生已经藏起了一个孩子，便顺理成章地瞒了下来。"

"吝家按照出生的顺序，会取名为一郎，二郎。因为我是第三个孩子，所以就是三郎。"

"这就是所谓的拥有一万多个名字的伊西斯的第三个名字吧？"

"原来如此，是这样理解啊。对于第三个孩子，亥司郎打算将他藏起来，让其彻底消失在人们的视线之中。由于母亲玉世一直处于昏迷状态，只要让在场的其他人守口如瓶，就能变成永远的秘密。"

西上基努……

南美贵子的心中想到了这个名字。

她一直背负着秘密，对主人的命令绝对服从的她被迫保守着这个秘密。

"但是，那个……第三个孩子……"

春香的话未说完，丈夫便继续追问道："说把他隐藏起来，藏到哪里去了呢？"

"你觉得他会去哪里呢？"

吝家的三郎挑衅般地直视着南美希风。

"莫非是奥泽家？"南美希风认真思考之后答道。

"当时得势的吝家死对头。"

"一针见血，不愧是你。刚刚出生的我，被塞给了那个家族。亥司郎可能是想把儿子送给地位和财产都差不多的家族抚养。奥泽家收养我，也是因为有需求，我对他们家族有益。"

"奥泽家当时有一个九岁的长子。他的母亲已经不能再生育了，但那个孩子体弱多病，所以奥泽家为了以防万一……"

"原来如此。"远野宫附和道。

"我是作为备胎被收养的……"

雾冈刑警把小型对讲机贴在嘴边，低声汇报情况。

虽然知道这一点，但吝三郎依然不为所动，让人觉得他已经放弃抵抗了。

南美贵子忽然觉得他早就做好了放弃的心理准备。虽说在过去的几分钟里，都当他是心狠手辣的杀人犯，但很可能是因为害怕夸大了事实。当臆想的成分减弱之后，那个男人居然散发出一股凄凉消沉的气息。从他的眼里甚至可以看到一丝懦弱。

男人好像在寻找可以坐下来的地方，环顾四周。但是，为了能够看清所有人的嘴唇，最后还是决定站在原来的位置。

"当时无论在哪个地区，至少在有血缘关系的家族之间，过继婴儿相当普遍。所以收养一个养子也很平常。而我就是那个被保密的。亥司郎也是老谋深算。既卖给奥泽家一个人情，又有了共同保守的秘密。这样一来，吝家离开老家以后，也不会被竞争对手恶意毁谤。奥泽家接受了这个密约。"

亥司郎巧妙地做出了决断。不过，这却让南美贵子对他的评价变差。只要想到他瞒着生母将婴儿藏匿起来，她的心中就满是愤恨。

"对于奥泽家来说，自家收养了名门望族吝家的孩子，也没有什么不妥。因此吝家搬走不久，他们就对外声称我是从亲戚家抱来的养子。"

远野宫用大拇指自下而上地推着下巴上的赘肉。

"长得一模一样的男孩子不能同时出现在两个家族，所以吝家必须要离开。"

"应该反过来理解吧。"吝三郎礼貌地回答道，"我觉得亥司郎已经下定决心要从老家搬出来，才把孩子秘密地过继给附近的家族。"

"啊……"南美希风不禁大叫了一声，"我去过一趟村子，听说奥泽家的次子一直在外旅行。那个人就是你，原来你在这里。"

"事实上，我处于出走的状态。我在电话里表明了这是我自己的意愿，所以奥泽家的人不知道我在哪里。但是，为了颜面，他们就对外宣称我在旅行，或者出差。"

"那个家里一直都很迷信，比如说拍照就会被抽走灵魂。你是不是也被这样洗脑过？"

"真是厉害。没错，我现在也非常讨厌照相，不知道是不是与那种教育有关。不，它带给我的影响可能更加严重。俗话说从小看大，三岁看老，儿时被反复灌输的恐惧并不会简单地消失，可能会产生持久的影响。如果我成为一个喜欢照相的人，那奥泽家估计就要整天提心吊胆了。让我厌恶照片，作为一种防御措施也不失为一个好主意……虽然我也会出现在家族的照片里，但总是躲在角落，或藏在别人的身后。"

三郎将重心转移到一只脚上，以自己舒服的姿势随意地站着。

"作为新兴财阀家的次子，你觉得我会被万般宠爱地抚养吗？那就大错特错了。除了长子以外，其他人都会被当作仆人对待。当时，很多家族都有女人不许与男人同桌吃饭的规矩，奥泽家也是如此。女人们要和下人在同一间屋子吃饭，我也必须在那里。哥哥却在那些追捧者，以及成功人士的簇拥下，吃着丰盛的饭菜。他的衣服、房间、零用钱及外出的交通工具，什么都是特殊的。他是上等人，我却是仆人一般。我甚至不被允许接近他，甚至不如他的影子。即便如此，为了以备不时之需，我也会接受继承人的教育，有些人也会为此来接近我。但是，说到底毫无敬爱可言。我不过是为了延续家族的备胎罢了。"

一口气说完的三郎停顿了一下，语气中充满阴郁。

"颇为讽刺的是，奥泽家迎来了天大的好事，哥哥随着年龄的增长，身体也逐渐恢复，成人之后还颇为健硕。这样一来，我就完全成了摆设。而且，在十一岁那年，我失去了听力。那个村子一带，对残障人士很不友好。出门会被扔石头、被排斥、被捉弄、被蔑视、被欺负，精神上倍受折磨。家族的影响力，在某种程度上能保护我免受骚扰和暴力，但并没有减少我的痛苦。富足的家境让我遭受了更大的非难，家里也开始视我为累赘。我只能生活在村子和家族的角落里。每当闭上眼睛就是黑暗，孤独才是我的归宿。这样的人，不可能成长为满面笑容、喜好拍照的人吧？"

三人三面，南美贵子感慨道。

三兄弟一胎所生，即使年过四十，相貌极其相似，却拥有不同的人格，体现着完全不同的个体差异。因为他们的内核构成，各不相同……

既有精神世界的不同，还有疾病造成的差异。

起初，这样的差别并不会太大。想到这里，南美贵子发挥了想象。三个年幼的兄弟有着各自的缺陷，不过他们并不会在意，只会混在一起玩耍，不足之处互相弥补。实际上，一郎和二郎就是这样的吧……

但是……

但命运让他们的人生发生了截然不同的改变。

"那……"

紫乃向前走了几步，步履有些蹒跚。

"你真正的名字叫什么？"

"想不起来了，叫我三郎就行了。"

紫乃微微点了点头，从第三个弟弟的身边走了过去。

她像喝醉了一样，脚下有些不稳地径直走向屋子。

一郎夫妇的房间，阳台的窗户已经关上了，没有办法确定室内是否还亮着灯。亥司郎的孙子流生，应该已经睡着了吧……

"三郎先生。"

南美希风用标准的口型叫出他的名字。

三郎的视线能够准确地捕捉到周围人的唇部动作。有时候他会转过头去，但更多的时候，只会转动眼球。

"亥司郎先生自不必说，各家人似乎都没回过老家，除了西上基努婆婆。"

听到基努的名字，男人的脸上露出了一丝温情。

"是的，只有她来看过我。虽然她难得来一次，但那个时候是我期盼已久的宝贵时光。只有那个人关心我。"

他的声音和表情中带着谈论家族时不曾有过的温柔。

"基努婆婆，关于我的……我们兄弟的秘密，什么也没有说。从来没有提过咨的姓氏。她只说她是我的奶妈，想来看看我，周围的人也都这么配合她。"

"你十一岁时，基努婆婆也去看望过你吧？"

"那个时候……啊，耳朵快要听不见的时候。对，来过，她过来的时候，我出现了不明原因的发烧。在退烧的过程中，听力就一点一点消失了。"

"所以，姐姐。"南美希风把脸转向南美贵子，"一郎先生和二郎先生麻痹病症发作的时候，基努婆婆没能立刻赶回来。"

南美贵子想起来了。那兄弟二人遭遇危机的时候，基努婆婆没能赶回来。如今南美希风终于道出了原因。

"是因为担心三郎先生的状况，所以没能立刻赶回来。"

"她亲眼见证了三郎先生遭受的痛苦。而且，她也察觉到了这种麻痹症状是遗传，三人有可能会同时发作。即使自己去了一郎他们身边，也起不了任何作用。此外，在札幌的咨家，有很多人关心一郎和二郎。"

"是啊……"三郎的声音中带着孤寂，"在奥泽家，没有人会真心照顾深陷不安的少年。对于备胎的异常，起初他们只是皱着眉头感到疑惑，后来就忙于顾及家族的颜面。只有基努婆婆会全心全意关心我。所以……"

那一瞬间，他的声音变得炙热，眼神变得凌厉，语气也变得暴躁，仿佛燃起了黑色的火焰。

"所以，我不会让二郎碰基努婆婆一根手指。只要有我在……"

雾冈问道："二郎打算杀她灭口吗？"

"他没有这样说。只是在讨论处理诹访凉子的时候，我感觉到了危险。他应该也把基努婆婆列入了灭口的名单里。所以我事先警告过他，绝对不要打基努婆婆的主意。随后就一直监视着他的行动。"

大海警官带着警员们走了过来。一位是今晚刚赶过来的地区警署的刑事科科长，其余两人都是警官。

"你好，大海警官。"

三郎顺着几人的视线，转过了脸，冲着大海警官继续说道："新的凶手正在招供。"

他们通过对讲机了解到大致情况。但是，大海警官却像难以相信一样，从上到下打量了凶手好几遍。

现场没有一个人说话。

"继续刚才的话题吧。"远野宫响亮的声音，打破了现场的静谧，"说说你是怎么找到奇家，并搬到这栋宅邸的吧。"

3

三郎没有马上开口，表情僵硬。南美希风趁此机会轻声说道："其实有三个孩子，送出去了一个……亥司郎不想让妻子发现这个秘密，也渐渐成了他的负担吧。玉世夫人说过来到札幌以后，丈夫的态度和举止都发生了微妙的变化，没有以前那么专横了。"

"估计是有负罪感吧。"青田陷入了沉思。

"她还说丈夫有的时候甚至在害怕什么。"远野宫回忆着说道，"亥司郎害怕的是自己的内心……他多少有点后悔，或是自责。不，他是下意识地想要逃避罪责。由此产生的恐惧让他买下了这栋带有地下密道的宅邸。"

"我告诉你们一件有趣的事。"三郎开口说道："我住的奥泽家也有一条秘密通道。"

伴随着几声惊呼，气氛变得喧闹。

"从和式房间的地板通向仓库。在地板后面的墙壁上，有一个可以扭动的机关。当然，它不像旧黑宫宅邸那么复杂。直通到底的秘密通道是用来逃生的。"

与其说是对其感兴趣，不如说是感受到了命运的相仿。兄弟三人生活的场所，竟然出奇的相似……

虽然三人被分开了，但还是受到了命运的牵引。命运，仿佛伸着长长的臂弯要将他们拥入怀中。又像是被折断的蝴蝶翅膀，落在了相隔的远方。

"自从得知奥泽家有地下通道，那里就成了孤独的我的游戏场所。那个阴暗、潮湿、压抑、被遗忘的空间，是我唯一的倾诉对象。即使从家里逃出来，在黑暗的通道尽头等着我的也只有黑暗的仓库……"

三郎的话音落下，南美希风好像想到了什么。

"也许，亥司郎先生也知道奥泽家密道的事，所以寻找新的住所时，也找了一个那样的……不，无论他知不知道密道，起码是感兴趣的。不过，也没有证据表明他是因为密道才买的宅邸。"

远野宫提出了反对意见。

"不对，他购入宅邸时，应该看过旧黑宫宅邸的图纸，肯定知道密道。对于逐渐衰落又举家迁移的奂家来说，买下这样一套宅邸并不是轻松的事情，但是亥司郎仍然坚持买下，正说明了他心中无法放下对密道的执念。"

"远野宫先生，你觉得他会跟基努婆婆说吗？"

"你是说地下密道吗？我觉得不会说。亥司郎是那种心里有事不会对别人说的类型。不过秘密本身就伴随着倾诉的欲望，只告诉了西上基努也说不定。但是，最多也就这两人知道。除此之外，没人知道奂家的地下密道。"

"亥司郎先生死了，基努婆婆闭口不言。这个在地下盘卧的密道，就被暂时遗忘了。"

"可是，它又被一郎发现了。"

接着，二郎也发现了它，还加以利用。

地下世界的主人，赋予了这个隐藏空间不同的含义和色彩。

在亥司郎时期，地下通道是逃避心魔的象征；在一郎时期，充当着游戏中的娱乐角色；在二郎手中，它成了孕育罪恶的温床。

奂家的地下密道，传达着主人们内心的写照……

地下空间触发了人们的命运。也许是刚才提到奂家和奥泽家地下通道的相似性，激发了南美贵子的幻想。或许两家的地下空间隔着一扇门，这扇门酝酿着吉凶难料的命运。三郎或许就是通过这扇门来到了吝家。两家蓄积已久的宿命，终将爆发。

"亥司郎在所有用人中只把基努婆婆安排在身边也是有道理的。"南美希风说道，"因为第三个孩子的秘密不能外泄，所以要将她留在身边监视。他和基努婆婆两个人来到北海道寻找新家园，大概也是为了嘱咐她严守秘密，确信她的嘴足够严实吧。"

"亥司郎和奥泽家之所以允许基努婆婆来探望我，是因为这是他们与基努婆婆的交换条件。只要同意她的请求，她就会保守这个秘密。"三郎解释说道。

"基努婆婆遵守了对主人亥司郎的承诺，但是，当时发生了让亥司郎先生十分震惊的事情。年纪并不大的基努婆婆，出现了阿尔茨海默病的症状，说不定什么时候，就会把三郎先生的事情说出来。基努婆婆自己都没有办法控制。愕然的亥司郎先生担心秘密泄露，所以他不惜为基努婆婆购置宅院，也要让她远离吝家。"

"原来是这样……"春香呆若木鸡。

还有这样的原因……所有人都僵在了那里，任由思绪飘荡。

"所以亥司郎先生才安排了安川夫妇照顾基努婆婆，并提醒他们基努婆婆有些痴呆，不管说了什么话都不要信。"

原来如此……南美贵子惊讶地叹了口气。随后听到弟弟对她说："姐姐，我们去西上家拜访的时候，基努婆婆也提到了三郎。"

"啊？不会吧？怎么可能？那么重要的情报，听到了怎么可能没留意。"

当时同行的远野宫也露出了疑惑的表情。

"什么时候说过？"

"在谈论吝家兄弟的时候，说他们都非常厉害。虽然有缺陷，但都努力克服了。那时的基努婆婆说'手和耳朵都留下残疾的孩子们'。"

远野宫不由自主收紧喉咙，发出了"啊"的一声。

多么明白的一句话。这样说起来的话，她确实说过这句话。没想到这样一句话，竟然有着如此巨大的意义。现在回想起来，那句话是多么关键……

"嗯……"远野宫皱着眉头说道，"没想到吝三郎在那个时候就登场了。"

"基努婆婆的健忘症状表现在容易忘记近期发生的事。但是，过去的事她记得特别清楚，就算再细小的事都记得住这是老年痴呆的显著特征。基努婆婆也是如此，更何况那是十分重要的吝家兄弟。仔细想想，基努婆婆是不可能说错或者记错的。"

虽然南美希风当时也没留意，但他记在了心里。

"亥司郎彻底阻断了基努婆婆泄露秘密的机会。"远野宫这样评价道。

"为此才送给她那么大的一座房子吧。"青田经纪人说道，"可以理解为封口费，或者未雨绸缪。如果西上基努的生活拮据，就有可能以秘密作为要挟，向他讨要生活费。这相当于是分期付款的封口费。"

虽然这是普遍的看法，南美贵子却觉得这种说法并不适用于基努身上。持有相同意见的利夫说道："另一种作用是可以牵制谷家人。因为她的晚年生活已经有了保障，可以安享晚年，所以谷家人就不用经常去看望她了。"

众人一同点了点头。

"你是通过基努才知道自己是谷家人的吗？"

大海警官向三郎追问，不过可能是因为他所在的位置是个死角，没有进入三郎的视线里，所以雾冈刑警又重复了一遍刚才的问题。

"是的。今年春天，北海道樱花盛开之际，我找到了基努婆婆的家。我其实是奥泽家工厂的挂名副厂长，趁着工作不忙，便用周末时间来寻找基努婆婆的家。她对我来说是非常重要的人，再加上我有点在意她的来历。而且奇怪的是，奥泽家的人竟然串通好，不告诉我基努婆婆的联系方式，只说她住在札幌的丰平区。另外，我从谈话的内容中知道，她住在一间北国少有的大宅邸里，是一所很大的日式建筑。我弄到了一张丰平区的住宅地图，筛选出西上的名字，再去实地查看。"

真是执着，南美贵子心里暗暗思忖道。

"我花了数个月，去了十几趟札幌，终于被我找到了。当我没有事先打招呼就找上门时，她很罕见地独自在家。我本想给她一个惊喜，却让她有些混乱了，好像是把我和另外一个人弄混了，名字叫作谷一郎的……我那个时候受到的打击，不是轻易就能理解的。因为我得知了有人跟自己一模一样。在那一瞬间，我就知道该从基努婆婆那里探听什么了，而察觉到我真实身份的基努婆婆，在意识到秘密暴露后就昏了过去。"

　　像是正在回想那一瞬间的三郎没有说话。在那几秒钟里，四周除了虫鸣声以外，什么声音都没有。众人的心情就像夜空上的云，起伏翻滚，而温热的夜风正从云中穿过。

　　"基努婆婆决心要说出那件事……"压抑住感情的声音再次响起。

　　"那个秘密长久以来压得基努婆婆苦不堪言……完全服从于亥司郎的基努婆婆，全心全意地服侍玉世夫人，深爱着紫乃、一郎、二郎。当然，还有我。但她对所有人都隐瞒了一个天大的秘密。她始终没能告诉紫乃和一郎，他们还有一个弟弟。尤其是要向他们的母亲隐瞒，这令基努婆婆格外痛苦。她每次想到自己从一个母亲那里夺走了心爱的孩子，浑身就像裂开一样难受。满怀愧疚的基努婆婆给我讲述实情时，泣不成声。她蜷缩着身体，颤抖着，哭得声嘶力竭。光是看到她的样子，我就恨透了素未谋面的亥司郎。那个将别人的生活折磨到扭曲的男人，没想到竟然是我的父亲，让我度过了毫无意义的四十年……"

　　早坂似乎想要转移他越发狂躁的情绪，开口说道："吝一郎作为魔术师，经常出现在电视上，你没有注意到他吗？三郎先生。"

　　"丹乔·一郎从年轻的时候开始，就总是化妆成老人吧？"

　　"是的。"

　　"他很少以素颜出现在电视和舞台上。我又对魔术不感兴趣。熟悉我的老岩村人和工厂的同事们也是一样。如果没见过丹乔·一郎的素颜，又不知道他本名叫作吝，就不会跟我扯上关系。"

"你是怎样接触到斉家的呢？只跟二郎见过面吗？"远野宫与三郎的目光对视，开口询问道。

"那是一次偶然。不知如何是好的我，想着要不要冲到斉家说我是他们失散多年的亲人。不过，万一这个真相暴露了，基努婆婆会不会更加痛苦？病弱的母亲会高兴吗，会不会受到强烈的刺激呢？正当我迷茫地在斉家附近打转时，恰巧碰到了二郎。本可以擦肩而过，但我听说他是个盲人，看他走路的样子也知道，我就产生了一种没有办法抑制的冲动。我想和兄弟打声招呼，便假装是初次见面的邻居，与他搭话。结果搞砸了，因为我们的声音也是一模一样。不用说，他的听觉极其敏感，'你打算干什么，一郎？'他这样向我发问。我慌了神，语无伦次地想要离开时，却被他一把抓住了胳膊。这样一来，我就放弃了想要甩开他逃走的念头。之后花了很长时间，才把事情解释清楚了。"

"二郎不会轻易相信吧。"

"因为他的眼睛看不见，二郎就把我带到了他没去过的居酒屋。问那里的店员和客人，我们的相貌是不是一模一样？在接受了这个难以置信的事实后，二郎陷入了沉思，然后跟我说出了有些不寻常的想法。"

"什么想法？"

"如果我想去斉家看看的话，有一个有趣的方法。他说我可以假扮成一郎，这样就不用担心给斉家带来混乱，还能给魔术师一郎一个惊喜。他提议让我在正式亮相前，先找点乐子。现在回想起来，二郎从那个时候开始，就已经在利用我谋划犯罪了。"

"那是什么时候的事情呢？"

"大约两个月前，六月上旬的时候。"

那时，大家都在为吝一郎的复出公演而兴奋不已。与此同时，也是二郎蓄谋杀人的加速期……

南美贵子看向了两个正朝着这边走来的人。

他们是紫乃和细田。

紫乃的右手拿着一个大玻璃杯，里面装着貌似白兰地之类的液体。原本应该是满满一杯，现在只剩下一半左右了。

跟在后面的细田，抱着一个酒瓶，乍一看就像是担心主人喝多了的家仆，但他脸色苍白，表情紧绷，大概是从紫乃那里听说了凶手身份吧。

三郎并没有注意到这两个人，继续说着。

"二郎说突然出现在家人面前，太鲁莽了。所以，要慢慢推进计划。我们事先经过了排练，二郎让我假装成他的样子，跟他的熟人见面。我也觉得非常有趣，沉浸于他的游戏中，打听到了吝家的各种情况，从中汲取了有用的信息。因此，请相信我……"

紫乃走到三郎的视野里，靠在了宫殿的柱子上。

站在旁边的细田，仿佛没有办法直视一般，悄悄地窥视了一下三郎的侧脸。

三郎看到二人后，接着中断的话题说道："因此，请相信我……你们不相信我也没有办法，我参加福祉联合欢迎会时，完全不知道一郎会被杀害。"

雾冈刑警狠狠地说："竟然找替身出席。有藏在暗处的孪生兄弟，只靠逻辑和推理怎么可能知道？"

相反，南美希风显得非常冷静。

"你是打算准点抵达聚会的吧？"

"这是什么意思啊？"南美贵子问道。

"为了不穿帮啊。要是提前抵达聚会，难免要跟很多熟人交谈。不管模仿得多像，长时间的交谈很难不露出马脚。"

"聚会开始后，只要不主动做什么，就能老老实实当一个听众。结束时跟熟人简短地说上几句，随即离开就行了。于是，吝二郎便拥有了一个毫无破绽的不在场证明。"

"现在这样看来……"

紫乃轻轻地摇晃着手中琥珀色的液体。

"还真不知道该怎么分辨才好，实在是太像了。就算是孪生兄弟，也应该有点差异吧。"

"脸啊，手啊，这些暴露在外的身体部分，几乎看不出差别。"

"在不同的环境中生活了四十年，却没有任何差异。"

"我也这么想的，但其实二郎和我的生活环境没有什么不同。二郎觉得自己像是生活在没有光明的阴霾中。我也一样，作为长子的影子活在地底。"

一个人在黑暗中！

一个人在阴影下！

恰似火灼般的悲痛，涌向了南美贵子的心头。

"嗯，大概……"作为影子生活的男人语调变得轻松了一些，"二郎做过好几次的替身试验，是因为他想知道更准确的客观评价，看看我们两人交换身份时能不能以假乱真。而聚会的那次，才是真正的表演，尽管我没有察觉到。"

南美希风开口问道："最初制订的准点到达计划，与二郎丢失了手表，在琴似地铁站不知所措的突发行为，只是巧合吧？"

"还真是歪打正着。二郎刚好可以用打电话错过了地铁的理由，解释无法提前抵达聚会的情况。不过，在作为替身的我为他制造不在场证明期间，二郎和诹访犯下了罪行，不，实际行凶的是二郎。"

"诹访啊……"远野宫再次看向三郎。

"二郎和诹访是什么关系呢？是怎么成为共犯的？"

"很难用一句话来概括。契机就是二郎从暗门走出来的时候，被诹访撞见了。只能说是他粗心大意，不过失明的他也很难完全掌控周围的环境。不管是一郎还是二郎，在使用密道时居然没有被任何人发现，已经是十分侥幸了。诹访好像对二郎很感兴趣，想让她保守秘密的话……二郎只能说服诹访变成共犯。而诹访觉得如果二郎成为吝家唯一的主人，就能确保拿到钱。"

大海警官上前一步，站在三郎的面前。

"你是说你根本不知道一郎会被杀害？"

"我没办法证明，但这是事实。一郎被杀，我也非常震惊，然后怀疑凶手就是二郎，而我帮他制造了不在场证明。与他见面是出事的第二天，我质问他，他也承认是他杀死了哥哥。然后他就翻脸警告说我也是从犯，随之又自信地说他帮我腾出了斉家的空位，让我有了容身之所……不过我不需要干什么，全都交给他就好，他不会伤害我的。他已经计划好结束这场悲剧后让我回到斉家。"

三郎的双眸中似乎闪烁着黑暗的火焰。

"我不认为自己是共犯。我试图让自己冷静下来，告诉自己可以告发他……但是到头来，我没有告发二郎，因为他的那句话打动了我。斉家的空位……我动心了，并开始期待。当然，我也知道二郎的话没有实际的保证。作为一郎的替身，我也无法取代他。最后也不会恢复到原本的样子。但我还是特别期待。倒不是期待二郎，而是想着利用二郎，这样就不会成为众矢之的，可以毫无芥蒂地回到斉家……从那个时候开始，我就沦为了一个恶人。我成了二郎的影子，在暗处窥视他……对，影子。这是最适合我的角色。"

他的眸中有一抹暗沉，遮盖了他一半的理性。但是，南美贵子觉得他是一个悲惨的人。他没有办法抵抗自己的执着，轻易就会沉沦于对未来的期许……童年的愿望是无论如何也抹不掉的……我们所有人或多或少都会有这样的渴求吧。

"你不是已经来到阳光下了吗？"南美希风开口说道，"你堂堂正正地出现在我们面前，甚至把二郎的房间都变成自己的了。"

脸颊微微扭曲的他，露出一抹苦笑。

"有的时候我会扮成二郎，出入这个宅邸。二郎说想让我体验斉家的生活，是给我的报酬。让我能够近距离地接触家人。"

茫然的上条夫妇半张着嘴。看起来是二郎，实际上却是三郎，已经颠覆了他们的想象。喝着酒的紫乃并没有太大的变化，但总是一本正经的细田被撼动了，似乎在脑中搜寻着记忆。

其他人也都流露出难以置信的表情。

"这样也挺刺激的。"三郎继续以轻快的口吻说道，"我确实很享受与家人之间的交流，但当时我还没有想过要取代二郎。"

"南美希风，你说二郎的房间被改造成三郎的，是从哪里看出来的？"

南美贵子不知道他们说的是哪一点。

"二郎先生的房间里有很多镜子吧，那就表明这个房间的主人已经由二郎变成三郎了。"

她想起了那时弟弟说过的话。

镜子过多的房间，似乎与没有玻璃的犯罪现场遥相呼应。她以为那是某种象征，没有多想。不过，居住环境的确会映照出人的本质。

同样去过那个房间的早坂，开口问道："镜子啊，是很多。不过，这有什么问题吗？"

"当盲人轻易地改变了他的居住环境，应该得到相应的重视。如果他在不熟悉的环境生活，就会麻烦不断，像是撞到哪里，找不到东西之类的。那个房间不只有镜子，家具上也镶着镜面，而且隔断用的还是魔术玻璃。"

"但是，那……"南美贵子还是没明白意思。

是说三郎需要那么多的镜子吗？

"三郎先生要装作耳朵能听见的样子。为了能够顺畅交谈，他必须看见对方的嘴唇。所以，为了能够无死角地看到对方的嘴唇，就需要很多面镜子。"

所有人都恍然大悟地张大了嘴。

南美贵子这才感觉茅塞顿开。

"要看清坐在旁边的人的唇部动作，就需要在正面摆放一个镜子。如果客人转头，就需要好几面镜子来追踪。如果是在隔断里看不到别人的时候，为了避免不自然地盯着别人看，就安装了魔术玻璃。"

"没想到还有这样的意义。"早坂听后一阵哑然。

"假扮盲人，我倒是自信不会失误。"三郎紧接着说道，"但困难的是如何隐瞒自己听不到的事情。扮盲人，墨镜起了很大的作用，不仅可以遮住我的眼睛，还可以加强我是二郎的印象，这是绝佳的变装道具，能够很好地遮挡我来回转动的眼球。"

盲人是不可能转动眼球的。

"这样说起来的话……"细田用生硬胆怯的语气说道，"我有好几次没有站在二郎先生的正面，叫他也没有回应……"

想必其他人也有过类似的经历，但他们只会认为是二郎没听见，或者觉得自己被无视了。

"话说，你并没有发音不准的问题。"紫乃从钢琴家的角度提出了问题，"耳聋的人，因不能识别自己的声音，很难把控音调。"

"这就要感谢奥泽家对我的教育了。"

三郎的脸上浮现出一抹冷笑。

"他们不让我使用在那个时代并不普遍的手语，要求我像普通人一样正常地对话。总之，听也好，说也好，都要展现出与奥泽家相符的姿态，所以我没日没夜地接受调教。"

"我的养母是女子学校的音乐教师，所以我受到了专业的训练。因为她的关系，给我找的妻子也是一个声乐家。正确地发音，大方地交谈……对我来说，妻子也是监视着我的调教师。正是因为奥泽家对颜面的执着，才使我的发音接近普通人，我应该感谢他们。要是我不能正常说话，或许二郎也就不会策划犯罪了。"

处处都是讽刺，就像光明和黑暗一样……

"三郎先生，我和姐姐他们去二郎的房间时，也是你接待我们的吧？"

听到弟弟的询问，南美贵子倏地挺直了自己的脊背。那个时候是在跟三郎交谈吗？

"是我？"三郎饶有兴致地挑起了一侧的眉梢，"你怎么判断出来的？"

"那个英国风景画家的名字。那时我们正在讨论魔术，戴着墨镜的人说出了一个容易混淆的名字，是约翰·康斯特布尔，还是康斯库布尔？只有通过视觉记忆的人才有可能混淆这个名字。"

三郎的眼睛顿时瞪得溜圆。

自己应该也是类似的表情吧，南美贵子轻轻地摇了摇头。

"所以，那时见到的是三郎。"

"哎呀，叹为观止，南美希风。"三郎开口说道，"没想到一句不经意的话，都能让你抓住把柄。对，那个时候的二郎就是我。"

"太让人吃惊了。"青田用手捏着下嘴唇感叹道。

远野宫和刑警们也是瞠目结舌，万分钦佩。

雾冈刑警向三郎询问道："那么，你是从外面三番五次地进入到斋家吧。"

"其实并没有那么频繁。虽说有警察看守，但也没那么严格，还是会有死角或者空隙的，再加上二郎和诹访在里面斡旋。有一次，二郎让诹访外出办事，我就躲在汽车的后备箱里混进来了。我装作很喜欢这场替身闹剧，实际上我很迷茫。"

男人的眼神变得暗淡。

"我问自己，我要将计就计利用二郎做点什么吗？再这样玩弄计策，我就要成为真正的杀人犯了。我还有机会可以堂堂正正地自报家门吗？但是，当我得知基努婆婆已经死亡，我就不再迷茫了。"

他的目光锐利，鼻孔颤动。饱含情感的生硬音色，似乎重现了他历经的情绪起伏。

"我们当时以为她的死是被灭口的。"

4

当远野宫问起时，三郎如此回答道。

"不，基努婆婆什么都不知道，她只知道我通过二郎出入过斋家。得知一郎被杀之后，她觉得我的存在可能会影响搜查。至于是我或二郎杀害了一郎，基努婆婆想都没有想过。所以，我一直跟二郎说，不要管基努婆婆，即使她知道了秘密也无所谓。然后突然传来了基努婆婆死在密室的消息。二郎告诉我时，身处训练室的我顿时火冒三丈，认为基努婆婆是被谋杀的，就是二郎下的手，与二郎发生了激烈的争执。"

他平静的声音与正在讲述的内容形成了鲜明对比。

"应该不是他杀吧？"远野宫追问道。

"二郎反驳说跟他无关。在他讲述的过程中，我注意到了二郎和诹访都有不在场证明，两人根本没有时间往返西上家。过了不久，查明了是意外死亡。我也承认灭口是错怪他了。但我不得不承认，当我和他为了基努婆婆的死争执时，我们之间产生了巨大的嫌隙。"

"什么样的嫌隙？"紫乃连忙追问道。

"我们的共犯依存关系产生了嫌隙，改变了对于彼此的看法。在那之前，虽说我们也没有完全信赖对方，但之后就变成了互相警惕的关系。二郎觉得冲动失控，难以控制的我是个隐患，让他不安。那时的我在他眼中，跟诹访别无二样。"

说完之后，三郎又立即改口："还是有点区别。凭那时候的冲动，我也许会杀了二郎。至少，他攻击我的话，我会毫不犹豫地反击。与此同时，不，也许更早一些，我就有这样的念头了。基努婆婆的死，虽与二郎没有直接关系，但我始终觉得她的死是二郎造成的。在我心中，他就像第二个亥司郎……"

正如南美希风所说的那样，基努婆婆的生死，在看不见的地方带来了巨大的影响。

西上基努是命运的大车轮。

如今车轮坏了，三郎就全都责怪到了二郎身上。

"但是……"三郎接着说道，"尽管如此，我们还是维持着表面上的合作关系。假装没有察觉到对方的试探，继续推进计划。我已经放弃了要堂堂正正进入齐家的念头了，我觉得和二郎的关系不能再这样下去了。我想把那个男人除掉，或许除掉他就可以将那些无缘无故的仇怨终结，我就可以恢复齐三郎的身份。大概从那个时候起，我就已经成为第二个凶手了吧。"

"我参与了在图书室销毁图纸的案件，因为那个计划要准备很多的事。那个时候我误判了二郎的冷酷。其实，与其说是冷酷，倒不如说他那恶魔般的趣味在肆意增长。原本只要把看守的巡警打昏就可以了。所以听到计划后，我没有丝毫怀疑。他还说他知道如何神不知鬼不觉地把对方打昏。可是……"

"你们把他杀了。"大海警官的声音里透出悲愤。

"是的，没想到他连警察都敢杀了……长岛要也差点惨遭毒手。"

"你是说，这些事情你都不知道？"

大海警官的声音中带着嘲讽。三郎就像没听见一样，自顾自地嘀咕道："如果说不知道……"

"蝙蝠……"南美希风问出了毫不相关的问题。

"那些蝙蝠到底是怎么回事呢？"

"他没有告诉我道的全貌。我只听说要利用图书室的地下密道，但我不知道那是个死胡同。"

思索片刻的南美希风，猛然抬起视线。

"那么，把蝙蝠放入地下密道的人是你吗？"

"没错，就是我。"

"和犯罪有关系吗？那样做又有什么意义呢？"

三郎有些支支吾吾地说道："我只是想将被囚禁的蝙蝠从笼中放走。既然原来的主人都不在了，就该放它们自由。但没想到地下密道是另一种牢笼。"

对于这个意外的回答，大家都默不作声。

只是放走了它们。南美贵子不停地眨着眼。就相当于是把被关在笼子里的鸟放出来，因为是蝙蝠，所以要将它们放进黑暗里。

"在听说图书室的计划之前，我把其中一只放进了图书室的密道里。谁知道那是一条缺氧的死胡同，把它害死了。"

如果不是"梅菲斯特的反对者"亲口供述。恐怕谁也没有办法看透吧。

南美希风也陷入了沉默，三郎用沉重而粗犷的声音继续说道："蝙蝠的死让我自责，但警察的死却让我备受打击。实际上，我也在做各种的心理建设。但各位可能觉得心理建设让我变得更恶毒了吧。不过，最终沦为杀人犯的同伙，我也没有什么可辩驳的。后来，对于杀害诹访凉子的计划，我也没有反对。"

"不仅没有反对……"南美希风看向了三郎，"甚至还协助了吧。至少采集毒液是由你来完成的。"

"毒液？"雾冈刑警说道，"在宠物店里采集蛇毒的事情啊。"

"那个时间，诹访小姐有不在场证明，她从早上起就在宅邸工作。"

"是的，不过二郎也可以，他一个人在外面，能够腾出时间。而且，又是午休时间发生的。"

"不，二郎先生不行。店里的那个区域，的确已经把采集毒液的危险降到了最低。但是，对于盲人来说，还是有些困难吧？"

除了"啊"的一声，雾冈刑警再没有发出其他声音。在场的人也都屏住了呼吸。

"从常识看也是不可能的。一个盲人不会因为没有危险就出手。谨慎的吝二郎先生更加不会这么做。"

"是的，是我干的。那实在是一个心惊肉跳的工作。"

"诹访小姐和二郎先生都做不到。就代表还有另一个人存在，也就是'X'先生……"

此时，远野宫露出了恍然大悟的表情。

"说到这个'X'，流生生日的那天晚上，灌木丛里发现的可疑人物就是……"

"那应该就是三郎。这么一想，那个可疑人物的行为也就能解释了。"南美希风好像想通了当时的事。

"行为非常奇怪吗？"三郎本人歪了歪头。

"我很在意他逃跑时的举止。可疑人物被包围时，手电筒没电的两名警察，从西侧扒开一人高的灌木丛，向可疑人物的方向前进。这时可疑人物的行动非常奇怪。他特意朝着两名警察靠近的方向逃跑。而拿着手电筒打算绕到东侧的警察，只有一个人。扒开灌木丛逃跑本来就不容易，还有两人靠近，为什么他要朝着那个方向逃跑呢？因为他听不见有人扒开灌木丛的声音。"

三郎揉了揉自己的耳朵，其他人也听得入了神。

细田也停下手，不再往紫乃的杯子里倒白兰地。

"可疑人物听不到正在缩小搜查网的警察们扒开灌木丛的声音。因此，低下身子隐藏在灌木丛中，视线受阻的他，看不到来了多少人，唯一能看到的就是手电筒的光。所以他就往光线的反方向逃跑，但灌木丛的晃动，让他察觉到那边也有警察。"

"那个时候，我真是心惊胆战。"

摸着喉咙的三郎，低声说道。

"我好不容易才从警察的包围网中逃出来，从后门逃走了。那天晚上要是露出了破绽，不知会被二郎如何咒骂。那晚是流生的生日，苍家众人齐聚一堂，我没有打算进入苍家，只在后门窥探里面。只见窗户亮着灯……听说警戒森严，但是，没有看到任何巡警的身影。所以……不知不觉，我就从后门进到了院子里。"

南美贵子凝视着这个时而流露出疲惫的男人。他会放走蝙蝠，也会隐藏在灌木丛中，注视着流生生日会的灯光。

"好了，都交代得差不多了。"提高了声调的凶手扫视着众人，"说说今天的案件吧，到坦白的时间了。"

5

"等等……"绞尽脑汁思考的远野宫眨了眨眼。

"如果去钟表店的二郎是凶手,是否意味着他提前就知道了今天的突击审问?如果不是事先有了心理准备,不可能应对得那么完美。"

"还有针对审问设下的计划。"雾冈刑警瞟了一眼刑事科长和大海警官,也抛出了疑问,"如果不了解我们的全盘计划,就不可能想出精确到秒的犯罪行动。难道不是吗?南美希风。"

"我想他确实知道。"

"怎么做到的?"眉头紧蹙的远野宫连忙追问道,"我们一直都非常谨慎啊。"

大海警官也向前踏出了一步。

"就算偷听到警察之间的通信,也不可能掌握全部情况。"

"我认真地听了你们全部的计划内容,警官们的谈话,从头到尾都听到了。"

"全部听到了?"远野宫有一瞬间很恼火。

"我们为了防止窃听……"话说到了一半,随着一声疑问,远野宫露出了狐疑的表情。

"窃听……听……与其说是听,倒不如说是……"

"没错。"南美希风接着说道,"二郎先生是没办法偷听的,但是,三郎先生却能做到。"

南美贵子和青田没能理解，都一脸不明所以的表情。

"三郎先生可以做到？到底是怎么回事啊？"

"大海警官他们以为在娱乐室的隔音间，便可高枕无忧，没想到适得其反。那个时候，三郎先生应该就藏在娱乐室的某个角落。"

"我在有标靶的柱子后面。蹲下身体，藏在椅子的缝隙里。"

"潜藏……"远野宫露出疑惑的目光，"你在我们进入房间之前就藏好了吗？"

"这不是什么困难的事情。那个房间大部分时间都没人，门也没锁。警方把那个房间当成临时讨论的地方时，二郎就去试了一下。他觉得趁没人的时候进去藏好，应该就不会被发现。毕竟那么大的房间，警察不会每个角落都去检查的。他确认到那个房间可以隐藏后，觉得可能会派上用场。事实证明，的确起到了很大的作用。"

"你今天也在那里吗？"

"是的，警官先生。今天你们的动向和表情，与前两天有些不同。不知是振奋，还是紧张，也可能是我的心理作用。但为了慎重起见，我觉得去探查一下也没有损失，没想到让我猜中了。你们在隔音间里开会的时候，我透过玻璃全都看到了。"

雾冈刑警悔恨地大叫了一声。

大海警官皱起眉头，嘴里嘟囔着的远野宫使劲地拍了下大腿。

面对稍稍有些得意的三郎，南美希风开口说道："你没用双筒望远镜吗？"

"哦，我用了单筒的，毕竟还有点距离。我提前就做好了准备。"

"就算无法看清所有人的唇部动作，只要能看到其他两人的谈话内容，就不难推断出完整的内容。"

"当我冒险去窃听，得知你们已经识破了凶手的身份时，吓了一跳。等到娱乐室里没有人时，我才出来。我去了二郎房间，告诉了他。那家伙是不会那么容易就被击败的，他知道从钟表店拿出来的委托书和证人都起不到实质的作用时，认为还有挽回的余地，便开始冥思苦想。就这样，他想出了反击的办法，切断电源，再从娱乐室的地下密道逃走，然后以受害者的身份出现在露水室。而我在露水室，充当将他捆起来，击打他头部的角色。"

"可是……"三郎停了一下，接着用低沉的语调说道，"听到这个计划，我觉得缺了点什么。'梅菲斯特的反对者'将二郎捆起来后，就在密室中凭空消失，难道不草率吗？铤而走险制造的袭击现场，完全没有获得应有的效果和回报。我终于想到了问题出在哪里，少了尸体。一具能为二郎洗清罪责的'梅菲斯特的反对者'的尸体。有了它，二郎的计划才有价值，他才能彻底摆脱嫌疑，收获圆满的大结局。"

夜色里，听不到任何声音。虫叫声也听不到了。

"他需要我的尸体，制造出凶手是外部人员的假象。或许，正是我在生日会上的失误，才让他想到了这个计划，推动了案件的发生。当我发现需要尸体的二郎想要杀我时，我就决定观察一番。等我们商量好了之后，我本该提前离开露水室。但实际上我屏住呼吸藏了起来，窥探屋内。只见二郎蹲着身体，摸索着壁炉的燃气装置。然而在我们的计划中，他对我只字未提。"

内心感到刺痛的南美贵子，闭上眼睛，想象着兄弟二人的样子。呈现在脑海的是，满含杀意的哥哥，以及将一切看在眼里的弟弟。

真是让人不寒而栗的画面。

"我想反击的决心，在那一刻彻底点燃。既然二郎这样对我，我就以其人之道，还治其人之身，彻底反转我们的生死。事态已经发展到这一步，也没有什么不能做的。我要顶替二郎，在这个家里生活。"

突然，三郎的语气变弱了，瞳孔蒙上了一层阴霾。

"我知道这只是一个幻想，我不可能一直做咨二郎，但是我想试一试。这么多年，我一直被当成影子呼来唤去，我已经受够了。为了甩开几十年的阴影，重新回到光明，我已经做好了洗白命运的准备。我要推翻、摧毁这一切，所以我杀死了刚从地下密道逃到露水室的二郎。"

经过了很长一段时间的沉默，大海警官开口说道："我们按照时间顺序梳理一下犯罪过程。室内的停电是你操控的？"

"是的，是我干的。我在走廊的角落里看到一个貌似证人的男人被带到了娱乐室，然后算准时机，拉下了断路器。那是位于玄关大厅附近的储藏室中的配电盘。在南美希风经过露水室后，带着夜视护目镜的我，就将画着伊希斯的纸贴在门上，随后进入了房间。而娱乐室的二郎，在停电时离开座位，挪开柜子，从暗门进入了地下密道。"

"那个时候，三郎先生也做好了其他准备吧？你勒住自己的脖子，留下了那条勒痕。"南美希风补充说道。

"是的，这是我独自计划的。二郎说打算在密室里加入一些戏剧性的元素。比如将人消失后留下的衣服装饰成面纱，还有一些其他的。但我不需要那些过度的伪装，只是在静静地等待着二郎的到来。"

南美希风曾经感觉到的那种违和感就是这个。

谋划者和实施者的决裂，使得犯罪风格在中途改变了。

密室的性质反映出了凶手……凶手们的样子。

但是，只有伊西斯的肖像，为什么要配合呢？那个举动有何意义呢？

"被掀开的地毯和地板……"三郎的声音越发低沉，"暗门打开，二郎终于出现了。在他从地下钻出来还没有站稳时，我用浴巾蒙住了他的头，勒紧了他。就算二郎再怎么厉害，也无法应对突如其来的袭击，最终停止了挣扎。我用砖头拍向他的额头时，感觉他的脸和亥司郎重合在了一起。"

三郎停顿了一下又接着说道。

"用浴巾包裹头部，是为了防止血液喷溅。浴巾和手套，被我扔进了点燃的壁炉里，二郎的尸体也被拖了进去。为了掩盖他的身份，我有必要毁掉他的脸和手。我给他换上我的衣服时，从他的口袋里掉出了一张与魔术有关的卡片。那应该是他打算用来封住暗门的，但我没有兴趣，就把卡片也扔进了壁炉，用胶带把暗门封住了。"

等一下，雾冈刑警插上一嘴。

"你不是从壁炉的烟囱里逃出来的……暗门被封住了。那么，你是从哪里逃出来的呢？你是怎么从现场消失的呢？"

三郎将聚焦在雾冈嘴唇上的视线，移到了他的眼睛。

"刑警先生，你还没发现吗？"

听起来像是挑衅的口吻，令雾冈眉宇间笼罩了一层阴霾，他不由得看向了南美希风。

远野宫忙不迭地开口问道："南美希风，你没有看破吗？或者说，你看出了什么端倪？"

"看出来了。"

听到这句靠谱的话，南美贵子放下心来。不过，南美希风的脸上依然有种淡淡的忧伤。

"通过这一系列的案件，我发现如果密室有特征的话，那就是找出真相的关键。这次案件也不例外。"

"你以前也这么说过，特征……今晚这个密室的特征，用你的话说就是有种流畅的感觉？"

"那是密室的整体印象，与凶手的性格紧密相关。要揭开密室的诡计，需要更具体的特征。"

"更具体的……是吸引了你们注意力的火焰吗？但是，那是用来破坏尸体的，有存在的必要，在图书室的时候也出现过。"

"嗯，不是火焰，是露水室密室独有的特征。尚未在其他密室出现的变化，表明密室使用了最直接的手法。"

"最直接的……"

"利用我们进入房间的空档，与我们擦肩而过。"

远野宫露出惊讶和责备的神情，气势汹汹地望着雾冈刑警。

"擦肩而过？而你竟然看漏了？凶手越过长椅和坏掉的门形成的障碍，从那个口子钻了出去，而你和南美希风竟然都没有注意到？"

"不，不，那不可能，我绝对不会看漏。正因如此，我才认为密室的谜题尚在。"

南美希风接着说道："远野宫先生，凶手是用了某种手法逃出去的。那个密室的特征就是两扇一起倒下的门。至今为止，我们已经破门好几次了，但都只是把门锁撞坏吧？你见过整个门从门框上掉下来的情况吗？"

"嗯……只有这次，门掉下来了。但是，因为那把长椅，两扇门被长椅从室内一侧顶住，所以力量就不会只施加在门锁的部位。"

"如果长椅短于门的宽度，倒有可能只破坏了锁。因为长椅阻挡了门，用身体撞击的力量就会施加在门的四个合页上。但是，那个长椅比整个门还要宽，所以两扇门都被堵住了，就算力量集中在合页上，冲撞的力量也会被长椅顶回，不会因为门锁被撞坏而向两边打开。"

"话说，长椅并没有被撞动吧……"

"那张长椅顶在那里没动，仿佛在等合页被撞坏一样，是因为凶手一直推着长椅。而且，联想到伊西斯的肖像画，这个事件就会被揭开。"

"那张纸有什么用吗？"

所有人都对这个问题非常感兴趣。

"在解释这件事之前，请让我重现一下凶手的动作。"准备揭秘的青年岔开了话题。

"按照这个顺序，更容易厘清思路。"

既然都这么说了，其他人也没办法反对。

"堵上嘴巴的三郎，把双手放在身前捆好后，绕过脚尖，将胳膊转到背后去。然后，他用身体顶住长椅，我和雾冈刑警开始撞门时，他也仍然坚持着。所以，即使门锁被撞坏了，门也打不开，直到力量完全转移到合页，才把合页撞坏。我和雾冈刑警也注意到了这一点，于是打起精神，试图进行最后一击。三郎先生算准了时机，等着我们把合页撞坏，弹开屋内的障碍物。此时，不再顶着长椅的三郎先生，趁机钻到了长椅下面，躺在那里。"

不知是谁哼了一声，南美希风又接着说："我们并不知道门内侧已经没有了反推的力量，所以两个人顺着惯性，随着门一起冲进了房间。在力学的作用下，长椅也向后倒去。于是，两扇门倒在了椅背翻倒在地的长椅上，成了跷跷板，而两个人由于惯性和体重，趴在门上，被门送进了房间里。此时，面向走廊的门口开得很大，凶手只要趁机滚到走廊就行了。"

惊呼声交错传出，甚至还有人沮丧地哼了一声。

攥紧了拳头的雾冈刑警，仰面朝天。

"连在一起的两扇门，又大又平，正好遮住了走廊。再加上我和雾冈刑警的目光，已经被正在燃烧的尸体牢牢吸引住了。火焰熊熊燃烧的声音，让我们没有注意到背后的气息和微弱的声响……真是天衣无缝的计划。"

一张长椅，竟有这么多的用处。损坏合页，加大撞门的力量，便于凶手藏身，阻挡破门者，让门倾斜，制造出视觉上的死角……

南美贵子斟酌着这个推理。一把将门口堵得死死的长椅，竟是可以在死角制造出口的工具。

"三郎先生滚出来之前，自然会确认走廊里有没有人。他已经预料到了，得知二郎先生从娱乐室消失的警察们，一定会分兵把守每一个密道的出口，所以只有一两人会到露水室。尽管如此，他还是要确认是否有其他人。如果正好有人赶到这里，那三郎先生就只能滚到门口附近，装作是被凶手袭击失去了意识。"

"看来我们还是晚了一步。我和刑警赶到的时候，这个男人应该刚刚藏到走廊的角落里。"远野宫叹着气说道。

"但是，这个计划有一点需要注意，那就是发现者的破门方式。是踢，还是撞？"

"啊，对啊……"雾冈摆出一副知道差异的样子。

"如果是用踢的方式，那么刚刚的逃脱方法就不起作用了。所以，才贴了那张伊西斯的纸。"

"什么？"远野宫和雾冈异口同声地反问道。

"这是为了从心理上阻止踢门。两扇门的中间，把手的下方，是最容易被踢的位置。在那里贴上一张纸，就成了凶手留下的物证，那警察还会去踢吗？"

众人又是一阵惊叹。

把手放在额头上的青田张大了嘴，像是在吹口哨一样。

在一片嘈杂声中，三郎开口说道："这是逃脱时必不可少的。在二郎的计划中，这部分我照单全收了。"

南美贵子恍然大悟，他选择了有必要的部分计划。

"选择伊西斯的肖像也是别有用意吧？"南美希风补充说道，"因为是女性头像，所以作为绅士的警察们是不会用脚去踢的。"

"别开玩笑了……"说到一半的雾冈改口道，"不，这不是在开玩笑，确实会产生心理诱导。"

"雾冈刑警，乍一看像一块板子的设计，也会产生作用。我们不会想去踢贴着木板，看似牢固的地方。当我们看到门上贴着的纸，便被诱导着要用身体来撞门。"

南美希风在给包含雾冈在内的听众留下苦涩的感悟后，又补充了一句只是个人想法，意在向三郎确认。

"只有一处，需要修正。"男人开口回应道。

"就是假装自己的双手被捆在背后的做法。我并不是绕过脚尖把胳膊转到背后的，我可以直接在后面把自己的手捆起来，非常灵巧吧？毕竟我也是伟大魔术师的弟弟啊。看来我只在这个方面传承了血脉。"

南美贵子觉得露出浅浅笑意的他，身上气息减弱了，看起来就像一个因孤独而筋疲力尽的男人。

他稍微提了提神，接着说道："我假扮成二郎，接受了警察们的调查。一个刚刚被用了迷药，又被暴徒袭击的受害者，就算有些反应迟钝，也会被认为是受其影响，不会被怀疑是其他人。"

三郎回头凝视着岙家宅邸。

"以二郎的身份生活在岙家……替身的生活并不会长久。南美希风也说过要是对二郎进行尸检，检查视神经的话，一定会穿帮的。我也不可能拥有二郎所有的记忆，到了工作场合就会进退两难。但是，就算是一场胜算渺茫的赌博，我也想要试试。虽说在现实中是不可能的，但如果是梦的话……对，如果是梦……"

这个梦，对二郎来说一定是块绊脚石，需要时刻警惕。

而三郎也想好了办法。

"我会以凶案的打击为由，申请离职，过上隐居的生活。然后跟医生说听力越来越差，麻痹症状已经影响到了听力。但是，我始终还是过于乐观，其实早晚都要露馅的。即便如此……"

说到这里，岙三郎停了下来，不再说话。

他将视线从宅邸转向了夜空。

面对没有星星的天空，扭动着脖子……

南美贵子觉得，这个男人的动机很可悲。

在生母都不知道的情况下，被迫与家人分开，作为别人的影子，度过了几十年的岁月。

几经辗转，才回到了自己的家，与家人度过的这段时光……

"南美希风。"三郎的视线落在了青年的身上，"在识破我的真实身份时，你一直都叫我三郎。这样称呼我的，除了基努婆婆和二郎，你是第三个人。我的人生中，只有你们三个人……就在刚刚的十几分钟里，我终于明白了，我并不想成为二郎的替身，我只是想当否三郎。"

说完，他面无表情地看向对面的警察们。

"我想这算是自首吧。如果想了解更多的详情，我们去审讯室怎么样？赶紧去吧。"

三郎迈开脚步，从大海警官和雾冈刑警的面前斜穿过去。他突然加快了脚步。

在草坪上飞奔起来跑向主馆。

不知从谁的嘴里传出了一声喊叫，气氛变得嘈杂起来。

大海警官、刑事科长、雾冈刑警等警察在凶手身后追赶，南美希风也紧随其后。

在三郎逃往旁边院子的方向，正好有一名刑警。那是为了加强外围警备，在远处站岗的刑警。发出惊呼，一脸严肃的他，分开双腿，压低身体，就像一个守门员一样，准备随时扑向左边或者右边。

但是，否三郎并没有打算往院子的方向跑。他奔向了主馆。

是舞台房间。

宽阔的阳台，被视为室外舞台。

四扇阳台窗，安装的都是魔术玻璃。

男人奔跑的目标，就是那里，就是那间大厅。

他是想逃到屋里吗？但那里上着锁吧？追赶他的人都是一脸狐疑，随即又被他的一个匪夷所思的举动惊到。

他奔跑的速度奇快。那样的话，根本停不下来去开窗户。

紧接着下一个瞬间，那一切就发生了。

粉碎的玻璃、一声巨响，还有那个画面。

随后追赶上来的人们，以为是过于惊愕而产生的错觉。

阳台的一扇窗被撞得粉碎，没有减速的吝三郎就这样一头冲了进去。

玻璃碎片同他一起飞进了大厅。但是，上面还有大片的玻璃，唰地滑落下来，化身为断头台上的铡刀。飞溅的玻璃碎片中，有一块恰好反射着划过头顶的闪电。无数大小不一的玻璃碎片就像雪崩一样，轰然落下。

玻璃的碎裂声，仿佛可以划伤听者的鼓膜，最终归于寂静。

刑警们和南美希风赶到了。

吝三郎躺在室内的玻璃碎片中，一动不动。

跳进屋内的几名警察，踩在玻璃碎片上，险些滑倒。

雾冈刑警一边用鞋子拨开玻璃碎片，一边在三郎的左侧开辟出一片便于落脚的空间。随后，他呆若木鸡地站在那里。

南美希风也站在没有玻璃碎片的地方。他弯下身体，取出手帕，按在了三郎的脖颈处。三郎颈部左侧的动脉被割开了，流血不止，浸湿了手帕。

"赶快叫救护车！"

雾冈刑警大声喊叫着，但这个时候已经来不及了。就算是神医再世，恐怕也无力回天。

究竟是玻璃碎片意外划伤了他，还是他自己下的手……将会是一个永远的谜。

"啊，南美希风……"

脸色愈发苍白的男人，认出了在眼前的青年。

"如果我没有遇到二郎，会怎么样呢？"

"不要说话！"

"没用的。无所谓了，让我死了吧。我应该是在二郎刚刚起杀心的时候，遇到了他。他知道可以利用我，便实施了他的计划。知道我的过去之前，他已经完全认命了，直到我的出现，他才看到了新的命运。"

"别说话，不要乱动。"

雾冈刑警也掏出了自己的手帕，但是，瞬间就被鲜红的血液浸透。

随后赶来的人们都围在了外面。

"就因为我来到了这个家，两个哥哥才会死吧？南美希风，你知道吗？紫乃在房间里养着独角仙的幼虫，三只当中，只有一只，还……还在土中，那就是我。也许我就该待在土中，不应该出现。"

"……"

"如同验证了那荒谬的陋习，双胞胎给家里带来了灾祸。更何况我还是第三个……最终，只会让母亲悲伤。我为什么要被生下来？你不觉得像我这样的人，还不如从没来过这个世间吗？"

"请不要说这么悲伤的话。"

"嗯？你哭了吗？啊，对不起，我已经看不见你的声音了。"

男人的瞳孔开始涣散。

"对了，南美希风。你想成为一名警察吗？不，不对。"

他连挤出一点微弱声音的力气也没有了……

"像警探一样，解开各种谜团……你有这方面的才能……至少……对于密室事件……已经轻车熟路了吧……"

最后，他的声音彻底消失，在黑暗中，没有一点回声。

只有围在南美希风附近的人，才能够勉强听到他微弱的声音。

像这样的连环密室案件，想必不会再发生了吧……

那孤寂的背影，就像是为了从火焰中救出吝二郎，脱掉上衣的背影。

在周围的人看来，那是一个消瘦至极的背影……

漫天的玻璃碎片就像是供奉给他的花雨……

一部分玻璃碎片也飞溅到了外面的阳台上……

围在草坪上的人们，沉默地低下了头。

那天晚上，众人欢聚与此，人数比之前还多，连后面的空地都被占得满满当当，每个人的脸上都露出了灿烂的表情。

在稍远一点的西边角落里，有一片灌木丛，有人在那里丢弃了玻璃碎片。

树影婆娑的院子里，几经风霜的屋檐，还在高高地耸立着……

虫儿们再次聚在了一起，鸣叫的声音又高亢地传向了天空……

6

都说世事无常，这场悲剧，就像一阵寂寥的风，浸染着南美贵子的内心。

三兄弟的结局着实悲凉。

他们是三兄弟的真相被揭开之时，却也是他们在黄泉团聚的日子……

亥司郎的所作所为，究竟……

他的做法招致了什么？

他或许只是为了保持体面，自私地做了极端的选择，但他给背井离乡的亥家带来了自由。在这个开放的环境里，长子的才能得以发挥，开创了一番天地。如果年幼的双胞胎兄弟留在原来的土地上，也许不会茁壮成长，一直承受毫无道理的偏见，思想上又怎么会开明。职业选择也是如此，长子继承日渐衰落的家业，光是谋求生计就已经筋疲力尽了；次子的道路就更窄了，因为双目失明，也只能帮忙打理家里的少数事业……

总之，没有舍弃一切的举家迁移，就不会诞生"梅菲斯特"。与此同时，自由的未来，也唤醒了自卑的恶魔。如果一郎没有大获成功，那二郎可能也不会走上丧心病狂的道路。

仅从这个意义上来说，生活在闭塞的环境里或许更好。踏实而平淡的生活，可能也很幸福，兄弟两人也不会相差悬殊。

在那里，光与暗没有强烈的区分。

然而，密室却登上了舞台。

诞生了光明和黑暗的魔术师。

虽说离开旧思想的土地是亥司郎的功绩，但讽刺的是导致了他的儿子们纷纷陨落。亥司郎与他的追随者们，终究没有逃开这一切……

南美贵子懂得，太过自由并非好事，是一种消极的说法。无论在什么样的环境之中，都会存在畸形的竞争，存在光明与黑暗。

但三兄弟的命运实在太过可悲。如果他们一起来到北方，一起成长，会是怎样的情形呢？

就算一郎活跃在世界各地，二郎也不会如此痛恨束缚自己才能的黑暗世界。因为有三郎在身边。各有缺陷的兄弟三人，会努力地生活下去吧？身边有人能分享悲伤，互相鼓励的话……

至少二郎不会因为一直盯着太阳而灼伤了眼睛……

南美贵子曾在景观心理学、环境生理学的领域，做过采访。

据说，生活环境中各种各样的条件，会给居住者带来相当大的心理影响。湿度、色彩、声音……不仅低频会导致身体不适，色彩也会在很大程度上影响着精神状态。长时间置身在不稳定的色彩中，精神也会受到腐蚀。被称为"贫民窟"的小镇，更容易滋生出不良的生活方式，以迎合那里的居住环境。

风水学也是由此孕育而生的。为了更卫生，为了更清爽，可以让住宅的水流向某个方向。为了阻挡季节性寒风带来的压抑声响，可以在某个地方种上一棵树……

居住的地方会对人的身心产生影响，居住的人又会赋予住所特色。就像满是镜子的房间一样，交相作用。

南美贵子认为夽家的这一事件，也是因此而发生的。

只不过夽家，包含更多的心理意义和象征意义。

亥司郎的灵魂深处，宅邸的地下密道，兄弟三人的相互作用，将这些东西重新联系起来，无论如何都会有所感悟。

没能守住家族名节的亥司郎，背井离乡，瞒着妻子抛弃了一个孩子。在他的心底有一个盒子，装着对祖先的歉意和罪恶感。

在心中的意识，让他选择了一座具备藏身之处和逃跑密道的宅邸。

然后，不难想象，这栋带有黑暗避难场所的建筑，会诱发其居住者的逃避心理。亥司郎心中的盒子，随着他的衰老而逐渐变得庞大，最后吞没了他。

那个盒子，作为建筑，自落成那天开始很长一段时间里，因为有通过与外界连接的密道而敞开着。因此，它必须把每一个房间都框住，不让它们通向外界。这个盒子的同义词，便是密室。盒子中的盒子，装载着建筑物和人类精神的多层盒子。

给予这个与密室构造同义的盒子极大影响之人，就是夽二郎。他高傲的心理和灵活的游戏理论，大概就是通过这些盒子培养出来的。二者同出一辙。

之前也曾想过，地下的盒子也是如此，代表着利用他的人。一郎从亥司郎手里继承了盒子——那个封闭的地下空间。

一郎构建了雏形，把它变成了在地面上用聚光灯照着的吓人箱。也许只有他那沉着的状态，才能支配得了那些地下的盒子……

二郎则是在阴暗一面，利用地下的盒子，窥视着地面的盒子。他沉溺于秘密的滋味，成为在地下徘徊的人，产生了生命与命运被困住的错觉。

然后……想打开那个被隐藏的盒子时，第三个兄弟出现了。正如三郎自己说的那样，在最坏的时机，就连并不知道潘多拉的魔盒已被打开的基努婆婆，最后时刻都与这个时间重叠。她的死成了关键的钥匙，打开了封住死亡阴影的盒子。

就这样，几乎在同一时间出生的三个男人，在同一个事件中结束了自己的生命。

人们不愿意去相信，他们的生死，他们的一生，都是在注定的盒子里度过的。

从亥司郎时代遗留下来的盒子。

精神的盒子与结构的盒子，产生了化学反应，互相影响，然后量产出密室。

没错，那就是……

那就是咨家的连续密室杀人案。

午夜零时，一个与昨天作别的时刻。

时隔多日，夜风终于给炎热的夜晚带来了一阵凉意……

刑警们已经不在这里了。咨三郎的死，让一连串的事件迎来了终结。

“姐姐，最后决定不将真相告知玉世夫人。”

在庭院灯的照射下，南美贵子和弟弟朝着正门走去。

咨家人统一了口径，继续向玉世隐瞒了第三个儿子。二郎杀害一郎，三郎又杀害了二郎的真相，也不会传入她的耳朵。

“是啊！确实不能让她知道。”

玉世已经命不久矣。在她大限将至之时，怎能告知她这场悲剧。可能在她知道的瞬间，她就会因为承受不了打击而一命呜呼。

关于今晚的事件是这样告诉玉世的。杀了咨一郎和咨二郎的凶手，是外面的人，被包围后自知走投无路，便自裁了。但是，二郎的死对玉世造成了难以承受的打击，不知她的身体是否能撑下去……

因此，不能再给她更大的冲击了。

南美贵子觉得就算会让母亲惊愕不已，也该告诉她还有第三个儿子。但是实际上，不可能只告知她这件事。如果她问你是怎么知道的？那孩子现在在哪里？整个事件的来龙去脉就不得不全盘托出。

亥司郎的做法，基努婆婆的沉默……更严重的是，一郎被二郎杀害，三郎又杀死了二郎的真相。

家人们选择了隐瞒，那避开电视媒体的报道自然不是什么难事。

“这样一来……”南美希风开口说道，“咨家又多了一个不为人知的秘密。”

“不过，好像也并不会长久。”

而且只有一个人拥有这个秘密。

不，南美贵子有些迷茫。周围的这些人，应该都是知道秘密的人吧？

但是，不管怎么样，至少要让玉世怀揣着最小限度的悲伤离开这个世界。在这段时间里，尽可能地保守这个秘密。

经过玄关的时候，紫乃正在送早坂君也离开。

"不，我就算用一郎先生的道具，也创造不出那样的幻象。可能，再也不会有了。"

"是啊……"

凄惨的悲剧过后，紫乃的脸色也没了以往的红润。但是，凶杀案带来的心痛也没有让她的待人接物，缺少一丝芳醇。

"可能再也培养不出能够熟练使用那些道具的人了吧。"

"每个人都可以在心中培养专属于自己的吝一郎，紫乃小姐。"

早坂以欢快的语调念出咒语时，用手指在紫乃的胸前比画了一下。于是，她的领子上就开出了一朵粉红色的小花。

"这是安慰我的胸花吗？好可爱，谢谢。"

"这是花费三百日元就能够买到的人造花。"早坂自嘲地笑着说道，"因为开花的地方好，所以才会这么鲜艳。"

"实在冒昧。没错，我的魔术就是这样，会近距离地接触观众。因为我认为这就是我的天赋。"对着点头同意自己的紫乃，魔术师又开口说道，"还有刚刚的咒语，会使剩下的那只独角仙幼虫在明天早上破茧成蛹，千真万确。"

"这确实让人期待。"

对笑着的紫乃说了句"再见"，早坂便朝门口走了过去。

南美贵子和南美希风也向紫乃打了声招呼，跟在了早坂的身后。

门外，有一辆吝家人叫来的出租车等在那里。

跨过大门时，南美贵子突然想到。

对于吝三郎的临终遗言，南美希风只说他不觉得这样的密室事件会再次发生。但是，事实会怎么样呢？

这是人做出来的事情，其他人也能够做得到，未必不会再发生。历史会再度重演，人物的故事都存在更深层次的含义。

南美贵子推开门，回过头来。只见南美希风停下了自己的脚步，默默地注视着魔术老师曾经生活过的，并迎来了生命终结的宅邸。

映入眼帘的是一片黑暗。不管它是否会将人们的生死刻成墓碑和墓志铭，这座宅邸都将在历史的长河中保持沉默。

大地和树木发出沙沙的声响，朦胧不清地震动着。

豆大的雨点，拍打着地面上的一切，终于，下雨了。

酷暑，如同时代的狂热，让这个夏天沸腾起来。城市和小镇的样子，似乎也被酷暑所扭曲。

这场雨会洗刷掉一切吗……

纯白色的结语

玻璃窗看起来像冰块一样冷。即使天气晴朗，也感受得到笼罩在雪地上的寒气。时光在这一刻被冻结，不时被凛冽的寒风鞭笞着。

小小的火炉没有办法温暖到这座古老建筑的每一个角落。

短暂地使用听诊器之后，山崎良春医生松了一口气。

南美希风已经穿上了衬衫和毛衣，遮住了胸前那个十字架形状的疤痕。

他已经不是案发时的病弱青年了。鲜明的轮廓、炯炯有神的眼睛、稍稍被阳光晒黑的皮肤，处处都让人感觉到他轻盈的活力。

另一方面，山崎医生那张略显富态、眼角下垂的脸，能让人回想起少年时代的模样，但身上却带着医生的沉稳气质。

山崎医生把写好的处方递给南美希风，告诉他最近的药店位置，又开始追述往事。

"流生好像没有继承父亲的事业。"

"目前好像是这样。不管他成年了还是未成年，都要称呼他为流生先生了。"

"他在舞台戏剧、舞台设计、大型道具制作的公司工作……也算是相关的职业了。"

"'梅菲斯特'只有一代也足够了。"

这个称呼让山崎想起了被形容为反对者的凶手，使他清楚地记起了事件的谜题和真相。露水室事件后，谜题的解答和自首的场景，还有否三郎临终前的事，山崎从否家人和南家姐弟那里听说了。

"南美贵子小姐，将那个密室事件描述成层层叠叠互相衍生的盒子。孕育了思想意识的盒子和左右着精神的盒子……玉世夫人在不知道悲惨真相的情况下，离开了人世。她没有触碰到我们不得不抱着的盒子，应该能平稳地度过最后的日子吧……"

"你是那么期望的吗？"

"是的。"

"或许她也抱着一个怀疑的盒子。"

"是啊……"

"总好过知道那个凄惨的真相吧。"

"我还想起了二郎先生的视觉盒子。正因为它是漆黑的，才没有边界。"

"不过，只要是人，内和外的两个盒子就会被隔断，然后就会有悲剧发生。作为罕见的犯罪嫌疑人，他到底看到了什么，我们不得而知。但是，至少我们理解了他的动机和行为原理。那么多的事件都印证了他的犯罪状态。然而，近年，都是一些无法理解的犯罪。你不这么认为吗，山崎先生？"

山崎默默地点了点头。

"否家的事件，看起来是充满了非理性，又极具挑战性的表演。

但我们这一代人能够理解。也可以说，他就是传统精神世界的产物。"

"媒体称之为怀旧型的犯罪。与陨落在昭和时代的魔术师弟弟非常相称。"

"对，对，山崎先生。无论好坏，都是属于昭和时代的犯罪。即使是稍显年轻的山崎先生也不会理解不了吧。而现在的平成时代，却发生了很多让人难以理解的事件，使人们意识到他们处于不同的时代……"

为什么会因为这样的事情而生出杀意？膨胀的自我和被忽视的他人，人心崩坏的愉悦犯，爱好杀人的魔鬼，似乎从中看不到教养的痕迹，没有忏悔之类的情操。对他们来说就是人情稀薄的现实世界。

"即使在乡下，也会发生让人没有办法接受的残忍事件。"山崎跟南美希风说道，"因为母亲唠叨，十三岁的女儿就用厨房用的喷火器，烧了正在睡梦中的母亲的嘴。"

据新闻报道说，因霸凌同学而被送进少管所的少年，在里面不堪欺侮选择了自杀。

牢固而狭小的盒子如此密集。这样的世界到底要扩张到什么样子……

"犯罪，也带有时代的气息。"

南美希风流露出感伤的眼神。

"不过，犯罪类型会永远持续下去。齐家的事件就像是时代的殉道者。紫乃小姐曾经预言过，正是因为疲惫不堪的时代在痛苦中挣扎，才引发了那个夏天的酷热。"

"事实上，第二年的一月，被称为昭和的时代就结束了。"

"原来如此。"下颚内收的南美希风，视线向下移动了些许。

"昭和也许会结束。但齐家的连续密室杀人事件，会作为时代的休止符，永远在犯罪史上留名。"

山崎再次提起了悲伤的往事。

"玉世夫人也是在那个时候去世的。虽然她活得比医生预期的要长，但是在年后不久就……正好是年号转变的时候。"

"细田先生是在几年前吧……"

"据说他回到了故乡，在那里安稳地去世了。"

"然后紫乃小姐，在一九九五年的一月十七日，去了神户……"

南美希风安静地站了起来。

"不管怎样，我们都还活着。"

他走向挂着外套的衣架。

"活下来了。"

"是啊。现在，地球上的生物都活下来了，但是也都在走向死亡的路上。"山崎继续说道，"活下来了……那么，是为了什么呢？"

回过头来的南美希风，在窗外阳光的照射下，露出了浅浅一笑。

"山崎，你做了一份特别厉害的工作。"

"不，并不是……"因惊慌而满面羞红的山崎赶紧反驳。

"一郎老师看到你现在的样子，也会特别高兴，为你而感到骄傲。"

又有谁会对我这几年参与的事件说句满意呢……

南美希风最后好像这么嘀咕了一句。

诊所里又只剩下了一个人。

要不是炉火上煮着的药罐会发出声音，就如同画面上的静止空间。

今天，这里迎来了一位令人意外的稀客。

南美希风真的来过，又离开了吗？

那是毋庸置疑的。他说了一些过去的事，付了诊疗费便离开了。

留下了如同白日梦一样，不可思议的平静空气……

敲门声响起。

"请进。"屋内的人应道。

他一动不动地坐在椅子上，等待患者进来。

就像被困惑缠绕一般，门被犹犹豫豫地打开了。门前站着一个四十岁左右的男人，受着寒气的侵袭。

山崎不敢相信自己的眼睛，仿佛整个世界都是虚幻的。

吝一郎！不，是二郎！还是，三郎！

站在那里的男人，和三兄弟有着相同的面孔。

不是三兄弟，还有第四个？

意识还在摇晃，不，应该说是挣扎，因为惊愕而在挣扎。

脚下像踩空了一般的冲击……

山崎意识到男人脸上惊讶和困惑的表情，自己好像被从椅子上弹射起来一样，起身站立。

"那个……"

越发困惑的男人，怯生生地发出了声音。不知道为什么，男人的样子看起来有些惊恐，八成是因为医生无缘无故地呆愣在那里吧。

对方的这种反应让山崎恢复了几分冷静。

对方似乎并不认识他。

那是自然，只是相貌酷似罢了。恢复理性的山崎这样告诉自己。

站在那里的男人，酷似十几年前的斋家兄弟。从年龄来看，他们不可能是兄弟。

因为他和记忆中的样子实在太像了，所以不由自主地产生了一些不切实际的想法。

只不过是样貌相似的人。山崎不断地告诉自己。

"啊，实在抱歉。"山崎清了清自己的嗓子说道，"您和我的一个熟人实在是太像了。"

"哦，是这样啊。"男人也终于松了一口气。

"请坐。"

越看越觉得相似，眼前这个平庸的男人带有懦弱的气质。

不过是样貌酷似罢了，即使这样告诉自己，山崎还是觉得内心的躁动无法平复，生平第一次出现这样的情况。

男人用跟三兄弟一模一样的声音告诉山崎，他高烧不退咳喘不停。

山崎打算用手触摸他的喉咙和淋巴时，手指都在颤抖，就像在摸着老师的脸庞一样。

"真的有那么像吗？"男人反问道。

"特别像，而他已经不在世上。"

"原来如此。"

那三兄弟的事件，与这位患者毫不相干。山崎一边平复自己内心的躁动，一边对自己说道。

他让患者露出前胸，贴上听诊器。

没有心跳！

脊背一阵发凉，毛骨悚然。

不可能！心脏在哪儿呢？这个男人，究竟……

他想后退，但身体僵硬到无法动弹。

不，还是能够听到心跳的，只是心脏发出的是一个特别微弱的声音，就像是从远处传来的声音。从生命的另一端，从黑暗的深渊，从地下的某个地方……

"对不起，医生，我忘了说，我是内脏反位。"

内脏……反位。

"是这样啊！"

山崎平静了下来，吐了口气，放松身体。他把听诊器放在了男人的右胸。

这次有了，是心跳！他与常人相反，心脏长在了右侧。内脏反位，不单单是心脏的位置相反，几乎所有的内脏位置都是颠倒的。

据说每五千人至一万人中就有一人发生这种情况，但很少会遇到。如果心脏在右侧，有时也会伴随肝脏和胃的颠倒，则被称为右位心。

内脏的颠倒。

再次确认之后，山崎的内心竟比先前还要激动。

镜像……这个男人是镜像。

沓家的事件再次浮现在他的脑海中。

镜子。

作为象征的镜子。

事件结束的几天后，南美贵子曾经说过。沓家府邸的地下空间，可以被比喻成一个盒子，它可以映射出使用者内心的样子。如果是这样的话，那就是一面躺在地下的镜子。在那里产生的东西波及了地面的一些人，然后又反映到地下，就像是用两面镜子对着照的"无间断影像"。

这样想来，三兄弟都是面对自己的镜像结束了生命。

沓一郎，相信墙上的镜子映照着自己的影子，离奇地被自己的孪生弟弟刺穿了胸膛。

沓二郎在临死之际，如果他的眼睛能看见的话，应该会认出自己的孪生兄弟吧。他站在自己的面前，将自己的计划和杀意反转了。

沓三郎，撞到窗户的魔术玻璃，结束了生命。毫无疑问，他自己的倒影见证了他的结局。

他们……就像死在了眼前这个男人的面前。

眼前的这个男人。

死亡的镜像！

仔细想想，沓家宅邸的构造，正是南北对称的镜像。

　　吝家三兄弟死亡瞬间的能量，使之实体化了吗？

　　他们死前见过的影像，被投射出来了吗？

　　不可能，这绝不可能。

　　不知什么时候，男人的身影消失了。

　　不，应该是打过招呼后回去了。

　　自己以医生的身份接待了他，将他送到门口……应该是这样的。

　　啊……但是，这太……

　　那是活生生的人吗？

　　幻觉……是不是被幻觉迷惑了？会不会是某些征兆的降临？

　　四胞胎、五胞胎，能否定吗？案发时，知道真相的人也都去世了。西上基努，是不是被亥司郎骗了，都已经无从查证。

　　山崎的想象有点偏离常规，等他回过神来，感觉自己身体在摇晃。

　　人甚至都不知道自己出生的事……

　　我们无法确定任何的事。

　　就连我们从哪里来都不确定……

　　山崎站起身来，踉踉跄跄地走向玄关。

　　为了确认真实情况。

　　他在寻找着什么……

　　门外有什么？

　　脚印……来了，然后又离去，看到脚印就满足了吗？

　　在南美希风到来之前，雪就停了，所以两个人的脚印应该还在。

　　被镌刻在如智慧之光般耀眼的雪地上的脚印……

那个男人留下的纸币和硬币还在桌子上，但是不能作为证据。对于不相信自己的意识和理性的人来说，尤其……

门外，雪地上，如果没有脚印怎么办？

不，如果……连南美希风的脚印都没有……

抱着这种愚蠢的想法，就是自己心中的那个"盒子"吗？

他的胳膊伸向了门。

要打开这扇门吗？如果打开了门，要出去看一看吗？现在，仍然紧闭着的那道门，就在眼前。

作者寄语

　　感谢大家购买本书。不知中国读者对日本的"本格推理"这一领域了解多少？这类作品的特点是先告诉读者整起事件存在的谜团和线索，最后由侦探以意想不到的方式解开谜团。我就是这个类型的作家，也可以称我为"诡计作家"。我创作过许多不可能完成的犯罪，如密室杀人等。本作是一部跌宕起伏的极限连环密室推理作品，算是我一个阶段的集大成之作。所以，等读完本书，或许你会对日本的"不可能犯罪推理作品"有更高的评价。

　　本作的侦探和凶手都对自己的命运抱有相似的哀伤。于是才有了"黄昏下的国度"，凶手在那里接连上演令人匪夷所思的密室犯罪。

　　"黄昏下的国度"是《德古拉》的作者布兰姆·斯托克创造的一个词语，意指只有在梦中才能到达的地方。在这种精神状态下创造出的密室，不会因为机械诡计被识破便变得毫无意义。凶手是一个来自黑暗国度、具有极强表现欲的傲慢魔术师。他喜欢通过玩弄观众的心理来满足自己的控制欲。搜查组和侦探的心理也同样遭到玩弄（大家也一样？）。你以为自己识破了机械诡计中的把戏，其实等待你的是一个心理陷阱。凶手甚至已经想好了躲避现场搜查、摆脱危机局面的手段。人们为之愕然，连一些细微的举动都开始变得疑神疑鬼。

　　本作共包含五个密室。房间内部上锁、被多重视线封锁的三重密室，用树枝、花剪等工具制造的容易被攻破的密室，外面放着一具警察的尸体、没有任何反抗痕迹的密室，怪人瞬间消失的密室以及人体烧焦的密室。

从很早开始，人们便对密室诡计进行了研究和分类。研究不可能犯罪的权威作家约翰·迪克森·卡尔和日本推理小说泰斗江户川乱步等人都曾对密室进行过分类。而这部作品的五间密室分别属于不同类型，当中不存在相同类型的密室。

这部绚烂的连环密室犯罪画卷以日本昭和末期为时代背景。当时也被称作"泡沫期"，经济飞速发展的成熟期宣告结束，整个社会如泡沫般动荡和浮躁。如同泡沫中产生的空洞一般，日本人仍保留着略显幼稚的人性和一些无法舍弃的旧习。那个时代的坍塌带来的是伴随恶寒的狂热。而吝家的连环密室杀人事件正是那个时期的一个缩影。

文中说"像这样的连环密室案件想必不会再发生了吧"。但真是这样吗？平成、令和年号更替，时代的气息也随之改变。即便如此，依然会诞生新时代的连环密室犯罪案件。也许本作的侦探南美希风此刻正在经历。

北京市版权局著作合同登记号：图字 01-2023-4709

《MISSHITSU KINGDOM》

© Hajime Tsukatou,2007

All rights reserved.

Original Japanese edition published by Kobunsha Co.,Ltd.

Publishing rights for Simplified Chinese character arranged with Kobunsha Co.,Ltd.

through KODANSHA LTD.,Tokyo and Kodansha Beijing Culture Co., Ltd. Beijing, China.